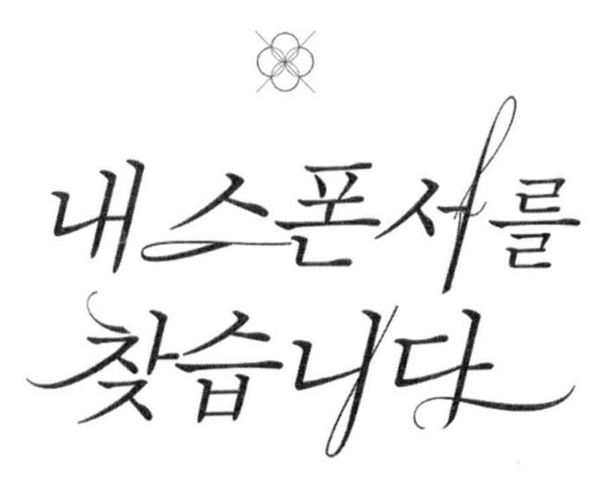

바다뱀자리 장편소설

DONGAROMANCESTORY

3

동아

내 스폰서를
찾습니다 3

초판 1쇄 인쇄일 | 2021년 09월 28일
초판 1쇄 발행일 | 2021년 10월 25일

지은이 | 바다뱀자리
펴낸이 | 박성면
펴낸곳 | (주)동아

출판등록 | 제406-39601002510020070000071호
주소 | 경기도 파주시 문발로 115, 세종대학교출판부 206호
전화 | (031)8071-5201
팩스 | (031)8071-5204
E-mail | bear6370@hanmail.net

정가 | 12,000원

ISBN 979-11-6302-538-2 (04810)
979-11-6302-535-1 (set)

내 스폰서를 찾습니다

바다뱀자리 장편소설

DONGAROMANCESTORY

3

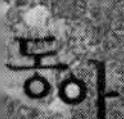

목 차

17. 불안한 안녕 007
18. 나의 당신은 어디에나 077
19. 피습 129
20. 재회 195
에필로그 254
외전. 단몽(短夢) 275

17. 불안한 안녕

"집 밖으로 한 발자국도 안 나와야 할 때는 회사까지 잘만 쳐들어오더니, 정작 본인 발언이 필요할 때는 연락도 안 받습니까?"

"말도 마라, 대표님아. 나 지금 박제영 털끝 하나 못 본 지 한 달 넘어 가서 오늘내일한다……."

소파에 풀썩 엎드려 누운 이성이 중얼거리는 말에 형찬이 황당하다는 듯이 혀를 찼다. 덥수룩하게 길어 산발이 된 머리 꼴 하며, 눈 밑이 푹 꺼진 꼴까지 이성은 숫제 폐인이 다 되어 있었다.

고작 한 달, 연락이 안 된다고 이렇게까지 망가질 일인가. 형찬은 바로 얼마 전까지의 제 꼴도 잊고 이성을 보며 그런 생각을 하다간 이내 고개를 내저었다.

지금 중요한 건 그게 아니었다. 벌써 사흘째 온 대한민국이 윤이성의 이름을 험하게 씹고 뜯었다. 강윤희의 칼럼 때문이었다. 말이 좋아 사흘이지, 요즘처럼 정보 전파가 빠른 세상에서 사흘이면 나라를 세웠다가 망하고도 남을 시간이 아니던가. 칼럼에서부터 불거진 문제로 이성에게 그의 매니저인 성길이며, 회사며, 심지어 형찬 자신까지 연락을 넣었다.

물론 전전긍긍하며 폐인이 된 꼴로도 휴대 전화를 손에 꽉 쥐고 있는 이성은, 단 한 번도 연락을 받지 않았다. 메시지라도 보라고 보낸 걸 확인은 했나 싶었다.

회사는 소속된 아티스트의 이미지를 어떻게든 수습하려고 보도 자료를 만들고, '행여나' 이성에게 다른 꼬투리 잡힐 무언가가 있을까 봐 전전긍긍하는데. 정작 흉흉한 소문의 당사자는 영 다른 세상에 있었다.

"강윤희 편집장 칼럼 봤습니까?"

"그게 뭔데?"

"못 봤습니까? 지금 대한민국이 그 칼럼 하나 때문에 떠들썩한데. 못 봤다고요? 본인 이야기인데?"

"그러니까 그게 뭐냐고. 대표님아."

이성이 잔뜩 신경질을 부렸다. 그래 봐야 목소리는 다 꺼져 가는지라 위협적이지도 않았다. 형찬이 혀를 차며 이성에게 강윤희의 칼럼 관련 기사를 띄운 휴대 전화를 건넸다.

귀찮아 죽겠다는 얼굴로 이성이 겨우겨우 형찬의 휴대 전화를 건네받았다. 그러고는 심드렁한 얼굴로 내용을 읽어 내렸다. 다시 형찬에게 건넬 기운도 없는지, 이성이 거실 테이블 위로 그의 휴대 전화를 툭 던졌다.

"어쩐지 요 며칠 날파리들이 더 지랄이더라니."

"기자들이 밖에서 저렇게 요란하게 소리를 질러 대는데 그게 들리지도 않습디까?"

"대표님이 보낸 경호원들 일 잘하던데."

"그래서. 이거 사실입니까?"

이성이 귀찮아 죽겠다는 듯이 고개를 끄덕였다. 이어서는 길쭉한 팔을 휘휘 내저었다. 들을 말 다 들었으면 썩 꺼지라는 뜻이었다. 그러고는 심지어 여태 가지 않고 제 앞에 서 있는 형찬을 없는 사람 취급 하며 몸을 돌려 누웠다.

대체 뭘 하기에 저렇게 웅크려 누워 꾸물거리나, 하고 형찬이 허리를 숙여 이성이 웅크린 틈을 살폈다. 이성은 제 휴대 전화로 제영에게 메시지를 보내고 있었다.

[진짜 점 하나만 찍어 주면 안 돼?]

[나 버려진 거야?]

[박제영이 나 버렸어?]

[씨발 진짜 가서 확 물어뜯어 버릴 거야.]

형찬이 못 볼 꼴을 봤다는 듯 고개를 돌렸다. 정말 가지가지 하고 앉았다는 생각을 도무지 지울 수가 없었다. 이런 골칫덩이를 실력이랑 스타성 따위나 보고 계약을 유지한 제가 바보 멍청이였던 걸까.

“어!”

별안간 이성이 누운 자리에서 벌떡 일어났다. 제 휴대 전화 화면을 보면서 푹 꺼진 눈을 동그랗게 뜨고 살폈다가, 다시 멀리 떨어뜨려 봤다가, 히죽 웃었다. 정말 미친 인간의 꼴이 아닐 수 없었다.

그 미친 작자가 형찬의 얼굴 앞에 제 휴대 전화를 불쑥 들이댔다. 형찬이 잔뜩 얼굴을 일그러뜨렸다.

“대표님아, 댁 눈에도 이거 보이지!”

물론 형찬의 눈에도 보이긴 보였다. 제영이 이성에게 보낸…….

[.]

점 하나가.

다 죽어 가던 이성의 흐리멍덩한 눈동자에 그제야 이채가 돌았다. 형찬의 확언은 딱히 필요치도 않았던 듯했다. 이성의 얼굴에 상황에 어울리지도 않는 우쭐함이 그득해졌다.

“역시, 박제영이 날 버리지는 않겠지. 암. 내가 자기 연주를 완성해 준 유일한 사람인데. 그치? 대표님 생각도 그렇지?”

“……그러니까.”

“뮤직 피커 편집장이 쓴 저 칼럼, 썩 틀린 내용 없다고.”

이성이 언제 정신 나간 사람이나 아이처럼 굴었냐는 듯이 멀쩡한 어른의 얼굴로 정색하며 말했다. 형찬의 얼굴이 굳어졌다. 그의 상식으로는 도저히 믿을 수 없는 일을 확인받은 상황이었다.

"내가 대충, 뭐 천재라고 칩시다. 대표님아. 그런데 천재라도 이끌어 줄 사람은 반드시 꼭! 필요하거든? 내가 혼자서 죽도록 피아노만 끌어안고 살았다고 이 자리에 올 수 있었겠냐고. 다 이끌어 준 사람이 있을 거 아냐."

"그게 박제영 씨다?"

"누가 봐도 걔밖에 없지 않나? 들을 줄이나 알지 연주해 본 적은 없는 늙은이가 날 가르치지는 않았을 거 아닙니까."

이성이 고개를 모로 꺾으며 껄렁하게 굴었다. 쉬이 제영이 자신을 만들어 냈다는 사실을 믿지 않는 형찬이 영 못마땅한 듯 보였다.

"박희은 양을, 아니 박제영 씨가 사사받은 교수님께 당신도 맡겼을 거라고…… 생각했는데요."

"그 늙은이는 노망난 지 오래고."

"다른 스승은요?"

"없었다니까. 아니……."

이성이 답답하다는 듯이 눈을 질끈 감았다 떴다.

"있었다고 칩시다. 이것도 대충 그렇다고 쳐 보자고. 그럼 내가 이만큼 뜰 때까지 입 닥치고 안 나타날 이유가 뭐야?"

이성의 말은 타당했다. 그의 말마따나 이만큼이나 뛰어난 제자를 길러 냈는데 본인이 윤이성의 스승이라는 사실을 굳이 숨길 이유가 없었다. 누구라도 자랑하고 싶을 것이었다.

예술적 재능은 얼마나 이르게 시작하느냐가 몹시 중요했다. 특히나 연주가 그러했다. 악기를 다루는 테크닉, 경험, 곡을 접하고 해석하며 쌓아야 할 수많은 시간. 어느 것 하나라도 빠지면 뛰어난 연주가가 될 수 없었다.

이성은 다른 클래식 연주자들과 달리 몹시 늦은 나이에 제 이름을 알리기 시작했다. 과거는 박신환 전 재단장이 적당히 손을 써 숨겨 둔 덕에, 그저 가정 형편이 어려워 재능이 있음에도 늦되게 시작할 수밖에 없었다는 정도나 밝혀졌을 따름이었다.

확실한 건 이성이 제대로 피아노를 배우기 시작한 게 성인이 되고 나서라는 것이었다. 사람들은 그런 이성의 미친 재능과 지금 보여 주는 실력에만 열광했지, 그 뒤에 있는 그를 가르쳤을 스승에게까지 관심을 두지는 않았다.

어쩌면 둘 수 없었던 걸지도 몰랐다. 곁가지로 퍼져 나갈 관심을, 이성이 망나니처럼 날뛰는 모습으로 소모해 버렸으니까.

형찬은 어쩌면 박신환 전 재단장이 제멋대로 행동하는 이성을 크게 다잡지 않고 풀어 둔 게, 이걸 노렸기 때문이 아닐까 하는 생각이 들었다. 누군가 자신의 제자라는 걸 밝히기도 부끄러울 정도의 망나니가 윤이성이라는 이미지를 만들기 위해.

그저 조용히 숨어 있고 싶었던 박제영의 의사를 존중하기 위해.

"더 설명해 줘?"

"아뇨, 아닙니다. 거기까진 이해했습니다."

"그럼 그 다음은 뭔데?"

"……정말로 박제영 씨가 사고로 손의 신경이 손상되지 않았더라면, 당신보다 뛰어난 피아니스트가 됐을까요?"

이성이 답은 않고 뚱한 표정으로 형찬을 바라봤다. 형찬은 그걸 긍정으로 받아들였다. 형찬이 단단히 착각했다는 걸 깨달은 이성이 실소하며 뒤늦게 답했다.

"모르지."

"모른다니?"

"있지도 않을 가정을 하니까. 사람들이 그럽디까? 박제영이 그랬으면 나보다 쩌는 피아니스트가 됐을 거라고?"

"입을 모아 그렇게 얘기하긴 합니다. 나도 지금 당신 얘기를 듣고 보니 그랬을 수도 있단 생각이 들기 시작했고."

이성이 씁쓰레한 얼굴로 다시금 제 휴대 전화 화면을 살폈다. 제영이 보낸 점 하나가 괜히 더 애틋해졌다.

단단히 화가 난 이유야 알았다. 목줄 잘 매서 반지까지 건네며 얌전히 말 잘 듣겠다고 해 놓고 뒤로는 호박씨를 깠으니. 일을 이만큼이나 더 키워 놨으니 박제영 성격에 제 트라우마인 이름까지 건드려진 만큼 화가 나지 않을 이유가 없었겠지.

그래도 연락 한 번을 안 받아 주니까 서운했던 거다. 처음엔 서운했다가 나중엔 야속했고, 화가 났고, 황당했다가, 미안해졌다. 조금은 억울하기도 했다. 아니, 다 저 좋자고 한 일인데.

물론 뮤즈 발언은 자신이 경솔하게 굴어서 생긴 일이긴 하지만. 박제영이랑 쌍으로 서로 좋아한다는 것도 아니고, 제가 박제영 좋아한다는 거 아주 티끌만큼은 티 낼 수도 있잖은가.

어쨌든 이성도 나이를 공으로 먹은 건 아닌 만큼 자신이 잘못한 건 아주 잘 알았다. 그래서 말로는 물어뜯네, 어쩌네 하면서도 딴에는 기가 죽어서 곱게 기다렸다.

고작 방금 받은 저 점 하나만을 간절히 기다리면서. 그렇게 결국 받아 냈는데, 어째 뒷맛이 썼다. 제영이 화를 풀어서가 아닌 것 같아서.

"그럼 잘된 거 아닌가? 그만큼 대단한 박제영이 곡도 잘 썼다고 사람들이 생각할 거고. 그럼 소송도 더 잘 풀리겠고……."

이성이 일어서 형찬과 시선을 똑바로 마주했다. 엇비슷하게 이성이 조금 큰 키라서 살짝 내려다보는 듯도 했다.

"우리 대표님이 좋아하는 박제영이 사람들 인정도 받았겠다, 대체 뭐가 문제라서 나를 찾아왔을까. 난 모르겠네?"

한참 낮아진 목소리로 이성이 중얼거리듯 말했다. 그러고는 색소 옅은 눈으로 형찬을 빤히 노려봤다. 이성이 정말 상황을 모르는 기색은 아니었다.

"어쨌든 지금 내 회사에 속해 있는 건 박제영 씨가 아니라 윤이성 당신이니까. 그게 내 문제죠. 우리 회사의 문제이기도 하고."

"아아……. 내 이미지가 언제는 뭐 좋았나."

"적어도 스타성과 실력은 확실했지. 지금은 아홉 살이나 어린 천재에게, 그것도 그 천재가 성인이 되기도 전부터 흑심이나 품고 침을 질질 흘려 댄 불한당에, 심지어 본인 실력조차 박제영 씨가 만들어 줬을 뿐인 반쪽이 됐고요."

이성이 잔뜩 표정을 구겼다.

"나 박제영 코흘리개 때는 좆도 관심 없었거든? 오히려 원수였지 아주 그 싸가지!"

"그러니까 그 이미지를 잠재워야지."

"근데 또 그때부터 좋아한 건 아니더라도 한참 어린 애 좋아하는 건 틀린 말은 아니라."

"어쩌자는 겁니까?"

"뭘 어째? 내버려 두자는 거지. 뭐, 나보고 박제영이 뭘 어떻게 할 수 없을 초천재라고 사람들 앞에서 자랑이라도 하라는 거야 뭐야? 아니면 박제영한테 그런 마음 추호도 가진 적 없다고 거짓말이라도 하라고?"

형찬이 이성을 찾아온 이유가, 지금 이성이 뱉은 말과 그리 다르지 않기는 했다. 사람들은 1등을, 진짜 천재를 가리고자 했다. 더해서 아무렴 이미지가 마냥 좋지만은 않은 사고뭉치보다는 비극을 겪은 천재인 제영을 더 마음에 두려는 경향을 보였다.

거기까진 괜찮았다. 형찬이야 지금이라도 이성과 계약을 파기하고 버리면 그만이었다. 하지만 그런 식의 해결은 장기적으로 놓고 보면 좋지 않았다.

형찬이 운영하는 매니지먼트는 소속 예술인의 이미지를 제대로 수습하지도 않고 쉽게 내버리는 곳이 될 테고, 이성은 계약 파기와 동시에 지금 씌워진 이미지 그대로 박제될 것이었다.

가뜩이나 박제윤과의 스캔들도 있었던 그였다. 어린 여자 뒤나 졸졸 쫓아다니면서 단물 빨아먹는, 사실은 박희은이 키워 냈기에 여기까지 올 수 있었던 별 볼 일 없는 망나니로 이미지가 굳어질 수도 있었다.

제영이 김무진과의 소송에서 이기는 데야 지금 상황이 큰 도움이 되고 있기는 했다. 형찬이 알아본 바에 의하면 김무진의 변호를 맡은 로펌에서 그의 변호를 포기하고 물러설 움직임이 보인다고 했다.

최대로는 그러하고, 적어도 현 소송에서 제영과 관련한 혐의만큼은 인정하자고 김무진을 압박 중이라고도 했다. 대한 종합 예술학교도 김무진을 밀어낼 움직임을 보였다.

"적어도 어린애만 쫓아다니는 변태라든가, 그런 소리라도 수습해야죠."

"알 게 뭐냐. 난 관심 없네요, 대표님아. 아니꼬우면 계약 파기하든가. 근데 그러면 위약금은 내가 내야 하냐, 아니면 대표님이 나한테 줘야 하냐?"

"그게 가장 최악의 수라서 계약 파기하는 일은 없을 겁니다. 어쨌든 윤이성 씨, 당신이 움직일 일은 없는 것 같으니 사측에서 알아서 대응하죠."

이성이 느리게 눈을 깜박였다. 점 하나만 겨우 찍어서 어쨌든 연락을 받아 준 박제영은 지금 뭘 하고 있을까. 이성이 그런 생각을 하며 피식 웃었다.

"지금처럼 가만히 처박혀 있으세요. 다른 사고는 치지 말고. 그 정도만 해도……."

"댁의 회사에 도움이 되겠다고."

"……뭐, 그렇죠."

형찬이 어깨를 으쓱였다. 이성이 마른세수하고는 진지해진 낯으로 형찬을 바라봤다.

"얌전히 있을 테니까 나도 부탁 하나만 합시다."

* * *

세상 참 좋아졌다. 제영은 녹화된 비디오를 한참 찾아야 볼 수 있었던, 자신이 열 살 때 참여했던 콩쿠르의 연주 장면을 보고 있었다. 휴대 전화로 동영상 플랫폼 어플을 터치하고 자신의 과거 이름을 검색하기만 하면 가능한 일이었다.

베토벤 피아노 소나타 No.17 〈Tempest〉, Op.31 no.2.

어린 손이 쳐 내려가는 영상의 제목은 그러나 연주하는 곡의 이름이 아니었다.

"천재를 만든 진짜 천재의 연주……."

제영이 피식 웃음을 흘렸다. 우습기 짝이 없는 제목이었다. 한참 어린 자신이, 박희은이. 이미 손이 망가져 피아노 앞에는 설 수도 없게 된 이후에나 만난 윤이성을 천재로 만들었단다.

댓글은 하나같이 박희은을 칭찬하는 내용 일색이었다. 어린데도 이미 완성된 감성의 연주가 어떻고, 작은 몸에서 나오는 힘이 범상치 않다는 말이 보였다.

잘했다. 그래, 더 자라고 성장해 비록 피아노를 연주하지는 못하더라도 많은 것을 귀로 듣고 듣는 귀가 더 열린 지금의 박제영이 보아도. 어린 자신의 연주는 썩 들을 만했다.

많은 콩쿠르 수상 실력도 '박희은'의 실력을 증명할 것이었다. 다섯 살이었나, 여섯 살이었나. 처음 나갔던 콩쿠르에서의 일이 문득 기억났다.

콩쿠르는 연주회가 아니었다. 보통 한 곡을 전부 칠 일이 없다.

그때 제영의 앞뒤로 무대에 올라 심사 위원에게 제가 연습한 곡을 선보이던 아이들도 그랬다. 짧으면 30초에서 길면 1분, 특히나 예선이라면 무조건 그 이상을 연주하는 일이 없다고 보아도 되었다.

그동안에 어려서 뭘 제대로 알기나 할까 싶은 아이들은 제 모든 것을 쏟아붓겠다고 열심히 어린 손가락을 놀렸다. 그리고 차임 소리가 울리면 연주를 멈춰야 했다.

그러나 제영은 달랐다. 엄마도, 아빠도 그냥 연습했던 대로 연주하고 내려오면 즐거운 경험이 될 거라고 해서 무대에 올라 피아노 앞에 앉았다. 연주를 시작하고 1분이 훌쩍 지난 듯한데 차임이 울리지 않았다.

제영의 연주가 먼저 그쳤다. 심사 위원석에서 키들거리는 웃음소리가 터졌다. 아이고, 하던 중앙에 앉은 가장 나이 지긋한 어른이 물었다.

"왜 치다 말아요?"

"벨이 안 울렸어요."

"그럼 더 쳐야지. 끝까지 쳐야 이 늙은이가 재미지게 듣지."

심사 위원이 차임을 울리지 않았는데 연주를 그쳤으니, 당연히 거기서는 수상하지 못했다. 실격이었다. 심사 위원의 관심을 끌었을지언정 그건 어쩔 수 없는 일이었다.

그렇게 첫 콩쿠르에서 제영에게 관심을 보였던 그가 스승이 되었고, 이후 여러 콩쿠르를 참여하며 많은 곡을 익혔다. 즐거운 시간이었다. 유쾌한 첫인상과 달리 제영의 스승은 엄한 사람이었다. 조부 박신환과도 인연이 있는 사람이었는데, 제영이 열한 살 무렵 안타깝게도 혈관 질환으로 이른 치매를 앓기 시작했다. 그리고 뒤로부터는 제영에게 어느 한 사람의 고정된 스승은 없었다. 때마다 인연이 닿는 피아니스트들의 가르침을 받았다.

여섯 살 때 만난 그 스승님이 어린 피아니스트 신동 박희은을 만들었을까. 그를 만나고 나서 여덟 살에 첫 콩쿠르 1위를 했으니 틀린 말은 아닐지도 모른다.

다만 그 모든 것이 틀린 말이 아니라면. 지금 보는 영상의 제목대로 윤이성조차 박제영이 전부 만들어 낸 거라면, 박제영 또한 그저 누가 만들어 냈으니 이런 소리를 들을 수 있는 걸 텐데.

제영이 피식 웃음을 터뜨렸다. 뭐가 뭔지 모르겠다. 하필 이성에게 악의적인 마음을 담은 댓글 하나가 눈에 걸렸다.

'어리고 예쁘고 잘하고 또라이 변태 ㅇㅇㅅ이 벌떡할 만하네ㅋㅋㅋ'

'윤이성도 대단하긴 하다 박씨네 인물들 다 후려 본 거 아님? 심지어 박제윤은 얘보다 두 살이나 더 어리잖음ㄷㄷㄷ'

'ㅇㅇㅅ이 예전에 sns에 올린 수갑 사진ㅋㅋㅋ 못 보신 분 보셈.'

대번에 제영의 미간이 일그러졌다. 이어지는 댓글들도 전부 엉망이었다. 한숨이 절로 나왔다. 이렇게 되도록 윤이성은, 심지어 그가 소속된 유성 매니지먼트에서조차 어떠한 행동도 취하지 않고 있었다.

하루가 갈수록 이제 세상에는 있지도 않은 박희은의 위상이 오르고 있었다. 「뮤직 피커」의 편집장 칼럼이 터진 날, 화를 내며 전화를 끊어 버렸던 제윤이 메시지며 메일로 전하기로는 소송에도 분명히 긍정적인 영향을 끼치고 있다고 했다.

김무진의 교수직도 박탈될 것 같다고 했던가. 아니면 이미 그렇게 되었다고 했던가. 흘려버린 내용인지라 잘 기억이 나지 않았다.

[점 하나 찍어 줬으면]

[다음엔 두 개는 찍어 줘야지ㅠㅠ]

한숨만 나오는 댓글 위로 메시지 알림이 연신 떴다. 잊을 만하면 메시지를 보내는 건 당연하다고 해야 할지, 아니라고 해야 할지도 모를 윤이성이었다.

[..]

[이것도 쉽네!]

[그러니까 내가 잘못했다고 보내면]

[이제는 .. 이렇게 두 개 찍어 줘.]

[잘못했어.]

제영이 메신저 화면으로 넘어갔다. 화면을 터치하는 손끝이 아렸다. 입술을 깨물고, 그녀가 떨리는 손으로 화면에 점 두 개를 쳤다.

[..]

어느덧 제영의 입가에는 흐린 미소가 걸려 있었다.

[다음에는 세 개다. 어?]

[세 개 찍고, 그러고 다섯 개까지 찍으면]

[그때는 전화도 받아 주라.]

[박제영 목소리 듣고 싶어.]

[말라 죽겠어ㅠㅠ]

윤이성은 박제영이 그렇게도 좋을까. 어떻게 그럴 수 있을까. 지금 박제영의 과거가 웃기지도 않게 현재의 윤이성을 잡아먹고 있는데.

욕심이 없어서 그러나. 지금보다 더 빛날 수 있었을 3년을, 활동하지 않고 돌연 잠적해 버릴 정도로 별 미련이 없어서. 아니, 그렇지는 않을 것이다. 욕심이 없는 사람이 그런 연주를 해낼 수 있을 리가 없었다.

정말로 윤이성은 박제영이 좋은 거다. 적어도 제영이 생각하기에는 그것 말고는 이유가 없었다.

제영이 먼저 이성에게 전화를 걸었다. 통화 연결음이 두 번을 채 채우기도 전에 이성이 전화를 받았다.

-박제영!

"응."

-와, 씨발……. 나 지금 꿈꾸는 거 아니지? 어? 맞지?

"말 좀 곱게 하면 안 돼? 전화 받은 지 얼마나 됐다고 욕부터 하니?"

-……미안.

웃음기 섞인 윽박에도 이성은 쉽게 미안하다는 말을 뱉었다. 행여나 가까스로 듣게 된 제영의 목소리를 금세 다시 빼앗길까 무서운 모양이었다. 풀이 죽은 목소리에, 제영은 가슴이 저려 왔다.

"말 잘 듣겠다며."

-응.

"사고 안 치겠다며. 목줄 매서 나한테 쥐여 줬다며."

-……응.

"윤이성 이미지에 어울리지도 않는 뮤즈 발언은 또 뭔데."

-잘못했다고…….

잘못했다고 비는 목소리에 기운이 하나도 없었다. 그러면서도 서럽고 억울한 것도 없지 않은 모양인지 흐리게 퉁명스러운 기색도 있었다. 꼭 같은 일로 여러 번 혼난 아이를 다시 다그치는 기분이었다.

제영이 삐져나오는 웃음을 꾹 참았다. 그러고 나니 남은 감정이란 이성을 향한 미안함이었다. 미안함이라기보다는 불안감이었다.

여기서 끝날까? 사람들이 금세 다시 박희은을 잊고 나면 윤이성은 다시 빛이 날까. 어쩐지 멋쩍고 수줍어서 전하지 못한 말이 있는데, 윤이성 당신은 내가 하고 싶은 연주를, 그 이상을 내게 들려줬거든.

그 고마움을 전하지도 못했는데. 나도 어쩌면 같은 마음으로 너를 보고 있다고 말하고도 싶었던 것 같은데. 지금보다 윤이성이 나에게 소중해지면, 그때는 나는 또 너를 영영 잃지는 않을까.

"생각해 보니까……."

지금보다 더 무서운 방법으로.

"윤이성이 또 그렇게 잘못한 건 아닌 것 같아. 미쳐 날뛰기는 했어도."

-나 요즘은 얌전히 있었다?

"알아."

-알면, 나 이제 매일 전화해도 돼?

"이제 잘못했다고는 안 해도 돼."

전화 너머로 이성이 벌떡 일어나다가, 발이라도 헛디뎠는지 쿵 하고 넘어지는 소리가 들렸다. 허둥지둥거리는 소리가 고스란히 다 들려왔다. 그렇게까지 되도록 얼마나 놀란 건지, 이성은 악 소리 한 번을 안 냈다.

-잘못한 거 아니니까 매일 전화해도 된다는 거지? 맞지?

"너는……. 넌 그게 중요해?"

-아니 씨발, 좋아하는 여자 목소리 듣는 게 중요하지 그럼 뭐가 중요해? 아, 맞다. 씨발은 취소!

"못 살겠다, 진짜……."

-못 살면 안 되지. 나랑 잘 살아야지.

"너 때문에 못 살겠다고."

-그래? 내가 뭐 또 잘못했나? 아, 다 모르겠고 그냥 박제영 얼굴 보고 싶다.

아무 일도 없었던 것처럼 대화가 이어졌다. 퍽 오래 연락이 오가지 않았던 사이인 것도 없었던 일처럼. 하긴 3년 만에 다시 봤을 때도 그랬다. 윤이성의 미친 짓 때문에 악을 쓰고 화를 섞기는 했어도, 그저 어제 만났던 것처럼 자연스럽게 서로를 대했던 것도 같다.

-만나러 가도 되나?

"되겠니?"

-안 되나……. 아니 왜?

"몰라서 물으세요, 어린애 뒤꽁무니나 졸졸 쫓아다니는 변태 되신 피아니스트 윤이성 씨?"

제영의 말에 이성이 잠시 침묵했다. 어째 좀 당황한 것도 같았다.

-봤나?

"떠드는 사람이 한둘이 아닌데 어떻게 모르겠어."

-그거는, 그거는 두면 다 금방 괜찮아져. 내가 존나 기막힌 연주 보여 주면 저 새끼 원래 저런 피아니스트였지 하고 넘어간다고.

"무슨 자신감이세요?"

-실력 있는 놈의 자신감. 그러니까 너무 신경 쓰지 마시라고요. 일 다 끝나면 나도 뭐, 대표가 알아서 뭐 해 줄 것 같던데?

"……그래."

왜 조용한가 했더니. 이성이 한 말에서 제영이 이유를 찾았다. 일부러 내버려 두는 거였다. 흐르는 상황이 박제영한테 유용하니까. 때늦을 때까지 두었다가 모든 게 정리가 되면 그제야 수습에 나서려고.

앞으로도 윤이성의 곁에 박희은의 이름이 있으면 내내 이런 식일까. 그러다간 언젠가는 이름, 명성, 실력 말고 다른 것도 잡아먹히지 않을까.

-나 그냥 지금 만나러 가면 안 되냐? 진짜?

가라앉아 가는 제영의 마음과는 달리, 이성이 해맑은 목소리로 물었다. 제영이 단호하게 답했다.

"안 돼. 기다려."

-뭘 또 기다려! 이러다 박제영 마음 또 바뀌어서, 어? 야! 너 다시 빌어! 이러면 나만 좆, 아니 새 되는 거 아냐!

"기다려. 날이 추워."

-춥기는 개뿔, 4월이다. 꽃이 피다 못해 지게 생겼는데 뭐가 춥냐?

제영이 이성의 빈정거림에 그저 웃었다. 이성은 그렇게나마 제영의 웃음을 들은 게 좋은 건지 저 혼자 '어, 씨발 웃었다…….' 하고 중얼거렸다. 그러더니 저도 따라 웃었다.

"내가 갈게."

-온다고? 지금?

"아니. 지금 말고. 일 다 마치면."

제영이 제 손을 내려다보았다. 손끝이 겨울 한기에 얼어붙어 동상이라도 걸린 사람처럼 붉고 푸르렀다.

"그러면, 내가 갈게."

* * *

김무진과 제영, 그리고 학생들 사이의 소송 첫 변론 기일 날짜가 잡혔다. 사건의 규모에 비해 보편적인 속도보다는 조금 빠른 진행이었다. 사람들의 이목이 쏠린 사건인 만큼 이상한 일은 아니었다.

다만 4월 중순으로 잡힌 재판일을 일주일 남겨 두고, 김무진 측의 변호인단이 돌연 사임했다. 김무진은 곧바로 새로운 변호사를 찾았지만 사임한 이들보다는 처지는 이들이라는 평이었다.

보통 싱겁게 끝나기 마련인 첫 재판부터 일은 재밌게 돌아갔다. 김무진이 혐의의 일부를 인정하였기 때문이었다. 물론 그가 인정한 혐의는 오로지 '박제영'과 관련된 건 하나뿐이었다. 나머지 학생들의 피해 사실에 관해서는 그는 모든 혐의를 부인했다.

첫 재판이 끝나고, 다음 날은 더 재미있는 일이 벌어졌다.

"학교 측에서 김무진의 교수직을 박탈했다고요?"

"방금 기사 떴어요. 뭐 학교 측 사과문도 같이 떴다던데요?"

형찬이 언론 지원 팀장의 말에 픽 웃음을 터뜨렸다. 징글징글하게 회사를, 그리고 직원들을 괴롭혔던 일이 슬슬 해결될 조짐을 보이고 있었다. 뒷맛이 아직 그리 깔끔하지는 않았지만 말이다.

"참 이르게도 움직였네요."

형찬의 빈정거리는 말에 이번에는 언론 지원 팀장이 웃었다. 그러나 그녀의 얼굴은 영 피곤한 낯이었다.

"이 정도면 이제 저희도 준비한 자료 뿌릴까요?"

"그래도 될 듯합니다. 윤이성 피아니스트는요?"

"집 콕 잘 하고 계신다네요. 그러잖아도 김성길 매니저랑 아까 통화해서 확인했습니다!"

"그래요. 조금만 더 수고합시다."

"옙!"

언론 지원 팀장이 형찬에게 인사하고 그의 사무실을 나섰다. 홀로 남은 형찬이 의자에 깊이 몸을 기댔다. 힘을 빼고 늘어진 그가 눈을 감았다. 잠시 쉬면서 생각을 정리할 셈이었다.

여전히 기자들은 이성이나 제영의 소식을 캐기 위해 유성 매니지먼트 건물과 당사자들의 집 주변을 어슬렁거리고 있었다. 그러나 정작 이성도, 제영도 아무런 반응이 없자 그도 시들해지고 있었다.

사람들 사이에 박제영의 인식은 '윤이성을 뛰어넘는 비운의 천재 피아니스트'로 박혔다. 다만 그는 환상의 천재성에 불과했다. 확인할 수 없는 무언가였다.

관심은 차츰 시들해졌다. 소송조차 싱겁게 끝날 기미가 보이니, 이제 남을 건 가십과 악의에 찬 조롱뿐이리라.

가십은 지금도 이성과 제영을 향했으며, 조롱은 당연하게도 김무진의 몫이었다. 물론 제영과 피해자들이 다녔던 학교의 몫도 있었다. 대한 종합 예술 학교가 본래의 위상을 회복하는 데는 오랜 시간이 걸릴 것이었고, 그보다 훨씬 짧은 시간 안에 김무진은 끝장이 날 터였다.

"전부……."

윤이성의 생각대로 됐다. 소름 끼칠 정도로.

"대표님은 사람들 관심이 얼마나 가리라 생각해?"

"뭐가 말입니까? 지금 이 상황을 두고 하는 말이라면 그래도 끝까지는 가겠죠. 일이 다 매듭지어질 때까지."

“그럼 박제영이랑 윤이성 중에 누가 더 잘났냐, 뭐 이딴 관심은. 지금 그걸로 사람들이 줄 세우기 놀이 한다며.”

이성의 물음에 형찬이 잠시 침묵했다. 이성과 제영의 천재성에 대한 사람들의 관심이 얼마나 갈 것인가. 순간 형찬의 얼굴이 굳어졌다.

“우리 대표님 역시 똑똑해? 괜히 회사 대표까지 해 먹는 핏줄이 아니야?”

이성이 장난스럽게 말했다. 그러나 그 장난기는 금세 사그라들었다.

“그건 얼마 안 가. 어차피 손이 망가지지 않았을 박제영의 연주 실력은 진짜로 확인할 수가 없으니까. 그래도 사람들은 누가 더 잘났네, 못났네 하고 있겠지. 재밌으니까.”

“하지만 인식은 남잖습니까. 그리고 꼬리표는 끝까지 따라다니고요.”

“인성 천박하고 쓰레기 같은 사람도요, 재능 있으면 사람들은 빨아요.”

이성이 손가락으로 본인을 가리켰다.

“가볍고 대표적인 예로 작년까지의 나를 들까?”

입술은 말려 올라가 키득거리고 있지만, 눈은 여전히 싸늘하기 그지없는 이성을 보며 형찬이 한숨을 내쉬었다. 형찬의 표정을 보며 이성도 일부러 말아 올리고 있던 입꼬리를 내렸다.

“그게 무조건은 아닙니다.”

“물론 아닐 수도 있지. 그게 내 경우가 되지 않으리라는 보장도 없고. 근데 그렇게 되면 내 손으로 책임지고 싼 똥 싹 끌어안고 나갈 테니까, 박제영 일 정리되기 전까지 나한테 무슨 얘기가 붙든 그냥 둡시다. 우리."

형찬은 지금 이성의 속셈을 도저히 이해할 수가 없었다. 아니, 그 속을 도통 모르겠다는 건 아니었다.

윤이성은 본래 타인이 보는 자신의 이미지에 그리 집착하는 성격이 아니었다. 누구에게든 공평하게 관심이 없으니 제멋대로 행동하는 거였다. 욕을 먹어도 그만, 반대로 저를 좋아해도 그만이었다.

그렇게 타인의 인식에 딱히 관심이 없으니 쉽게 제멋대로 사고를 치고, 하고 싶은 대로 하는 거였다. 인기를 얻고 성공 가도를 걷고 있는데 돌연 3년씩이나 잠적을 타는 건 보통 사람이 할 행동이 아니었다.

그런데 윤이성은 그걸 했다. 추측하건대 박제영의 관심을 끌기 위해서. 그러니까 이성의 무관심에서 유일하게 벗어난 사람이 바로 박제영이라는 말이었다.

박제영을 그만큼 윤이성이 사랑하니까? 그런데 그 이유만으로, 윤이성이 타고난 성격만으로 본인이 저지르지도 않은 오명을 뒤집어쓰는 건 이상했다.

이건 이것대로 윤이성답지 않았다.

"내가 존나게 이해 안 된다는 표정이네, 지금. 우리 대표님?"

"솔직히 그렇습니다. 굳이 그렇게까지 하지 않아도 박제영 씨 일은 정리가 돼요. 될 겁니다."

"애 피곤한데 굳이 돌아가지 말자는 거지."

"그러니까 그 손해를 왜 윤이성 씨랑, 당신이 속한 회사에서 끌어안아야 하는 겁니까?"

이성이 무심하게 답했다.

"애초에 내 성장과 성공이 박제영의 비극에서부터 시작됐으니까."

그러곤 더 말하고 싶지 않다는 듯이 말을 돌렸다.

"사람들 관심 존나게 빨리 꺼지는 거, 우리만 알고 있는 거 아닐걸. 대표님 나한테 와서 지금 이러고 우습지도 않은 지랄 할 게 아니라 여기저기 압박을 넣어서 재판을 빨리 끝내든 아니면 그 새끼를 다른 방법으로든 박살을 내든 하세요."

말을 마치고 고개를 돌리던 이성의 눈빛을, 그 찰나 형찬은 보았다. 단순히 사랑하는 사람을 걱정하는 것뿐 아니라 분명하게 서린 죄책감의 기색을.

윤이성. 생각 없이 멋대로 사는 줄만 알았던 사람이었는데. 그게 아니었다. 어쩌면 그는 처음부터 너무 잘 알고 있었던 거다. 제영의 불행이 없었더라면 제게 찾아온 천재일우의 기회도 없었으리라는 것을. 그러므로 자신의 재능이 꽃피운 이 현실이 제영의 불행 위에서 자라났다는 것을.

그걸 알고 나니 형찬에게 도저히 이해할 수 없는 이성의 행동들도 하나씩 뜻이 보였다. 박제영의 과거 이름 '박희은'이 처음 사람들 입에 다시 오르내리기 시작했던, 박제윤과의 스캔들. 거기서 제영 이상으로 당황하고 곤란해하던 윤이성의 모습.

「뮤직 피커」와의 악연이 처음 시작되었던, 시향 악단 콘서트마스터에게 저질렀다던 그의 꼴통 짓. 그건 뒷일을 알아보니 헤븐하모니의 예술인 지원에서 떨어진 콘서트마스터의 뒷말이 먼저였단다. 박신환 전 재단장을 씹어 대고, 그를 씹어 대기 위해서 제영의 돌아가신 부모님을 그가 헐뜯었던 게 먼저였다고.

형찬은 걸어 본 적 없는 불행의 길을 윤이성은 걸었다. 지금 그가 내디디고 있는 오롯한 영광의 길을 걷기 이전까지는, 이성의 삶에서 절대로 떨어지지 않을 것만 같던 길이었으리라.

그래서일까. 그날 형찬이 제대로는 처음 본, 사람들을 향한 윤이성의 시선은 몹시 냉소적이었다. 그 차갑고 무신경한 시선에서 벗어난 인물은 오로지 박제영 하나였다.

그런 박제영이 마음 편해질 길이, 더 빠르게 갈 길이 생겼다. 제영 본인이 원한 상황이든 아니든 말이다. 그러면 윤이성은 그 길을 반길 수밖에 없다. 저야 사람들 입에 오르내리며 물고 뜯기더라도 말이다.

상관없는 거다. 사람들의 시선도, 무엇도. 박제영만 괜찮으면. 괜찮을 수 있으면.

형찬으로서는 이해할 수 없는 방식이었다.

* * *

제윤이 제영의 집 앞에 떴다. 김무진과의 소송은 적어도 제영과의 건만큼은 해결이 됐다고 해도 과언이 아니지만, 여전히 제영의 집 앞에는 사람들이 많았다. 정확히는 기자들이 많았다.

'천재'의 구애를 받는 사람이자 '진짜 천재'인 박제영을 향한 관심 때문이었다. 심지어 집안에 요즘 떠오르고 있는 다른 연예인인 박제윤까지 있는 마당에, '그 박제윤'마저 이성의 스캔들 상대였던 적이 있으니 사람들의 관심은 꺼질 줄을 몰랐다.

그런 만큼 제영의 집 앞을 점거한 기자들의 수는 줄어들 생각을 하지 않았다. 그런 곳에 폭탄처럼 박제윤이 등장한 것이었다.

"무슨 일로 찾아오신 거죠?"

"박제윤 씨! 최근 박제영 씨와의 연락은 꾸준히 이어지고 있었습니까?"

"첫 재판 결과에 대한 박제영 씨의 생각은 어떻다고 합니까?"

"윤이성 피아니스트와 박제영 양의 관계에 대해 제윤 씨가 알고 있는 것이 있습니까?"

푹 눌러쓴 모자에 커다란 마스크, 거기에 풀린 날씨에 맞지 않는 길쭉하고 도톰한 외투까지 입은 제윤의 주변을 기자들이 감쌌다. 밴에서 내린 제윤의 곁으로 매니저 둘과 여자 직원 하나까지 따라 내려 달라붙었다.

"박제윤 배우 오늘 컨디션이 안 좋습니다! 그거 아니라도 대답 못 해요!"

"그래도 대답 좀 해 주십시오! 많은 사람들이 지금 박제영 양이나 박제윤 씨의 답을 궁금해하고 있습니다!"

"일간에 윤이성 피아니스트가 두 자매를 사이에 두고 변태적인 행위를 요구했다는 말도 떠돌고 있는데요!"

"거 말 좀 가립시다! 할 말 못 할 말도 가르쳐 드려야 합니까?"

"박제윤 씨! 박제윤 씨!"

커다란 선글라스 아래서 제윤이 잔뜩 인상을 일그러뜨렸다. 제영의 집 주변을 지키고 있는 경호 인력까지 나서서 기자들을 제지했지만, 쉽사리 진정되지 않았다. 숫제 개판이었다.

-박제윤, 나 좀……. 나 한 번만 도와줘.

그런 다 죽어 가는 목소리로 나를 불러서 이 개판에 가져다 놨다 이거지. 심지어 제 마음에 안 드는 얘기 했다고 그렇게 신경질을 부리고, 보름이나 연락이 안 되다가. 좀 좋을 만해지면 꼭 이렇게 죽을 쒔다. 그게 박제영이었다. 알면서도 쫓아온 저도 저였다.

제윤이 입술을 깨물었다. 기어이 한 기자의 손이 자신의 팔뚝을 붙잡는 걸 느끼며 소스라치는 와중, 닫혀 있던 제영의 집 문이 열렸다.

좁게 열린 틈으로 잡힌 팔을 뿌리친 제윤과 그녀의 일행들이 빠르게 들어갔다. 따라 들어오려는 것처럼 거칠게 밀어 대는 기자들의 기세가 무서웠다. 그들을 말리는 경호 인력의 힘에 부치는 소리가 처절하게 들릴 지경이었다.

제윤이 진저리를 쳤다. 꽁꽁 묶어 모자 안에 욱여넣어 둔 꽁지머리가 어느새 풀려 산발이 되어 있었다. 제윤이 한숨을 푹 내쉬었다.

"내가 착한 게 죄지……."

제윤의 말을 듣자마자, 그녀 덕에 속 좀 썩은 매니저가 어이가 없다는 듯이 실소를 내뱉었다. 곧장 제윤의 새초롬한 눈빛이 매니저를 향했다.

"오빠들은 현관 밖에 서서 계세요? 언니랑 나랑 코디 언니까지 해서 여자들끼리 긴밀한 얘기 좀 나눌 테니까."

제윤이 해맑게 웃으면서 여직원의 팔에 제 팔을 걸어 팔짱을 꼈다. 화들짝 놀라는 코디에게도 생글생글 웃어 주며 제영이 있을 현관을 손으로 콩콩 두드렸다. 곧 안에서 인기척이 들렸다.

제영이 문을 열어 주고 밖에 선 사내 둘을 흘긋 보고는, 인사도 없이 돌아섰다. 제윤이 그런 제영의 뒤통수를 흘겨보며 따라 들어갔다.

현관을 넘어 들어선 제윤이 익숙하게 거실 소파에 자리를 잡고 앉았다. 물론 앉기 전에 새삼 거실 창을 가린 커튼을 단단히 여몄음은 물론이었다.

제영이 제윤과 따라 들어온 여직원 앞에 물 잔을 놓았다. 한눈에 봐도 수척해진 제영의 꼴을 보고, 제윤은 입 밖으로 꺼내어 말하지는 않았지만 제법 놀랐다. 부모님이 돌아가셨던 사고 이후로 제영이 이렇게나 초췌해진 모습은 처음이었다.

"밖에 세워 둔 사람들은. 괜찮아?"

"너 꼬락서니 그럴 거 보여서 일부러 안 데리고 들어왔는데, 들어오라 그래?"

"아니, 괜찮냐고. 저러고 세워 둬도."

"소속사에서 지은 죄가 있어서 저런 취급 좀 받아도 싸. 너, 아니 언니는 그 꼴을 해서 남 신경을 쓰고 있냐?"

제윤의 핀잔에 제영이 픽 웃었다. 기운 하나 없는 웃음이었다. 괜스레 둘 사이에 낀 듯한 상황이 되어 여직원만 머쓱해졌다.

제윤과 여직원이 물 잔을 들어 목을 축였다.

"조용히 나가고 싶다며. 기자들이나 다른 사람들 눈치 안 보고."

"그래서 네가 이렇게 대낮에 찾아올 줄은 몰랐지."

"내가 뭐 언니가 새벽에라도 부르면 재깍 올 정도로 할 일 없는 사람인 줄 알아? 그리고, 새벽에 그렇게 조용히 움직이는 게 더 수상하거든요."

제영이 힘없이 웃고는 맞은편에 앉았다. 제윤이 한숨을 푹 내쉬었다.

"보름이 넘게 연락은 왜 안 받았는데?"

"하던 전화는 네가 먼저 끊었잖아."

"와. 그걸 그렇게 해석을 하시네. 그래서 내가 전화 먼저 끊어서 다시 나랑 연락 안 하려고 그랬던 거라고?"

"그건 아니고."

제영이 가만히 사람보다는 상황과 동떨어진 물건처럼 앉아 있던 여직원을 지그시 봤다. 제윤이 어깨를 으쓱였다. 괜찮으니 말해도 좋다는 뜻이었다.

"그냥 생각했어. 이것저것."

"도 닦아? 무슨 생각을 보름이나 해?"

"진짜 이것저것. 별일 많았잖아. 그사이에도, 너랑 내 통화 전에도."

"많기야 많았지. 언니 소송 이긴 거나 다름없는 건 아냐?"

"알아."

"그래. 여기저기서 난리 났다고 올려 대는데, 굳이 나나 뭐 변호사 전화 싹 안 받아도 다 아셨겠죠."

빈정거리는 제윤의 태도에도 시종일관 제영은 차분했다. 하긴, 제윤이 뭐라고 하든 진행되고 있는 일이 있는데 돌연 어떤 연락도 받지 않은 건 제영의 잘못이었다. 사실 소송도 제영의 몫만 일부 해결됐다 뿐이지 아직 완전한 승리라고 보기는 어려웠다.

더군다나 민사인 만큼 제영의 문제만 놓고 보더라도 피해 보상금부터 해서 처리해야 할 부분이 많았다. 그런데 제영은 보름이 넘도록 연락 한 번이 되지를 않았다.

"……윤이성 이름에 무슨 이미지가 붙었는지도 알고."

제영이 어렵게 본론을 꺼내 놓았다. 제윤이 새까맣게 죽은 눈을 한 제영을 빤히 바라봤다. 본론이 이거겠구나, 하는 감이 왔다. 제윤이 벌떡 자리에서 일어났다.

"언니, 윤이성 그 사람 만나러 가려고?"

"응."

"그거 때문에 나를 그렇게 우는소리를 하면서 불렀어?"

"내가 언제 우는소리를 했어."

"와……. 내가 그거를, 새벽 3시 반에 온 그 전화를 녹음을 했어야 됐다."

분명 지난 새벽에 제윤이 들은 제영의 목소리는 젖지 않았다 뿐이지 울고 있었다. 생기가 다 빠진 목소리로 도와 달라고 하는 목소리가 지금껏 귓전에 달라붙어 버석거리는 기분이었다.

왜, 있잖은가. 이런 목소리를 들어 놓고도 도와주지 않으면 도리어 내가 나쁜 사람이 되는 듯한 기분. 그래서 정확한 이유야 뭐였든 보름이나 연락을 두절한 제영이 괘씸하면서도, 기꺼이 스케줄을 조정해서 여기까지 달려올 수밖에 없었다.

조용히 나가고 싶다는 박제영을 나름대로 다른 소문 없이 꺼내줄 방법까지 머리를 짜내 생각해서.

"그래서, 만나러 가면 뭐 어쩌게? 대놓고 찾아가지는 않는 거 보니까 그쪽이랑 서로 쌍방이다. 이런 인정을 할 모양새는 아닌 것 같은데."

"그냥……."

"아니다! 됐어. 내가 알아서 뭐 하겠니? 난 얻을 거 다 얻었고, 이제 발 뺄 생각이나 하면 되는데! 나갈 준비나 하자."

제영이 고개를 끄덕이고 자리에서 일어났다. 여직원이 어정쩡하게 제영을 따라 일어났다. 제윤이 돌연 제영을 끌고 보이는 아무 방으로나 들어갔다.

어어, 하는 사이에 끌려 들어온 제영이 당황한 눈으로 제윤을 바라봤다. 그새 제윤은 제가 입고 온 옷을 벗고 있었다.

"뭐 해? 언니도 벗어."

가타부타 설명도 없이 제윤이 명령했다. 제영이 당황해 웃음을 터뜨렸다. 대충 제윤의 의도를 이해한 제영이 제윤의 말대로 옷을 벗기 시작했다.

넷이 집에 들어가서 다섯이 되어 나왔다. 심지어 여자가 한 명 늘었다. 누가 봐도 두문불출하던 제영이 밖으로 나온 것이었다.

기자들은 아까 제윤만 있을 때보다 더욱 격하게 이리 밀고 저리 밀어 가며 대답 한마디라도 얻어 보기 위해 애썼다.

하지만 제영도, 제윤도 입 한 번을 벙긋하지 않았다. 둘 다 마스크에 선글라스까지 낀 모양새가 제대로 철벽이었다. 작고 마른 두 여자가 이리 치이고 저리 치이며 가까스로 밴에 올랐다. 짙게 선팅이 들어간 문 안쪽은 어떻게 해도 볼 수가 없었다.

편한 티셔츠에 면바지, 굽 낮은 로퍼를 신은 게 꼭 평소의 제영과 같은 차림을 한 제윤이 선글라스와 마스크를 먼저 벗어 내던졌다.

"와, 진짜……. 징글징글하다."

아까 제윤이 하고 있던 차림을 고스란히 갖추고 있는 제영은 답답하지도 않은지 여전히 선글라스도 마스크도 쓴 그대로였다. 다만 잘 입지 않는 딱 붙는 롱 원피스가 불편하게 몸에 감기기는 하는지, 종종 몸을 조금 트는 정도였다.

그대로 제영은 창밖을 바라보았다. 차가 출발하지도 못하도록 앞을 막아서고 연신 카메라를 들이대는 기자들의 아우성을 눈에 담았다.

"안 답답하니? 어차피 카메라 플래시 터트리고 오만 난리를 쳐도 이 안에는 안 찍혀. 벗어도 돼."

"좀 이따가."

제윤이 미리 부탁해 평소보다 더 많이 동원되어 있던 경호 인력이 차 앞을 막아선 기자들을 치우기 시작했다. 예상보다 조금 빠르게 앞이 뚫렸다. 몇몇 기자들이 발 빠르게, 아예 제윤의 밴을 좇아갈 준비를 하며 빠진 탓이었다.

곧 차가 출발했다. 제윤이 다시금 후, 하고 고개를 저으며 넌더리를 냈다.

"차는 병원으로 갔다가, 우리 소속사 들렀다가. 그렇게 움직일 거야."

"병원?"

"어제 언니 이름으로 기사 났는데 그건 봤니?"

"……기사는 또 뭔데?"

"박제영 지금 공식적으로는 정신적 스트레스를 이기지 못해서 병원 가는 길. 소송이 어느 정도 마무리되면서 긴장이 풀린 거지."

제윤이 평소의 박제영처럼 입은 자신을 가리키면서 말했다. 제영이 픽 웃으며 고개를 끄덕였다.

"재밌네."

"그나저나 말이 나와서 말인데, 소송 어떻게 할 거야? 뭐 피해 보상이랑 이런 거 소장에 적힌 대로 다 받지는 못한다며?"

"글쎄……. 연락도 하지 마시라고 해 놓고 지금 와서 이러니까 좀 우습고 죄송하긴 한데, 너희 집안이나 할머니께 맡길까 해."

제윤이 눈을 동그랗게 떴다. 제영의 답이 생각지 못했던 반응이었던 듯했다.

"기왕이면 슬슬 재단 이름으로 할머니가 나서 주시면 좋고."

"이게 무슨 반응일까, 우리 박제영 언니?"

제윤의 반문에 제영은 답하지 않았다. 한동안 차 안이 조용해졌다. 다들, 은근슬쩍 제영과 제윤의 대화에 귀를 쫑긋대고 있었다.

"사람들 관심 쏠린 거, 결국 내 이름 때문이었잖아. 그러니까 나

빠지고 나서 일 흐지부지되지 않게 할머니가 나서 주시면 좋겠다고. 다른 피해자들 일도 잘 해결되게."

"옳은 말씀 하셨는데요."

제윤이 작위적이다 싶게 부러 손을 올려 커다랗게 손뼉을 세 번 쳤다. 그대로 손을 모아 쥐어 내린 제윤이 고개를 모로 기울였다.

"어째 꼭, 다 내려놓고 떠나는 사람의 대사 같다?"

"그러려고."

"간다고? 진짜 간다고? 어딜? 어디로? 아니, 왜?"

"이제 발 뺄 건데 알아서 뭐 할 거냐며."

제영이 아까 집에서 제윤이 했던 말을 들먹이며 답을 피했다. 제윤이 입술을 삐죽였다. 밴의 앞자리에 앉은 매니저들을 흘끗 보고는 좌석에 달린 버튼을 눌러 차단막을 올렸다.

가장 뒷자리에 타 있는 여직원에게로 제영의 시선이 쏠렸다. 제게는 제윤처럼 보이도록 짧은 가발을 씌우고, 반대로 제윤에게는 놀랍도록 자신의 머리 색과 닮은 긴 머리 가발을 씌운 데다 가벼운 터치로 이목구비 느낌까지 매만져 준 고마운 사람이기는 했으나. 고마운 걸 떠나서 낯선 사람이기도 했다.

"야, 저 언니는 괜찮아! 완전 입 무겁고, 아니. 다 떠나서 아빠가 알아봐 준 사람이야."

여전히 제영이 입을 열지 않고 요지부동이자, 제윤이 벌컥 화를 냈다.

"너 또 볼일 끝났다고 연락 다 끊고 그러려고 그러지, 지금!"

"아니야. 연락하고 지낼 거야. 일단 내 힘만으로는 지금 뭘 어떻게 하는 것부터가 어려워서 집안 도움도 필요하고."

"뭘 얼마나 꽁꽁 숨으려고? 왜?"

제영이 숨을 깊이 들이쉬고, 들이켠 숨만큼 깊이 숨을 내뱉었다. 그 숨소리만으로 분위기가 낮게 가라앉았다. 창밖으로는 여전히 그들이 탄 차에 따라붙은 기자들의 차가 보였다.

"제윤아. 있잖아. 나 아직도 비 오는 날은 차 못 탄다? 아마 오늘 네가 준비 이렇게 다 해서 왔어도, 비가 왔으면 나는 못 나왔을 거야."

"……갑자기 그 얘기는 왜 하는데."

제영의 입에서 생각지 않았던 날의 이야기가 나왔다. 열셋. 제영의 삶이 송두리째 바뀐 날의 이야기였다. 핀 조명을 받으며 무대 위에서 피아노와 함께 평생을 살 줄만 알았던 박희은의 삶이, 부모님과 함께 손가락에 맺힌 재능을 잃고 박제영이라는 이름을 택해 살도록 한 사건.

국제 유소년 피아노 콩쿠르에서 수상하고, 특별상을 받고. 당시 심사에 참여했던 교수의 추천으로 그가 지휘하는 지방 오케스트라와 협연을 하러 출국하러 가는 길이었다.

잠시 부침이 있었던 것도 거짓말 같게 막힘없이 실력이 오르고 있었다. 실력을 인정받아 콩쿠르에서도 수상했고, 공연 경험을 쌓을 기회까지 얻었다.

그런데 이상하게 당시의 제영은 며칠 연달아 컨디션이 좋지 못했다. 이상한 불안감을 느끼며 가장 좋아하는 연습을 하면서도 어딘가 불편한 마음을 내려놓지 못했다.

"희은아, 많이 힘들면 비행기, 꼭 오늘 타지 말고 일정 조절해 볼까?"

"더 늦게 가면 거기서 컨디션 찾기 힘들어요. 오늘 갈래."

"비도 많이 오고 하니까, 너 그래서 기분 더 처지는 걸까 봐 그랬지. 그래. 그럼 지금 가자."

늘 다정한 아빠의 조심스러운 제안을 받아들였으면 괜찮았을까. 평소엔 뒷좌석에 저와 함께 오르는 엄마가, 그날따라 앞에 타셨다. 컨디션을 도통 찾지 못하고 울적함을 주체하지 못하는 제영에게 혼자 생각할 시간을 주기 위해서였다.

빗길에 옆 차선을 달리던 차가 미끄러졌다. 하필이면 공항 가는 길에 보기도 어려운 무거운 짐을 잔뜩 실은 화물차였다. 차는 쉽사리 중심을 잡지 못했다. 운전자가 반쯤 졸음운전이었다고도 했던가.

"희은아, 너 손부터……!"

미끄러지는 차가 운전석을 가져다 박은 건 순식간이었다. 제영이 아빠의 말에 무슨 일이냐고 묻기도 전에 일이 벌어졌다. 그게 제영이 들은 아빠의 마지막 말이었고.

"괜찮아……. 희은아, 괜, 찮을 거야……."

엄마의 마지막 말은 다 괜찮다는 말이었다. 아빠의 몫까지 늘 제영에게 엄하게 굴었던, 그래도 저를 사랑하고 있음을 모를 수 없는 엄마의 마지막 말은 그렇게나 따뜻했다.

그리고 정신을 잃었다 깨어났을 때, 그렇게나 따뜻하고 사랑을 주었던 부모님은 모두 없었다. 깨진 창문이며 일그러진 차 문 틈 바구니로 차가운 빗물이 들이치는데 왜 이렇게 뜨거운가 했던 손은 처절하게 망가졌다.

본능적으로 머리를 막는 데 썼던 손, 그 손을 찢고 헤집은 유리 파편 때문에 몇 번을 수술해도 끊어진 신경을 완벽히 잇지 못했다.

다 잃었다. 전부 다. 하나도 괜찮지 않았다. 사고가 일어나기 전부터 느꼈던 불안은, 엄마의 말처럼 다 괜찮을 수가 없게 제영의 모든 것을 망가뜨려 놓았다.

"그 사고가 있기 한참 전부터, 나 정말 이상할 정도로 일이 잘 풀렸는데도 불안했거든. 너무 불안했어."

"야, 아니 언니야, 사람이……. 사람이 그런 게 있대. 사람도 동물이라서, 막 그런, 어떤 위기 감지 능력 같은 게 있다더라……."

사고 이후의 제영은 한동안 말을 잃었었다. 그녀의 앞으로 예비된 많은 재산을 가지고 친척들 사이에 싸움도 있었다. 제윤은 제영보다도 어릴 때이니 상황을 잘 모르지만, 아마 그리 좋지 못한 꼴이었을 것임은 충분히 알았다.

제윤의 부모님조차 그때는 제영을 데려오니 마니로 옥신각신했다. 손가락 병신. 한때 제윤이 제영을 낮잡아 보고 욕했던 말을, 제윤은 부모님의 싸움에서 배웠다. 그렇게 제윤은 그저 샘나고 얄밉던, 그러나 한편으로는 동경하고 좋아하기도 했던 친척 언니의 큰 사건을 곁다리로만 알았다.

어린 제윤이 당시에 알기엔 무거웠던 이야기와 괴로운 마음이다. 사실 지금의 제윤에게도 한없이 무겁고 버거운 속내이기도 했다. 흔치 않게 제윤이 어버버하며 딴에는 위로 섞인 말을 건넬 정도로.

"그런데 똑같은 느낌을 받았어. 정말 똑같이 불안한 거야."

"……뭐가?"

"김무진 교수가 내 곡 베껴 가고, 그러다 너랑 윤이성 덕분에 어떻게 소송까지 흘러가고. 그러고 잘 풀렸잖아. 결국 박희은 이름 팔긴 했어도, 잘 해결되고 있었잖아."

"뭐……. 이런저런 일이야 있었지만 싱겁게 풀리긴 했지?"

정말로 많은 일이 있었다. 사실 제영에게는 손해라고 부를 만한 일이 하나도 없었지만, 많은 일이 있었던 것만큼은 사실이었다. 그러나 제영은 일이 잘 풀렸음을 기뻐하는 이의 얼굴이 아니었다.

"그런데 불안한 거야. 그날, 비 오는 날에 있었던 사고를 겪기 전이랑 똑같이."

"그건 그냥……!"

제윤이 무어라 반박을 하려다가 말을 멈췄다. 일이 너무 잘 풀리기만 해도 사람들은 괜한 불안을 느끼기도 하잖느냐고, 차마 지금의 제영에게만큼은 쉽게 말할 수가 없었다.

제영에게는 이미 '있었던' 일이었다. 불안감이 현실이 되어 사랑하는 사람들을 앗아 가는 일이.

"정말 사랑했거든. 엄마도, 아빠도, 피아노도……."

흙터가 가득한 손을 내려다보며 제영이 웃음 지었다. 무엇을 추억하고 있는지 빤히 아는 마당에, 제윤은 어떠한 말도 보탤 수가 없었다. 무거워도 너무 무거웠다.

얕은 한숨과 함께 제윤이 시선을 돌렸다. 제영이 제윤의 외투 주머니에 넣어 둔 무언가를 꺼냈다. 그리고 제윤의 어깨를 톡톡 쳐서 건넸다.

"이게, 뭐야? USB?"

"나중에 봐. 보고 네가 나 좀 도와줘. 이거 때문에 다른 사람 말고 너 부른 거니까."

"야, 박제영……."

"나는 또 잃을 수가 없어서, 자신이 없어서."

제영이 어깨를 으쓱이며, 언제 무거운 이야기를 했냐는 듯이 웃었다.

"도망치려고."

* * *

이상한 기분이 들었다. 문득 오늘따라 윤이성의 마음이 그러했다. 들뜬 듯 가라앉은 것도 같은 기분에 자꾸만 심장이 자리한 가슴께를 긁고 싶어졌다.

-내가 갈게.

"온다고? 지금?"

-아니. 지금 말고. 일 다 마치면. 그러면, 내가 갈게.

제영과 오랜만에 나누었던 통화가 생각났다. 저 통화 이후로 다시 연락이 잘 되려나 했지만, 이성이 제영에게 받을 수 있는 건 고작 '.'뿐이었다. 종종 두 개, 혹은 세 개까지 찍혀 오기는 했지만 그뿐이었다. 메시지의 답장은 오로지 저 빌어먹을 점뿐이고, 전화는 받아 주지 않았다.

"망할 박제영……."

본인 앞에서는 이제 뱉지도 못할 미운 말을 해 보곤, 이내 이성이 피식 웃었다. 멋대로 술이나 처먹고 굴러다녔더니 꼴이 말이 아닌지 고작 그거 웃었다고 입가가 찢어져 쓰라렸다.

절로 손을 뻗어 입가를 쓰다듬었더니 피가 묻어 나오는 건 둘째 치고 턱이 꺼끌꺼끌했다. 제멋대로 자란 수염이 느껴졌다.

다시 가슴께가 간지러웠다. 어쩐지 오늘, 늦어도 내일이면 온다고 했던 박제영이 올 것만 같았다. 이성이 고개를 돌려 현관에 붙은 거울을 흘긋 봤다.

"아이, 씨발……."

멀리서 봐도 정상적이지는 않은 몰골이 고스란히 비쳤다. 정말로 오늘 제영이 오면 어쩌지. 제 흉한 몰골 뒤로는 엉망인 집구석 꼴도 보였다. 이성이 한숨을 푹 내쉬었다.

자꾸만 간질거리는 심장이 정말로 무언가를 알려 주는 것만 같아 이성의 행동은 빠르게 이루어졌다. 굴러다니는 술병을 치우고 아무렇게나 벗어 두어 널브러진 옷가지를 정리했다. 먹는 둥 마는 둥 하고 쌓아 뒀던 음식물의 잔해며 바닥에 쌓인 먼지까지 정리하고 나니 시간이 훌쩍 지나가 있었다.

온몸에서 흐른 비지땀에서 술 냄새가 나는 것 같았다. 머리는 산발이 되어선 엉망이었다. 당장에 머리는 어쩔 수 없더라도 깨끗하게 면도하고 씻을 수는 있었다. 이성이 욕실로 냅다 달렸다.

뜨거운 물에 몸을 적셔 뒤집어쓴 먼지와 흘린 땀까지 씻어 내고 나니 그제야 좀 사람 비슷한 꼴이 되었다. 좋아하는 여자가 올 것 같아서, 그녀를 맞이하기 위해 준비했다기에는 여전히 한참 부족한 몰골로 보였지만.

욕실에서 나와 준비해 둔 깨끗한 옷으로 갈아입고 세탁기에 지저분한 옷가지를 욱여넣어 돌리기 시작한 순간.

[거기서 보긴 힘들겠다. 별장으로 와.]

[할아버지 별장.]

박제영에게서 메시지가 왔다. 이성의 입가에 웃음이 맺혔다. 그가 제 왼쪽 가슴께를 가만히 쓰다듬었다.

"통했네, 박제영이랑……. 통한 거 맞네."

설렘이 아니라고 할 수 없는 두근거림으로, 심장이 터질 것만 같았다.

* * *

"대표님아, 나 좀 돕지? 이제 슬슬 마무리되어 가는 것 같아서. 나도 대표님 말 좀 들어줄 테니까."

오랜만에 박제영을 만나러 가는 자리에 다른 이의 방해를 받고 싶지는 않았다. 그러자니 기자들을 물리쳐야만 했다. 이성이 암만 날고 기어 봤자, 거기에 더해서 온갖 지랄을 해 봤자 기자들의 입을 잠시 닥치게 할 수는 있어도 그들을 온전히 떼어 놓기는 어려웠다.

그는 제영을 만나러 갈 기대감에 1그램 정도의 자존심을 내려놓고 형찬의 도움을 얻었다. 제 말을 들어준다는 이성의 놀랍고도 귀한 딜을 얻어 낸 형찬은, 달리 그 말을 믿지 않으면서도 한숨과 함께 이성을 도울 수밖에 없었다.

그렇게 딴에는 우여곡절 끝에, 이성이 제영과의 추억이 담긴 별장에 도착했다. 가을 무렵에 들렀던 별장을 봄이 무르익어서 다시 찾았다. 저 안에, 바뀐 계절만큼이나 제게 마음을 열어 줄 박제영이 있을까.

"뭐가 이렇게 떨리냐……."

차에서 내려 별장을 바라보며 이성이 홀로 중얼거렸다. 달리 긴장이란 걸 하지 않는 성격의 이성이건만 정말로, 지금 순간만큼은 떨렸다. 긴장으로 손에 땀이 맺힌다는 게 이런 거구나, 싶어졌다. 비슷한 느낌을 언제 받았더라.

아, 박제영에게 반지를 건넸을 때.

이성이 피식 웃었다. 박제영에게 반지를 건넨 그날부터 남은 한쪽의 반지는 늘 몸 가까운 곳에 지니고 다녔다. 오늘도 마찬가지였다. 재촉하거나 채근하지 않겠다고 생각하면서도 기대감을 버리지 못하는 거다. 제영이 마음을 받아 주고 제게 반지를 끼워 줄 순간을.

오늘은 바지 주머니에 넣어 둔 반지 케이스가 유난히 손끝에서 미끈거렸다. 손에 땀이 찬 탓일 터였다. 후, 짧게 숨을 뱉은 이성이 별장으로 향했다. 파도치는 소리가 간간이 들렸다. 바람이 흐려진 만큼 파도 소리도 그 가을보다 잔잔해졌다. 어쩌면 그 흐린 바람을 타고 온 꽃 이파리가 파도를 타고 바다로 멀리 흘러갈지도 모르겠다.

"박제영."

이성이 별장으로 들어서면서부터 제영의 이름을 불렀다. 제영은 바다가 바로 보이는 별장 중앙, 거기에 놓인 피아노 앞에 가만히 앉아 있었다.

"……박, 제윤?"

실루엣이 평소와 달랐다. 이성의 감은 저게 박제영이 틀림없다고 하는데, 긴 원피스를 입고 어깨쯤 오는 머리칼을 귀 뒤로 넘긴 모습은 숫제 박제영이 아닌 그녀의 친척 동생 박제윤에 가까웠다.

별장 안은 조명을 켜지 않으면 바다가 한눈에 보이는 커다란 창을 두었음에도 제법 어두웠고, 실루엣만으로는 피아노 앞에 앉은 사람은 제영보다는 제윤에 가까웠다.

"아……."

제영이 입을 열었다. 한참을 침묵하고 있었는지 잠긴 목소리가 나왔다. 그래도 이성은 한 번에 알아들을 수 있었다. 박제영의 목소리가 맞았다.

"뭐야, 왜 너 안 같게 입고 있냐. 사람 헷갈리게."

"여기까지 오는 길이 꽤 험난했거든."

"너도냐? 나도."

이성이 제영을 바라보며 활짝 웃었다. 별장에 들어서기도 전부터 긴장했던 게 언제냐 싶게 이성은 여유를 찾았다. 제영이 있는 공간에, 자신이 같이 있었다. 이게 얼마 만인지 모를 일이었다. 이 순간을 긴장감 따위로 쉽게 날려 버릴 수는 없었다. 비록 심장은 아까보다 지금이 더, 미친 듯이 뛰어 대고 있다고 하더라도 말이다.

"근데, 머리 잘랐어? 언제?"

가까이 다가와 머리칼을 매만지는 이성을 제영이 가만히 올려다보았다. 느리게 감았다 뜬 제영의 눈은 오늘따라 유난히 눈동자가 깊고 검었다.

"이거 가발이야."

"무슨 가발씩이나……. 미션 임파서블이야 뭐야."

이성이 퉁명스럽게 뱉은 말에 제영이 픽 웃음을 터뜨렸다. 이성도 제영의 웃음을 따라 웃었다. 그렇게 서로를 보고 웃다가, 또 웃음이 툭 끊겼다.

"춥다."

제영의 말에 이성이 어깨를 으쓱였다. 이성이 제영보다 한결 가벼운 차림이었다. 제영이 먼저 별장에 와서 온도를 조절한 건지 실내는 썩 훈훈했다. 사실 이성에게는 조금 더울 정도였다. 그런데도 제영은 춥다고 한다.

"나 춥다고."

문득 이성은 제영이 작게 제 약점을 고백했던 날을 떠올렸다. 비가 오는 날은 차를 타지 못한다고 했었다. 그날, 내리는 비를 멍하게 올려다보던 박제영의 얼굴이 문득 떠올랐다. 그날도 제영은 지금만큼 추워 보였다. 홀로, 누구도 구할 수 없이 홀로 빗속에 갇혀 있는 것처럼.

"그래. 존나게 춥다."

이성이 제영을 품에 끌어안았다. 작고 보드라운 몸이 단단한 가슴팍 안에 갇혔다. 여린 숨이 이성의 가슴을 간질였다. 두근거림은 분명 좋아서 그러는 것일 텐데, 어딘지 모를 서글픔이 뒤엉켰다.

박제영의 슬픔이 제게도 넘어오는 걸까.

"안아 줘."

"지금 안고 있잖아."

"……안아 달라고."

제영의 목소리 끝이 떨렸다. 정말로 날카롭게 부는 바람의 중심에 서 있는 사람처럼. 이성이 의아함을 느끼고 제영을 품에서 놓아주었다. 시선을 맞출 만큼 거리를 벌리고 그녀를 내려다보았다.

제영이 고개를 들어 올려 그런 이성의 시선을 마주했다. 눈망울이 촉촉했다. 건드리면 그대로 눈물이 되어 떨어질 것처럼. 꼭 거기만 색을 입힌 것처럼 유난히 색감 짙은 입술만이, 창백한 얼굴에서 젖은 눈동자 다음으로 이성의 시선을 끌었다.

"무슨 뜻인지 몰라?"

"알아. 아는데……."

이성이 금방이라도 저 입술을 삼키고 싶은 욕망을 가까스로 삼켜 내며 제영에게서 한 걸음 물러섰다. 제영은 여전히, 젖은 채로도 곧은 시선으로 이성을 가만히 바라보고 있었다.

"이렇게 갑자기? 준비도 없이?"

"준비가, 필요해?"

"그러니까 안전장치가……."

"안전장치……?"

"콘……!"

이성이 채 말을 다 잇지도 못하고 바닥에 주저앉았다. 두 손으로 얼굴을 감싸고 앉아서 한숨을 내뿌렸다. 이 상황이 지금 뭔가 싶었다.

제영이 말하는 '안아 줘'의 의미를 모르지 않았다. 모를 수가 없었다. 다만, 그런 말을 해 놓고 저렇게 젖은 눈으로 사람을 쳐다보는 이유를 모르겠다.

박제영이 이상했다. 어디 아픈가. 못 본 사이에 큰 병이라도 생겨서 무슨 일이 있었던 건 아닐까. 별별 생각이 다 들었다. 그러면서도 한편으로 이성은 제가 한심해졌다.

작년 여름, 혹은 가을 무렵 처음으로 박제영을 안았다. 그때는 제 마음도 제대로 몰라서, 박제영이 맞선을 봤다는 말에 왜 화가 나서 3년이나 꾸역꾸역 그녀가 먼저 찾아오기를 기다렸던 주제에 그녀를 찾아갔는지도 몰랐다.

그러면서도 제영을 도발했고, 마주 도발해 오는 제영을 거부하지 못하고 안았다. 아무것도 몰라서 도리어 당당했던 제영의 태도를 오해해, 박제영에게 자신이 처음이라고는 상상조차 못 하고.

그만큼 저보다 어린, 어른이라도 덜 자란 사람이라는 사실이 새삼 제영의 시선에서 사무치게 느껴졌다. 그렇다고 제영을 앞에 두고 아무것도 아닌 성인 남녀가 안전한 관계를 위해서는 피임 기구를 사용해야 하며…….

따위를 설명하기는 또 적잖이 기분을 잡칠 듯했다.

달리 박제영이랑 뭐 어른스러운 장난을 해 보자고, 그녀를 좋아하게 된 것도 아니고.

"……내가 너 안 추울 때까지 끌어안고 있는 거로 타협을 보자."

이성이 꺼내 든 최선의 타협안을 듣고, 제영이 피식 웃음을 흘렸다.

"내가 무슨 코흘리개 어린애야?"

"그럼 아니냐?"

"윤이성 씨, 진짜 기사 난 대로 어릴수록 더 흥분하는 타입이기라도 해?"

"이게 못 하는 말이 없어!"

제영이 키득키득 웃었다. 이성이 한숨을 터뜨렸다. 제영이 덮개 덮인 피아노 위로 몸을 기댔다. 그녀의 손끝이 건반 덮개 위를 톡톡 두드렸다. 귀에 익은 리듬에 이성이 고개를 들어 제영을 올려다봤다.

"그럼 연주부터 해 줘. 오랜만에 듣고 싶다."

"……해 준다고 그렇게 전화를 때릴 때는 한 번을 처받지를 않더니."

이성이 주섬주섬 바닥을 털고 일어났다. 제영이 한 뼘 물러나 이성에게 자리를 내주었다. 건반 덮개를 열고 앉은 이성이 제영을 바라봤다. 신청 곡이 있느냐고 묻는 시선이었다.

"아무거나."

"그래, 아무거나."

퉁명스럽게 답한 이성의 손이 건반 위에 놓였다. 상황도, 무엇도 손에 잡히는 것이 없었다. 무언가 마음에 들지 않았다. 그러나 옆에 박제영이 있었다. 홀로 추위에 갇힌 것처럼 굴던 박제영의 체온은 적잖이 따뜻했다.

이 기분을 전부 담아 표현할 곡이 뭘까. 그것도 제가 악보를 보지 않고 칠 수 있을 만한 곡 중에. 최근에 제영과 연락이 닿지 않는 동안 건반을 손에서 놓아둔 시간이 제법 되어서일까.

마땅히 기억나는 게 없었다. 이성의 인상이 살짝 찡그려졌다. 그의 손끝이 의미 없이 건반을 몇 개 두드렸다.

개중에 마음에 드는 첫 음을 잡았다.

쇼팽 Ballade No.4, Op.52 in F minor.

연주는 곡의 처음부터 시작되지 않았다. 주제가 조금 진행된 곳, 불안함과 애틋함을 절반씩 담았을 아슬아슬한 음이 매끄러운 선율이 되어 이성의 손끝에서 터져 나왔다.

아까 제영의 눈을 적시고 있던 물기가 꼭 이 음을 닮았을까. 아니면, 연주하는 이성의 설렘과 불안이 뒤엉킨 애틋한 두근거림이 이 음을 닮았을까.

끊길 듯 매끄럽게 이어지던 멜로디가 격정적인 폭풍우처럼 몰아칠 즈음. 눈을 감고 가만히 이성의 연주를 듣고 있던 제영이 돌연 그의 손목을 붙잡았다.

응당 그러하듯이 연주에 몰입하고 있던 이성의 눈길은 저를 방해한 자를 매섭게 쏘아보았다. 그러나 곧, 윤이성의 눈길은 이보다 더 당황한 적이 있을까 싶은 사람의 것으로 바뀌었다.

"야, 너……."

"안전장치."

"너……!"

"이거 맞잖아."

제영의 손에는 콘돔이 들려 있었다. 이성이 차마 이름을 입 밖으로 다 꺼내지도 못했던 물건이, 제영의 엄지와 검지에 잡혀 발칙하게 흔들렸다.

* * *

"흐응……. 음!"

별장 2층에는 침실로 써도 좋을 방이 제법 있었다. 그중, 제영이 가장 아끼는 파도 소리가 예쁘게 들리는 방. 그곳에서 둘은 엉켰다.

부드럽고 온유한 키스가 오갔다. '키스해도 돼?' 언젠가부터 하는 것도, 듣는 것도 익숙해진 이성의 습관과도 같은 물음조차 오늘은 필요치 않았다. 그저 이성은 다가갔고 제영은 눈을 감았다.

제영의 얕은 신음은 이성이 연주한 발라드의 멜로디와 닮아 있었다. 매끄럽게 이어지는 듯, 끊기지 않았다. 그녀를 연주하는 건 오로지 이성의 몫이었다. 손끝이 매끄럽게, 제영의 상체를 타고 올랐다. 파르르, 뱉어지는 제영의 숨이 습기를 담고 이성의 입 안으로 쏟아졌다.

"아, 으응……!"

잠시 떨어진 입술 사이로 조금은 커진 소리가 퍼졌다. 이성이 흉통을 울리도록 낮게 웃으며 제영의 어깨에 입술을 묻었다. 부드럽게, 입술이 먼저 닿아 얇은 살갗을 간질이다가 이로 살짝 물었다 놓았다.

가벼운 통증은 간지러움과 비견되기도 했다. 지금 제영이 느낀 감각이 그러했다. 그러나 막연한 따가움, 간지러움과는 달랐다. 이성이 제게 쏟아붓는 감각이 피부 아래를 타고 몸 안을 자르르 울렸다.

부드럽고 잔잔한 자극이었다. 그러나 돌아오는 반응은, 몸이 느끼는 감각은 그리 잔잔하지만은 않았다. 귓가로 파도 소리보다 몸 안에서 울리는 맥동하는 소리가 더욱 크게 들렸다.

"간, 지러워……."

"……간지럽기만 해? 별로야?"

제영의 투정에 질문을 던지면서도 이성의 입술은 내내 그녀의 몸에서 떨어질 줄을 몰랐다. 얇고, 어쩌면 투명한 것도 같은 살갗이 연신 이성의 입술에 덮이고 부드럽게 빨렸다. 자꾸만 콧소리가 났다. 제영이 저도 모르게 고개를 내저었다.

"아, 으응, 음……."

다시금 이성의 입술이 제영의 입술을 찾았다. 맞물려 포개진 입술이 서로의 무게에 눌려 제 모양을 잃었다가 되찾았다. 가까스로 닿아 있는 입술은 서로에게 뜨거움을 남겼다.

그렇게, 여전히 닿지 않은 듯 닿은 채로.

"딱."

이성은 낮고, 낮고, 낮게 꺼지는 목소리로 제 최대한의 부드러움과 인내를 발휘해서 말했다.

"한 번만……."

제영의 아랫입술을 빨아들였다. 혀로 입술을 매끈하게 펼쳐 내기라도 할 것처럼 핥고는 물러났다.

"물어볼 거야."

온전히 떨어진 입술 사이로 이성이 말했다. 그러나 벌어진 틈은 겨우 손가락 한 마디도 되지 않았다. 그의 뜨거운 숨이 느껴졌다. 문득 추위가 가셨다.

아주 조금.

"그 이상은."

말을 하다 말고 이성이 웃음을 터뜨렸다. 돌연 터진 웃음은 어딘가 자조적이었다. 사랑하는 이를 앞에 두고 최대한의 자제심을 끌어 내더라도.

"아니 이 뒤로는 내가 자신이 없어, 제영아."

"……뭐가."

"내가 널 안아? 그래도 돼?"

갈급한 마음을 숨기지 못해 이성의 목소리는 기어이 끝이 떨렸다. 윤이성의 마음이 투명한 창을 통하는 것처럼 제영에게 보였다. 제영은 잠깐 시선을 창밖으로 돌렸다. 봄의, 해가 저물어 가려 공기가 노란빛을 품은 때의 바다는 잔잔했다.

그러나 저 잔잔함을 가장한 바다조차도 먼 곳에서는 커다란 파도가 끊이지 않고 밀려오듯이, 윤이성의 마음 또한 가까스로 태연함을 가장하여도 기어이 밀려 나왔다. 그의 목소리 끝에 담긴 떨림은 조금씩 다가와 모래를 적시는 바다를 닮았다.

다시금 윤이성을 바라보았다. 이성의 색 옅은 눈동자는 어떠한 혼란을 담고 있었다. 이성의 어깨를 짚은 제영의 왼손에는 그가 끼워 준 반지가 자리하고 있었다.

한 쌍으로 만들어졌지만, 그저 한 사람의 손가락만을 차지한 반지. 그게 이성이 알고 있는 박제영과 저의 관계였다. 마음의 흐름이었다. 뭐가 불안한 건지 알았다.

관계. 그런 것에 누구보다 연연할 것 같지 않게 사는 사람이면서. 아니, 정말로 연연하지 않는 사람이면서.

윤이성 당신은 그렇게도 내가 좋을까. 그런 걸까.

제영의 눈이 느리게 깜박였다. 이성은 잠시 시선을 내리깔고, 제영의 봉긋한 가슴이 제 시야에 들어오는 것에 실소하며 눈을 완전히 감았다. 윤이성의 속눈썹이 파르르 떨렸다.

자세를 바로잡으려 그저 조금 몸을 뒤틀었을 뿐인데, 딱 한 번 제 안을 파고들었던 이성의 페니스가 두툼하게 본색을 드러낸 게 허벅지에 스쳐 느껴졌다.

저 욕망을 쏟아붓고 싶은 걸, 윤이성은 참고 있다. 그렇다면 그를 위해, 아니 사실은 나를 위해서 우리가 잠시는 이어진 사이여도 괜찮을까. 내 불안이 현실이 되어 당신을 잡아삼키지는 않을까. 그 잠깐은 괜찮을까.

"……가져왔어?"

흥분은 이성의 것만이 아니었다. 제영이 잠긴 목소리로 말했다.

"뭘?"

"반지."

이성이 눈을 크게 떴다. 그러고는 제가 뜬 눈보다 더 크고 해맑게 웃으며 고개를 끄덕였다. 냅다 주머니 속으로 손을 넣어 꺼냈다. 그래, 여기 넣어 두고 있었다. 이 순간을 기다리면서.

제영이 케이스를 열고 이성의 몫을 꺼냈다. 정확히 표현하자면 제 몫의 마음을 담아 둔 곳이었다. 보류해 두었던 마음을 가까스로 인정하고자 하니, 여전히 불안감에 몸이 떨렸다. 다시 춥다.

제영의 손이 몇 번이나 헛손질하며 이성의 손가락에 반지를 끼웠다. 긴장과, 온전치 못한 손가락과, 다른 어떤 불안함이 뒤엉켜 갑갑함에 입술을 꽉 깨문 제영의 표정이 이성에게는 그저 사랑스럽기만 했다.

반지는 이성의 손가락에 아주 약간 헐겁게, 그러나 끝까지 끼워졌다.

"씨발……. 이제 진짜 못 참겠다."

"하읍……!"

다시 입술이 겹쳐졌다. 이성의 손이 제영의 두 손을 깍지 껴 꽉 붙들었다. 품에 갇힌 채로, 제영이 이성의 불길과도 같은 욕망을 받아들였다.

질척한 소리가 얽혔다. 입을 맞추며 저의 마른 욕망을 채우던 이성이 끅끅거리는 제영의 숨소리에 가까스로 그녀를 놓아주었다. 자못 황당할 정도로, 어떻게 제영은 늘 이다지도 사랑스러울 수 있을까 싶었다. 그런 박제영이 지금은 더, 전보다 훨씬 더 사랑스럽고 애틋하게 비쳤다.

이성의 손이 다급하게, 혹은 차분하게 제영의 원피스 상단의 단추를 풀었다. 그리고 가슴과 가슴 사이에 입을 맞췄다. 신호탄이 되었다.

이성이 거칠게 제 옷을 벗어 던지고, 제영도 잠시 몸을 일으켜 제윤의 것이었던 옷을 벗었다. 바닥으로 툭, 툭 옷가지가 제멋대로의 모양으로 떨어져 내렸다. 이제는 온전한 나신이 되어 두 사람이 뒤엉켰다.

"아, 흐, 으응, 읏……!"

목을 타고 내려온 이성의 입술이 말캉한 가슴을 빨아들이자, 제영이 여물지 않은 신음을 성급히 내질렀다. 기어이 그의 입술이 완전히 유두를 덮어 크게 가슴을 삼켰을 때는 제영의 소리조차 새되게 커졌다.

이성은 제영의 전부를 저로 덮을 것처럼 굴었다. 입술에서부터 코끝, 콧잔등, 미간, 이마, 감은 눈꺼풀에 이르기까지.

목을 타고 내려와 가슴을, 사이의 얕은 골을, 배를, 허리를, 말라서 비죽이 솟은 골반을 입에 담았다. 세운 무릎을 혀로 핥으며 야릇하게 웃는 눈초리로 제영을 바라보기도 했다.

"아, 으응!"

추위가 가셨다. 도리어 뜨거운 열기가 감당할 수 없을 정도로 전신을 휘돌았다. 아직 제대로 시작조차 안 했는데 목 안쪽이 말라붙어 따가울 정도로 소리를 냈다. 종종 이성은 무언가를 참듯이 지긋하게 눈을 내리감았다가 뜨고는 제영을 뚫어질 듯 응시했다.

"……계속, 아파?"

"그럼 어떻게 섹스해."

"안 아파져?"

늘 무심해서 저게 사람은 맞을까, 저보다 한참 어린 여자애가 맞긴 할까 싶었던 얼굴이 무너졌던 날을 이성은 기억했다. 박제영과 처음 몸을 섞었던 날.

제영은 아이처럼 계속 아프냐고, 안 아파지냐고 물었었다. 기어이 고통을 감내하고 다시금 신음을 쏟기는 했지만 좋은 감각보다는 고통을 더 강하게 기억하고 있으리라.

이번에는 그러기 싫었다. 그 아픔을 기억하고 있으면서도 제게 먼저, 안아 달라고 청한. 춥다고 말했던 제영에게 오늘이 따뜻함으로 남기만을 바랐다. 춥지 않기를 바랐고, 아프지 않기를 바랐다.

급하게, 저의 욕망만 채우듯 아파하는 제영을 어르고 달래기는 싫었다. 그래서 몇 번이나 치밀어 오르는 사정감을, 제영의 안을 파고들어 멋대로 흔들어 대고 싶은 욕망을 참았다.

역시, 이번에는 그러기 싫었다. 앞으로는 그러고 싶지 않았다.

제영의 어떠한 곳이든 사랑스럽기 짝이 없었다. 그러니까, 참을 수 있었다. 그저 그녀의 육신을 매만지고 물고 빨고 핥는 것만으로도 정신의 충족감은 썩 해소되었다. 사랑하니까 참을 수 있었다. 박제영도 저의 것이 되어 주기를 허락했으니까, 그럴 수 있었다.

그렇게 한참 제영을 달궈 놓고 나서야, 제영의 온몸에 이성의 입술이며 손이 찾지 않은 곳이 없을 정도가 되어서야 그의 손이 제영의 음부에 닿았다.

"아, 아아, 으흐, 으으응……!"

축축하고 질척한 소리가 났다. 제영의 안쪽에서부터 쏟아진 물이 그녀의 음부를 전부 적시고 있었다.

"여전하네."

처음 제영을 안았을 때도 그녀는 만져 주는 족족 안쪽을 적셨다. 이번에도 그리 다르지 않았다. 그때보다 더 진득하고 많은 양의 물이 제영을 적시고 있었다. 거기다 외음부까지 그때보다 더 뜨겁고 말랑하게 풀려 있었다.

열기가 몰려 본래의 색보다 붉게 익은 클리토리스에 이성의 손가락이 스쳤다.

"읏, 응! 거기, 싫……!"

"이런, 괴롭히려고 그런 게 아닌데. 스친 거야. 괜찮아?"

제영이 고개를 도리도리 저었다. 이성이 귀엽고 딱한 아이를 보듯 애틋한 눈으로 그녀를 내려다보며 귓불이며 뺨에 입을 맞추었다.

"아……!"

그러면서도 착실하게 제 손가락으로 제영의 음부를 매만지고, 질척한 소리를 만들며 쓰다듬다가는 중지를 조심스레 그녀의 안으로 밀어 넣었다.

안쪽까지 부드럽고 말랑하게 풀려 있었다. 제영의 내벽이 아주 자연스레, 본능적으로 제 안으로 들어온 침입자를 꽉 조였다 풀기를 반복했다. 그럴 때마다 제영의 아랫배가 덩달아 벌벌 떨렸다. 안쪽이 충실하게 젖어 들고 새로이 물기를 뱉어 내는 느낌이 선명하게 이성의 손가락에 전해졌다.

느리게 진출과 후퇴를 반복하며 이성의 손가락이 움직였다. 그렇게 중지 하나만이 제영의 안쪽을 살살 달래다간, 이내 약지까지 손가락이 두 개로 늘었다.

"그, 만……. 그만, 으, 흐응!"

제영의 눈가에 처음 그와 그녀가 마주했을 때와는 다른 의미의 눈물이 맺혔다. 자극이 과했다. 벌써 그랬다. 이성이 쉬이, 하고 숨만을 가만히 내뱉듯 제영을 어르고 달랬다. 그러나 그의 손은 여전히 제영의 안을 매만지고 있었다.

어쩔 수 없었다. 첫 삽입에서 제영이 얼마나 힘들어했는지를 기억하고 있으니까, 도리가 없었다. 사실 이성도 몇 번이나 삽입하고 싶은 욕구를, 사정감을 참아 낸 차였다.

제영의 두 팔이 이성의 목에 감겼다. 이성이 기어이 낮게 씨발, 하고 욕을 뇌까렸다. 가발 안에 갇혀 있느라 평소보다 구불거리던 제영의 머리칼이 하얀 침구 위에 검고 둥근 선을 여럿 그리며 흐트러졌다.

이성은 평소 단 한 번도 원망해 본 적 없는 제 페니스의 크기를 원망했다. 제가 좋아하는 여자를 아프게 할 정도로 커서 뭐에 쓰겠다고. 별생각을 다 한다 싶어 쓴웃음을 지은 이성이 또 제영의 입술을 찾았다.

"으, 흐응, 으음……."

"하아……."

아마도 오늘 이 행위의 마지막 입맞춤이 될 듯했다. 이성의 혀가 부드럽게 제영의 입 안을 어루만졌다. 제영의 안을 넓히고 조금 더 부드럽게 풀어 주는 손가락의 개수가 세 개로 늘었다.

이제는 버거운지 제영이 허리를 뒤틀었다. 그러면서도 기특하게 이성의 목을 감은 손을 풀지는 않았다. 도리어 더욱 힘을 주어 매달려 왔다. 그러고는 이성의 혀를 제 혀로 감아 응하기 시작했다.
웃음이 맞물린 입술 사이로 오갔다. 종종 힘겨워하는 제영을 느끼며 이성이 아쉬움을 뒤로하고 그녀의 입술을 온전히 놓아주었다.
"후으……. 이것 봐. 손이 완전히 다……."
"……시끄, 러워. 으, 좀 닥……."
"우리 박제영도 침대 위에서는 입이 험하네."
이성의 장난스러운 말에 제영이 그를 흘겼다. 이성이 몸을 틀어 협탁에 둔, 제영이 챙겨 온 콘돔을 잡아 이로 물고 포장을 찢었다. 곧 콘돔은 발기를 마치다 못해 금방이라도 터질 듯한, 프리컴으로 젖은 이성의 페니스에 빠듯하게 감겼다.
제영의 몸이 불쑥 긴장했다. 이제 정말로 시작이라는 걸 아는 것이다. 그날의 아픔을 제영은 몸으로 기억할 테였다. 이성이 다시금 씁쓸하게 웃었다. 제영의 두 다리가 이성의 손에 달랑 들렸다.
"아……."
젖은 이성의 왼손이 닿은 오른 다리의 오금이 차가워 제영이 몸을 움찔 떨었다.
"잠깐, 잠깐만, 아! 흐응, 아, 윤이, 성! 잠, 거기……! 히윽! 왜애……!"
제영이 기함했다. 이성의 입이 상상치도 못했던 곳을 찾은 탓이었다. 말캉한 혀와 입술이 질척이는 음부를 덮었다. 핥고 빠는 소리와 제영의 어찌할 바 모르는 울음소리가 겹쳤다.
"아, 응, 으흐, 아! 싫……!"
뾰족하게 힘을 줘 세운 이성의 혀가 기어이 제영의 말랑하게 풀린 구멍을 헤집고 들어갔다. 입구를 찌르고 핥고 매만지며 긴장과 당혹으로 단단해졌다가, 단단해졌던 이상으로 자극을 받아 풀리는 입구를 느끼며 쉬지 않고 혀를 놀렸다.

이제 제영은 쉬지 않고 우는 소리만 뱉었다. 무어라 말을 할 정신이 없었다. 이성이 조금씩 제 아래를 빨아들일 때마다 이미 피가 몰려 단단해진 클리토리스가 자극받아서 정신을 차릴 수가 없었다.

한참을 제영의 아래를 물고 빨고, 핥고 찔러 대던 이성이 물러났다. 삽입은 시작도 하지 않았는데 제영은 이미 지쳐 버렸다.

"아……."

숨을 색색대며 널브러진 제영의 몸 선을 따라, 이성이 가슴에서부터 허리와 골반을 죽 이어 손으로 쓰다듬었다. 그의 손이 제영의 두 다리를 잡아 벌렸다. 사이에 자리 잡은 이성이 제영의 입구에 제 페니스를 맞췄다.

"아프면 말해."

"……응."

"아니, 소리 질러도 돼."

"으응……."

제가 말해 놓고도 뭐가 마음에 안 드는지, 이성이 돌연 인상을 찡그렸다. 그가 허리를 숙였다. 제영에게 제 무게를 싣지는 않을 셈으로 한쪽 팔로 상체를 지탱했다.

"아니다, 그럼 목 다 상하니까. 그냥 아프면 나를 확 긁어. 때리고 꼬집어."

"……어?"

"너만 아프면……."

나머지 한쪽 팔은 제영의 허리 아래를 받치듯 붙잡았다. 커다란 손이 허리 옆에서 감겨 아래를 죄 붙잡힌 느낌이, 꼭 달아날 수 없는 곳에 갇힌 것만 같았다.

그대로 이성의 삽입이 시작되었다.

"악!"

"……후, 억울, 하잖아."

잔뜩 풀어 두었는데도 좁았다. 겨우 귀두가 끼워지듯 들어갔을 뿐인데 밀어내듯 제영의 안쪽이 좁아 드는 힘이 보통이 아니었다. 입구의 근육이 이성의 페니스를 잘라 버리기라도 할 것처럼 꽉 죄었다.

빠근하고 빠듯하게 아팠다. 이성에게도 통증이 없는 건 아니었다. 그러나 제 크기보다도 한참을 벌어져 타인을 담아야만 하는 제영의 통증에 미치겠는가.

절로 눈에 고인 눈물이 후두둑 떨어졌다. 제영이 눈을 질끈 감았다. 어디에라도 매달리려고 허우적거리던 손이 이성의 어깨를 붙잡았다.

"막, 꼬집고, 때리고, 그래."

"흐윽, 아, 아파……."

"알았지?"

이성이 무슨 말을 하는지도 모르고 제영이 고개를 끄덕였다. 이성은 말을 하는 와중에도 천천히 제영의 안으로 저를 밀어 넣었다.

페니스의 끝이 단순한 근육의 밀어냄이 아닌 막막하게 막힌 벽을 만났다.

전에도 그랬던가. 제영의 안에 제 것을 뿌리까지 다 넣지는 못했던 것 같기는 했다. 어느새 그 자극적인 기억이 이만큼이나 아련해졌다.

"아……. 아……. 흐읏."

"다, 들어갔어."

거의 습관이 된 것처럼 제영의 뺨에 입을 맞추려던 이성이 멈칫했다. 제 음부를 핥았던 입술로 입을 맞추면 아무래도 제영이 좋아할 것 같지가 않았다. 이성이 제영의 허리를 잡았던 손으로 그녀의 머리칼을 귀 뒤로 넘겨 주고 뺨을 쓸었다.

느리게, 이성의 허리가 천천히 움직이기 시작했다. 아주 손톱만큼씩 진출과 후퇴를 반복했다. 제영의 안이 제 페니스 크기에 조금이라도 적응하기를 기다리면서.

"흐, 으, 응, 흣! 아읏! 아……!"

제영은 착실하게 이성의 말을 따랐다. 이성의 말을 따랐다기보다는 본능적으로 그의 등이며 어깨를 긁고 힘주어 손톱자국을 남겼다. 가슴이 파르르 떨리며 크게 올라갔다 내려가기를 반복했다.

"으응!"

그러다가 순간, 이성의 귀두 끝이 안으로 밀려들며 유난히 단단하고 불룩한 내벽을 콱 찔렀을 때였다. 전신으로 생경한 감각이 물밀듯이 밀려들었다.

제영의 숨소리에 열이 섞였다. 그녀의 내벽이 반응하는 것으로 이성도 제가 찾아야 할 곳을 찾았음을 느꼈다. 이성이 훅 바람을 불어 제 앞머리를 날렸다. 그의 숨도 더없는 열기를 품고 거칠어졌다.

"찾았네."

처음으로 빠르게, 이성이 허리를 세게 튕겼다.

"아아으!"

"박제영, 스위치."

정작 스위치가 켜진 건 이성인 듯했다. 그의 허리가 빠르게 움직이기 시작했다. 터질 듯한 사정감을 참으며, 윤이성의 페니스가 제영을 달구었다.

* * *

공기의 색감이 노랗던 오후 무렵이었던 시간이 어느덧 깊은 밤이 되었다. 조금 빨랐던 첫 사정, 그리고 아쉬움을 뒤로한 채 제영을 씻기고 눕히려던 이성을 다시 도발한 건 다름 아닌 박제영 본인이었다.

"할래……."

"……뭘?"

"또, 할래. 안아 줘."

이미 쉬어 버린, 맥 빠진 목소리로 제영은 잘도 이성을 홀렸다. 안 된다고 딱 잘라 말하려고 가까스로 입을 연 이성에게.

"너 지금 이미 지쳤……."

"해 줘."

"야. 박제영."

"콘돔, 더 있어. 내 가방에……."

제영은 발칙한 말을 몇 번이고 반복했다.

"그래야 안 춥단 말이야."

"미치겠네. 씨발, 진짜……."

이성은 이미 충분히 거절했다. 만류했다. 제영이 욕을 지껄이는 이성을 보고 힘없이 웃었다. 꼴이 우스운 모양이었다.

기어이 이성은 아래층에 있는 제영의 가방을 가지고 올라왔다. 급히 입을 헹구고 제영에게 입 맞추는 것을 시작으로.

세 번을 더 했다. 정작 이성과 붙어 있을 때면 이제는 도리어 너무 느끼다가 힘이 빠져 엉엉 울면서도, 제영은 이성이 저에게서 빠져나가면 다시 안아 달라 보챘다.

안 된다, 된다. 해 달라, 그만하자. 너 죽겠다, 너는 또 섰지 않느냐. 우습기 짝이 없는 밀고 당기기를 반복하다가, 결국 이성이 제영에게 졌다. 질 수밖에 없는 싸움이었다.

완전히 녹초가 되다 못해 몸을 가누지조차 못하는 제영을 이성이 곱게 씻겨 다시 침대에 눕혔다. 흐느적거리는 제영은 이성의 목에 팔을 감고도 힘 하나를 줄 줄을 몰랐다.

행여 떨어뜨릴까, 정말 살금살금 걸었다. 그렇게 새로 갈아 둔 시트 위에 제영을 눕힌 이성이 한숨을 푹 내쉬었다.

"내가 미친다, 씨발 박제영 때문에."

"누가, 콜록! 누가 할 소리를……."

"오늘은 박제영이 들을 소리야. 어? 나는 진짜, 내가 몇 번을 자제하려고 진짜……."

제영이 실없이 흐흥, 하고 웃었다. 웃다가 몇 번이고 아픈 목을 다스리며 기침했다. 이성이 잽싸게 물 잔을 가져와 제영에게 건넸다. 건네려다가, 물 잔 들 힘은 있겠냐 싶어 입에 머금고 제영에게 직접 먹였다.

"으음……."

"콧소리 내지 마라……."

"또, 콜록! 섰어? 윤이성 힘 좋네……."

이성은 불쑥 묘한 억울함이 솟아 울컥하고야 말았다. 저보다 한참 어린 박제영을 좋아한다고, 별말을 다 듣는다 싶었다. 그것도 장본인에게.

밉지 않게 제영을 흘겨본 이성이 한숨을 푹 내쉬었다. 그래도 밉지는 않았다. 힘없이 늘어진 제영에게 미안함은 솟을지언정, 제가 안아 주면 춥지 않다고 하는 제영이 그저 가엾고 사랑스럽기만 했다.

"내가 개새끼고 나쁜 새끼지, 미친놈이지……."

"오늘은 윤이성 그런 놈 아닌데."

이곳 별장에 나쁜 사람이 있다면, 오늘 그 몫은 제영의 것이었다. 제영은 불쑥 튀어 오를 것만 같은 말을 집어삼키며 대신 웃었다. 이성이 제영의 콧대를 검지 끝으로 살살 쓸다가 콧방울을 두 손가락으로 살짝 쥐고 흔들었다.

"아!"

"와 진짜. 이거 못 하는 말도 없고, 못 하는 행동도 없고. 어쩌다 이렇게 컸냐, 어?"

"늙은이 같은 말 하지 마."

"너보단 늙긴…… 했지."

이성이 한숨을 삼키며 답했다. 불쑥 제영과 저의 나이 차이를 느끼며 자괴감이라도 이는 듯 얼굴을 감싸 쥐었다.

"아, 박제영……. 뭐 그렇게 늦게 태어났냐. 어?"

"누가 일찍 태어난 거겠지……."

"그래도 앞으로 평생, 어? 너보다 아홉 살 많은 늙은이로 옆에 붙어 있으련다."

제영은 말없이 웃었다. 그의 손에 제가 끼워 준 반지가 유난히 눈에 도드라져 보였다. 같은 반지를, 다른 크기로 똑같이 제 손에도 끼고 있었다.

"근데 너, 손은 왜 그 모양이냐. 아까 씻기다가 보니까……."

이성의 말에 제영이 자신의 손을 들어 올려다보았다. 쓰지 않던 손끝을 몇 번이고 두드려 댔다. 수없이 많은 연습의 흔적이 필요했으니, 컨디션을 조절하고 쉴 틈을 주는 기본적인 조치도 하지 않았다.

그러니 자연스레 손끝이 망가졌다. 멍이 든 곳도 있고, 붉게 부은 곳도 있었다. 윤이성은 알아봤을까. 제가 손이 이렇게 될 때까지 손을 써야만 했던 이유는 몰라도 왜 이렇게 됐는지는 역시.

알아봤겠지.

"너……."

"윤이성 덕분에."

"어?"

"윤이성 덕분에 이렇게 됐다고. 누가, 3년이나 잠적을 탄 바람에 들어올 수익이 안 들어오고, 자연스럽게 생활비가 모자라서."

"……엉?"

하지만 믿을 수 없었겠지. 믿을 수 없어서 정말인지 내게 묻는 거겠지.

"부업 했다고."

제영이 힘없이 손을 놀렸다. 대충 구슬 꿰는 척, 인형 눈을 붙이는 척을 했다. 이성이 인상을 확 구겼다.

"농담이지?"

"맘대로 생각해."

"무슨 그런 살벌한 농담을 하냐? 돈이 없으면 나한테 달라고 하면 되지."

"네가 뭔데?"

"박제영 애인."

이성이 단호하게 말했다. 자못 뿌듯한지 입가에는 숨길 수 없는 미소까지 매단 채였다. 제영도 따라 웃었다. 그렇게 좋을까.

제영도 이성이 지금 순간만큼은 자신의 사람인 것이 못내 좋았다. 뭘 어쩌든, 무슨 행동을 하고 어떤 말을 하더라도 제 편일 사람이라는 게. 그렇게 믿을 수 있는 사람이라는 게.

저 또한 윤이성을 좋아하고 있다는 게 너무나도 잘 느껴졌다. 그래서 가슴이 저려 왔다.

"……그리고 내가 후원하는 피아니스트."

"아 일도 열심히 할게요. 하겠습니다. 한다니까?"

제영이 강조한 바를 재깍 알아챈 이성이 몇 번이고 답했다. 제영이 피곤하다는 듯 고개를 내저었다.

"한 번만 대답해."

"오케이. 한다고."

"무슨 일이 있어도?"

"뭐 그렇게 비장하냐? 뭐, 그래. 무슨 일이 있어도."

이성이 저를 빤히 올려다보는 제영을 마주 봤다. 또, 제영의 눈이 깊어졌다. 제영을 안았다. 제영에게 자신을 박제영의 애인이라고 말했다. 제영은 그를 반박하지 않았다.

그러니까, 어쩌면 지금의 윤이성이 행복할 수 있는, 충만할 수 있는 모든 조건이 이루어진 거였다. 돈은 이미 넘치게 살 만큼 벌었고, 명예는 처음부터 그리 신경 쓰지도 않았으며, 사랑을 얻었다.

뭐가 더 필요할까. 사실 명예도, 결국은 다시 얻어 내 손에 거머쥘 자신이 있었다. 처음부터 실력으로 쌓은 명예니까. 거기까지 가는 길을 닦아 준 게 바로 제 연인 박제영이니, 형찬의 앞에서 보였던 태도처럼 아무것도 신경 쓰지 않는 듯 그저 내버려 둘 생각은 아니었다.

그러니까, 이성에게는 앞으로 좋을 일만 남았다. 매일이 오늘과 같을 것이었다. 물론 이만큼이나 성큼 가까워지기 전에도 제영과는 트러블이 많았으니 더 가까워진 만큼 티격태격할 일이 많을지도 모른다.

그거야 보통은 제가 잘못하는 일이 많으니 제영에게 네가 다 옳다, 그렇게 져 주면 그만이었다.

그런데 뭐가 이렇게 자꾸만 불안하지. 설렘으로 뛰던 가슴이 충족감을 얻어 부드럽게 가라앉았는데. 그런데 왜 네가 자꾸만 저 밖의 바다에 이는 포말처럼…….

"이번에는 약속 지켜."

"안 지키고는 못 배기게 했는데 그래야지."

"뭐가?"

"네가 사고 안 친다고 해 놓고 대차게 친 개새끼 버려둔 덕분에 그 개새끼 죽다 살았어. 두 번은 싫어. 박제영이랑 아무것도 닿지 않는 거."

"……그래. 나 이제 피곤하다."

제영이 눈을 감았다. 가까스로 이성의 말에 답하듯 뱉은 '그래' 한마디가 유난히 그녀를 피곤하게 했다. 저와 연락이 안 되던 고작 며칠이 죽을 만큼 힘들었다는 이성의 말이 제영의 가슴을 후볐다.

그래도 정말로 윤이성이 죽거나 사라지면 어떡해. 그보다는 차라리, 죽을 것 같아도, 죽지는 않으니까. 그럴 테니까. 내가 곁에 없이도 익숙하게 하루를 살아가는 윤이성인 편이 나으니까.

"많이 피곤해? 피곤할 만도 하지. 자라. 아니다, 밥 안 먹고 자도 되나?"

"배 안 고파."

"그럼 일찍 일어나서 먹자. 뭐 너 자는 동안 장 좀 봐 놓을까.

여기 뭐 없지? 지금은."

"장 보러 가지 말고 연주해 줘."

이성이 황당하다는 얼굴로 제영을 내려다봤다.

"아니 아까는……. 아까 연주해 달래 놓고 본격적으로 좀 치려는데 사람 짐승 만드신 분이 누구셨더라."

"지금은 그럴 기운 없어……."

"응. 누가 봐도 없어 보여."

"그러니까 가서 얼른 연주해 줘. 알잖아. 별장 홀 피아노 소리, 2층에서 더 예쁘게 들리는 거."

"그래. 너는 누워 계시고 나는 연주하러 갑니다."

이성이 자리에서 일어났다. 그러곤 괜히 그냥 가기 아쉬워 제영의 머리를 쓰다듬고, 이마를 매만지고, 내친김에 가볍게 입까지 맞췄다.

겨우 5초나 닿았을까 싶은데 제영이 숨을 할딱이는 걸 보곤 이성이 괜스레 양심의 가책을 느꼈다. 보챈 건 제영인데 저는 멀쩡하고 제영은 초주검이 되었으니, 결국 참지 못하고 전부 쏟아 낸 제 책임이다 싶었다.

이러면 연주로 갚아야지.

"신청곡은?"

"아까 치던 거."

"쇼팽 발라드?"

"오래……. 듣고 싶어."

제영의 목소리에 잠기운이 잔뜩 실렸다. 이성은 상황도 모르고 철없이 기운을 차린 제 아래를 흘긋 내려다보곤 얕은 한숨을 내쉬었다.

"1번부터 쳐 드려요?"

"악보나……."

"악보나 기억하냐고 묻는 거면 대충은. 기억 안 나면 애드리브로 때우고 넘버 넘어가는 거고."

제영이 피식 웃었다.

"맘대로……."

맘대로 하라는 말도 제대로 맺지 못하고 제영이 가물가물 눈을 감았다. 잠귀가 예민한, 그냥 예민하지 않은 곳을 찾는 것이 훨씬 빠를 제영인지라 이성이 얕은 한숨을 내쉬며 아래층으로 내려갔다.

이성이 곧장 피아노 앞에 앉았다. 첫 음을 짚었다. 어쩐지, 아직은 의미 없는 음의 울림마저 달콤한 듯했다. 제 마음이 달콤해서일 것이다. 막연한 불안감을 가지고서도.

윤이성의 마음을 고스란히 담은 발라드가 별장 안을 가득 채웠다.

18. 나의 당신은 어디에나

제영이 눈을 떴다. 아직 어슴푸레한, 어둠이 가라앉아 밤에 더 가까운 새벽이었다.

가만히 눈을 뜬 그녀가 고개를 돌려 옆에 누운 이성을 바라봤다. 아이처럼 웅크려 저를 품 안에 가두고 있는 윤이성.

불쑥 눈가가 뜨거워졌다. 오뚝한 이성의 코끝에 맺힌 옅은 빛이, 저 닫힌 눈꺼풀 안에 담긴 색소 옅은 눈동자가, 그의 낮고 다정한 목소리가 전신에 달라붙은 것만 같았다.

이렇게나 선명하게 제 안에 이성을 그리고 있었던가. 새삼스레, 불행과 함께 그의 곁을 떠나려 하니 모든 것이 선명해졌다.

저의 마음을 인식하지도 못한 때부터 그저 좋아서 밥상을 차려 주고, 너를 알아보고 싶다며 함께 연주하고, 어울리는 옷을 골라 준 적도 있다. 국수 좋아하잖냐며 국수를 삶아 준 적도 있었지.

그 모든 것이 하나씩 하나씩, 제영의 가슴 안에 쌓여 있었다.

"읏……."

제영이 조심스레 이성의 팔을 치워 내고 침대에서 일어났다. 이성의 왼손에 낀 반지를 저도 똑같이 왼손에 끼고 있었다. 협탁 위에 놓인 반지 케이스는 휑하니 비어 열린 채였다.

그곳에 다시, 반지 하나가 자리를 잡았다.

손에 끼고 있을 때는 있는 줄도 모르게, 본래 제 자리처럼 익숙하던 것이 내려놓고 나니 이렇게나 가슴이 허했다.

제영이 걸음을 조심해 절뚝거리며 방을 빠져나왔다. 이제, 맞물려 이어지기로는 만 하루조차 되지 않았던 사랑과 이별할 시간이었다.

* * *

잠귀까지는 모르겠지만 귀가 밝기로는 이성도 만만치 않았다. 음악 하는 사람이란 게 그랬다. 제영이 피식 웃으며 절뚝이는 걸음을 재촉했다. 행여나 차 소리에 이성이 깰까, 차를 멀리 세워 달라고 했었다.

이곳까지 타고 왔던 제윤의 소속사 밴이 서 있을 줄 알았던 약속 장소에는 까맣고 평범한 세단이 나와 있었다. 애초에 인적이 드문 곳이었다. 예상했던 차가 아니라도 제영은 이 차가 자신을 태울 차인 것만큼은 확신했다.

그래도 노파심에 바로 타지 않고 잠시 기다렸다. 짙은 선팅이 들어간 창문이 내려갔다. 제윤의 얼굴이 보일 줄 알았다. 그러나 드러난 얼굴은 제영의 예상 밖이었다. 뒷걸음질 칠 사람은 아니었음에도.

"할머니……?"

"내가 와서 많이 놀랐니?"

"아뇨, 아니에요. 그런 건 아니고……."

"우선 타렴."

차 문이 열렸다. 잠시 머뭇대던 제영이 자리를 비켜 주는 혜옥의 옆에 앉았다. 열렸던 때처럼 차 문은 조용히 닫혔다. 혜옥의 '출발해요.' 한마디에 조용히 차가 길을 달리기 시작했다.

"오랜만에 뵙네요."

제영이 시선을 내리깔며 먼저 말문을 열었다. 한눈에 봐도 마지막에 봤을 때보다 수척함이 느껴지는 혜옥을 보는데, 아까 이성을 뒤로하고 떠나올 때와는 또 다른 심란함이 느껴졌다.

수척함을 떠나서 혜옥에게 그냥 지나치나 싶었던 세월이 한껏 찾아온 것이 보였다. 주름진 얼굴은 이른 새벽임에도 고운 화장이 덮고 있건만 예전 같은 당찬 기색은 보이지 않았다.

돌아가신 할아버지 생각이 났다.

"그간 잘 지냈냐고 묻기에는 내가 근래 일어난 일을 너무 많이 알고 있구나."

"예. 여러 가지로 복잡했죠."

"그럼 이 할미가 조금 다르게 물어도 되겠니?"
"예."
"외롭지는…… 않게 지냈어?"
물음을 던지는 혜옥의 목소리가 잔잔하게 떨렸다. 비아냥이거나, 혹은 혼쭐을 내기 전에 건네던 아리송하게 다정한 목소리와는 달랐다. 진심으로, 제영이 외롭지는 않았는지 걱정하는 기색이었다.
"확실히 우리 엄마 아빠랑, ……네 할머니랑은 좀 다르더라고."
제영은 문득 다시금 제윤과 연락을 이으며 들었던 말을 떠올렸다. 할머니는, 혜옥은 제 부모와는 좀 다르다던 제윤의 말이 조금은 이해가 됐다.
외롭지는 않게 지냈느냐고.
박신환 전 재단장, 그러니까 제영의 할아버지가 돌아가시고 나서는 처음 듣는 물음이었다. 적어도 그녀에게 나 또한 너의 가족이지 않으냐고 주장하는 이들에게는 말이다.
가족이라는 이름으로 불리기를 원하는 혈연들은 많았다. 그러나 그들이 걱정이라는 말로 제영에게 물었던 것은 제영을 향한 우려가 아니었다. 제영이 박신환의 손녀이기에 쥐게 될 것, 돌아가신 제영의 부모님 것이었기에 이제는 제영의 것이 될 것. 그것들을 향한 걱정이었다.
더 정확히 말하자면, 제영을 가족으로 받아들여 그들이 얻게 될 것을 미리 걱정하는 것이었다. 내 것이 될 이득을 네가 혼자 있으면서 까먹지는 않을지. 혹여 내가 아닌 다른 이에게 빼앗기지는 않을지.

제영은 여태 혜옥이 제게 해 왔던 것들도 다른 혈연들의 '걱정'과 다르지 않다고 여겼다. 논지가 비슷했다. 가족들을 위해, 이렇게 너를 걱정하는 사람들을 위해서 너 또한 그들에게 무언가는 해 줘야 옳은 것이다. 늘 혜옥은 그렇게 말하며 자신을 휘두르려 했으니까.

그런데 무언가 한 꺼풀을 벗은 혜옥은 온전히 박제영을 걱정하고 있었다. 그러니 제영도, 그 짧은 찰나 혜옥이 이제껏 해 왔던 말들이 아주 조금은 다르게 보였다.

아주 조금은.

그리고 정말로 아프셨다는 말도 사실인 걸 알겠다. 직접 눈으로 보니 크게 앓았던 사람의 모습을 하고 계시니까.

"대답하기 어려우면 굳이 안 해도……."

"저를 외롭지 않게 해 준 사람이 있었어요."

그래서 솔직하게 답해도 되지 않을까 하는 생각이 들었다. 엄마를 미워했고, 아빠와 엄마를 일찍 하늘로 보낸 계기가 된 사고에서 살아남은 저를 미워했던 과거의 혜옥이 지금과 다른 것 같아서.

"그랬어?"

"그 사람이랑 있다가 왔어요. 방금까지요."

"그러면 계속 옆에 두지 그러니. 너도 마음이 있으니 외롭지 않았던 게지. 네 아버지가 네 어머니를 그리 좋아했던 것처럼."

제영이 고개를 숙이고 씁쓸하게 웃었다. 혜옥이 저런 말을 꺼낼 줄은 몰랐다. 아직 몇 마디 나누지 않았는데 혜옥의 변화가 이렇게까지 실감이 될 줄이야.

그리고 잠든 이성의 얼굴이 떠올랐다. 마음이 저릴 정도로 선명한데, 또 한편으로는 벌써 기억에서 흐릿하게 흩어지는 것만 같아 안타까웠다.

"……할머니가 좋아할 만한 사람은 아닌데요."

"아주 모난 사람은 또 아니던데."

"네?"

혜옥이 멋쩍은 듯이 웃음을 흘렸다.

"늙은이 살아온 세월이 있는데 제 버릇이 어디 가겠니. 알아볼 건 알아봤지."

"많이 변하신 것 같아요. 예전이셨더라면 절대 할머니가 좋아할 만한 사람은 아닐 텐데."

"예전엔 그랬을 테지. 그런데 가만 생각해 보면 나도 네 할아버지를 참 좋아해서 같이 사는 동안 행복했거든. 예쁜 아들도 낳고, 즐거웠는데 그걸 다 잊고 살았어. 늙도록 모르다가 얼마 전에야 그런 생각을 했지 뭐니."

이번에는 제영이 멋쩍게 웃었다. 혜옥이 저와 신환의 이야기를 하기는 또 처음이었다. 할아버지가 돌아가시고는 정말로 그랬다. 제영의 조부를 추억하는 듯, 혜옥의 눈에 잠시 아련한 빛이 감돌았다.

차가 달리는 동안에 차츰 사위가 밝아졌다. 침묵하고 있던 제영이 뒤를 돌아보았다. 목을 빼꼼히 빼고 보아도 한참 전부터 별장은 보이지도 않을 만큼 멀리 왔다. 이별은 그리도 쉬웠다.

"많이 마음이 쓰이면, 그러면 꼭 가지 않아도 되지 않을까?"

"아뇨."

조심스레 꺼낸 혜옥의 만류에 제영은 단호하게 답했다. 혜옥이 얕은 한숨을 내쉬었다. 제윤에게 이미 들어 알고 있는, 제영이 떠나고자 하는 이유 때문이었다.

그것이 혜옥에게는 제영을 향한 미안함이 되었다. 박신환이 도와서 의연하게 사는 줄만 알았던 제영이었다. 도리어 몸이든 마음이든 아픈 데가 있고 상처가 남은 아이라 그만큼 쏟아진 사랑에 제멋대로 건방질 줄이나 아는 아이라고만 여겼다.

저 또한 별안간 유일한 자식을 잃은 슬픔에 갇혀서 한참 어린 손녀의 아픔은 돌아볼 생각조차 하지 않았으니, 그게 혜옥의 죄책감이었다. 제영이 '박희은'이라는 이름에 발작하듯 구는 것도 과거의 영광을 빼앗겨 억울해하는 철딱서니 없는 짓이라고만 생각했는데. 부모 기일은 챙길 줄 알아도 딱 그만큼인 줄만 알았다. 제 앞에서 한 번도 아빠가 그립다 소리를 하지 않아서 독한 아이라고도 생각했다.

그냥, 입 밖으로 꺼낼 수도 없을 만큼 제영에게 그날의 사고가 큰 상처였던 거다. 제윤이 무겁게 '언니가 그렇대요. 그래서 또 잃기가 싫어서 도망간대요.' 하고 꺼낸 이야기가 이제는 혜옥의 가슴에도 사무쳤다.

"제영아. 이 할미가, 네게 많이 미안하다. 내가 너한테 많이 미안해."

"이것도 아니에요, 괜찮아요, 하고 싶긴 한데요."

어린 손녀의 얼굴에서 박신환을 닮아 인간답고 따뜻하기도 했던 아들의 얼굴이 비쳤다. 제영은 그 아들이 세상에 지켜 놓고 간 손녀였다.

"할머니 미안하다고 하시는 말에 서운함이 가시는 걸 보니까, 네. 저 할머니께 많이 섭섭하긴 했나 봐요."

그리고 또 이런 점은 어쩌면 젊을 때의 제 모습을 보는 것도 같았다.

"더 섭섭해도 돼. 대신 나 죽기 전에는 풀어서 이 할미 갈 때는 할아버지 옆으로 가라고 빌어 주면 더 좋고."

"사과하셨잖아요. 섭섭한 거 없어요. 됐어요, 이제."

아무렴 그 긴 세월 쌓아 온 외로움과 섭섭함이 제 사과 한 번에 풀렸으랴. 그래도 상황의 수긍과 전환이 빠른 건 박신환을 닮기도 했다는 생각이 들었다. 그래서 가족이고 핏줄인 모양이었다. 혜옥이 고개를 느리게 끄덕였다.

"할머니 하고픈 얘기는 했으니, 그럼 영 안 내키긴 해도 이제 네 얘기를 하자. 제영아."

"예."

"꽁꽁 숨고 싶다고?"

"그것도, 네."

혜옥이 흐응 하고 낮은 소리를 흘렸다. 그녀가 아주 오랜만에, 그것도 이제 막 해가 떠오른 이른 시각에 저의 친정에 전화를 걸었다.

혜옥과 휴대 전화 너머 친정 사람과의 통화 내용은 목적 위주로 간단하게 이어졌다. 제영은 가만히 상황을 듣고만 있었다. 몇몇 나라의 이름이 오갔다. 아예 외국으로 나가는 게 좋겠다고 생각하긴 했지만, 막상 상황이 닥치자 얼떨떨했다.

윤이성에게서 멀어질수록 그의 얼굴이 아련해진다. 고작 하루도 이어지지 않았던 사이였다. 제영에게 이성의 흔적이라고는 유일하게 있던 반지도 빼서 두고 왔다. 이제 이성을 기억할 거리라곤 제영에게 하나도 없었다.

그 흔한 사진 한 장조차도.

이성이 유명인인 만큼 이름만 검색해도 사진은 뜰 거였다. 동영상으로 그가 연주하는 모습도 볼 수 있겠지. 그런데도 가슴이 울렁였다. 이상한 기분이었다. 이유야 무엇이 됐든 분명 그를 버리고 오는 건 저인데.

"……오스트리아요? 그쪽도 나쁘지 않겠네요. 우리 그이가 알던 사람이 있어. 예. 매부께 부탁 좀 드릴게요. 무엇보다 탑승객 명단 보호를 잘 해 주셔야 해요."

목적지가 결정되었다. 제영이 눈을 감았다. 아직도 허전함이 가시지 않는 왼손 약지를 매만졌다.

"예. 그럼요. 또 연락드릴게요. 본디 몸이 약했던지라, 늙으니 이제 힘에 부쳐 그렇지요. 어디 제가 가족 일을 마다하고 잊는 사람이던가요?"

의례적인 인사가 몇 마디 더 오가고 혜옥의 전화가 끊겼다. 짐짓 피로했는지 그녀가 잠시 미간을 짚었다.

"오스트리아, 괜찮겠니?"

"네. 나쁘지 않죠. 처음인 곳도 아니고. 아니 그냥 어디든……."

"그래. 어디든. 어떻든, 할미 집안에 이쪽으로 일하는 분이 계셔 다행이지 뭐니."

"그러네요."

"곧바로 공항으로 가도 되겠어?"

제영이 눈을 동그랗게 떴다. 우선은 제윤의 집, 본가라고 불리는 곳으로 갈 줄 알았다.

"행여 몰라서 준비는 다 해 두었어. 바로 갈 수 있게. 그게 가장 조용히 떠나기 쉬우니까."

"그렇게까지……. 신경 써 주셔서 감사합니다. 할머니."

혜옥이 너그럽게 웃었다. 제영은 처음 보는 얼굴이었다. 그러고 보니 차는 처음부터 공항으로 향하고 있었다. 혜옥이 제윤에게 이야기를 전해 듣고 처음부터 기본적인 건 전부 준비해 둔 모양이었다.

"아주 위험하고 터무니없는 게 아니면 네가 해 달라는 건, 내 죽기 전에 들어주고 싶어 그러는 거야. 그러니까……."

"연락, 계속 드릴게요. 걱정하시는 게 이게 맞으면요."

"내가 귀가 트인 건지, 네가 말 잘 듣는 아이가 된 건지 참 모호하구나."

혜옥과 제영이 서로를 보며 웃었다. 둘 모두 바뀐 것이 아주 많기도 했고, 또한 여전히 그대로인 것들도 많았다.

"행여 더 부탁할 게 있니?"

공항이 슬슬 저 멀리 보일 즈음, 혜옥이 물었다. 고개를 내저으려던 제영이 멈칫하곤, 한숨을 내쉬며 조심스레 말했다.

"제 일은 거의 끝난 거나 다름없지만 다른 피해 학생들 일을 좀 부탁드려도 될까요?"

이번엔 혜옥이 제영도 익히 아는 모습으로 웃었다.

"그건 네가 부탁하지 않아도 그럴 생각이었다. 어디 감히 그런 마음을 가진 놈이 예술 한다는 소리를 지껄이게 두겠어?"

"감사해요."

"그러니 제영이 너는 걱정일랑 말고."

혜옥의 손은 또 다시금, 제영이 기억하는 것과는 다른 모습으로 아주 천천히 다가왔다. 그녀의 손이 제영의 흉터 많은 손을 조심스레 붙잡았다. 종종 경련하듯 떨리기도 하는 손가락이, 혜옥의 주름진 손에 붙들려 안정을 찾았다.

제영에게도 혜옥에게도 퍽 신기하고 낯선 모습이었다.

"……다녀와."

혜옥의 마지막 말에 제영은 그저 웃었다. 다시 돌아올 수 있을지 모르겠다. 이 불안이 가실 날이 오기는 할는지. 아니면 이성을 향한 마음이 식어서 불안 또한 날아가 버릴는지.

알 수 있는 건 아무것도 없었다. 그저 지금은 좋아하기에, 돌아올 날을 기약하지 못하고 떠날 따름이었다.

* * *

눈을 뜨고 의식을 차리기도 전부터 무언가를 상실한 느낌에 마음이 허했다. 이성은 그래서, 제 손에 끼워진 반지부터 엄지로 매만졌다.

"박제영……."

널찍한 침대의 한쪽에서, 넓게 비워 둔 쪽을 두고 웅크리고 있었다. 이성이 눈을 뜨기 전에, 혹시 하는 마음으로 제영의 이름을 불렀다. 그리고 손으로 빈 곳을 더듬어 보았다.

이불만이 덮인 자리에는 제영의 온기조차 남아 있지 않았다.

"박제영?"

영문을 모르는 것처럼, 이성이 제영의 이름을 다시금 불렀다. 가슴에 상실감이 더해졌다. 평소와 다르던 제영의 행동, 저를 조르던 모습, 이르게 지쳐 잠들었던 얼굴을 새벽 내내 쳐다보다가 잠들었던 기억 따위가 이성의 머릿속을 가득 채우고 지나갔다.

"무슨 일이 있어도?"

무슨 일이 있어도 제 말을 잘 들어줄 거냐는, 약속을 잘 지킬 거냐는 제영의 물음이 떠올랐다. 이성이 누운 자리에서 일어났다. 가슴이 허했다. 제영이 떠났다. 인정하고 싶지 않은 마음이 컸다. 그러나.

오전의 해를 받아서 협탁 위의 무언가가 반짝였다. 이성의 시선이 자연히 그곳을 향했다. 제영의 손에 끼워져 있어야 할 반지가 케이스 안에 꽂혀 있었다.

이성이 눈을 질끈 감았다.

"씨발 무슨 일이, 무슨 일이라는 게 이거였냐?"

답이 돌아오지 않을 질문을 던졌다.

"이거였냐고."

허탈하게 던지는 질문은 담담하고, 건조했다. 원래 이성의 성격이라면 분명히 화를 내고 폭발하듯이 무엇이든 내던졌으리라. 그런데, 지금의 이성은 그러지 않았다. 그러지 못했다.

이 별장으로 오는 길부터, 이미 느끼고 있었다. 설렘으로 두근거리는 것 이상으로 뛰던 심장이 그에게 이상 신호를 보내고 있었다. 불안감이 마음 한편에 계속 자리하고 있었지 않은가.

그걸, 새삼 눈으로 확인한 것뿐이다. 애써 내리누르던 불안감이 실제가 되었을 따름이었다. 심지어 알면서도, 박제영의 말에 확답까지 했다.

무슨 일이 있어도 피아니스트 윤이성으로서.

"뭐 그렇게 비장하나? 뭐, 그래. 무슨 일이 있어도."

네 말을 지키겠다고.

가볍게 답했지만 담긴 마음은 가볍지 않았다. 애써 드는 생각들을 내리누르면서도 어쩌면 알고 있었던 거다. 박제영이 떠날 거다. 떠날 것 같다. 파도의 포말처럼 사라져 버릴 것 같다고.

아니. 아니다. 다 떠나서 그저 지금은 감정을 폭발시킬 어떠한 힘조차 남지 않은 거였다. 공허가 불러온 우울에 이성이 조용히 잠겨 들었다.

아무것도 하기 싫었다. 아무것도. 생각하는 것도, 말하는 것도, 연주하는 것도, 숨 쉬는 것도, 그 어떤 것도 하기 싫어서 그저 눈을 감고 우울에 잠겨 들었다.

얼마나 시간이 흘렀을까. 바깥에서부터 인기척이 들렸다. 죽은 사람처럼 웅크려 앉아 멈춰 있던 이성의 고개가 들렸다. 멍한 시선에 빛이 돌아오고, 인기척이 들리는 쪽으로 고개가 돌아갔다.

작고 마른 사람이 여기저기를 둘러보는 소리가 파도 소리 말고는 고요하던 별장을 울렸다. 이성이 자리에서 일어났다. 때마침 방문이 열렸다. 아닐 걸 알면서도 그는 그녀의 이름을 불렀다.

"박제영……."

"이 아니라서 어떡하냐."

"……박제윤."

이성이 다시, 털썩 자리에 주저앉았다. 그래, 제영이었더라면 별장 여기저기를 돌아보며 저를 찾지 않고 곧장 이리로 왔을 거였다. 알면서도 그렇게 박제영을 그린 거다.

제영이 사실은 멀리 가지 않았을 거라고, 그래서 잠깐 자리를 비운 사이에 제가 깨어난 거라고 믿고 싶었던 거지. 무슨, 바보도 아니고 알면서 착각한 거였다. 케이스에 곱게 꽂힌 반지를 보고도.

"언니 갔어."

"……알아."

"그런 것치곤 여기가 멀쩡한 것 같기도 하고."

제윤이 주저앉은 이성을 빤히 보며 고개를 갸웃했다. 별장의 다른 방들이 멀쩡한 거야 아까 둘러보면서 확인했다. 하지만 제윤은 지금 이성이 앉은 이 방만큼은, 난장판이 되어 있을 거로 생각했다. 그가 제영이 떠난 걸 알자마자 제 성질을 못 이겨서 온갖 패악을 부리지 않았을까 했으니까. 그게 사람들이 아는, 그리고 제윤이 아는 윤이성의 성질머리니까.

"아닌 것 같기도 하고."

솔직한 심정으로는 아닌 쪽이 맞는 것 같았다. 윤이성이라면 제영이 떠난 걸 알자마자 뭐라도 일을 쳤으리라고 생각했다. 그러니까, 지금 여기가 이렇게 멀쩡한 꼴이어서는 안 됐다.

평소의 이성이 할 행동과 지금 자신이 보는 이성이 너무 달랐다. 마치 때려 부수고 엉망으로 만들며 화를 표출할 기운조차 없는 것처럼 느껴졌다. 제윤이 크게 한숨을 내쉬며 이성이 주저앉은 쪽으로 다가갔다.

"박제영이 나 부탁했어?"

"우리 박제영 씨가 그렇게 살가운 성격은 아니지."

"그럼 왜 왔냐? 내 꼬라지 살피러?"

"아니. 전할 게 있어서 왔습니다만."

제윤이 이성과 눈높이를 맞추려는 듯 그의 앞으로 다가와 쪼그려 앉았다. 이러고 있자니 축 몸을 늘어뜨리고 웅크려 앉은 이성보다 되레 제윤의 시선이 낮아졌다. 제윤은 분명 본인이 좀 더 이성을 올려다보고 있음에도, 지금의 윤이성이 몹시 작아 보인다는 생각이 들었다. 퍽 감상적인 시선이었다. 그만큼 이성의 꼴이 묘하게 엉망이기도 했다.

제윤이 손에 쥔 것을 이성의 눈 바로 앞에서 달랑달랑 흔들었다.

"이게 뭔데. 박제영이 나한테 전하래?"

"다시 말하지만 걔가, 그 언니가 그렇게 살가운 성격이 아니거든?"

"그럼 씨발, 뭔데. 놀리려고 들고 왔냐?"

신경질을 내도 이성이 하나도 무섭지가 않았다. 저보다 한참 큰,

평균 신장보다도 월등히 키가 크고 체격이 좋은 남자인데 말이다. 제윤이 또 흘러나오려는 한숨을 삼켰다.

제윤이 손에 들고 흔든 건 USB였다. 제영에게 받은 것을 그대로 들고 왔다. 그 안에 든 건 몇 개의 아주 긴 영상이었다.

그 영상은 어떤 각도에서 찍혔든 전부 제영의 집 거실에 놓인 피아노를 비추고 있었다. 그뿐이었으면 제윤이 들고 이성을 찾아오지는 않았을 거였다.

"언니가 나한테 아무 말도 안 하고 그냥, 부탁한다고 하고 이걸 주고 갔거든."

"너한테 준 걸 왜 나한테 들고 오는데. 놀리냐고."

"아니 꼬일 상황이라서 꼬여 있는 건 알겠는데요, 좀 들어 주시면 안 될까요? 윤이성 피아니스트? 여기 든 게 그래서 뭔지 안 궁금하세요? 박제영 언니가 나 주고 간 거라니까?"

이성이 빤히 제윤을 보다가, 여전히 제 눈앞에서 달랑거리는 USB를 그제야 건네받았다.

"여기 든 게 뭔데."

"나한테 물어보지 말고 직접 들으세요."

"들어?"

"보라고 해야 하나?"

"……봐?"

제윤은 본인이 직접 언급하고 싶지 않은 건지, 아니면 정말로 이성을 놀리려는 건지 자꾸만 말을 빙빙 돌렸다. 이번에는 이성이 한숨을 내쉬었다. 뭐든 하고 싶지 않았다.

대충 제윤이 하는 말을 들어 보면, 아마도 이 안에 제영을 담은 무언가가 들어 있을 거다. 하긴, 그간에 일이 많아 집에만 박혀 있던 박제영이 뭘 준비해 봤자 본인과 관련된 것 말고 뭘 할 수 있었으려고.

"뭐 여기 컴퓨터나 노트북 같은 거 없어? 집에 갈 기운도 없으신 것 같은데 그렇다고 내가 직접 태워다 드릴 수는 없지 않겠어요?"

제윤이 말을 마치고 작게 중얼거렸다. '이제 막…….'까지는 얼추 들렸는데, 그 뒤는 알아들을 수가 없게 목소리가 잦아들었다. 이성이 인상을 찡그렸다.

"너 진짜 나 갖고 노냐?"

"아니. 그냥 내가 그거를 내 입으로 말을 못 하겠어서 그래요. 편집해서 올리는 것까지는 가까스로 했는데……."

"올려?"

이성이 뭐라고 되묻든, 제윤은 자신이 본 것을 떠올리는 것만으로도 다시 울컥한 모양인지 눈가를 빨갛게 익혔다.

제윤은 정말로, USB에 든 영상을 열어 보고 한참을 울었다. 새벽에 제영의 연락을 받고, 혜옥이 가겠다는 걸 만류하고 제가 나가지 못한 데는 그런 이유도 있었다.

너무 울어서. 제 얼굴 꼴도, 제영에게 드는 감정도 엉망인지라 제영을 보내지 못하고 붙잡을 것 같아서. 그리고 사실 저보다야 혜옥이 가서 얘기하고 일을 처리하는 게 더 낫기도 할 거였다.

"……너 우냐?"

"흐엉! 이따 촬영 있어서 겨우 부기 빼 놨는데 또 망했어."

"아니, 지금 울고 싶은 사람이 누군데 누구 앞에서……."

"울고 싶으면, 그거, 보고, 울든가 말든가……."

제윤이 훌쩍거리면서 코를 삼키다가 불쑥 일어났다. 어이가 없는 건지 황당한 건지도 모를 감각으로 이성이 제윤을 올려다봤다.

"나 가요."

"그래, 가라……."

"이제 어린 여자 뒤나 졸졸 쫓는 사람은 아니게 되실 윤이성 씨. 그거, USB 꼭 보고!"

"좀 가라고……."

제윤이 마지막으로 눈을 흘기고 사라졌다. 순간 혼이 빠졌다가 돌아온 이성이 허탈하게 웃었다. 제윤이 가고 나자 다시 들리는 건 부서지는 파도 소리 정도라 홀로 남았다는 사실이 선명해졌다.

연신 실소가 흘렀다. 주먹을 꽉 쥐는데, 손에 낀 반지와 손에 쥔 USB가 부딪치며 잘그락 소리를 냈다. 이성이 USB를 한참 바라봤다. 손에 낀 반지를 빼서 던져 버리고 싶기도 하고, 그렇게 마지막 남은 박제영의 흔적이며 손길을 잊지 않고 싶기도 한 묘한 감상에 빠졌다.

다만 기운이 없어도 일어나야 했다. 일어나서 대체 박제영이 뭘 어쨌기에 제윤이 USB를 들고 제게 전해 준 건지, 그걸 알아야겠단 생각이 들었다.

주섬주섬 옷을 챙겨 입고, 형찬에게 빌린 차 열쇠를 찾아 손에 쥐었다. 제영이 반지를 놓고 간 케이스도 챙겼다. 뚜껑을 닫아 주머니에 넣기 전까지, 한참을 아픈 눈으로 내려다보았음은 물론이다.

멀리 세워 둔 검은 세단을 타고 이성도 별장을 떠났다. 바다 옆에 선 별장은 홀로 바람을 맞으며 이별들을 떠나보냈다.

어제보다 세찬 바람에 파도가 유난히 커다랗게 쳤다. 그만큼이나 잘게 부서져 하얗게 밀려났다. 어제의 감미로운 연주가 오늘은 여기에 없었다.

* * *

이성의 노트북에 제윤에게서 받은 USB가 꽂혔다. 곧바로 열여섯 개의 영상 파일이 떴다. 하나를 제외하고는 전부 섬네일에서부터 이성에게 익숙한 제영의 집 피아노가 비치고 있었다.

가장 마지막, 가장 최근 날짜의 영상에서는 제영의 얼굴이 비치고 있었다. 이성은 가장 마지막 영상부터 볼까 하다가 생각을 바꾸었다.

섬네일에 비치는 피아노. 그리고 제영이 우스갯소리로 넘겼던, 누가 봐도 연습량이 과해 망가진 것처럼 보이던 그녀의 손끝.

"하……."

보지 않아도 영상에 무엇이 담겨 있을지 알 것 같았다. 이성은 결국 첫 번째 영상부터 보기 시작했다.

피아노 앞은 한참을 비어 있었다. 제영의 목소리가 분명할 한숨이 종종 터져 나왔다. 옷깃이 쓸리는 소리, 헛웃음, 그리고 다시 한숨.

10여 분을 훌쩍 넘게 화면 밖에서 나는 제영의 소리에, 이성의 한숨도 섞여 들었다. 손이 망가진 피아니스트. 그게 아니라면 아마도 지금 자신이 걷고 있는 빛나는 길을 걸었을 박제영.

사라지기 전의 재능이 유난히 빛났기에, 그 빛이 꺼진 자리의 그림자 또한 유난히 짙었다. 제영은 겨우 왼손만 가지고 연주하는 것에도 아주 많이 고통스러워했었다. 자신이 피아노 앞에 앉는 것만으로도.

그와 같은 감정을 지금 영상 안의 제영은 느끼고 있을 것이었다. 어쩌면 더 괴로우리라.

"이렇게까지 안 해도 되잖아."

제영이 기어이 마음을 다잡고 피아노 앞에 앉았다. 건반 위에 놓은 오른손이, 신경이 살아 있는 부분까지 달달 떨렸다. 떨리는 호흡을 연신 진정시키는 제영이 아팠다. 윤이성에게, 박제영이 아팠다.

결국 제영이 첫 건반을 왼손으로 가까스로 눌렀을 때, 이성이 더 보지 못하고 영상을 정지했다.

"네가 안 되는 걸 보여 줄 게 아니라, 그냥 내가 나를 증명했으면 됐잖아 이 멍청아. 대체 왜……."

이성의 손도 덜덜 떨려 왔다. 얼굴을 감싸 쥐고 마른세수하는 손이 그러했다. 자신은 지나갈 일이라고 신경 쓰지 않고 넘기려 했던 것을, 박제영은 이렇게나 신경 쓰고 있었다. 마음에 남아 기어이 어찌할 바를 모르고 애쓰고, 애쓰다가 도망갔다.

제영의 마음이 읽혔다. 그녀도 같은 생각을 하고 있었던 거다. 사람들이 아무짝에도 쓸모없는 비교를 하고 있음을 알았던 거다.

어차피 손이 망가지지 않은 박희은과 그녀에게 선택받아 지금의 피아니스트가 된 윤이성이 같은 공간에 있을 수 없음을.

아마 제영도 알았을 거다. 자신이 '증명하면 된다'고 하는 게 틀린 말이 아님을. 하지만 그게 얼마나 오래 걸리고, 그간에 얼마나 오래 사람들의 입에 험한 말들이 오르내릴지도 너무 잘 알기에.

'잘함'을 증명하는 것보다, '애써도 되지 않음'을 증명해 사람들의 관심을 꺼트리는 것이 훨씬 빠름을 알아서.

-어떡하지…….

이성이 다시 영상을 재생시켰다. 아무리 속이 쓰리고 찢어져 할퀴어지는 듯해도, 이제는 눈앞에 없을 박제영이 움직이는 모습을 시야에 담지 않을 수는 없었다.

-여기를 묶어 둬야 하나.

-테이핑을 할까…….

10여 년을 제대로 연주한 적 없는 손이었다. 그런데도, 타고난 재능이 어디로 가는 건 아닌지, 제영의 왼손은 썩 훌륭한 정도로 연주를 좇아가기 시작했다.

제영은 왼손의 연주가 손에 익어 가자 얹어만 놓았던 오른손으로도 건반을 누르기 시작했다. 그러면서 문제가 일어났다. 다 풀리지 않은 손이 문제가 아니었다.

망가진 손가락이 경련하며 치지 말아야 할 건반을 툭툭 건드렸다. 엇나간 소음이 섞이고, 연주는 몇 번이고 멈추었다.

연습을 시작하기 전부터, 오른손 세 손가락만으로도 연주할 수 있도록 운지법을 몇 번이고 고심했던 게 이성에게는 빤히 보였다.

그런데도 망가진 손가락이 말썽을 부렸다.

윤이성의 눈이 내리감겼다. 마른 눈물이 툭, 한 방울 떨어져 내렸다.

첫 번째 영상이 끝나 갈 무렵, 이제 제영은 떨지 않았다. 처음에는 한참이나 피아노 앞에 앉는 것부터 겁내는 것처럼 굴더니 이제는 제 망가진 손가락을 대하는 목소리조차 담담해졌다. 그게 보는 사람을 더 슬프게 만들었다.

단 1분도 채 제대로 이어지지 않고, 아니 30초도 가지 않아서 번번이 연주하다가 망가진 손가락이 말썽을 부렸다. 종종 멀쩡한 손도 틀린 곳을 짚기도 했다. 피아노를 오래 멀리한 공백이 제영에게서 보였다.

누구보다 본인이 괴로울 텐데, 그래야 정상인데 제영은 점점 담담해졌다. 정작 그걸 지켜보는 이성이 미칠 것만 같았다.

-아, 아파…….

제영이 손끝을 감쌌다. 첫 번째 영상이 끝났다. 곧장 자동으로 두 번째 영상이 재생되었다. 이번에는 제영이 처음보다는 빠르게, 몇 번의 한숨만으로 피아노 앞에 앉았다.

테이핑을 할까, 묶어 둘까. 말로만 그러고 마는 줄 알았더니 정말로 손가락을 밴드로 친친 감아 쭉 펴서 고정한 채였다. 그대로 앉아 연주를 시작했다가, 몇 분 만에 고개를 절레절레 내저었다.

-안 되겠네…….

"안 되지, 바보야. 근육이 다 연결이 돼 있는데, 영향을 받지……."

화면 속 제영의 혼잣말에 이성이 답하듯이 말했다. 곧 한숨을 내쉰 제영이 화면에서 사라졌다. 부스럭거리는 소리가 몇 번 들려오더니 곧장 돌아온 제영의 손은 감겨 있던 밴드가 죄 사라진 채였다.

-진짜 방법이 없나.

덤덤하게 의문을 뱉어 낸 제영의 연주가, 연습이 다시 시작됐다. 질문을 던져 놓고 본인에게서 답을 찾을 생각도 하지 않았다. 제영은 그저, 계속 연습하고 또 연습했다.

종종 아픈 손끝이 건반에서 미끄러지면 그때야 겨우 작게 악, 소리를 낼 따름이었다. 무섭게 집중하고, 그러다 실수가 나면 한숨을 짧게 뱉고. 심호흡을 하며 마음을 다스린 다음에 다시금 건반 위에 손을 얹었다.

보는 사람이 갑갑하고 가슴이 죄어 올 정도로 힘들었다. 정작 당사자인 박제영은 어떤 마음으로 피아노 앞에 앉아서, 완벽하지도 못할 연주를 만들기 위해 저렇게 애쓰고 있을까.

그게 하나에 네다섯 시간은 되는 영상 열다섯 개에서 내내 반복되었다. 영상의 시작, 피아노 앞에 앉는 시간은 점점 빨라졌다. 열 번째부터는 아마 한숨조차 쉬지 않고 곧장 앉았을 거다.

마음만큼은 프로였을 때처럼 다부지게 다져진 거다. 그럴수록 엉망인 연주가 마음에 안 차 절망할 텐데도, 제영은 점점 의연해졌다.

아주 더디게, 연주도 나아졌다. 이제 왼손은 과거의 기량을 다 찾지는 못했을지라도 웬만큼 오래 연주한 사람의 관록이 조금씩이나마 보였다. 그렇게나 오래 쉬었는데.

"이건 박제영이……."

아는 사람에게는 보일 천재성이, 그러나 완벽할 수 없기에 그저 빛바랜 무엇일 수밖에 없음이 슬펐다. 괴로웠다.

"네가 진짜 대단하다고, 그거를, 근데 씨발 아무나 알 수가 없는 게……."

이성이 허탈하게 웃었다. 마지막, 열다섯 번째 영상에서 제영이 딱 한 번의 실수만을 저지르고 처음부터 끝까지 5분여의 연주를 마쳤다. 그 한 번의 실수조차 오른손의 망가진 손가락이 건반을 스친 거였다.

그러나 그치지 않고 연주를 마친 건, 이보다 더 나아질 수 없음을 본인이 알았거나.

-멀쩡한 손도 망가지겠네.

손이 한계였거나.

후자였던 모양이다. 아마 전자도 영향을 미쳤을 거다. 이미 열다섯 개의 영상에서 제영은 본인의 지독함을 보여 주고도 남았으니까. 손이 저렇게나 엉망이 됐으면 건반에 올려놓는 것만으로도 통증이 심했을 텐데, 그 때문에 건반을 누르는 힘이 줄지는 않았다. 강하게 쳐야 하는 부분을 일부러 흘려 낸 곳은 단 한 군데도 없었다.

며칠이 걸렸다. 박제영의 기록을 전부 보는 데에, 몇십 시간을 나누어 보는 데 그만큼이 걸렸다. 이성은 그간에 제대로 먹지도, 자지도 못했다. 죽을 것처럼 속이 아프면 겨우 영양제며 선식 따위를 욱여넣고, 기절할 만큼 피로하면 잠시 눈을 붙였다가도 한 시간을 채 잠들지 못하고 일어났다.

박제영이 애쓴 기록이 못내 사무쳐서 그랬다. 그래서 영상을 틀어 두고, 아주 가끔 나오는 제영의 혼잣말에 답하면서. 울면서.

그렇게 박제영의 덤덤한 고통을 마주했다.

끝끝내 제영의 마지막 영상을 확인하면서는 처음부터 끝까지 눈물을 그치지 못했다. 어떤 말도 하지 못하고 눈물로 제 속을 텅텅 비워 냈다.

윤이성에게는 껍데기만 남았다.

* * *

제윤의 채널에 '마지막 영상'이라는 제목의 영상이 올라왔다. 박제영의 영상이었다.

20여 분 남짓의 영상에는 그중 절반이 넘도록 제영의 연습 장면이 담겨 있었다. 화면 왼쪽 하단에는, 제영이 영상을 찍은 날을 day-1, 2 하는 식으로 표시한 자막이 박혔다.

망가진 손가락을 묶기도 하고, 왼손으로 오른손의 악보를 따라가기도 하며 제영의 한숨이 쌓였다. 덤덤한 목소리로 하는 몇 안 되는 중얼거림도 담겼다. 조금 들을 만하면 실수로, 혹은 망가진 손가락의 방해로 연주가 멈추었다.

끝끝내 제영이 한 번의 실수로 완주에 성공하고, 통증으로 달달 떨리는 손을 건반 위에서 거뒀다.

-멀쩡한 손도 망가지겠네.

연습 중의 그 어떤 때 했던 말보다도, 가장 씁쓸하게 마음을 맺어 뱉은 한마디였다.

잠깐의 침묵 후 화면이 전환되었다. 제영이 처음으로 카메라를 보고 마주 앉았다. 지친 기색이 역력한 표정으로 잠시 제 손을 내려다보다가 정면을 똑바로 응시했다.

-안녕하세요. 박제영입니다. 지금 이 영상을 보고 계실 분들께 우선, 김무진…… 교수님과의 소송에 많은 관심을 주신 점 감사드린다는 말씀부터 드리고 싶습니다.

제영의 시선이 어렴풋이 내리깔렸다.

-덕분에 얻어 낼 수 있었습니다. 제 옛 이름이 아니라, 관심을 끊지 않고 지켜봐 주신 분들 덕에 제가 저의 몫을 찾을 수 있었어요. 아직도 피해자들이 많이 남았죠. 끝까지, 부탁드리겠습니다.

제영이 깊이 고개를 숙여 인사했다. 인사를 마치고 다시 고개를 든 제영이 가만히 카메라를 응시했다. 본론인, 어려운 이야기를 꺼내기 위해서 한참을 머뭇거리는 기색이 느껴졌다.

-그보다 좀 더, 하고 싶은 말이 있어서 이렇게 카메라 앞에 앉았습니다. 제윤이한테 부탁할 텐데, ……제 뜻을 잘 전해 줄까요? 전해 주겠죠?

설핏 웃는 제영의 얼굴은 보는 이를 안쓰럽게 할 만큼 피곤한 낯이었다. 제영이 다시 제 손을 내려다봤다.

-보름간 손끝이 뭉그러지겠다 싶을 만큼 한 곡만 연습했습니다. 방금까지 들어 주셨을까요? 들어 주셨겠죠. 모차르트 Fantasia

No.3 in D minor, K.397…….

제목을 말하는 제영의 목소리가 차츰 흐려졌다.

-……과 비슷한 곡을 들으셨습니다. 결코 원곡을 쳐 냈다고 할 수가 없으니까요. 원곡대로 칠 수가 없었어요. 다들 아시는 제가 겪은 사고 때문에.

제영이 한숨을 담은 웃음을 터뜨렸다. 서글프게도, 혹은 시원하게도 보였다. 자신의 결함을 인정하는 순간이.

-다들 제가 '만들었다고' 하시는 윤이성 피아니스트의 대표곡이나, 혹은 제가 박희은이던 시절에 즐겨 연주했던 곡을 선정하고 싶었지만 할 수가 없었습니다.

제영이 제 흉터 많은 손을 들어 화면에 보였다.

-그게 제 현실이니까요. 지금을 살아가는 박제영의 현실이요. 그런데도 들려드리고 싶었어요. 저를 천재라고 여기시는 감사한 분들에게 저의 현실이 어떠한지를. 그 감사한 환상이 얼마나 허상에 지나지 않는지를…….

건반을 짚듯 허공에서 제영의 손가락이 움직였다. 아까까지 피아노 앞에서 연주한 곡을 다시금 되짚고 있었다.

-화음을 이루어야 할 부분이 원래보다 부족해 허전한 곳도 있었을 테고, 본래는 오른손이 짚어야 할 부분에 왼손의 도움을 받기도 했습니다. 그래도 제 귀에는 썩 아쉽지만 들을, 만은…… 했던 것도 같아요. 10여 년 만에 다시 피아노에 앉았던 첫날보다는 많이 나아졌으니까요.

제영의 웃음은 처음보다 한결 밝아졌다. 그러나 그 웃음이 제영의 얼굴에서 걷히는 건 한순간이었다.

-이런 제가, 피아니스트 윤이성을 만들었다고요. 제 연주를 들은 지금도 그렇게 생각하실까요?

제영이 질문을 던졌다.

-아뇨.

답 또한 그녀의 입에서 나왔다.

-저는 제게 닥친 불행조차 이겨 내지 못한 나약한 사람입니다. 사람들의 환상 속에 있는, 지금의 제 나이까지 '박희은'으로 살았을 피아니스트조차 지금의 윤이성 피아니스트보다 못한 실력이었을 수도 있어요. 저는 그렇게 생각합니다.

제영의 시선이 카메라를 빗겨나 허공을 향했다. 무언가를 회상하는 빛이 역력한 눈빛이었다.

-피아노를 제대로 배울 수 없는 환경에서, 어깨너머로 손놀림을 훔쳐 배웠을 실력만으로도 윤이성 피아니스트는 빛이 났어요. 사고로 부모님도, 손가락의 신경도 잃고 절망해서 모든 감각을 닫아걸고 제 안에 갇혀 있던 사람에게도 반짝임이 보일 정도로 빛났습니다. 윤이성 피아니스트가요.

영상 내내, 조금씩 감정을 내비치더라도 시종일관 덤덤한 편에 가까웠던 제영의 표정이 처음으로 완전히 무너져 내렸다.

-그러고 보면 반한 것도 내가 먼저였네…….

제영의 고개가 홀로 끄덕여졌다.

-네, 제가 먼저 반했어요. 그랬네요. 반짝임에 홀려서……. 제 욕심껏 저는, 윤이성을 휘둘렀을 뿐이죠. 내가 완성하지 못한 길을

당신이 완성해 달라고.

눈물을 삼키려는 것처럼, 제영이 고개를 들어 올렸다. 그러나 깜박이는 눈동자는 한없이 건조했다. 제영의 입술에서 한숨이 터졌다.

-마지막으로 사람들 앞에 보이는 연주가, 이렇게나 못마땅해서 아쉽기 짝이 없지만 이게 저의 현실입니다. 그걸 알려 드리고 싶었고……. 그리고 어쩌면 더 대단했을 수도 있을 사람을 망쳐 놓았을지도 모를 제게 쏟아지는 환상의 찬양이 그쳤으면 하는 마음으로 조금 떠들어 봤습니다.

마지막 인사는 매끄럽게 이어졌던 말들과 달리 서투르기 짝이 없었다. 모든 힘을 소진한 사람처럼 기운 없는 모양새로, 제영의 입술이 열렸다.

-그럼, 다들 건강하세요.

〈하이라이트 댓글〉

아무데서나짖음 (2일 전)

막귀라 연주는 모르겠음. 윤이성보다 못해도 잘하는 것 같은데? 근데 마지막 말은 뭐라는 거임? 그래서 윤이성이 질척거린 게 아니라 자기가 먼저 꼬셨다는 거?

추천 4.7천 반대 129

피아니스트 홍인환 (2일 전)

현직 피아니스트입니다. 매끄럽게 곡 진행이 된 것도 아니고 분명 부족함이 느껴지지만, 장애가 있는 것과 10년 넘는 공백이 있었다는 점을 고려하면 박희은 양이 천재였던 것만큼은 사실이라고 할 수밖에 없겠네요. 본인이 칠 수 있을 만큼만 곡을 살리면서도, 쳐 낼 부분은 과감히 쳐 낸 편곡도 무시 못 할 실력이고요. 대한민국이 정말 뛰어난 인재를 잃었다는 사실이 새삼 안타깝습니다…….

추천 3.3천 반대 81

머리가말랑해요 (하루 전)

손 안 멀쩡해도 예고 준비하는 내 친구보다 잘 치네ㅋㅋ 그냥 계속 연주해 보지. 윤이성이랑 vs 하는 거 개꿀잼이었는데.

추천 1.5천 반대 388

* * *

제영의 바람대로 그녀와 윤이성을 둘러싼, 윤이성에게 달리 좋지 못할 이야기들이 한 번에 수그러들지는 않았다. 다만 장난스럽게 과열되었던 둘의 비교에 관한 언급은 많이 줄었다. 제영의 망가진 손이 보인 연주 실력보다는, 그녀가 보여 준 진심이 사람들에게 전해진 것이 더 크게 작용했다.

이성을 관리해야 할 형찬이나 유성 매니지먼트 입장에서 매우 반길 일이라면, 적어도 윤이성의 이미지에 가장 타격이 컸을 '어린 여자만 좇아다니고 좋아하는 이미지'가 벗겨진 것이었다.

3년 잠적을 자행하기 전 이성의 스캔들 상대는 전부 그의 또래였던 점을 들어 이미 유성 매니지먼트에서 보도 자료를 뿌렸었다. 그러나 매니지먼트의 갖은 노력에도 먹히지 않았던 것이 제영의

'먼저 반했다'는 발언 한마디에 잠잠해졌다.

혜옥을 필두로 한 헤븐 하모니 음악 재단의 '두 사람과 관련한 유언비어를 유포할 시 법적 조치에 들어가겠다'라는 선포도 약간의 반발을 얻었을지언정 한몫을 했다.

"그러니까 이제 활발한 활동으로 나머지를 잠재워야 하는데……."

형찬이 깊은 한숨을 내쉬며 병실 침대에 누운 이성을 노려보았다. 혼이 빠져나간 것처럼 커다란 눈만 느리게 껌벅껌벅하는 이성의 꼴이 형찬의 속을 뒤집었다.

"정작 당사자인 윤이성 피아니스트가……."

형찬이 보기 드물게 대놓고 이를 갈았다.

"영양실조에 피로 누적으로 입원을 했다, 라."

형찬의 말대로 이성은 입원 중이었다. 동정심 유발을 위해 아픈 척을 하는 것도 아니었다. 아무리 칩거 중이라고 해도 도통 연락이 없는 이성이 의아해 그의 집을 찾은 성길에 의해 쓰러져 있던 것이 발견되어 급히 병원으로 이송됐다.

그렇게 병원에서 밝혀진 이유가 지나친 스트레스와 피로 누적, 그리고 어이없게도 영양실조였다. 현대 사회에서 참 보기 드문 영양실조라는 병명에 형찬은 기함했다. 그러면서도 최근의 이성을 돌아보며 충분히 가능했을 일임을 인정할 수밖에 없기도 했다.

제영이 사라졌다. 이전처럼 이성의 앞에서 적당히 자취를 감추고 연을 끊은 정도가 아니라 조용히 알아본 형찬에게도 잡히지 않을 정도로 아주 주도면밀하게 숨었다. 혜옥을 창구로 제영이 정신적 피로와 건강상의 이유로 조용히 요양 중이라는 기사가 뜬 걸 보면, 아마도 제영의 잠적을 도운 건 혜옥일 것이었다.

여하튼 제영이 돌연 제게서 떠나 숨어 버린 충격이 이성을 망가뜨린 1순위일 터였다. 사실 그 이전부터 이성은 제영과 연락이 두절된 것만으로 이미 영 맛이 가 있었기도 했다. 형찬이 이성의 이미지를 수습하기 위해 장본인을 찾아갔을 때, 그의 꼴이 어떠했던가. 집 안을 굴러다니는 거라곤 술병뿐이고, 먹은 음식이라고 추측할 만한 것이라곤 먹기는 했나 싶게 손댄 흔적이 드문 안주 따위가 전부였다.

그 이후로 제영을 만나러 간다며 저의 도움을 얻었다. 상황상 저의 속은 쓰려도 이성은 이제 멀쩡한 모습으로 돌아오겠거니 마음을 놓고 있었다. 그게 형찬의 패착이었다.

"박제영은……."

"그쪽 집안에서 흘려보낸 기사상으로는 요양 중입니다. 심적 고통이 커서."

"그렇구나."

"정확히 어디 있는지는 저도 파악하지 못했고요. 정치 행정이나 운송업 쪽으로는 유성보다 박제영 씨의 조모이신 고혜옥 여사님 친정 집안의 파워가 훨씬 강해서 아마 앞으로도 알기 어려울 겁니다."

눈만 껌벅이던 이성이 그제야 형찬을 바라봤다.

"그건 안 물어봤는데."

"알려 주면 정신 좀 차릴까 해서 알아봤습니다. 됐습니까?"

"알려 줘도 나 안 괜찮았을걸."

"퍽도 고마운 답이로군요."

"근데 대표님은 멀쩡하다?"

이성의 말에 형찬이 눈을 지그시 내리감았다. 이성의 태도에 화가 나기도 하고, 마음이 복잡해지기도 했다.

마냥 괜찮지는 않았다. 그러나 제영이 완전히 볼 수 없는 곳으로 숨었다는 사실 자체가 그리 큰 타격이 되지는 않았다. 어차피 저의 사람이 아님을 드디어 인정해서일까.

"내가 무슨 답을 하길 원합니까?"

"발끈하는 걸 보면 그래도 아직 박제영 좋아하나 봐?"

"내가 아직 좋아하고 말고가 제영 씨나 윤이성 씨 당신한테 중요하긴 합니까?"

"그렇진 않은데. 그냥 이상해서 물어봤어. 저번에는 다 죽어 가더니 이번엔 괜찮나 싶어서."

"이봐요, 윤이성 씨."

갈수록 가관이다 싶은 이성의 말에 형찬이 무어라 화를 내려는 순간이었다. 이성의 껌벅이던 눈에서 별안간 눈물이 뚝뚝 떨어져 내렸다. 욱한 마음이 사그라들 정도로 갑작스러운 이성의 눈물 바람에 형찬이 기어이 열려던 입을 다물었다.

"대표님아. 그때는 대표님 마음도 이랬어?"

명확한 질문은 아니었지만, 형찬은 이성이 말하는 그때가 언제인지를 바로 알아들었다. 제영에게 더는 연락이 되지 않을 거라는 통보를 받고 반쯤 넋이 나가 있던 때. 그때를 가리키는 걸 거였다.

형찬의 기분이 점차 미묘해졌다. 어쨌든 제영과 훨씬 심적으로 가까웠기에, 제게 승리자처럼 굴었던 이성이 아닌가. 그런 얄밉고 속 터지는 이성에게 아주 미묘한 동질감이 느껴졌다.

"……그건 모르죠. 윤이성 씨의 마음이랑 제 마음이 같을지 다를지."

물론 상황은 같지 않았다. 제영이 이성을 불러들였을 때, 분명 이미 떠날 마음을 먹고 있었을지언정 제게 했던 것처럼 단호하게 굴지는 않았을 것이다. 그건 지금 이성의 꼴만 봐도 알 법했다.

제영을 좋아했기에, 여전히 마음 한구석에는 아직도 그녀를 좋아하는 마음을 다 버리지 못하고 가지고 있기에 모를 수가 없었다. 거기다 제영이 영상으로 남겨 놓고 가지 않았던가. 아마도 윤이성을 자신이 먼저 좋아했을 거라고. 그건 단순히 피아니스트 윤이성에게 붙은 나쁜 소문을 잦아들게 하기 위한 거짓말이 아니었다.

진심이 가득 담긴 말이었다. 박제영은 윤이성을, 자신이 그녀를 보는 것과 같은 마음으로 보고 있었다. 이성의 마음은 일방통행이 아니었다.

문득 형찬의 눈에 이성의 왼손에 끼워진 반지가 들어왔다. 제영이 떠나기 전에 이성의 마음을 받아 줬을까. 그렇다면 그녀는 너무 잔인한 짓을 저지른 게 아닌가. 그런 생각이 들어 괜스레 씁쓸한 웃음이 입가에 머금어졌다.

이성이 저만큼이나 맛이 간 것조차, 이해하기 싫으면서도 충분히 이해가 갔다.

"대표님도 그거 영상 봤어?"

"박제윤 양이 올린 영상이요?"

"응. 그거."

"후속 영상까지…… 봤습니다."

"……혹시 박제윤 그게 연습 영상 보름치 풀로 다 올렸냐?"

"예."

잠시 멎나 싶었던 이성의 눈물이 다시 뚝뚝 흐르기 시작했다. 형찬이 다시 한숨을 푹 내쉬었다. 이번에는 이성이 한심하거나 답답해서가 아니라, 그의 눈물이 이해되어서였다.

지독한 영상이었다. 과거의 박희은을 여전히 기억하는 이들에게는 특히 그러했다. 그녀가 빛나던 때의 연주 영상이 여전히 추천 영상에 떠 있는 플랫폼에, 자신의 망가짐을 인정하고 그나마도 멀쩡한 연주를 보여 주려고 애쓰는 제영의 모습이 올라왔다.

시종일관 덤덤한 모습이 더욱 처절했다. 제영은 아마 알았을 거다. 피아노 앞에 서는 순간을 다시는 찾을 수 없을 피아니스트로서의 재능을 확인하는 비참한 시간이라는 걸. 알면서도, 이성을 위해 사람들에게 현실을 보여 주려고 그 고통을 감내했다.

약간은 그런 마음도 있었을 거다. 한때는 피아니스트였던 자신을 기억하는 사람도 분명히 있을 테니, 그래도 아주 엉망인 연주를 들려주고 싶지는 않았을 마음. 그게 분명히 있었을 거다.

늘 음악을 앞에 두고 제영은 진지했다. 박희은이던 시절에도 그러했고, 박제영이 되어서도 그리 다르지 않았다. 그렇기에 더욱 피아노 앞에는 설 수 없었을 텐데.

윤이성을 위해 그걸 했다. 그 마음을 사람들이 봤다. 며칠 만에 제윤이 편집해 올린 영상보다 제영이 제윤에게 보낸 원본 영상의 조회 수가 더 높아졌다. 달린 반응들은 죄 눈물 일색이었다.

"나, 그거 보는데 먹지도 자지도 못하겠더라. 그래서 그랬어. 미안."

"뭐가 미안합니까? 미안하긴 합니까?"

이성이 피식 웃었다.

"내가 대표님한테 나 도와주면, 말 잘 듣겠다고 했잖아. 약속 어긴 게 됐으니까 미안하다고."

이성의 답에 형찬의 표정이 도저히 믿지 못할 상황을 마주한 사람처럼 굳어졌다.

"……혹시 정신까지 이상해진 건 아니죠?"

"미쳤냐고?"

"솔직히 딱 그렇게 보입니다. 아니면 죽을 때가 와서 사람이 바뀌었거나."

"그런 건 아니고. 그냥……."

이성이 이제는 습관인 것처럼 제 손에 끼워진 반지를 내려다봤다. 제영에게 제가 끼워 준 반지는 박제영 본인이 놓고 갔다. 그렇지만, 직접 끼워 준 반지는 빼지 않았다.

몰래 가려니 빼다가 제가 깰까 봐 그냥 둔 걸까. 혹시 제영에게는 자신이 건넨 반지가 큰 의미가 없는 건 아닐까. 그것도 아니면 다른 이유가 있는 걸까. 이러고 냅다 도망칠 거면 대체 나한테 반지는 왜 끼워 준 건데.

온갖 생각이 맴돌다가 멎었다. 생각의 끝은 다시금 제영이 덤덤한 얼굴로 피아노와 마주하고 연습하는 영상으로 이어졌다. 그리고…….

-그러고 보면 반한 것도 내가 먼저였네…….

결국 나를 버려두고 도망갔으면서 그딴 말을 해. 남은 나는 무슨 마음으로 너를 기다리라고. 잊고 살라고 이러는 거면 매정하게나 굴든가. 너도 나를 좋아한다면서 이렇게 떠나는 게 어디 있냐고.

자꾸만 나약해진 마음에서 원망의 말이 쏟아졌다. 그러다간 이상하고 수상했던 제영의 태도들을 무시하고 그저 좋아서 실실 웃던 과거의 자신에게도 화가 났다.

"그냥, 솔직히 박제영이 왜 도망쳤는지 나는 잘 모르겠거든. 걔도 나 좋아한다고 했잖아. 대표님도 영상 봤다며. 그럼 박제영이 하는 말도 들었을 거 아냐."

"……예."

"근데 왜 갔냐고. 왜 가 버렸냐고."

쏟아지는 이성의 한숨이 깊었다. 보이는 것만으로는 이성이 그러하듯 형찬 또한 제영의 잠적 이유를 짚어 낼 수가 없었다. 차라리 매정하게 떼어 냈더라면 그래, 제영이 이성의 제멋대로인 점에 드디어 질렸구나. 고작 그뿐인 마음이었구나 했을 텐데.

그런 건 아니었다. 이성을 생각하는 제영의 마음은 진심이었다. 단순히 피아니스트 윤이성을 자신의 존재가 망가뜨리는 것이 마음에 들지 않아 사라진 것만은 아님이 느껴졌다. 그렇더라면 먼저 반한 건 자신이라는 말이 그렇게까지 진심일 수는 없는 거였다.

뭐가 힘들어서 도망쳤을까. 이성의 의문이 형찬에게까지 옮아 붙었다. 날뛸 기력조차 잃고 꺼져 가는 이성을 앞에 둔 형찬의 눈이 복잡한 빛으로 물들었다.

이성이 형찬의 시선을 느끼며 픽 웃음을 터뜨렸다. 그가 제 의지와는 상관도 없이 연신 흐르는 눈물을 손등으로 훔쳐 닦았다.

"씨발, 생각해 보면 영문도 모르고 툭 내버려지는 게 이번이 처음도 아냐."

이성에게는 이번이 두 번째였다. 벌써 해가 바뀌어 4년 전이 되어 버린 그때. 이성이 클래식 피아니스트로서 완전히 자리를 잡았을 즈음, 박신환 전 재단장이 명을 달리하고 수습을 끝냈을 때도 제영은 홀연히 떠났다. 그러니까 이번이 두 번째였다. 이유는 다를지언정.

"좆같은 게 뭔 줄 알아?"

"……듣고 있습니다."

"그때는, 예전에 이러고 박제영이 튀었을 때는 내가 쫓아가서 따질 수라도 있었는데 안 그런 거였어. 멍청한 윤이성 씹새끼가 제 기분이 왜 거지 같은지도 모르고 자존심만 부려서. 아, 박제영이 만든 거 다 망쳐 놓으면 쫓아와서 너 왜 그 지랄을 떠냐 하고 다시 나타날 줄 알았거든. 그 생각만 하면서 기다렸거든."

이성이 그때의 저를 비웃었다.

"난 아쉬울 게 없었으니까. 없다고 생각했으니까."

"그런 이유로 본인도 잠적했던 겁니까?"

"멍청하게 들려? 나도 그래. 내가 멍청했던 것 같아. 결국 실패

했잖아. 내가 먼저 박제영 쫓아갔잖아 결국."

이번에는 형찬이 먼저 씁쓸한 웃음을 터뜨렸다. 정말로 이성이 멍청하다거나 우습기 짝이 없어서는 아니었다. 차라리 형찬의 웃음은 공감에서 나온 것에 가까웠다.

"근데 그때는, 쫓아갈 수라도 있었는데 지금은 내가 할 수 있는 게 없어."

아니, 정말 아무것도 없나.

"……그리고 내가 후원하는 피아니스트."

저의 애인이지 않냐는 말에는 그 솔직한 박제영이 차마 답을 주지 않았다. 그러고는 내던진 말이 그거였다. 자신이 후원하는 피아니스트라고. 윤이성의 그 본질만큼은 바뀌지 않을 거라는 듯이 말했다.

그러곤 무슨 일이 있어도 피아니스트로서 연주를 계속하라는 다짐을 받아 내기까지 했다. 저는 다 놓고 홀연히 떠나 버린 주제에, 이성에게는 짐을 지웠다.

"제가 후원하는 피아니스트라고……."

"예?"

이성의 중얼거림을 제대로 듣지 못한 형찬이 다시 말해 보라는 듯 되물었다.

"걔가 그랬거든. 네가 뭔데 자기한테 돈을 주냐고."

"……예?"

"그래서 내가 그랬어. 박제영 애인이라고. 반지까지 끼워 줬으니까, 저도 나 좋아한다고 나한테도 말했으니까 뭐 틀린 말 아니잖아."

형찬이 짧게 한숨을 뱉었다. 돌고 돌아 또 그날의 이야기였다. 제정신이 아닐 이성에게 차마 그게 자신의 앞에서 할 소리냐고 다그치기에는, 이성의 상태가 썩 좋지 못했다.

"근데 그게 나한테 그러는 거야. 제 애인이라는 말에는 대답을 안 해 놓고, 내가 본인이 후원하는 피아니스트라고."

"틀린 말은 아니네요. 뭐, 후원자 자격으로 제영 씨가 당신을 매스 미디어에 내보내는 방법에 관해서 내게 참견하기도 했으니까."

"아. 그랬던 적도 있지. 맞다. 그랬다."

이성이 멍청하게 고개를 끄덕였다. 커다란 눈이 껌벅거리면서 의미 없이 허공을 바라봤다. 그러니까, 박제영이 이성에게 남긴 숙제가 있었다.

"그거라도 안 하면, 이제 찾아갈 수도 없으니까 나는 박제영이랑 아무것도 아닌 거네."

색소 옅은 눈이 유난히 텅 비어 보였다. 아슬아슬한 표정으로 이성이 웃는다. 그가 제 두 손을 모아 내려다보았다.

"그럼 해야지. 그거라도."

이성이 내려다보던 두 손을 꽉 주먹 쥐었다. 한쪽 손목에 꽂힌 링거 튜브를 타고 핏물이 역류해 투명한 주사액과 어지럽게 뒤섞였다. 형찬이 한숨을 내쉬며 다가와 이성의 손목을 붙잡았다.

"바늘 꽂은 손을 이렇게 다루면……!"

"대표님한테는 잘됐네. 내가 돈 많이 벌게 해 줄게."

여전히 비어 있는 눈을 휘어 접으며, 이성이 말했다. VIP 병실의 커다란 창으로 유난히 따뜻한 봄볕이 쏟아졌다. 온통 따뜻한 색조에 둘러싸여 있건만, 이성은 몹시 추워 보였다.

홀로 겨울에 갇힌 것도, 내리는 빗속에 갇힌 것도 같았다.

* * *

제영이 오스트리아에 도착한 지도 벌써 두 달이 넘게 지났다. 그녀는 종종 제윤이나 혜옥과 연락을 나누면서 그저 흐르는 시간에 가만히 몸을 맡겼다. 유의미한 행동은 아무것도 하지 않았다.

「영, 병원에 들를 시간이야. 또 시간을 죽이고 있었던 건가?」

「아.」

멍하니 창밖을 내다보고 있던 제영이 목소리가 들려온 쪽으로 시선을 돌렸다. 백발의 인자한 노인이 제영의 외투를 들고 다가왔다. 제영이 그를 보며 설핏 웃었다.

「프리드. 제가 알아서 챙겼어야 했는데……. 신경 써 주셔서 감사해요.」

「시난의 손녀이고 내게도 예쁜 종달새인 영을 돌보는 일이 무료한 일상에 얼마나 즐거움이 되는데. 그런 말은 말고. 이거 입도록 해. 밖이 추워.」

제영이 노신사 프리드에게서 외투를 건네받았다. 창밖으로 보이는 나무가 바람에 제법 흔들리나 싶더니 오늘은 날씨가 꽤 선선한 모양이었다.

프리드의 입에서 나온 '시난'이라는 이름은 제영의 조부 '박신환'을 그가 부르는 이름이었다. 그렇게 편하게 이름을 부를 정도로 프리드와 제영의 조부는 썩 돈독한 관계였다. 제영이 박희은이었던 시절, 콩쿠르 참여나 레슨을 위해 오스트리아에 들를 때면 꼭 얼굴을 보는 사이이기도 했다.

사고 이후 10년의 공백이 있었지만, 프리드는 제영을 마치 어제도 만났던 친손녀인 양 아주 반갑게 맞아 주었다. 거기에 더불어 아무런 준비도 없이 오스트리아로 온 제영이 오래 머물 수 있도록, 의료 비자를 연결해 주기도 했다.

사실 프리드가 제영에게 처음 권한 건 학생 비자 쪽이었다. 자신이 작지만 내실 있는 음악 학교의 교수로 있는 만큼 제가 속한 학교에 학생으로 이름 올리는 건 어떻냐는 제안을 먼저 해 왔다.

제영은 어떤 식으로든 음악을 그렇게 쉽게 마주하고 싶지는 않다는 것을 이유로 들어 프리드의 제안을 거절했다. 그리고 쉬고 싶다는 이유를 들기도 했다. 혜옥을 통해 제영이 한국에서 겪은 일을 겉핥기나마 전해 들은 프리드는 아쉬운 마음을 뒤로하고 물러났다.

그러나 그는 뒤로도 제영을 살뜰히 살폈다. 집 1층에서 작은 카페를 운영하는 그의 아내 또한 제영을 친손녀처럼 대했다. 종종 제영이 내려와 커피를 마시며 카페 구석에 놓인 하프시코드에 시선을 줄 때면 안타까운 눈으로 제영을 바라보기도 했다.

「프리드는 출근하세요?」

「오늘은 강의가 없지. 내가 직접 희은을 에스코트해서 병원으로 모실까 하고.」

말을 마친 프리드가 이런, 하고 당혹한 표정을 지었다. 아직 프리드에게 익숙한 이름은 제영의 바뀐 이름이 아닌, 과거의 '박희은'이었다. 제영이 대수롭잖게 웃었다.

「괜찮아요.」

「이런. 늙은이라 머리가 굳어서 말이야.」

「그것도 괜찮고, 병원도 괜찮다고 말씀드리는 거예요. 혼자 갈 수 있어요. 여기 제가 처음 오는 것도 아니고, 병원도 처음 가는 것도 아니고요.」

「내가 젊은 숙녀와 같이 시간을 나누고 싶어 그러는 거지.」

프리드는 자신의 실수를 아직 겸연쩍어하고 있었다. 정작 제영은, 이제 희은이라는 이름을 들어도 아무렇지 않았다. 덤덤해졌다. 아주 남의 일처럼 여겨지는 건 아니더라도 전처럼 발작하듯 신경 쓰이지는 않았다. 머릿속에 온통 다른 생각이 차 있어서일까. 아니면 정말로 괜찮아져서일까.

제영이 고개를 내저었다. 그것을 제영의 거절이라고 받아들인 프리드의 얼굴에 다소간 섭섭한 기색이 서렸다. 제영은 프리드가 두 번이나 청한 에스코트를 거절할 셈으로 고개를 저은 게 아니었다. 그저 생각을 털어 낼 따름이었지.

제영이 급히 말했다.

「같이 가요, 프리드. 오늘은 상담이 있어서 시간이 좀 오래 걸릴 테니까, 돌아오는 길은 저 혼자인 게 좋겠지만요.」

「그래. 그러면 같이 나갈까?」

「저 머리도 다시 묶는 게 좋을 것 같아서, 먼저 내려가 계시면 저도 곧 차고로 갈게요.」

제영의 말에 프리드가 고개를 끄덕이고 내려갔다. 방에 홀로 남은 제영이 얕은 한숨을 내쉬었다. 프리드에게 얘기한 대로 대충 묶어 두었던 머리를 풀어 다시 묶으면서 제영이 짧은 사색에 잠겼다.

잘츠부르크의 외곽에 자리한 프리드의 집은 전면으로는 옛 도시의 풍경이, 제영이 머무는 방인 후면에서는 낮은 산과 숲이 어우러진 풍경이 보였다. 외곽이되 자리가 참 좋았다.

잠시 멍하니 창밖을 바라보던 제영의 시선이 산 위를 덮은 하늘을 바라보았다. 푸른빛이 흐려진 하늘은 묘한 습기를 담고 있었다.

아직도 비가 오는 날은 차를 타지 못한다. 그건 여전했다. 트라우마가 다 가시지는 못했다. 그 핑계로 때늦은 심리 상담과 음악 치료 따위를 받고 있었다.

물론 이곳에 오래 머무를 방법으로나 택한 상담인 만큼 제영은 적극적으로 상담에 응하지는 않았다. 제영을 전담한 상담사도 그를 알고 있었다. 어쩌면 오늘 프리드가 제영에게 굳이 함께하기를 청한 것도 관련이 있을지도 몰랐다.

“그냥 누가 못 찾아올 조용한 곳에만 있으면 됐는데. 참, 그게 어렵네…….”

한숨을 내쉰 제영이 더 늦기 전에 기다리고 있을 프리드에게로 향했다. 운전석에 올라 제영을 기다리고 있던 프리드가 가까이 다가오는 제영을 보고 조수석 문을 열어 주었다.

조수석에 앉은 제영이 차 문을 닫고 안전벨트를 맸다. 그 모습을 따스한 눈길로 전부 확인한 프리드가 차를 출발시켰다.

「오늘이 상담이면……. 벌써 여섯 번째 상담인가?」

「아마 그럴 거예요.」

「혜옥이 시작한 김에 좀 진지하게 받았으면 하는데, 잘 하고 있는 것 같으냐고 내게 묻더군.」

「제 할머니랑 연락하셨어요?」

「그럼. 꾸준히 하고 있지요. 영이 여기 오기 전에도 종종 소식을 나누기도 했어. 이쪽의 음악계 동향을 알려 주기도 하고, 또 내가 한국의 이야기를 듣기도 하고.」

제영이 느리게 고개를 끄덕였다. 하늘의 흐린 빛은 차가 10여 분 남짓 달리면서부터는 차츰 사그라들었다. 쪽빛에 가까울 정도로 유난히 시린 하늘에 제영은 저도 모르게 안도감이 들었다. 돌아올 때도 이렇게 맑아서 비가 내리지 않으면 좋을 텐데.

「여전히 작곡 공부를 이쪽에서 제대로 해 볼 생각은 없어?」

「아직은요.」

「……한국에서 겪었던 일 때문에?」

프리드가 조심스럽게 물었다. 그가 제영에게 대놓고 한국에서 있었던 일을 물은 것은 이번이 처음이었다. 제영이 눈을 동그랗게 뜨고 프리드를 바라봤다.

그가 혜옥에게 대충의 상황을 전달받은 건 짐작하고 있었다. 음악 공부를, 그것도 대놓고 작곡을 제대로 공부해 보겠냐는 물음은 제영이 이곳에 처음 왔을 때부터 들었던 거니까.

「프리드. 실례지만 여쭤도 될까요?」

「무엇이든.」

「제 일에 대해서 얼마나 알고 계세요?」

「글쎄…….」

신호가 걸려 잠시 차가 멈추었다. 프리드가 한쪽 팔을 핸들에 괴어 수염이 멋들어진 저의 턱을 쓰다듬었다.

「우리 영이 엊그제부로 조금 더 어린 부자가 되었다는 것 정도?」

적어도 소송이 일어난 것을 알고 있다는 말이었다. 거기다 김무진과의 소송에서 자신이 승소하고 손해 배상이 이루어지고 있다는 것마저 프리드는 알고 있었다. 혜옥이 어디까지 전하고, 어디까지 전하지 않았는지는 알 수 없었다. 아직 제가 어려서 그 속을 헤아릴 수 없는 것인지, 아니면 그의 원래 성정이 그런 것인지 프리드는 다소 의뭉스러운 데가 있었다.

「저 얼마나 부자 됐대요? 그 교수님이 나름 유명한 작곡가라 돈은 좀 벌었다는데.」

제영은 말을 돌리는 쪽을 택했다. 가벼운 목소리로 말하는 제영을 흘긋 보며 프리드가 뚱한 표정을 지었다. 차가 다시 출발했다. 15분 정도 더 가면 제영의 병원에 도착할 것이었다.

「그런 프라이빗한 것까지 묻지는 않았는데. 혜옥도 말하는 스타일은 아니지 않나.」

「그것도 그렇네요.」

「그런데 그딴 녀석을 나랑 같은 교수라고 부르는 건 좀 불쾌하구먼.」

「어머. 프리드. 아까 프리드도 제 이름으로 실수를 한 번 했으니까 그럼…….」

「좋아. 상쇄하자는 거지?」

제영이 웃음기 담아 예, 하고 답했다. 프리드도 낮게 껄껄 웃어 넘겼다. 그는 진심으로 제영을 안타까워하고 있었다.

프리드가 정확히 혜옥에게 전해 들은 건 제영이 공부하던 학교의 교수이자 작곡가에게 곡을 도용당한 일에 관한 것뿐이었다. 그 밖에 제영과 이성의 이야기나 감정에 관한 것들, 그런 프라이빗한 내용을 그는 알지 못했다.

그러니 제영의 무기력함이나, 종종 느끼는 상처받은 듯한 태도, 향하는 곳이 어딘지 모를 그리움의 이유를 '김무진'의 일과 연관하여 생각할 수밖에 없었다.

그 빌어먹을 자식이 제영의 곡을 훔쳤을지언정 재능까지 훔치지는 못했을 것이었다. 프리드는 사실 제영이 피아니스트 신동 박희은이었을 적부터 그녀의 연주 실력보다 감성이나 표현력에 더 점수를 주는 쪽이었다.

해서 혜옥에게 제영이 도둑맞았었다는 그 곡을 들려 달라고, 악보라도 보여 달라고 몇 번이나 떼를 썼고 기어이 받아 냈다.

역시나 좋았다. 오죽하면 제영이 잠든 것을 확인하고, 문 닫은 제 아내의 카페에서 조용조용 하프시코드를 쳐 가며 아내와도 감탄을 일삼기도 했다.

그 재능을 썩히기가 못내 아쉬웠다. 아직 한참 어린 제영이니 일찍 배워서 작곡가로서 저의 감수성을 꽃피우면 하는 마음이 자꾸만 들었다.

그러나 지금의 제영에게는 그렇게 앞날을 바라보고 자신을 직시

할 에너지가 없었다. 그게 보였다. 무언가 제영의 앞을, 그녀의 마음을 꽉 틀어막고 있었다. 그게 프리드가 알기로는 한국에서 겪은 사건이었다.

상담을 진지하게 받아서 이겨 내고, 덩달아 부모님과 그녀의 첫 번째 재능을 앗아 간 사고의 아픔도 더 무뎌지고 나면 공부할 의지도 생길 텐데. 참으로 복잡했다. 하긴, 인생을 이리 오래 살아도 가장 복잡한 게 인간의 마음이 아니던가.

「너무 조용한데.」

「CD라도 틀까요? 뭐 듣고 싶은 거 있으세요? 5분 정도면 도착할 것 같지만 그 정도면 짧은 곡은 들을 수 있으니까…….」

제영이 콘솔 박스를 열었다. 프리드가 평소에 음악 CD를 넣어 두는 곳이었다. 단정한 노신사의 모습을 한 프리드에게 어울리지 않게 난잡하게 뒤엉킨 CD들을 보며 제영이 설핏 웃었다.

「좋아, 뭐든 듣는 게 좋겠……. 아니, 아니 잠깐만. 영. 지금 거기에 있는 CD들은 학생들 연습 과제가 섞여 있어서……!」

프리드가 다급했는지 차를 갓길에 세우면서까지 제영을 만류했다. 이제 정말 5분이면 병원에 도착할 참이었다. 아직 상담 예약 시간까지는 여유가 있어 조금 천천히 가도 상관은 없다지만, 프리드의 태도가 어째 의아했다.

「프리드가 제자 과제를 CD로 녹음해 오게 했다고요?」

「내 제자들은 아니고, 동료 교수가 제 놈 제자들 연습한 걸 같이 봐 달라고 녹음해서 가져다주었거든.」

「그래요……?」

제영이 여전히 의아한 기색을 지우지 못한 얼굴로 고개를 갸우뚱 기울였다. 프리드가 제영의 기분이 상하지 않도록 손을 치워 내고 본인이 직접 콘솔 박스 안을 뒤지기 시작했다.

「물론 들을 만한 CD도 분명히 여기에 같이 있지.」

「정리 좀 해 두세요……. 어울리지 않으시게 음악 말고는 영 허술한 데가 있어요, 프리드는.」

제영의 핀잔에 그가 겸연쩍게 웃었다. 그의 손이 조심스레 CD를 뒤적였다. 학생들의 연습곡 연주가 담긴 CD가 섞여 있다는 건 사실 프리드가 급조한 핑계였다. 정확히 이 CD들 사이에 섞여 있는 건 혜옥에게 받은 제영이 작곡한 곡을 녹음한 것이었다.

프리드는 제영이 그 일과 관련해 트라우마가 생겨 도망쳤다고 알고 있었다. 그러니 상담 가는 길에 괜히 제영의 속을 상하게 하고 싶지는 않았다. 더군다나 자신이 제영이 작곡한 곡을 제대로 듣고 알고 있다는 것을 이렇게 알리는 건 잘못된 방식이라고 여겼다.

「어디……. 그래. 이게 좋겠어.」

제영의 곡을 녹음한 CD를 적당히 다른 CD들 사이로 밀어 넣어 숨겨 가면서, 프리드가 듣고 싶은 곡을 찾았다. 그가 CD를 제영에게 건넸다.

「나는 다시 내 차로 영을 에스코트해야 하니, 영이 직접 틀어 줘. 내가 듣고 싶은 곡은 4트랙에 있어요.」

「아……….」

찰나, 제영의 얼굴이 설핏 굳어졌다. 흐릿해질지언정 절대로 잊을 수는 없을 얼굴이 케이스에 보였다. 제영이 CD 케이스를 뒤집었다. 4트랙.

Debussy, Claire de lune.

CD를 플레이어에 밀어 넣고, 제영이 프리드의 청대로 곧장 트랙을 4번으로 넘겼다.

「시난이 기가 막히게 영과 닮은 연주자를 찾아냈지. 대단한 발굴이었어.」

「그렇, 그렇네요…….」

「이름이 윤이었던가. 시난은 늘 그 피아니스트 얘기를 할 때 나한테 '망헐-놈' 하고 불렀기에 이름은 도통 외워지질 않더라고. 나까지 그 피아니스트를 '망헐-놈' 하고 부르게 되지 않겠어?」

제영이 조용히 웃었다. 커튼이 나부끼는 것처럼 별빛이 먼저 펴지는 환상이 가만히 감은 눈으로 그려졌다. 그 별빛 아래서, 달빛과 닮은 핀 조명을 받으며 이성이 새하얀 피아노를 연주한다.

「'망할놈'이 아니라, ……윤도 아니라 윤이성이요.」

「그래. 그런 이름이었지. 코쟁이들 텃세에 제 받을 상 뺏기고는, 그게 아주 얄미웠던 모양인지 연주회 한 번을 곱게 안 오려고 하는 피아니스트로 유명하기도 해.」

「그것 때문은 아니고요. 본국에서도 3년간은 사고만 치고 활동은 안 했어요.」

「아니? 대체 왜? 시난이 괜히 속을 썩은 놈이 아니구먼, 그놈. 참. 하하.」

프리드가 너털웃음을 웃었다. 제영도 조용히 따라 웃고는 침묵했다. 그러게요, 작은 답을 흘리기는 했지만, 이성의 연주에 묻힌 듯했다. 프리드가 답을 들었더라면 뭐라도 더 말을 붙였을 테니까.

어쩌면 들었으면서도 무시했을 수도 있다. 프리드는 이성의 연주에 젖어 들었다. 그의 회색 눈동자가 마치 달을 가린 밤하늘의 구름과도 같았다.

제영은 이성의 이야기를 하면서도 생각보다는 덤덤할 수 있는 제 자신에게 썩 놀랐다. 멀어진 거리 때문일까. 불안감이 완전히 가시진 않았지만, 전처럼 심장이 아플 정도로 뛰지는 않았다.

그러나 그리움과 미련에 마음이 아팠다. 가슴이 답답해졌다.

누구도, 특히 윤이성을 떠올리지 않을 조용한 공간만 있으면 됐는데.

"그게 참 어렵네……."

윤이성이 너무 대단해서.

「영? 뭐라고?」

「아뇨. 별말 안 했어요.」

「……그래? 오, 도착했구먼.」

목적지에 도착해 차가 멈춰 섰다. 고풍스러운 외관이 병원이라기보다는 꼭 잘못 만든 십자가를 달아 둔 성당에 더 가까운 건물이 보였다. 제영의 상담과 치료를 맡은 병원이었다.

「그럼 다녀올게요. 돌아가는 길 조심하시고요.」

제영이 인사를 건네고 차에서 내렸다. 때를 맞추듯 윤이성이 연주한 드뷔시의 〈달빛〉, 4트랙의 연주도 끝이 났다. 차 문이 닫히는 소리와 다음 트랙으로 넘어가는 작은 소음이 겹쳤다.

프리드가 차의 앞 유리창으로 병원을 향해 걸어가는 제영을 가만히 바라보았다. 노신사의 입에서 옅은 한숨이 비쳤다.

「'어렵다'는 영의 사고가 있었던 뒤부터 시난이 매일 중얼거리던 말인데.」

그래서 프리드도 뜻을 아는 몇 안 되는 한국어이기도 했다. 말 그대로 '어렵다'는 뜻. 윤이성의 연주를 듣는 게 대체 제영에게 뭐가 어렵다는 걸까.

혹, 무언가 다른 이유가 있는 걸까.

병원 문을 열고 건물 안으로 사라지는 제영의 뒷모습을 프리드가 한참을 바라보았다. 다음 트랙으로 넘어간 이성의 연주도 드뷔시의 〈달빛〉만큼이나 그가 기억하는 제영의 감성을 닮았다. 조금 더 날카롭고, 조금 더 공격적인 데가 있기는 하지만 분명히 제영의 감성과 일맥상통하는 곳이 있었다.

「흐음…….」

낮게 침음하던 프리드가 기어이 휴대 전화를 꺼냈다. 아무래도 혜옥에게 더 들어야 할 것이 있을 듯했다.

19. 피습

'두근두근 심포니'의 마지막 방송 사고 이후 처음으로 이성이 대중의 앞에 섰다. 약 다섯 달 만이었다.

한 달 전에 소문도 없이 갑작스레 이성의 연주회 티켓 예매가 오픈되었다. 보통은 예매일 전 홍보가 먼저 진행되고, 그 뒤 미리 알려 둔 날짜부터 예매가 시작되는 것과는 다른 흐름이었다. 심지어 장소는 이성이 방송 사고를 일으켰던 바로 그 콘서트홀이었다.

콘서트홀의 규모는 몹시 컸고, 보통은 연주자 한 명이 전부 채우기에는 무리가 있는 규모였다. 심지어 오픈한 티켓의 가격조차 일반적인 가격과 비교하면 과하게 비쌌다.

그러나 전 좌석 매진되었다.

"오늘 정말 윤이성 피아니스트의 저력을 본 날이 아니라고 할 수 없는데요. 어떠세요? 연주회를 마친 소감은?"

"뭐 별거 있나. 매일 하는 게 건반 뚱땅거리는 건데요."

연주회를 마치자마자 곧장 연예 프로그램의 인터뷰가 이어졌다. 이성은 유난히 호들갑스러운 인터뷰어의 질문에 여유롭게 답변을 이어 나갔다.

"저도 이렇게 윤이성 피아니스트의 인터뷰를 진행하기 전에, 연주회 티켓팅도 직접 해서 연주하신 곡들을 들었는데요. 세상에 너무, 너무너무 좋은 거예요. 제 주변에 앉으신 관객분들이 어떻게 완성도가 더 오를 수 있냐고 혀를 내두르시더라고요!"

"그래요?"

보통은 좋게 들어 주셔서 감사하다든가, 하는 겸양의 답이 나올 말이었다. 그러나 이성은 짧게 그러냐고 되물을 뿐이었다. 인터뷰어가 당황한 것을 숨기지 못하며 어색하게 웃었다. 누가 들어도 이성의 '그래요?'는 '고작 듣는 귀가 그것밖에 안 돼서 이 정도에 만족하냐'는 것처럼 들렸다.

"윤이성 씨는 본인의 연주가 마음에 안 차셨나요? 저는 너어무 좋았는데!"

"돈 주고 들은 사람 귀에 멀쩡하게 들렸으면, 뭐 그걸로 됐죠."

"아하하……."

"그보다 다른 물을 거리가 있어서 오신 거 아닌가……."

이성이 시선을 내리깔아 웃으며 화두를 던졌다. 인터뷰어가 저도 모르게 눈을 동그랗게 뜨면서 이성을 보고, 또 촬영 팀을 흘끔거렸다. 촬영 팀 뒤에 팔짱을 끼고 서 있던 형찬이 얕은 한숨을 내쉬며 이마를 짚었다. 그 옆에 함께 있던 성길이 발을 동동 굴렀다.

'저, 저 성질머리…….' 한숨과 함께 뱉은 성길의 말에 형찬이 피식 웃었다. 지금 이성의 꼴에 저 정도면 양반이다 싶은 저보다 성길이 더 전전긍긍했다.

스태프 사이에 끼어 있던 방송 작가가 급히 스케치북에 글씨를 휘갈겨 써서 들어 보였다. 이성이 내용을 훑곤 피식 웃었다.

'공중파에서 할 얘기XX 좋은 말로 돌려 주세요ㅠㅠ' 하고 써 둔 모양새가 퍽 간절했다. 이성이 고개를 삐딱하게 기울이고 과연 인터뷰어가 어떻게 말을 돌릴지 기대하는 눈초리로 바라봤다.

"어, 아……. 그, 이번 연주회가 아주 급하게 열렸는데요. 짧은 준비 기간에 어려움은 없으셨을까요?"

"딱히."

"그럼 대형 홀에서 진행된 연주회에 대한 걱정이나 부담은……."

"그것도 뭐, 딱히."

"아……."

"뭐가 됐든 궁금해서 다들 내 얼굴 살피러 올 거라고 생각했거든요. 안 그런가?"

인터뷰어가 실없이 웃으며 자신의 넋을 반쯤 내려놓았다. 연예 프로그램 인터뷰어 경력만 4년이 넘는 프로인 자신이었건만, 이렇게까지 날것의 태도를 고수하는 상대는 처음 만났다. 보통은, 연예인이 됐든 가십에 오른 유명인이 됐든 자신의 이미지를 생각해서라도 인터뷰 태도만큼은 몹시 공손하거나 적어도 유쾌한 편이었으니까.

"그……. 궁금증을 제대로 해소해 주셨죠, 윤이성 피아니스트께서!"

"해소가 됐어요?"

"그럼요! 되고도 남았죠! 정말 최고였다니까요. 이런 연주 실력을 기르려면……."

"적어도 어린 여자 뒤꽁무니 좇아다니면서 실실거리기만 해서는 이런 실력이 안 나오겠지."

다시금 인터뷰어의 말문이 막혔다. 형찬이 한숨을 푹 내쉬며 이마를 짚었고, 이성은 그런 형찬을 스태프들 어깨 너머로 보고는 피식 웃었다.

"뭐, 내 경우는 사고도 좀 쳐 보고, 욕도 좀 먹어 보고, 실연도 해 보고, ……하다 보니까."

'실연도 해 보고'라는 말을 뱉으며 이성의 눈동자에서 초점이 풀렸다. 완전히 넋이 빠진 얼굴이었다. 그나마 외관이 되니 카메라에 잡힌 표정은 그저 생각에 잠긴 차분한 낯으로 비치기는 했다.

차라리 이성이 넋을 놓은 이후의 인터뷰가 훨씬 멀쩡하고 쓸 만했다. 인터뷰어의 질문에 의례적이고 적당한 답을 내놓으며 종종 웃음을 터뜨리기도 했다.

"마지막으로 하고 싶은 말씀 있다면 해 주시겠어요?"

"대충 한 달 뒤에……. 그쯤 맞나. 자선 콘서트를 열 예정인데, 그건 별로 안 비싸니까 많이 들어 주시고. 후원 통에 돈도 많이 넣어 주시고."

"세상에, 여태 쉬셨던 만큼 열심히 활동하는 모습 보여 주실 건가 보죠? 저희 KBC 연예 이슈에서도 윤이성 피아니스트의 활동 힘차게 응원하겠습니다!"

어떻게 인터뷰 촬영이 끝났다. 보통 촬영을 마치고도 인터뷰어와 인터뷰한 상대 사이에는 편집도 잘 부탁드린다느니 하는 인사를 나누며 말이 오가기 마련이었지만, 이성은 달랐다.

메인 카메라의 불이 꺼진 것을 확인하자마자 자리에서 일어났다. 성길이 급하게 이성의 뒤에 따라붙었다.

형찬이 남아 PD에게 앞부분 인터뷰를 적당히 편집해 달라고 요청하고 인터뷰어와도 간단하게 인사를 나눴다.

"요즘 대표님께서 윤이성 피아니스트 매니저인지, 유성 매니지먼트 대표이신지 헷갈린다는 말이 있어요."

"한동안 집중 케어 하는 거죠. 워낙에 사고 많이 치는 양반 아닙니까, 윤이성 피아니스트가."

"그래도 교양 프로 쪽 일하는 친구한테 듣던 것…… 보다는 얌전하던데요?"

"일이 많았으니까요. 저희로서는 다행한 일이죠. 아무튼 소희씨에게도 PD님께도 이번 인터뷰 잘 정리해 주시라고 부탁드리겠습니다."

"그럼요! 저희도 유성 무서운 거 다 아는데요."

인터뷰어의 농담에 형찬이 복잡한 표정으로 웃어 보이고는 몸을 돌렸다. 형찬의 비서가 그의 뒤를 따랐다. 자신의 차가 주차된 곳으로 향하던 형찬이 걸음을 멈추었다. 아직 이성의 밴이 연주회장을 떠나지 않고 서 있는 게 보였다.

"바로 회사에 들어가 보셔야……."

"잠시. 윤이성 피아니스트에게 전할 말이 있어서. 김 비서는 대기하면서 사내 이슈 체크해 줘요. 들어가는 길에 업무 바로 시작할 수 있게."

"아, 예. 알겠습니다."

형찬이 이성의 밴으로 향했다. 문이 저항감 없이 쉽게 열렸다. 밴의 문이 열리자마자 이성에게 퍼붓는 것이 분명할 성길의 원 서린 잔소리가 쏟아졌다.

"너는 인마 그렇게 인터뷰를 조져 놓으면, 내가 또 너 때문에 병원이라도 실려 가야……!"

"너무 나무라지 마세요. 윤이성 피아니스트야말로 얼마 전까지 정말 병원에 있던 사람 아닙니까."

"아, 대, 대표님!"

운전석에서 몸을 돌린 성길이 눈에 띄게 당황하며 허둥지둥 인사를 건넸다. 형찬이 웃으면서 괜찮다는 듯 손을 내저었다.

"잠깐 자리 좀 비켜 주시겠습니까? 윤이성 피아니스트랑 할 얘기가 있어서."

"네? 네! 어휴 바로 비켜 드려야죠."

"미안합니다."

"어유 아닙니다!"

성길이 급히 차에서 내렸다. 반대로 형찬은 차에 올라타 멍하니 눈만 깜박이고 있는 이성의 옆에 앉았다. 밴의 문이 닫히고 밀폐된 조용한 공간이 만들어졌다. 형찬이 내친김에 잠금까지 닫아걸었다.

까맣게 짙은 선팅 밖으로 성길이 문 잠그는 소리에 놀라서 어깨를 움찔했다가, 괜히 고개를 돌리고 멋쩍게 목덜미를 긁는 모습이 보였다.

"오늘 뭡니까?"

이성에게 묻는 형찬의 목소리에 날이 잔뜩 섰다. 그러나 이성은 여전히 멍하게 선팅된 창밖이나 바라보고 있었다. 꽤 긴 침묵 뒤에야 시선을 느낀 이성이 고개를 돌려 형찬을 바라보았다.

"뭐가. 인터뷰? 그거 그냥 나답게 한 것 같은데."

"인터뷰뿐만이 아닙니다. 오늘 콘서트……."

"오, 대표님 듣는 귀가 생각 이상이네."

이성이 두 손을 들어 몹시 성의 없는 표정을 한 채 손뼉을 짝짝 쳤다. 형찬이 기도 차지 않는다는 듯 허, 하고 헛숨을 뱉었다.

"그래도 스킬은 좋지 않았어? 나 되게 열심히 쳤는데."

"마음이 없는 연주가 어디까지 통할까요. 넋이 다 빠져서 마음은 저기 가 있는데."

형찬의 말대로였다. 대부분, 아마도 오늘 연주회를 채운 거의 모든 관객은 이성의 연주에 썩 만족했을 것이다. 분명 망가진 손으로 가까스로 연주했던 제영과 오늘의 그를 비교하고, 마음속으로 그를 더 뛰어난 연주자로 생각하는 이들도 있을 것이었다.

그러나 오늘 이성의 연주는 기교가 뛰어났을지언정 담긴 감성이 없었다. 텅 비어 있었다. '잘한다'는 말 외에는, 적어도 형찬에게는 남는 감상이 없을 꼴이었다.

그는 이성이 오만하게 웃으며 제 앞에서 했던 첫 번째 연주를 기억했다. 3년 공백을 깨고 처음 했던 콘서트 또한 직접 갔었다. 그때의 연주를 기억했다. 그때 느낀 감상 또한 마음 한구석에 자리했다. 잊을 수 없는 감동이 있었다. 첫인상부터 마음에 들지 않았던 이성과 계약을 유지하고 유성 매니지먼트에 남겨 둔 이유였다.

그러나 오늘 이성의 연주에서는 그 감동을 느낄 거리가 없었다. 몰아치는 현란한 멜로디와 기계처럼 완벽한 연주에도 그 나름의 감탄은 있었으나.

"돈 많이 벌게 해 주겠다고 호언장담을 하더니 말입니다."

"오늘만 해도 돈 제법 만졌겠던데. 티켓값 두고 돈독 올랐냐는 소리 들리는 것도 몰랐을까 봐 그러나."

"오늘 인터뷰에서 밝힌 자선 공연에서 그 티켓값 30퍼센트는 기부할 거라고 내가 미리 말하지 않았습니까?"

"몰라. 기억 안 나."

"윤이성."

형찬이 인상을 굳히며 저를 이름만으로 불렀다. 멍하니 넋을 빼놓고 있던 이성도 평소와 다른 형찬의 기세에는 잠시 놀라 초점을 잡고 형찬을 빤히 바라봤다. 이성의 표정도 형찬을 따라 굳어졌다. 그러다간 이성이 한숨을 길게 내쉬며 두 손으로 얼굴을 감쌌다.

"나 사귀고 하루 만에 이유도 모르고 차인 지 반년도 안 됐거든. 댁 같은 냉철한 사업가는 못 돼서요, 내가. 섬세한 예술가는 괜찮아지는 데 시간이 좀 많이 필요하다고."

이성답지 않은 약한 소리였다. 더해서 헛소리이기도 했다. 섬세한 예술가라니 이성과 몹시 안 어울리는 단어의 조합이었다. 따져 보면 아주 틀린 말은 아니라지만.

하긴, 이성의 꼴이 지금 말이 아니기는 했다. 메이크업이며 맞춤 슈트로 가려 놓았을 따름이지 이성은 제영이 떠난 후부터 몹시 수척하고 초췌해졌다.

"뭐가 그렇게까지 힘든 겁니까? 제영 씨가 곁에 없는 거?"

"다."

"다요?"

"그냥 전부 다."

이성이 고개를 떨궜다. 초점 잃은 다갈색 눈동자에서 눈물이 뚝뚝 떨어졌다. 입가에는 실없는 웃음이 걸렸다. 제가 울고 있는지도 모르는 꼴이었다.

이미 힘들어하는 이성을 더 닦아세워 봤자였다. 형찬이 화를 누그러뜨리고 그에게 걱정 담긴 질문을 던졌다.

"잠은 자고, 밥은 먹습니까?"

"먹는 건 챙겨 주면 먹고, 자는 건 모르겠네."

"수면제 처방받았다는 얘기는 들어서 알고 있습니다."

"죽을 것 같은데 도저히 잠이 안 오면 먹어. 약 먹으면 좀, 낮에도 몸이 내 멋대로 안 움직이는 것 같아서."

"책잡겠다는 생각으로 물은 건 아닙니다."

이성이 어깨를 으쓱였다. 숙였던 고개를 들어 올린 이성이 뒤늦게 제가 눈물을 떨궜다는 걸 알고는 낮게 욕설을 지껄이며 손등으로 문질러 닦았다.

"할 말 남았어?"

"몇 가지."

이성이 대충 고개를 끄덕였다. 할 말 있으면 얼른 하고 꺼지라는 태도였다.

"자선 공연 이후 스케줄 얘깁니다."

"응."

"뮌헨 쪽 오케스트라에서 협연 요청이 왔습니다. 창립 80주년 기념 공연이라더군요. 공연은 9월에 있을 예정이고."

"뮌헨? 거기가 어디더라……. 아, 독일."

"수락했습니다."

형찬의 말에 이성이 순간 욱한 표정을 지으며 그를 노려봤다. 형찬은 이성의 시선이 대수롭지도 않다는 듯한 웃음으로 응수했다.

"해외도 갈 때는 됐다만……. 어지간히 벗겨 먹어라. 나한테 묻지도 않고 수락을 하냐?"

"돈 많이 벌게 해 준다면서요. 8월에 시작되는 자선 공연 투어 끝나면 9월 10일이죠. 그때 곧바로 출국해서 그쪽에서 합주 맞춰 보고, 나가는 김에 개인 콘서트도 소규모로 하고 오는 게 좋겠습니다."

"아니……."

말 한 번 잘못 꺼냈다가 제대로 말렸다. 이성이 실소했다. 사람들 앞에 서기 위해 깔끔하게 세팅했던 머리칼을 흐트러뜨린 이성이 웃음을 멈추지 못하고 연신 실실거렸다.

"그래. 알았다. 맘대로 써먹으십쇼. 많이 처버시고."

"그럴 생각입니다. 원래 머릿속에 생각이 많을 때는 바쁘게 일하는 게 가장 좋으니까요."

"핑계 대기는. 있는 새끼들이 더하다더니, 우리 대표님이 딱 그 짝이네."

있는 새끼. 이성의 말에 형찬도 웃었다. 익히 듣던 말이었다. 문득 아까 인터뷰어가 했던 뼈 있는 농담도 떠올랐다. '유성' 무서운 거 다 안다고 했던가.

이성의 빈정거림은 순수하게 지금 상황을 꼬집은 거였다면, 인터뷰어의 말은 이미 있었던 다른 일을 끌어와 빗대고 있었다. 아마도 최근 「뮤직 피커」에 일어난 일을 말하는 것일 터였다.

"아, 그거 압니까?"

"뭘 또. 아직 안 갔어?"

"뮤직 피커 지난달 휴간했잖습니까."

"씨발 알 바냐……."

"그사이에 강윤희 편집장이 경질을 받고, 제 성질에 못 이겨 퇴사했다고 하더군요."

강윤희라면 김무진과의 소송에 지대한 영향을 끼친 칼럼을 써낸 사람이었다. 이성의 인터뷰를 맡기도 했었다. 아마 공개된 이성의 인터뷰 말미에 붙은 제영이 언급된 사건조차, 그녀의 입김이 닿았을 것이다.

썩 유쾌한 이름은 아닌지라 이성의 인상이 잠시 찡그려졌다.

"그게 나랑 뭔 상관……. 뭐 그거 손을 대표님이 쓰기라도 했어?"

"당신 이미지에 지대한 타격을 주었던 사람이라 다들 그렇게 생각하는 모양입니다만."

"아니야?"

"아닙니다."

이성은 뭐 어쩌라는 거냐는 속내가 고스란히 보이는 얼굴이었다. 형찬이 잠시 주저하다가 얕은 숨을 내쉬고는 말을 이었다.

"헤븐 하모니 음악 재단 쪽에서 나섰습니다. 정확히는 지금 재단장인 고혜옥 여사님이 본인 친정 힘을 살뜰하게 가져다 쓰셨죠."

"그 이름 요새 많이 듣네."

"여사님이 왜 나섰을 것 같습니까?"

여전히 이성은 심드렁한 낯이었다. 잠이 들 것 같은 모습은 아니었지만 피곤함을 어필하려는 듯 눈을 감았다.

"소송이 이르게 끝물이긴 하지만, 아직 연락을 주고받고 있어서 직접 여쭸죠. 보통은 친정 손을 빌리는 일은 좀 주저하시는 분이 왜 그렇게까지 하셨냐고."

"관심 없……."

"제영 씨 이름이 나오더군요."

이성이 감았던 눈을 번쩍 떴다. 자세까지 바로 하고 형찬을 직시했다.

"둘러 말씀하시길 손녀가 엮여서 지저분한 소문이 났던 게 불쾌해서라고 하셨지만, 글쎄요. 아픈 제영이가 그 소식 듣고 좋아하더란 말을 괜히 하진 않으셨겠죠."

"박제영, 입김이라도 닿았단 말이야?"

"난 그렇게 생각합니다."

이성의 머릿속에 생각이 그득해졌다. 제영과 연락이 닿는 사람이 있다는 것도, 제영이 여전히 자신을 신경 쓰고 있다는 것도. 온통 이성의 머릿속을 복잡하게 했다.

제영이 떠난 게 4월이었다. 봄이 완연한 계절에 선선한 바닷가에서 그녀는 단 하루를 윤이성의 연인이 되었다 떠났다.

봄이 갔다. 지금은 7월의 한가운데였다. 이성의 슬픔과 닮은 지독한 여름이었다. 전신에 열기와 화가 감기고, 습하고 끈적한 우울이 따라붙는다. 숨을 쉬는 것도 버겁고 그저 가만히만 있어도 심력이 소모되는.

그렇게나 시간이 지났는데, 윤이성은 제영을 떨쳐 내지 못했다. 제영 또한 어쩌면 그러고 있을지도 모르겠다. 그녀는 분명히 이성을 좋아했다. 아니, 윤이성과 같은 마음으로 그를 사랑했다.

그런데 왜.

이성의 숙면을 방해하는 왜라는 물음은 언제나 제영을 향하는 원망으로 뻗어 나가곤 했다. 그러나 그녀를 향한 원망은 도리어 이성 자신을 상처 입혔다. 한번 인식한 후로는 도저히 사그라지지 않는 빌어먹을 사랑의 감정 때문에.

아직도 박제영을 사랑해서. 앞으로도 박제영을 사랑할 것이 너무나 뻔해서. 그래서 그녀를 미워하는 것만으로도 가슴이 아파서.

아주 솔직한 마음으로는, 이렇게 미워하고 원망하는 마음을 들키면 행여나 돌아올 수도 있는 박제영이 오지 않을까 봐.

의미 없는 생각인 걸 알면서도 이성은 제영을 기다렸다. 착하게, 약속 잘 지키면서 피아니스트 윤이성으로 있으면 막연히 제영이 돌아올 것도 같았다. 아주 늦게라도. 그래서 박제영이 밉고 원망스러운 마음조차 자신에게 상처가 되었다.

"뭐, 그래……. 잘 있나 보네, 박제영."

그 마음을 한껏 벌려 형찬에게 전부 보일 수는 없는 노릇이었다. 이성이 되는대로 말을 주워섬기며 답하고는 다시 눈을 감았다. 눈가가 뜨거워졌다.

"알아봐 줍니까?"

"……뭘?"

"제영 씨 다른 소식이나, 어디에 있는지나, 아니면 뭐 다른 궁금한 거라도."

비슷한 아픔을 겪어 본 사람에게는 다만, 아무리 숨기려고 해도 그 마음이 전부 숨겨지지는 않는 법이었다. 형찬은 가볍게나마 이성을 이해했다. 어떻게든 제가 사랑하는 사람이 저를 떠난 상황을 이해하고, 수긍하고, 조금이라도 괜찮아 보려고 애쓰는 마음만큼은 말이다.

"알려면 알 수는 있고?"

"적어도 고혜옥 여사님과는 계속 연락 중인 걸 알았으니, 어떻게 잘 매달려 보면, 뭐. 조금이라도 알 수 있지 않겠습니까?"

"됐다. 그게 다 무슨 소용이라고."

이성이 답하며 손을 내저었다. 이제 더 들을 기력도 없는 기색이었다. 티켓값이 높았던 만큼 세트리스트도 여러모로 남달랐던 연주회였다. 심적으로 이미 지쳐 있는 이성이 체력적으로도 충분히 지칠 만했다.

셔츠 소매 사이로 헐렁하게 이성의 마른 손목이 보였다. 형찬이 인상을 찌푸렸다. 이성은 어떻게든 그럭저럭 버티고 있다고 생각하는 모양이지만, 형찬이 보기에는 이러다 이성이 곧 어떻게 되겠다는 생각마저 들었다.

윤이성은 자세히 살피면 몹시 아슬아슬했다. 아마도 밖에서 발을 종종거리며 기다리는 성길조차도, 영문을 다 모르면서도 그것만큼은 알 거였다.

"여름이라 체력 관리 힘든 건 알겠지만 신경 써요. 소속 회사 대표가 식단까지 체크하게 만들지 말고."

"알았으니까 좀 가라고."

이성의 신경질에 형찬이 헛숨 섞인 웃음을 터뜨렸다. 차 문의 잠금이 풀리고 형찬이 밴에서 내렸다. 이성에게서 돌아선 그의 표정이 무거워, 성길이 선불리 다가오지 못했다.

"……가십니까?"

"예. 이만 윤이성 피아니스트 자택으로 좀 옮겨 주세요."

"아, 넵! 그게 제 할 일인데 당연히 그래야죠. 대표님도 살펴 가십시오!"

성길의 90도 인사에 형찬의 표정이 다소 가벼워졌다. 성길이 운전석에 올라 밴이 출발하는 것을 확인하고 나서야 형찬의 걸음도 제 차로 향했다.

이성의 수척한 꼴이 계속 마음에 걸렸다. 비서에게 업무 보고를 받으면서도 머릿속 한편에서는 연신 이성의 힘없는 손짓이 생각났다. 울면서 제가 우는 것도 모르는 꼴 또한 계속 떠올랐다.

"윤이성 피아니스트 자선 공연 투어 시작과 비슷한 시기에 동일한 프로젝트로 묶어 재단 작가들을……."

형찬의 입에서 낮은 한숨이 터졌다. 비서가 하던 말을 멈추고 형찬의 눈치를 살폈다.

"괜찮습니다. 보고받은 문제로 불편함을 느껴서 그런 게 아니니까. 계속하세요."

"예, 그럼……."

다시 비서의 보고가 이어졌다. 종종 형찬이 수긍의 답변을 내놓거나, 의견을 보충해 해당 건을 반려해 내려보내라는 지시를 내렸다.

자세한 내용은 사무실에서 다시 확인하겠다는 형찬의 말을 끝으로 보고가 끝났다. 형찬이 창밖을 내다보았다. 늦게 찾아온 밤에도 도시는 밝았다.

"본래 이런 참견을 좋아하는 편이 아닌데……."

형찬이 낮게 중얼거렸다. 말마따나, 타인의 일에 간섭하고 다니기에는 본인의 생이 워낙에 바빴던 그였다. 더군다나 저 또한 짝사랑했던 제영과 이성의 일이었다.

그런데 윤이성의 꼴이 너무 가엾었다. 이런 생각을 하는 제 꼴 역시 우스워지더라도, 제영의 소식을 좀 알아봐야겠다는 생각이 들 정도로.

* * *

"번거로운 부탁 들어주셔서 감사해요."

-무얼. 어려운 일도 아닌 것을.

“그래도, 할머니 원래 그쪽 어르신들께 부탁드리고 하는 거 안 좋아하시는 걸 제가 모르지 않는데요. 저 때문에 벌써 두 번이나 아쉬운 소리 하시게 했잖아요.”

-내 그랬지. 이 할미 죽기 전에 제영이 네가 해 달라는 거, 아주 위험한 일이거나 하지 않으면 다 들어주고 싶노라고.

휴대 전화 너머 먼 본국에 있는 혜옥의 웃음이 제영에게도 전염되었다. 제영이 겸연쩍은 듯 흐린 웃음을 흘렸다.

그녀가 오스트리아에 온 지도 벌써 5개월이 흘렀다. 9월이 되었다. 어느새 가을이었다. 잠적했던 이성이 저를 찾아온 것도 작년 이맘때였다. 그때는 온통 모국어로 가득한 곳에서 홀로 외로웠는데.

지금은 한국어를 쓸 일이라곤 혜옥이나 가끔 제윤과 통화할 때 말고는 없었다. 혜옥과의 통화도 한 주에 한 번이나 할까 말까이니 그리 잦지는 않았다.

“감사해요.”

-감사할 것까지야 있니. 나도 눈살 찌푸려지는 것을 치운 것에 불과한데. 아마 강윤희인가 그 여자, 제 화에 못 이겨 사표 내긴 했지만 다른 잡지사 취직도 한 몇 년은 힘들 게야.

“그렇게까지…….”

-그렇게까지 내가 한 게 아니다? 여기저기 들쑤셔서 이미 예쁨 받을 인간은 아니던 것을. 제 무덤 제가 파 놓고 마지막으로 관까지 골라 잡은 격이지.

"그런가요?"

제영이 할 말이 없어 대충 마무리하듯 답했다. 강윤희는 저의 이름을 끌어 올리고, 이성과 저를 엮어 이상한 소설을 써 댄 여자였다. 그 전부터도 이성에게 남다른 유감을 지닌 것처럼 악평을 일삼았던 사람이기도 했다.

제영은 혜옥에게 '가능하다면' 그녀가 다시는 이런 음악보다는 가십에 가까운 얘기만으로 잡지를 채우는 일이 없으면 한다고 조심스럽게 얘기했다. 그게 벌써 석 달 전이었다.

그런데 이렇게까지 험하게 마무리될 줄은 몰랐다. 적당히 혼나고, 정신 좀 차리고 말 줄 알았더니. 아예 직장을 잃고 다른 곳으로 이직조차 어려운 처지가 되었을 줄이야.

기분이 묘했다. 약간 안쓰럽다는 생각이 들면서도, 사실 한편으로는 속이 시원했다.

-거기서 받고 있는 상담은 어떻니?

"그냥 똑같죠."

-비자 때문에 핑곗거리로 시작한 거라곤 해도, 기왕에 시작한 거 진지하게 받아 봐도 좋지 않을까?

제영에게 상담 이야기를 꺼내는 혜옥의 목소리는 그녀답지 않게 몹시 조심스러웠다. 혜옥의 변화가 익숙해질 만도 하건만 아직은 제영에게 낯설었다. 예전 같았으면 사람을 내려다보는 것이 느껴지는 목소리로 엄하게 한 소리를 하며 속을 뒤집었을 텐데. 지금 저에게 상담에 진지하게 임하라고 하는 마음조차, 과거와 다를 것이 분명했다.

지금의 혜옥은 오로지 손녀 '박제영'을 걱정하고 있었다. 고혜옥의 손녀가, 박씨 집안의 사람이 그렇게 사는 꼴을 두고 볼 수 없어서 핀잔을 일삼고 행동을 교정하려던 때와는 달랐다.

그래서일까, 조심스러운 잔소리에 그다지 기분이 상하지 않는 건.

"그건……. 시간이 약인 것 같아요. 이제 박희은이라는 이름 들어도 아무렇지 않잖아요. 다른 것들도 괜찮아지겠죠."

-비 오는 날은 어떻니.

"……박제윤 진짜 개 입 그렇게 싸서 어떡하죠?"

-밖에서는 안 그러고 다니니 다행이지.

혜옥의 답에 제영이 실소했다. 제윤에게 조심스레 했던 말이 기어이 혜옥에게까지 들어갔던 모양이다. 돌연, 할 마음이 들어 뱉은 말이긴 했지만, 쉽게 한 말은 아닌데.

아니다. 사실 제영도 제윤에게 뭐든 말하면 적어도 혜옥에게는 말이 옮겨질 걸 알고 있었다. 내심 혜옥이 알고 있을 것이라고 생각했었다. 이렇게 직접 듣게 될 줄은 몰랐지만.

"비 오는 날도 차차 괜찮아지겠죠."

-네가 그렇다고 하면…….

"혹시 다른 얘기가 하고 싶으신 건 아니고요?"

영 아쉬운 기색이 보이는 혜옥의 목소리에 제영이 살짝 떠보듯 물었다. 어쩐지 혜옥의 속이 비쳐 보였다. 저보다 한참 어른인 혜옥에게 이런 생각을 가져도 좋을지는 모르겠지만, 그녀가 조금 귀엽게 느껴졌다. 처음부터 상담은 핑계고 정확히는 다른 할 말이 있는 듯한 뉘앙스를 풍겼던 게.

-꼭 내가 강요를 하는 건 아니다마는, 너 살펴 주는 그 양반이 내게 아쉽다 소리를 많이 하지 않겠니.

"작곡 공부요?"

답이 곧장 들려오지 않았다. 이게 바로 무언의 긍정인가 싶었다. 제영이 웃음 섞인 한숨을 뱉었다. 아직 저는 스물셋밖에 안 됐는데. 이성을 두고 이곳으로 도망치듯 온 지도 이제야 반년을 가까스로 채워 가는데.

첫 목적이야 어쨌든 김무진에게서 자신의 곡을 찾아왔다. 제 서툰 작곡 연습곡을, 아니 김무진 덕에 사람들의 입에서 '좋다'는 말을 들었으니 썩 괜찮은 연습곡을 이성이 연주해 주었을 때의 감동이 마음에 여전히 남아 있다.

그러니까, 음악과 자신을 연결할 고리인 작곡을 아예 내려놓을 마음은 없었다. 간혹 이곳에서 창밖을 바라보다 보면 떠오르는 음들을 흥얼거리기도 했다. 그러면 프리드가 들어와서 '그거 기록해 두지 그러니?' 하고 참견하곤 했다. 그럴 때면 제영은 '봐서요.' 하고 넘길 때가 많았지만, 가끔 계속 머릿속에 맴도는 멜로디는 새벽에 조용히 적어 두기도 했었다.

다만 다시 학교를 나가고, 진지하게 공부하고, 음악을 대면하기에는 아직 마음도 머리도 너무나 복잡했다. 아직이라는 핑계를 대서라도 조금 더 쉬고 싶었다. 언젠가는, 어린 제 손끝이 피아노에 이끌렸듯이 자연스레 펜을 쥐고 오선지를 찾게 될 날이 오지 않을까.

그냥 그게 지금이 아닐 뿐인데. 머릿속에 가라앉히려고 애써도 윤이성만 가득해서.

-다시 말하지만 강요하는 건 아니고. 어쨌든 프로였던 작곡가가 탐내서 훔쳤을 만큼 귀한 재능이잖니. 그놈이야 이제 망해서 폐인이 다 되었다지만.

"사실 할머니가 더 아쉬우신 거 아니세요? 그래서 다른 곳도 아니고 오스트리아로 저 보내신 거죠?"

-……그때는 그냥 거기가 적당하겠다 싶어 고른 거야. 그 급한 와중에 내가 이것저것 재고 따질 게 있었겠니.

혜옥의 말은 몹시 명료하게 떨어졌지만, 어째 앞에 잠깐 보인 침묵이 뒤의 답까지 변명처럼 느껴지게 했다. 제영은 더 따지고 들기보다는 그저 웃어넘기기로 했다.

-무엇보다 믿을 법한 사람이 있는 곳이기도 했고. 네 할아버지랑 연락이 잦진 않았다만, 그래도 워낙 신뢰하는 관계였으니 나도 믿고 널 맡겼지.

"네. 저도 가볍게 말씀드린 거예요. 따지려고 한 말은 아니었어요."

-어휴, 그래. 아주 어렵구나.

혜옥이 가볍게 투정하듯 말했다. 좋지 않았던, 소원하다 못해 한 번 단절하려 했던 관계를 이어 붙인 모양새니 서로 조심하는 부분들이 있었다. 연로하다는 말이 모자라지 않을 나이에 혜옥이 이 정도의 투정도 못 할 건 없었다.

"그냥 조금만 더 쉴게요. 더는 작곡이든 음악이든 거들떠보기도 싫거나 한 게 아니라, 그냥 좀 더 쉬고 싶어서요."

-그래. 풍경도 좋은 곳이니 푹 쉬면서 마음을 다스리는 것도 나쁘지 않지.

"네. 주변이 정말 예뻐요. 할머니도 날 좋을 때 한번 오시는 건 어떠세요?"

제영이 화제를 전환하며 물었다. 무거운 얘기를 슬슬 끝마치고 피할 생각도 없진 않았지만, 적어도 혜옥에게 이곳에 와 보시는 게 어떻겠냐는 물음 자체는 진심이었다.

"얼굴 뵌 지 오래되었잖아요. 요즘도 건강이 안 좋으세요?"

-건강이야 그때나 지금이나 다름없지. 어디 크게 아픈 게 아니라 그냥 늙어서 그런걸. 이젠 어디 멀리 다니기는 힘에 부쳐.

제영의 제안을 혜옥이 완곡하게 거절했다. 제영이 마지막으로 보았던 혜옥의 수척한 얼굴을 떠올리며 얕게 시름에 빠진 표정을 지었다. 애써 편치 않은 마음을 지워 내며 제영이 장난스레 말했다.

"입 싼 박제윤이라도 부려 먹으세요. 젊은 손녀 보필받으면서 오시면 좀……. 낫지 않을까요?"

-글쎄……. 나쁜 생각은 아니다만 고것이 요즘 원체 바빠야지. 어떻게 보면 이번 일에 제일 이득 본 게 제윤이가 아닌가 싶기도 하네.

혜옥도 반쯤 농담임을 알아들은 모양인지 한층 가벼워진 목소리로 웃으며 답했다. 다만 그녀가 뱉은 말은 뼈 있는 말이었다.

이번 제영과 김무진, 그리고 윤이성 사이의 일에서 아무런 손해도 없이 이득 본 사람을 찾으라면, 까놓고 말해서 제윤이 유일했다. 씩씩하고 정의롭고, 본인의 이미지에 타격이 갈 수 있음에도 가족 일에 겁내지 않고 나서는 어리고 당찬 여배우. 거기다 연기력은 제영이 봤을 때도 썩 나쁘지 않았다. 도리어 좋은 편이었다. 제윤의 실체라고 할 법한 꼬인 성격을 알고 있는 제영이었기에, 보고 있노라면 뻔뻔하다는 느낌까지 받을 정도였다.

그 덕인지 제영이 이곳으로 오기 전부터 제윤에게는 이미 공중파 드라마의 여주인공 역할 대본이 들어와 있었다. 얼마 전 제윤과 통화하기로 사전 촬영을 어느 정도 마치고 이제 방송에 들어갔다고 하는 것 같았다.

바쁠 법도 했다. 드라마 홍보부터 시작해서, 제윤 본인이 관심받기 좋은 위치에 딱 서 있으니 그 이유로 부르는 곳도 많을 테고.

"뭐 동생이…… 바쁘다니까 기뻐할 일이기는 한데, 할머니 말씀이 옳다 보니까 좀 얄밉기는 하네요."

-너는 요양 중이라는 기사 난 이후로 소식이 뜸하고, ……저쪽은 저쪽대로 더는 일에 언급이 없으니 그 관심까지 고것한테 다 쏠렸지.

'저쪽'은 제영이 신경 쓰여 혜옥이 이성을 에둘러 표현한 것이었다. 제영이 혜옥의 서툰 배려에 그녀가 정말로 변하긴 했구나, 하고 또 새삼 느꼈다. 그리고 굳이 제윤의 이득이니 뭐니 하는 말이 나온 이유를 어렴풋이 알 것도 같았다.

"제가 한국으로 갔으면 하세요?"

-잠깐이라도 고국 땅 바람 쐬면 좋지 않겠니. 가을에는 한국에도 고운 곳이 많은데.

"제가 아주 한국으로 돌아가거나, 아니면 여기서 뭐라도 하면

하시는 거잖아요. 할머니, 조금 티 나요."

-그리 티가 났어?

참 이상했다. 거리가 멀어지고, 가끔 하는 전화에서 서로를 배려하기 시작하다 보니 새삼 애틋한 것도 생겼다. 혜옥과 이런 사이가 될 수 있으리라고 상상이라도 했을까.

"많이 힘드세요? 재단 일이나 여러 가지로요."

-제윤이 아비가 욕심이 좀 많지. 도련님, 그러니까 네 작은할아버지도 게걸스러운 인사고.

혜옥의 답에 제영이 미간을 찌푸렸다. 하긴, 자신이 어려 사고의 충격에서 벗어나지도 못했을 때부터 친척 중에서도 유난하게 욕심을 드러내고 부리던 이들이었다. 여전한 모양이었다.

주제와 다소 엇나간 생각이지만, 제영은 그런 가족들 아래서 저 정도면 제윤도 썩 곧게 잘 자란 편이 아닌가 하는 생각이 들었다.

여하간 자신이 아예 한국으로 돌아올 생각도 없는 것처럼 해외에 나가 있으니, 혜옥이 사는 집에 들어앉아 그녀가 죽으면 그것들을 받을 가족인 양 구는 것으로 한동안 잠잠했던 욕심을 또 드러내 놓고 부리는 모양이었다.

혜옥이 하는 힘에 부친다는 표현이나, 늙었다는 말도 마냥 투정만은 아니었다. 완곡하게 제가 제윤네 가족에게 재단을 넘기게 될 상황이 되기 전에는 제영이 어떠한 행동을 보여 줬으면 하고 청하는 거였다.

아무렴 촌수가 아주 가까운 이들은 아니라지만, 여태 혜옥이 가족처럼 여기고 함께 사는 이들이었다. 혜옥이 그리 사랑했던 남편 박신환의 동생이기도 한 제영의 작은할아버지를 '게걸스럽다'고 표현할 정도라면.

"제 몫은 할게요."

-음?

"버거우신 거 알지만, 조금만 더 버텨 주세요. 할아버지가 아빠한테, 그리고 저한테 재단 물려주고 싶어 하셨던 거, 저 까먹지 않고 있어요."

-그래……. 나는 제영이 네가 아주 홀랑 잊고 사는 줄 알았더니. 관심도 없어 보였고.

제영의 반응이 적잖이 마음에 찬 모양이다. 혜옥의 목소리가 부드럽게 누그러졌다. 비록 하는 말의 내용은 탓하는 모양새였지만.

"솔직히 여태 관심 안 뒀던 거 맞아요. 그럴 마음의 여유도 없었고요."

-그러면 그렇지.

여전히 탓하는 말이건만 혜옥의 목소리에 웃음기가 서려 있어, 그저 귀여운 손녀를 타박하는 것 정도로만 들렸다. 제영도 퍽 낯부끄러워하는 것처럼 혜옥을 따라 웃었다.

"그런데 이번에 할머니도, 재단 도움도 많이 받았잖아요. 갚아야죠."

-네가 웬일로 그렇게 기특한 생각을 다 하고?

"그냥요. 할아버지가 아빠한테, 그리고 저한테 주고 싶어 하셨던 뜻을 돌아볼 마음의 여유도 좀 생겼고……."

-기꺼운 말이로구나. 그간 네게 있었던 일이 또, 우리 손녀에게

마냥 손해는 아니었던 셈이 되었네.

"그러게요. 그러니까, 정말 죄송한 말씀이지만 조금만 더 고생해 주세요."

혜옥이 제영의 거듭된 청에 잠시 침묵했다. 가만히 숨을 들이쉬고 내쉬는 소리가 들렸다. 먼 거리를 넘어 전해지는 전파 특유의 거친 노이즈도 엉켜 들렸다. 묘하게 긴장이 되어, 제영도 숨을 한껏 들이켰다.

-네가 더 괜찮아지고 마음이 단단해질 때까지.

"네."

-좀 더 어른이 되어 이 작고도 큰 곳을 맡을 재주를 부릴 수 있을 때까지.

"네."

-그래……. 이 할미가 그때까지는 어디 한번, 각오하고 단단히 버텨 보마.

"그럼 부탁 좀……."

혜옥의 든든한 답변에 제영 또한 진지해져서 답을 할 찰나였다. 닫힌 제영의 방 문 밖에서 경쾌한 노크 소리가 들렸다.

「영, 제영? 들어가도 되겠나?」

"어……."

프리드였다. 그는 제법 훌륭한 노신사였다. 제영의 문이 조금이라도 틈이 열려 있으면 불쑥 들어오는 일도 있었지만, 오늘처럼 닫아 둔 날에는 꼭 노크를 잊지 않았다. 그리고 제영에게서 허락의 말이 떨어질 때까지 반드시 기다렸다.

-프리드인 모양이지?

"네. 무슨 일이 있으신지……. 목소리가 급하시네요."

제영의 목소리에 난처한 기색이 서렸다. 혜옥은 뭐가 문제냐는 듯 덤덤하게 말했다.

-나눌 이야기는 할 만큼 한 것 같구나.

"금주 중에, 바쁘지 않으시면 제가 한 번 더 연락드릴게요."

-괜히 그럴 것 없다. 제윤이에게는 내가 안부 전하마.

"아, 제윤이……. 네. 그럼 부탁드릴게요."

-그래. 끊으마.

혜옥이 끊으마, 하고 말을 맺기 무섭게 전화를 끊었다. 제영이 얕게 한숨을 내쉬며 자리에서 일어나 방문으로 향했다.

아무래도 제윤보다는 혜옥과 통화가 잦았다. 더 여유를 가지고 길게 이야기를 나누기도 했다. 사실 제윤 본인이 바빠서 그녀와는 통화를 자주 못 하는 건데, 제윤은 그걸로도 샘을 부렸다. 제영으로서는 도저히 이해할 수 없는 종자였다.

「어쩐 일이세요? 이렇게 다급하게…….」

「다급하기보다는 신이 난 것에 가까울걸?」

「네?」

「아주 좋은 티켓을 구했거든.」

「어……. 축하드려요? 기쁘시겠네요.」

프리드의 희끗희끗한 눈썹이 위아래로 들썩이며 요동쳤다. 제영의 태도가 마음에 들지 않는 모양이었다. 제영이 당황해서는 프리드를 마주 보았다. 눈을 몇 번 깜박이다가, 너무 관심 없는 듯이 보여서인가, 생각하고는 질문을 던졌다.

「어떤 공연인데 그러세요?」

「뮌헨!」

「뮌헨이요? 독일이네요.」

「그렇지만 이쪽이랑은 그리 멀지 않지. 아주 좋게 봐 주자면 인접한 지역이니까. 기차로도 한 시간 30분이면 오가는 걸 영도 모르지 않잖아.」

「예. 그렇죠? 뮌헨에서 프리드가 좋아하는 연주가의 공연이 있나요? 어떤 악기일까……. 피아노? 첼로?」

제영의 뜬구름 잡는 듯한 질문에 프리드가 한숨을 푹 내쉬었다. 그가 등 뒤로 감춘 손에 들고 있던 티켓을 제영에게 넘겼다.

「하나하나 설명하느니 직접 보여 주는 게 낫겠구먼.」

티켓을 받아 든 제영이 찬찬히 인쇄된 활자를 훑었다. 정확히는 티켓이 아니라 초대권이었다. 뮌헨 오케스트라 창립 80주년 기념 연주회. 날짜는 9월 29일. 이달 말이었다.

그리고…….

「독일 오케스트라야 전체적으로 수준이 높다지만은, 나는 거기 뮌헨을 가장 높게 치지.」

「프리드가…… 한때 지휘자로 계셨던 곳이라서요?」

「순서가 반대야. 그곳이 지켜 온 스타일이 마음에 들어서 지휘자로 와 주십사 하는 걸 받아들였던 거지.」

프리드가 일부러 우쭐한 체를 하듯 과장하며 말했다. 제영이 애써 입꼬리를 올려 웃었다. 티켓에는, 제영에게 아주 익숙한 이름 또한 올라 있었다. 특별 초청 협연 연주자로, 제법 크게.

윤이성의 이름이 인쇄되어 있었다.

「그러셨……. 그러셨구나. 몰랐어요.」

「……거기 썩 반가운 이름이 보이지?」

프리드가 조심스레 물었다. 제영의 반응이 예상했던 것보다 더욱 딱딱했다. 차갑게 구는 게 아니라, 어찌할 바를 모르는 듯이 보였다.

여기서는 봐선 안 될 사람을 마주친 것처럼 경황없게 굴고 있었다. 사고 이전에도 제영은 쾌활하기보다는 정적이고 차분한 아이였다. 더해 사고까지 겪고 나서 아주 오랜만에 다시 마주했을 때는 그 정적인 면이 더욱 강해져 있었다. 프리드가 보기에는 지금의 제영이 전보다 더 덤덤하고 앙금이 가라앉은 비중 높은 액체처럼 여겨졌었다.

그런 제영이 눈에 띄게 동요했다. 프리드가 제영의 동요를 눈치채지 못한 척하며 웃었다.

「왜? 영에게도 그놈이 '망헐-놈'인가?」

「아뇨. 저는 딱히 유감없어요. 이 피아니스트에게.」

「다행이야. 그 티켓은 영의 몫이거든.」

「제, 거라고요?」

「왜? 아니 그럼, 내가 아주 매너 없이 나와 아내의 것만 구해서 냉큼 다녀올 줄 알았어? 이리 귀한 손님을 모셔 두고?」

프리드는 시종일관 밝거나, 혹은 과장된 표정을 유지하며 제영의 눈치를 살폈다. 제영이 티켓에서 이성의 이름을 발견하고 반쯤 정신을 놓은 상황이 아니라면 충분히 눈치챘을 것이다. 프리드가 평소보다 더욱 과장하고 유난한 기색으로 말을 건네고 있음을 말이다.

그러나 지금 제영에게는 프리드의 말을, 행동을 제대로 담아 속내를 파악할 심적 여유가 없었다. 비행기를 타더라도 열세 시간은 걸리도록 벌려 놓은 이성과의 거리가 단숨에 좁아졌다.

이성을 완전히 잊으려고 하는 건 아니었다. 그런 의도로 이곳까지 도망친 게 아니다. 제영의 심장이 빠르게 뛰었다. 그에게서 멀리 떠나고 나서는 이렇게 빨리 뛴 적이 없는데.

「……아뇨. 아무렴 제가 프리드를 그렇게 나쁜 사람으로 봤겠어요.」

「그런데 영의 표정은 어째 그래? 협연하기로 한 피아니스트 윤이 영에게 '망헐-놈'도 아니라면서.」

「그냥……. 이곳에서 이렇게 가까웠던, ……한국 사람 이름을 보게 될 줄 몰랐거든요. 그래서 그래요.」

어렵사리 나온 제영의 답에 둘 사이로 일순 침묵이 감돌았다. 제영의 시선이 자연스레 바닥을 향했다. 고개를 내리깐 제영을 내려다보며 프리드가 가까스로 한숨을 삼켰다.

혜옥에게 제영이 이곳으로 온 진짜 이유를 들었다. 사실 이성의 이름이 이 티켓에 찍히도록 일을 꾸민 것도 프리드였다. 그는 뮌헨 오케스트라에 지휘자로 꽤 오래 있었다. 그런 만큼, 여전히 오케스트라에 남아 있는 사람 중 그와 안면이 있는 사람이 많았다. 더해 그의 한마디가 가진 힘도 제법 컸다.

덕분에 일을 꾸미는 건 수월했다. 혜옥에게 제영의 트라우마와 러브 스토리를 제대로 듣고는 곧장 아이디어가 떠올랐고, 그 즉시 실행에 옮겼다. 한국에서 윤이성 피아니스트를 이 공연에 참여시키는 건 혜옥이 맡았다. 그녀를 통해 이성이 소속된 매니지먼트의 대표에게 일이 전해졌고, 좋은 기회에 몸값도 비싼 해외 재진출 찬스를 대표가 놓칠 이유가 없었다.

프리드가 왜 이렇게까지 일을 꾸몄는가. 제영에게 제가 이유를 다 아는 체를 하지 않으면서도, 그녀가 가지는 불안감이 몹시 막연한 것임을 알려 주고 싶어서였다.

또한, 늙은이가 보기에 두 예술인의 사랑이 퍽 풋풋해서이기도 했다. 해서 안타까운 마음이 컸다. 전해 듣기로 티켓에 이름이 실린 이성의 몰골이 지금의 제영보다 더 안 좋다고 했다.

이러다 큰 재능을 다 펼쳐 보지도 못한 젊은이 둘이 사랑에 말라 죽게 생겼잖은가. 안타까운 일이었다. 예술가에게 사랑은 몹시 생명력 넘치는 에너지원이었다. 물론 어떠한 감정이든 격렬하게 피어오른다면 도움이 되지 않을 감정이야 없겠지만.

둘의 감정은 프리드가 보기에, 늙은 자들이 보기에는 안타까운 불완전 연소였다.

「혹시 내가 모르는 이유가 있었나?」

「……네?」

「영이 이곳까지 오게 된 이유 말이야. 나한테는 그냥 조금 떨어져서 쉬고 싶어서였다고 말했지만, 사실은 한국이 아주 꼴 보기 싫어졌다든가.」

「그런 건 아니에요.」

「아니긴? 지금 영의 태도가 이 노인에게 딱 그렇게 보이는걸.」

프리드의 목소리가 아주 조심스러웠다. 독어가 이렇게 부드럽게 들리기도 어렵겠다 싶을 정도였다. 제게 한껏 조심해 주는 프리드의 마음이 느껴져서, 제영이 일순 미안함을 느낄 정도였다.

여전히 심장의 두근거림은 가시지 않았다. 그러나 이성을 바로 눈앞에 두고 있을 때의 막연한 불안감과 지금의 두근거림은 이유가 달랐다.

저리도록 가슴이 아팠다. 그리웠다. 그의 연주를 접하거나, 혜옥의 입에서 그의 이야기를 들어도 잠깐 마음이 쓰여도 금세 괜찮아져서, 어쩌면 이렇게 거리를 벌려 둔 사이에 마음이 식어 가는 줄 알았다.

그런데 아니었다. 애써 눌러 두었던 거다. 행여나 저의 사랑이 또 소중한 것을 잡아먹을까 봐.

불안함은 여전히 제영의 안에 존재했다. 눈가가 뜨거워질 만큼 속이 울렁거렸다. 그런데 아주 놀랍게도 그리움의 크기가 불안함보다 훨씬 컸다.

보고 싶었다. 윤이성이 보고 싶다. 듣고 싶어졌다. 한 공간에서, 그가 직접 연주하는 피아노 소리가. 이게 얼마나 이기적인 생각인데. 나의 불행이 가까이의 윤이성에게 옮아 갈 수도 있는데. 그를 잡아먹을지도 모르는데.

「이 청년에게는 죄가 없잖아? 윤, 그러니까 이 피아니스트의 연주에도, 음악에도 죄가 없겠지.」

프리드의 설득이 다시금 시작됐다. 그가 제영의 마르고 가냘픈 어깨에 조심스레 제 손을 얹었다. 타인의 온기가 제영의 몸을 데웠다. 인자한 노신사의 손은 몹시 따뜻해, 불행의 비에서 잠시나마 제영을 꺼내 주었다.

「오랜만에 고국 피아니스트의 연주를 듣는 것도 좋지 않겠어? 혹시 알던 사이인 모국인이 영을 알아보는 게 싫어?」

「아뇨, 그냥……. 괜찮아요. 물론 마주쳐서 한국어로 대화하고 싶은 마음은 없지만요.」

「거기 콘서트홀이 말이야, 아주 구조가 재미나거든. 연주하는 놈들이 관객 얼굴 눈코입도 구별하기가 쉽지 않아요. 맨 앞 열에 앉은 관객이라도 말이야.」

「알아요. 뮌헨 오케스트라 콘서트홀. 가 본 적 있잖아요.」

「아차, 그렇지. 영이 시난이랑 부모님 손까지 야무지게 잡고 나를 구경하러 온 적이 있었지.」

프리드가 그때를 떠올리듯 눈을 갸름하게 뜨고 초점을 흐렸다. 제영이 그런 프리드를 보며 흐리게 웃었다.

괜찮을까. 괜찮겠지. 한 공간에 있어도 우리가 통하고 있는 게 아니라면 괜찮을 거야. 이런 생각을 하는 내가 이기적일지라도.

그래도 윤이성 당신이 그리워서. 보고 싶어서.

「같이 가요. 보고 오면 기분 전환도 되고 좋겠죠.」

「가? 정말 갈 거야? 같이 가는 거지? 내 아내에게도 그렇게 전해도 된다 이 말이지?」

제영의 답에 프리드가 유난히 기뻐하며 몇 번이고 제영에게 되물었다. 제영이 고개를 몇 번이고, 그의 질문 횟수만큼 끄덕였다.

「네. 가요. 티켓 고마워요, 프리드.」

어쩌면 본인에게 괜찮을 거라고, 한 번 정도는 보고 와도 아무 일 없을 거라고. 그렇게 다짐하듯 제영이 마지막으로 고개를 끄덕였다.

* * *

제윤이 뚱한 얼굴로 앞에 놓인 음료 잔의 빨대를 물었다. 마주 앉은 형찬이 그런 제윤을 빤히 바라보다가 모로 고개를 꺾으며 설핏 웃었다.

"……바쁜 사람을 이렇게 불러내시고 말이에요. 대표님 그렇게 안 봤는데, 권력의 참맛을 엄청 잘 쓰는 사람이시네."

"요즘 그 비슷한 소리 자주 듣습니다."

"와, 여기저기 권력을 휘두르고 다니시나 봐요?"

"뭐 대부분은 오해였습니다만……. 오늘 제윤 씨를 불러낸 방법이라면, 예. 썼죠. 권력. 있는 거 쓰나 안 쓰나 같은 소리 들을 거면 쓰고 듣는 게 훨씬 이득이 아니겠습니까."

"와……."

자못 뻔뻔하게도 들리는 형찬의 말에 제윤이 혀를 내둘렀다. 그러다간 기어이 픽 웃음을 터뜨리고야 말았다. 첫눈에 반해서 가볍고 풋풋하고, 어쩌면 조금 욕심에 가까운 감정이라고 생각했는데. 그래서 예전에 스캔들을 빌미로 형찬과 세 번의 만남을 가지고 난 뒤 다시 보지 않을 때도, 그리 아쉽지는 않았다.

……고 생각했다. 그런데 어째 오랜만에 보는 그는 왜 전보다 더 사람 홀리는 모습을 하고 있을까. 제윤이 입술을 뚱하게 내밀고는 형찬을 빤히 쳐다봤다. 대체 원하는 게 뭐길래. 나를 만나서.

대충 알 것도 같은데, 인정하기는 자존심이 좀 상하기도 하고. 왜 오랜만에 만나서 던지는 말이 딱 박제윤의 취향이고 난리야. 내 것도 안 될 거면서.

"그래서, 유성 식품 비장의 음료 CF까지 물고 오셔서 저를 만나고자 하신 이유는?"

"그 CF는 원래 박제윤 씨에게 갈 예정이었습니다. 내가 내 힘을 써서 끼어든 건 그쪽이 아닌데."

"어머?"

"일전의 스캔들이나, 이번에 마무리된 김무진 건으로 안면이 있는 사이라 이야기 진행을 좀 더 완만하게 할 수 있을 것 같다고 넌지시 얘기만 던졌죠."

"그러니까 계약 자리에 끼워 달라고요?"

"그렇습니다. 겸사겸사 패키지 디자인이랑 CF 촬영장 콘셉트에 우리 쪽 아티스트도 끼워 넣었고."

형찬의 말이 퍽 듣기 좋았다. 유성 그룹의 기업체 중 하나인 유성 식품의 음료 CF는 한창 잘나가는 여자 연예인만 쓰기로 유명했다. 사실 이미 대중에게 각인된 제품이었다. 20여 년을 넘게 탄산이 들지 않은 음료 중에서는 1위를 놓치지 않은 제품이었으니까.

그만큼, 광고 효과가 큰 제품은 아니었다. 사람들의 관심은 '이번엔 누가 저 음료의 광고 모델을 맡을까? 누가 지금 가장 잘나가는 여자 연예인일까?'에 모였다. 그 자리를 차지하고자 하는 연예인은 아주 많았다.

당연히, 이번에 모델을 교체한다는 소문이 뒤에서 돌기 시작했을 때부터 제윤도 그 자리를 내심 꿈꿨다. 하지만 아직은 제 인지도가 부족하다고 생각했기에 큰 기대는 하지 않았는데.

계약서를 주고받는 자리에 굳이 본인이 와 주었으면 한다는 말을 듣고 쪼르르 쫓아와 보니 맞은편에 형찬이 앉아 있었다. 순간 좋으면서도 김이 팍 샜었다. 아, 형찬이 제영의 소식을 파 보자고 저를 여기로 불렀구나. 힘 좀 썼구나, 싶었다.

뭐, 나쁘지는 않았지만. 마냥 기분 좋게 받아들이기는 또 속이 좀 꼬였던 게 사실이었다. 그런데 그 꼬인 마음이 형찬의 한마디에 싹 사라졌다. 빈말일 수도 있는데, 어째 형찬이 그런 빈말을 할 사람으로는 안 보이도록 신뢰감 넘치는 인물이라서.

"좋아요. 속는 셈 치고 넘어가지 뭐. 그래서 용건은요?"

"원래 그렇게 단도직입적인 사람이었습니까?"

"바쁘다니까요."

"오늘 스케줄 이게 마지막인 거 알고 있습니다."

"……공식 스케줄만 스케줄인가. 그리고 대표님도 바쁜 사람이잖아요!"

툴툴거리는 제윤의 모습이 퍽 앳됐다. 하긴, 제윤은 올해 겨우 스물한 살이었다. 어른이 되었다고는 해도 한창 풋내가 날 나이였다. 타고난 건지 부모의 영향을 받은 건지, 처음엔 되바라지고 잇속에 눈이 먼 모습만 보여 나이를 실감하지는 못했었다.

어쩌면 어려서 그런 게 너무 빤히 보인다고 여겼을지도 모르겠다. 당시의 형찬이 어떤 이유로든 제윤에게는 큰 관심이 없었고, 첫인상 또한 그다지 좋지 못한 쪽이었음은 분명했다.

"부탁할 게 있는 쪽이, 필요한 걸 가진 쪽에 숙이는 건 당연하니까."

"역시 그거네."

"그래요. 단도직입적으로 갑시다. 제영 씨 소식이 궁금합니다."

"안 알려 드릴 건데요."

"그렇게 답할 것도 알고 있었습니다."

"어쩌라고요!"

제윤의 신경질적인 반응에 형찬이 어깨를 으쓱했다. 제윤이 눈을 동그랗게 뜨고 그런 형찬을 뚫어지게 바라봤다.

"윤이성 피아니스트가 한 서너 달 전에 입원했던 거 압니까?"

"그 얘기가 왜 나와……."

"조용히 옮기긴 했는데 뒤로는 소문 다 돌아서 제윤 씨도 아마 알고 있지 않을까 싶은데요."

"알긴 알아요. 말도 많았지. 자살 시도를 했네, 아니면 뭐 진짜 이상한 성벽이 있어서 뭘 하다가 실려 가서 기사를 다 막았네……."

"그중에 뭐가 맞는 얘기일 것 같습니까?"

"그걸 제가 어떻게 알겠어요. 관심도 없고."

잠깐 분위기가 좋아지나 싶었다. 그러다간 결국 다시 뚱하게 구는 제윤을 보며 형찬이 한숨을 삼켰다.

"USB는 제윤 씨가 건넸잖습니까."

"……뭐. 급격한 스트레스?"

"그리고 영양실조였습니다."

제윤이 화들짝 놀랐다. 눈이 튀어나오겠다 싶을 정도로 휘둥그레 뜨고, 아예 테이블을 짚은 채 고개를 형찬 쪽으로 내밀기까지 했다.

"영양실조요? 세상에, 말도 안 돼! 그렇게 사람이 안돼 보이진 않던데……?"

"지금은 철저한 관리하에 있으니까요. 그래도 예전보다는 수척해졌죠. 연주도 좀 망가졌고."

"연주회 후기는 좋던데요……."

"쓴소리도 조금씩 나오고 있습니다. 듣는 귀가 뚫린 사람이 한국 클래식계에도 적지는 않다 보니."

"아무리 그래도 영양실조까지는……."

"분장술로 없는 상처도 만드는 세상에 메이크업으로 꺼지고 안되어 보이는 얼굴 숨기는 게 어려울까요? 가뜩이나 한여름에도 풀정장 차림으로 강한 핀 조명 아래에 서는 사람인데."

형찬의 말에 제윤이 고개를 끄덕였다. 하긴, 메이크업으로 안 되는 게 없기는 했다.

"그건 또 맞는 말이긴 하다. 아무튼, 그래서요?"

"수면제를 복용해도 제대로 잠을 못 잔답니다. 요즘은 윤이성 피아니스트 매니저가 아예 같이 살면서 살피고 있는데, 곱게 잠드는 시간이 하루에 두 시간은 될지 모르겠다고 하더군요. 그런 상황에서 제대로 된 연주가 나올 리가 없죠. 사람이 넋이 빠져 있는데."

형찬의 말에 제윤이 입을 꾹 다물었다. 모르는 사람도 아니고, 한때는 같이 일을 꾸몄던 사이이기도 했다. 티격태격하며 마치 친오빠처럼 대한 사이이기도 했다. 제윤만의 생각일지라도 말이다.

그래서 오지랖인 걸 알면서도 제영이 제게 건넨 USB를 굳이 그 별장까지 가져다줬다. 무너진 모습을 보지 않을까 했는데 되레 너무 차분해서 괜찮겠거니 했었다. 그 뒤로도 활동 잘만 하기에 그런대로 지내는 줄 알았다. 제영도 어쨌든 멀쩡하게 잘 지내는 것처럼 보였으니까. 이성도 그만큼은 지낼 줄 알았다. 그런데 아니라는 소리를 대놓고 들으니 영 마음이 안 좋았다.

"내가 그걸 괜히 줬나 봐……."

"그게 제윤 씨 탓이겠습니까. 탓하자고 말한 것도 아닙니다. 그저 내가 아니라 윤이성 피아니스트 때문에 제영 씨의 소식이 필요하다는 걸 알리려고 한 겁니다."

"아니, 그래도……."

제윤의 입에서 깊은 한숨이 삐져나왔다. 9월이라도 아직 초순이라 그런지 날은 한창 더웠다. 창문으로 쏟아지는 햇볕에 음료 잔 안의 얼음은 야속하게도 녹아내렸다.

제윤이 잘그락 소리를 내는 얼음을 괜히 죄 없는 빨대로 휘젓다가, 내친김에 입에 들이붓고 오독오독 씹었다.

"속이 탑니까?"

"덕분에요."

"뭐라도 말해 줄 마음은 좀 생겼습니까?"

제윤이 입술을 삐죽이면서 형찬에게 눈을 흘겼다. 듣기만 해도 안타까울 말을 무슨 비즈니스라도 하듯 담담하게 뱉은 형찬이 몹시 얄미웠다. 일부러 그러는 것도 같아서 더 그랬다.

죄책감 느끼라고 한 말은 아니라지만, 사실 어떻든 감정의 요동이 생겨서 빗장을 걸어 둔 자신의 입을 열려고 저런 건 분명할 거였다.

"저 할머니한테 혼나요."

"고혜옥 여사님이 혼내고 그러십니까?"

"우리 할머니 얼마나 무서운데요? 장난 아니에요."

"보통 분이면 지금껏 재단 운영부터 집안 관리까지 그렇게 잘해 오시진 못하셨겠죠."

"특히 입 좀 조심하고 다니라고 요즘 맨날 혼난다고요. 언니까지……."

"제영 씨 얘기를 어디 다른 데서 하긴 했습니까?"

제윤이 하던 말을 멎고 입을 닫자, 형찬이 곧장 물었다. 그녀가 '언니'라고 제영을 칭하는 걸 직접 본 적은 없지만, 입을 닫은 타이밍이 꼭 제영의 얘기를 흘리다가 멈춘 것 같아서였다.

"……이건 옛날 일이에요. 할머니한테 내가 매번 박제영 언니 얘기 일러바쳤거든요."

"그걸 이제야 혼났어요?"

"언니가 자기 얘기 할머니한테 또 흘렸다고 일러서 그랬죠! 아니, 자기는 나 혼나게 얘기해도 돼? 예전 일 복수야, 뭐야?"

"앞으로 조심하라고 그런 거겠죠. 또 이렇게 새어 나올까 봐."

제윤이 헉, 하고 놀라면서 제 입을 손으로 가렸다. 형찬이 마치 편이라도 들어 주듯 다정한 목소리로 맞장구를 쳐 주는데 홀린 듯이 투정이 새어 나온 거였다.

문제는, 분명 제윤은 형찬의 얼굴을 확인했을 때부터 제영의 이야기를 물어볼 걸 알았다는 거다. 그리고 한마디도 꺼내지 않으리라고 다짐도 했고 말이다. 그랬는데 결국 제영의 이야기가 튀어나왔고, 다시 입을 닫았는데 결국 또 샜다.

"왜 그래요, 진짜!"

제윤이 소리를 내질렀다. 기어이 형찬이 하하하, 하고 크게 웃음을 터뜨렸다. 제윤이 어리긴 어렸다. 입이 가벼운 것도 맞긴 한 것 같고. 그런데 또 막상 본인 일에는 제법 철저한 것 같았는데.

제윤의 소속사는 사실 이미지 관리나 대중들을 상대하는 면에서는 케어가 약했다. 없다시피 했다. 그래서 아예 자기 관리에 도가 튼 중견이 본인의 전담 스태프와 함께 계약하는 경우가 잦았다. 신인의 경우 발굴까지는 썩 괜찮은데 꼭 라이징할 때쯤 일이 터지거나 흐지부지되기 일쑤였다.

그런 면에서 제윤은 제 이미지를 제가 만들고 가꿔 나가 본인의 힘으로 떴다. 이성과 있었던 스캔들이 타격이 됐을 법도 하지만, 그 밖의 다른 것들이 워낙 깔끔해서 조용히 잘 넘어갔다. 심지어 이번 김무진 소송 건의 경우도 제윤은 이미지 면에서 줄타기를 몹시 잘 했다. 제영의 도움도 일부 있었다지만, 밑그림을 그리고 판을 짠 건 제윤이었다.

새삼 형찬은 제윤이 다시 보였다. 여태 보지 못했던 모습들이 보이기도 했다.

"나는 어떻게든 제윤 씨한테 박제영 씨 소식을 들어야 하니까요. 이해 좀 해 주세요. 사람 하나 살리는 셈 치고."

"아 진짜 안 돼요! 그리고 남의 연애에 끼어드는 거 아니라고 그랬거든요?"

"누가요?"

"……옛날 사람들이."

"연애 문제에 끼어들자는 게 아니라, 저러다 정말 윤이성 피아니스트 어떻게 될 것 같다니까요."

"본인이 그렇게 박제영 얘기가 듣고 싶대요?"

대화를 이어 나가던 형찬이 한숨을 푹 내쉬었다. 그러곤 일부러 과장되게 미간을 짚으며 피곤하고 침중한 낯을 했다.

"……차라리 그렇게 드러내 놓고 말하고 투정 부릴 정도면 낫겠습니다."

"아니 어쩌라는 거야……. 아이 씨……."

제윤이 곱게 세팅된 머리를 붙들고 쥐어뜯듯 흔들었다. 그 몇 달 새 머리가 제법 자라 가슴께에서 찰랑였다. 형찬은 제윤을 더 채근하지 않고 가만히 기다렸다.

늘 바쁜 형찬이었으나, 오늘은 제윤을 설득하기 위해 시간을 길게 냈다. 사실 그간 그를 가장 바쁘게 한 건 다른 누구도 아닌 이성이었는데, 요즘은 위험할 정도로 고분고분한지라 달리 바쁠 일이 없기도 했다. 유성 매니지먼트의 기틀도 여러 일을 겪으며 꽤 단단히 잡혔고.

제윤이 연신 한숨을 푹푹 내쉬었다. 사실 혜옥의 큰소리야 아주 무섭지는 않았다. 무섭지 않다기보다는 까짓 혼나면 그만이었다. 제윤은 누가 엄하게 나무라고 호되게 혼쭐을 낸다고 해서 기가 죽는 타입은 아니었다.

제윤이 선불리 입을 열지 못하는 이유는 다른 데 있었다. 윤이성도, 박제영도 너무 가까웠다. 박제윤이라는 사람한테 심적인 거리가 너무 가까워져서 그들의 이야기가 너무 무겁게 여겨졌다.

더군다나 자신이 알고 있는, 제영이 떠난 이유조차도 너무 무겁기 짝이 없었다. 부모님이 돌아가신 트라우마가 깊이 남아서, 또 그런 일이 생길까 봐. 오로지 윤이성을 걱정해서 제영은 떠났다.

제윤은 제영의 마음을 온전히 다 이해하지는 못했다. 당사자가 아니기에 객관적으로 전혀 상관없는 두 가지 일을 똑같이 보고 있는 게 그저 의아할 따름이었다. 하지만 제영의 공포만큼은, 이성을 향한 걱정만큼은 진심인 것을 알 수밖에 없었다.

그녀가 다른 이도 아닌 자신에게 어릴 적 사고의 기억을 꺼내 보이고 트라우마를 고백했기 때문에.

제영이 떠나기 직전 자신과 관계가 많이 풀어지긴 했지만, 내밀한 이야기를 드러내 놓고 할 정도는 아니었다. 그렇다고 제영이 쉽게 그런 얘기를 어디 풀어 놓고 다니는 사람이냐면, 그것도 아니었다.

그런데 풀어 놓은 거다. 자신을 도와서, 박제영이 떠난 윤이성이라도 지금처럼 제멋대로 굴어도 멋지고 잘난 피아니스트로 살 수 있게 도와 달라고. 그리고 이성에게서 떠나는 걸 도와 달라고.

"솔직히 내가 할머니한테 혼나고 뭐 그러면서, 제영 언니 얘기 옮겨 준다고 쳐요."

"듣고 있습니다. 계속 얘기하세요."

"그러면 그거 듣고 윤이성이 정말로 좋아진다는 보장은 있어요?"

제윤은 차마 제 복잡하고 여린 속내를 드러낼 자신은 없어서, 툴툴거리며 못된 아이 행세를 했다. 형찬이 제윤의 타당한 반문을 듣고는 낮게 흐응, 하며 침음을 흘렸다.

"기운을…… 차릴 만한 정보를 주면 되겠죠?"

"그게 뭔지 내가 어떻게 알아요?"

"적어도 왜 떠났는지 정도는 알게 한다든가."

제윤이 이리저리 눈을 굴렸다. 사실 가장 말하고 싶지 않은 게 바로 방금 형찬이 짚은 부분이었다. 제영이 떠난 이유.

제윤이 한숨을 훅 내쉬었다.

"그건 당사자한테 들어야지. 내가 말해 주면 나만 진짜 나쁜 사람 되는 건데."

"적어도 그렇게 말할 정도의 이유는 있다는 뜻이로군요."

"아니……! 자꾸 이런 식으로 캐내지 마시고요! 나 일어날래!"

제윤이 형찬의 정리에 참지 못하고 기어이 자리에서 벌떡 일어났다. 형찬이 따라 일어나서 길쭉한 다리로 먼저 성큼 걸어, 제윤이 이곳을 떠나려면 거쳐야 할 입구를 선점해 막고 섰다.
"와! 지금 막았어요?"
"네. 막았습니다."
"원래 이렇게 뻔뻔한 사람이셨어요?"
"사업하는 사람들, 보통 이것보다 훨씬 뻔뻔합니다."
"아무리 그래도……! 대체 내가 왜 나한테는 좋을 거 하나도 없이 손해만 보는 짓을 해야 해요? 사람 살리는 거 좋은데! 그거 확실하지도 않은 거잖아요! 아 왜 알면서!"
형찬이 고개를 숙여 저보다 훌쩍 작은 제윤과 눈높이를 맞췄다. 그대로 느리게 눈을 깜박이며 제윤을 바라봤다. 사람이 뭐라고 흥분해서 내질렀으면 응당 반응이 돌아와야 하는데, 돌아온 거라곤 영문을 알 수 없는 시선뿐이라 제윤이 적잖이 당황했다.
"뭐, 뭘 그렇게 쳐다봐요?"
얼굴까지 붉어졌다. 방금까지 제영과 이성 생각으로 울적했던 제윤의 머릿속이 언제 그랬냐는 듯 다른 생각을 했다.
집안 잘나고 능력 좋은 사람이 잘생기기까지 더럽게 잘생겼네. ……정도의, 이 타이밍에 해서 별로 좋지 않을 생각이었다.
"아주 손해만은 아니잖습니까. 좋은 광고도 따냈고."
"그건 내가 잘해서 딴 거라면서요! 대표님 입김 없었다더니!"
형찬이 느리게 고개를 끄덕였다. 정말로 그랬다. 그쪽으로는 형찬이 손을 쓴 게 없었다. 거짓말은 하지 않았다.
"안 넘어가네요."
"와……."

"맞아요. 그건 정말로 순수하게 박제윤 씨 역량으로 따낸 거. 그럼 내가 뭘 더 줘야 하지……. 뭘 주면 한마디라도 제대로 얘기해 줄 겁니까?"

"그걸 왜 저한테 물어요……."

제윤이 질렸다는 듯, 다 지친 목소리로 답했다. 한숨까지 잔뜩 섞인 답에 형찬이 낮게 웃었다. 그가 다시금 제윤을 빤히 살폈다. 여전히 붉은 기운이 남은 제윤의 귓불이 눈에 들어왔다.

"혹시 박제윤 씨, 아직 나한테 관심 있습니까?"

"……에, 네?"

"있으면, 나랑 다시 세 번 약속하고 만나는 거로 하고 얘기해 주면 안 됩니까? 정말 딱 한 줄짜리 사소한 이야기라도 괜찮습니다."

형찬의 목소리는 한없이 가벼웠지만, 또 표정은 한없이 진지했다. 눈빛에 서린 진심이 너무나 가까이서 보였다. 여전히 제게 눈높이를 맞춰 주는 채로 그런 말을 하는 형찬을, 제윤은 어째 똑바로 바라보기가 어려웠다.

"어차피 나한테는 관심도 없으면서……."

제윤의 입에서 저도 모르게 투정 같은 혼잣말이 불쑥 튀어나왔다.

"아닌데."

형찬이 냉큼 답했다. 제윤의 얼굴이 이번에는 도저히 모르는 척도 못 할 정도로 새빨갛게 익었다. 제윤이 망했다, 하고 속으로 생각하면서 눈을 질끈 감았다. 아무래도 안 보는 사이에 형찬에게 가졌던 마음은 가볍기 짝이 없어서 아무렇지도 않게 잊었다고 생각했던 건 착각이었던 모양이다.

아니면 오늘따라 목적이 분명해서인지 어울리지 않게 요망하게 구는 형찬에게 새삼 다시 홀린 거거나.

그래. 형찬은 목적이 있어서 이렇게 구는 거다. 알면서 이런 사람한테 홀리면 안 되는 거였다. 그러니까, 만약에 자신이 입을 연다고 해도.

그건 형찬에게 홀려서가 아니라.

"안 만나 줘도 돼요."

"이제 나이 많은 사업가는 싫습니까?"

"그게 아니라!"

형찬이 제윤의 눈 흘김에 시원하게 웃음을 터뜨렸다. 그러다간 곧 잦아든 웃음 뒤에는 퍽 진지한 표정을 지었다.

"내가 입을 여는 거는, 대표님이 만나자는 말에 옳다구나 하고 좋아서가 아니라요. 대표님이 본인 팔아서라도 박제영 언니 얘기 한마디라도 들어야 할 만큼, 그만큼 윤이성 상태가 안 좋구나 해서예요."

"뭐든 좋습니다."

제윤이 두 팔을 축 늘어뜨렸다. 막상 입을 열자고 생각은 했는데, 여전히 뭘 말해도 되고 어떤 건 말하면 안 될지 가늠이 안 섰다. 윤이성에게 전하는 거야 형찬이 알아서 걸러 전하겠지만 어쨌든 자신도 가려서 말해야 하는 건 사실이니까.

제윤이 할 말을 결정하고는 형찬을 바라보며 입을 열었다.

"윤이성 그 사람 곧 독일 간다면서요? 공연하러."

"……그렇습니다."

"언니 거기서 가까운 데 있어요."

"독일, 뮌헨 오케스트라……. 가까운 곳이라."

형찬이 눈을 굴리며 곰곰이 생각하기 시작했다. 그를 바라보는 제윤의 눈동자도 불안하게 굴렀다.

"이제 됐죠? 저 가게 비켜 주세요."

"조금만 더 얘기해 주면 안 됩니까?"

"아 진짜!"

"그리고 세 번, 만나는 것도 약속 잡고 가요."

말은 그렇게 하면서도 형찬이 몸을 틀어 제윤이 지나갈 공간을 만들어 주었다. 이게 더 얄미웠다. 선택은 오로지 네게 맡길 테니, 결정해 달라는 태도가 말이다.

사업가 기질은 사업할 때나 부릴 것이지. 제윤이 다시금 형찬을 흘겨보았다.

* * *

9월 10일, 서울에서 시작되어 매회 순조롭게 진행된 이성의 마지막 자선 콘서트가 있는 날이었다. 서울에서 연일로 2회, 그리고 대전과 대구, 부산과 울산을 거쳐 마지막인 오늘의 공연은 광주에서 할 예정이었다.

대기실로 아직 여름 못지않은 9월의 볕이 쏟아졌다. 창밖을 멍하니 보던 이성이 메이크업 아티스트의 브러시가 다가오는 것에 눈을 감았다. 감은 눈꺼풀 위로 그의 피부색보다 아주 조금 더 짙은 빛을 띤 색감이 섬세하게 덧쌓여 갔다.

오늘 공연을 앞두고 이성의 컨디션이 좀 더 무너졌다. 마지막으로 제영의 소식을 전달받았던 7월 공연 이후로 조금 기운을 차리나 했던 이성의 기력도 다한 것이었다. 덕분에 한동안은 본래대로 성길에게 관리를 맡겨 두고 사무실에서 업무를 보던 형찬이 오랜만에 이성에게 따라붙었다.

"입술 조금만 힘 빼 주시겠어요?"

브러시를 바꿔 잡은 메이크업 아티스트의 청에 이성이 감았던 눈을 뜨고 이제는 입술을 살짝 벌렸다. 핏기가 없어 하얗게 질린 입술에 생기 있는 다홍색 빛이 입혀졌다. 병자의 몰골이었던 이성의 얼굴이 조금 살이 내리긴 했어도 본인의 퇴폐적인 마스크가 돋보일 따름인 얼굴로 변모했다. 언뜻 신경질적인 예술가처럼도 보였다.

형찬은 거울 너머로 이성의 얼굴을 살피는 게 아니라, 제 눈으로 바로 볼 수 있는 이성의 목덜미를 봤다. 바람은 선선해졌어도 아직 날이 썩 더워, 계절에 맞춰 깔끔하게 다듬은 머리칼 아래로 드러난 목덜미에 진땀이 맺혀 있었다.

"에어컨 온도 좀 확인해 주시겠습니까?"

형찬이 주변 정리를 하는 스태프를 바라보며 말했다. 그에게 지명 당한 스태프가 황송한 얼굴로 어리바리하다가 온도를 확인하는데 성공했다.

"25도로 되, 되어 있습니다."

"윤이성 피아니스트가 좀 더위를 타는 것 같은데 조금만 더 낮춰도 괜찮겠습니다."

"예, 예!"

스태프가 통신으로 에어컨 온도를 조절해 달라는 지시를 넣었다. 곧장 에어컨의 바람이 더욱 거세게 천장에서 쏟아졌다. 이성의 땀은 쉬이 식지 않았다.

"공연 시작 얼마나 남았죠?"

"10분 뒤에 관객 입장 시작하고, 윤이성 피아니스트께서는 지금부터 25분 뒤에 무대에 오르시면 됩니다. 그때부터 공연 시작입니다."

"그때까지 윤이성 피아니스트에게 마인드 컨트롤할 시간을 좀 주죠. 자리 좀 비켜 주시겠습니까?"

"헤어 세팅만 마저 마치고 바로 자리 비우겠습니다."

총괄 스태프가 그렇게 답하고는 형찬의 눈치를 보며 슬슬 당장 할 일이 없는 이들부터 먼저 대기실에서 쫓아 보냈다. 그러다간 총괄이 웬 무전을 받고는 인상을 잔뜩 구기며 잽싸게 자리에서 일어났다.

"무슨 일입니까?"

"아, 별건 아니고……. 아직 입장 전이라 입장객 줄 세우고 있는데 소란이 좀 있었던 모양입니다."

형찬이 알아들었다는 듯 대수롭지 않게 고개를 끄덕였다. 가 봐도 좋다는 뜻으로 받아들인 총괄 스태프가 자리를 떴다. 그러면서 헤어를 만지고 있는 스타일리스트에게 빨리 마무리를 하라는 듯

턱짓하는 것도 잊지 않았다.

5분이 채 안 되어서 대기실이 전부 비었다. 성길은 처음부터 형찬이 불편한지 대기실 밖에 있었기에, 이제 대기실에는 형찬과 이성만 남았다.

"왜 사람 정 없어 보이게 사람을 다 쫓고 지랄이야, 대표님은."

"그 다 죽어 가는 목소리는 뭡니까? 어제 또 못 잤습니까?"

"그냥, 꿈자리가 좀 사나워서."

"다음 날이 공연인데 컨디션 조절하려면 약물의 도움이라도 빌렸어야죠."

형찬의 말마따나 이성의 목소리에는 기운이 하나도 없었다. 초점이 풀려 몽롱한 것처럼도 보이는 얼굴로 이성이 고개를 돌려 형찬을 바라봤다.

"빌린 건데."

"보통 그러면 꿈을 안 꿀 텐데."

"유도제는 가끔 약발이 안 받더라고."

"처방받은 수면제 있잖습니까."

"공연 전에는 안 먹지. 다음 날에 손끝 무뎌지는 느낌이 좆같아서."

이성의 답에 형찬이 한숨을 내쉬었다. 실제로 예민한 아티스트인 이성이 그렇다고 하는데 거기까지 본인이 참견할 수는 없었다. 자신이 그처럼 피아니스트로서 연주를 진지하게 해 본 것도 아니니까.

형찬의 한숨에 이성이 피식 웃었다. 정말로 꿈 때문에 잠을 설

쳤다. 제영이 떠난 후 정신 못 차리고 살았던 건 내내 같았지만, 이렇게 꿈자리가 사나워 보기는 저도 처음이었다.

본 적도 없는, 자신이 알 때도 아닌 제영의 모습이 자꾸만 꿈에 나왔다. 정확히는 '제영이 타고 있다고 확신하는' 차가, 꿈에 나왔다. 그리고 비가 내렸다.

하염없이 내리는 비는 몹시 축축하고 차가웠다. 그 비가 온통 몸을 적시고 뼛속까지 한기가 파고들었다. 꿈에서 이성은 오로지 제영이 탄 차를 지켜보는 시선이었을 뿐임에도, 그 한기만큼은 뼈저리게 느껴졌다.

빗길을 달리는 차를 연신 바라보며 꿈속의 윤이성이 느끼는 불안감은 커졌다. 그러다가 옆에서 만취한, 혹은 졸고 있는 운전자의 화물차가 비틀거리며 위험한 곡선을 그린다.

그러다 쾅.

몇 번이고 그런 꿈을 꿨다. 어린 박제영의, 박희은이었던 그녀의 비명이 고막을 찢고 뇌까지 한 번에 찌르듯이 날카롭게 울린다.

그러고 잠에서 깨면, 그 꿈속의 비를 전부 맞은 것처럼 온몸이 식은땀으로 젖어 있었다. 한기를 느껴 이불을 뒤집어쓰고 웅크려 가까스로 다시 잠들면 또 같은 꿈을 꾸었다.

마지막에 가서는…….

꿈에서 윤이성은 제영과 그녀의 가족이 탄 차를 들이받는 바로 그 화물차의 운전자가 되었다. 아무리 핸들을 돌리고 브레이크를 밟아도 차는 마음대로 되지 않았다. 또 그대로 쾅.

마지막 꿈에서 제영은 비명을 지르지 않았다. 그저 피로 범벅된,

어른이 된 제영보다 한참 작고 여린 손이 아무것도 들리지 않는 이성의 시야를 가득 메웠을 따름이었다.

"오늘 공연, 가능하겠습니까?"

"그걸 이제야 묻나."

"도저히 안 되겠다 싶으면 시작 직전에라도 캔슬하고 날짜 바꿔야죠."

"돈 존나 벌게 해 주겠다고 했는데 오히려 나보고 대표님 돈 까먹으라고?"

"윤이성 씨 당신 돈으로 손해 메꿀 겁니다."

형찬의 마지막 말은 농담이었다. 가볍게 나온 말은 만일 긴장하고 있다면 풀라는 뜻일 터였다. 다만 이성은 긴장하고 있는 게 아니었다. 그저 꿈에서 달라붙은 투명한 한기가 가시지 않는 것뿐이었다.

"정말 괜찮겠습니까? 이제 막……."

형찬이 손목에 찬 시계를 내려다보았다. 이어 그의 시선이 창밖을 향했다. 잠깐 소란이 있었다는 관객들의 줄이 지금은 질서정연했다. 그 행렬이 건물 안으로 조금씩 들어서고 있었다.

"관객 입장 시작한 것 같은데."

이성이 손을 들어 형찬에게 보였다. 율동이라도 하듯 흔들어 보이기까지 했다.

"연주해야 할 손은 멀쩡한데."

이성은 분명 괜찮다고 말하고 있었다. 그런데 어째 그게 형찬에게는 손 외의 다른 곳은 멀쩡하지 않다는 뜻으로 들렸다. 그게 사실일 거였다. 이성이야 '괜찮다'는 뜻으로만 뱉은 말이겠지만.

형찬은 결국 이성의 멀쩡하다는 답에 아무런 반응도 보이지 못했다. 이제는 도리어 생각에 빠진 형찬이 더 넋이 나간 것처럼도 보였다. 이성이 미간을 찌푸렸다.

사실, 형찬이 스태프들을 내보내지 않았더라면 이성이 대기실을 비워 달라고 청했을 거였다. 실제로 그는 연주 직전에 연주해야 할 곡들을 머릿속으로 복기하며 감정을 가다듬는 과정을 늘 거치곤 했다. 제영에게서 옮아 온 버릇이었다.

이번에는 이성이 휴대 전화를 열어 시간을 확인했다. 공연 시작 시각으로 공지된 때까지 5분 정도 남았다. 간밤의 꿈에서 들러붙은 오한에 몸이 떨렸다. 사실, 그것 말고는 딱히 어떤 컨디션이 딱히 나쁜 것도 느끼지 못했다.

그러니까 이제 정말로 마지막 마인드 컨트롤을 할 타이밍이었다. 오늘 연주할 곡의 복기는 어렵더라도 말이다. 이성이 형찬에게도 자리를 비켜 달라고 청할 셈으로 입을 열었다.

"공연 멀쩡하게 할 테니까 이제 대표님도 자리 좀……."

"지금은 안 궁금합니까?"

"갑자기 뭔 뜬구름 잡는 개소리야. 뭐가?"

"제영 씨가 그렇게 떠난 이유 말입니다."

이성의 얼굴이 딱딱하게 굳었다. 제영이 만 하루조차 안 되는 시간 동안 자신의 연인이었다가 홀연히 떠난 지도, 벌써 다섯 달이 흘렀다. 조금만 더 보태면 반년이었다.

그리고 3년 만에 제영을 찾아갔던 때가 바로 이 무렵이었다. 짧은 찰나에 온갖 감정과 생각들이 이성의 안에서 교차하기를 반복했다.

"알 수 있다면 알고 싶습니까?"

형찬이 다시 물었다. 이성은 쉽사리 답하지 못하고 몇 번이나 입술을 달싹이다가 닫기를 반복했다. 그가 시선을 돌렸다. 땅이 꺼질 듯한 깊은숨이 이성에게서 터져 나왔다.

형찬은 제윤을 다시 만났던 날, 그녀에게 기어이 제영이 정확히 어떤 나라에 있는가를 들었다. 그리고 그날부터 지금까지 두 번, 제윤을 만났다.

그 두 번의 만남에서 형찬은 제윤에게 더는 박제영에 관해 묻지 않았다. 그러나 제윤이 두 번째 만남에서, 형찬에게 세웠던 벽을 허물며 먼저 입을 열었다.

혜옥에게 먼저 얘기하긴 했으나, 여전히 스물한 살이 담고 있기에는 제영의 이야기가 몹시 버겁고 아팠던 까닭이었다.

"언니가요. 아직도 비 오는 날은 차를 못 탄대요. 대표님은 아셨어요?"

"……아뇨. 몰랐습니다. 그런데 이렇게 갑자기 제영 씨의 이야기가 나오는 겁니까?"

제윤이 제영의 이야기를 꺼낸 건 몹시 갑작스러운 타이밍이었다. 정말 담고 있기가 어려워서 어쩔 수 없이 토해 내는 것처럼 그랬다. 형찬의 손이 머뭇거리다간 제윤의 어깨에 닿았다. 그녀의 눈가가 벌써 발갛게 달아올랐던 까닭이었다.

"그 전부터요, 언니는 불안했대요. 그때 박제영 엄청 잘 풀렸거든요? 무슨 일이든 그랬는데, 아무튼……. 근데도 불안했대요."

"그랬다고 하던가요?"

"네. 그리고 얼마 안 가서, 그 사고 났잖아요, 언니한테……."

고개를 끄덕이는 제윤은 기어이 눈물을 터뜨렸다. 훌쩍이는 제윤의 말은 두서없기 짝이 없었다. 그렇지만 제영에게서 제윤을 통해 전해진 비통함이나 슬픔 따위는 고스란히 전해졌다.

"그런데요, 언니가요, 박제영이 그때랑 똑같더래요."

"똑같다는 게……. 무슨 말입니까?"

"똑같이 불안했대요. 윤이성 그 사람 좋아하는 거 알고 나니까."

제윤의 말을 여기까지 들으니 어렴풋이 제영의 속내가 읽혔다. 어떤 마음으로 떠났을지.

"또 그럴까 봐 도망가는 거라고, 나한테, 흐으으, 그러고 갔, 어요."

결국 제영은, 타인이 이해할 수 없는 마음이라고 한들 윤이성을 위해 떠난 거였다. 그 자신조차 막연한 불안 때문에 도망가는 것임을 알고서도. 만에 하나라도 이성에게 자신이 몰고 온 불행이 묻을까 봐서.

"……아니라고 하면 거짓말이지."

기어이 이성이 솔직한 심정을 뱉어 냈다. 말 그대로, 알고 싶지 않고 관심도 두고 있지 않다고 한다면 그건 전부 거짓말이었다. 본인도 지금의 제가 얼마나 한심한 꼴로 망가지고 있는가를 잘 알고 있었다.

제영이 곁에 없어서. 그리고 결국 왜 떠났는가를 알지 못해서.

그래도 어떻게든 제영이 다시 돌아왔으면 해서.

"윤이성 씨 당신을, 가장 사랑해서 떠난 것만은 확실합니다."

잠깐의 침묵 뒤에 돌아온 형찬의 답은 몹시 싱거웠다. 이성이 실소했다. 이것도 형찬이 보기에 제 꼴이 우스워서 긴장이라도 풀어 보자고 던지는 농담인가 싶었다.

"대표님도 박제윤 따라서 나 놀려?"

"그 박제윤 씨한테 직접 들었습니다. 제영 씨가 그러고 떠난 이유."

"뭐?"

이성의 황당하다는 듯한 대꾸에 형찬이 표정을 지운 얼굴로 그를 바라봤다.

"공연, 잘 마치고 돌아오면 알려 드리겠습니다."

* * *

마지막 자선 공연이 시작되었다. 이번 이성의 자선 공연은 티켓의 가격이 몹시 저렴했다. 단돈 만 원. 그리고 공연을 본 뒤에 느낀 감동만큼 돌아가는 길에 놓인 모금함에 원하는 대로 모금하는 형식으로 진행하기 때문이었다.

티켓값이 전 좌석 동일하게 저렴한 만큼 또 일반적인 공연과 다른 점이 있었다. 보통 좌석의 위치가 정해져 있기 마련인 일반 공연과 달리, 입장 직전 자신의 자리를 추첨하고 들어가는 방식이었다.

입장 전 있던 관객의 실랑이도 이 추첨 방식에서 비롯되었다. 추레한 꼴로 수염을 잔뜩 기른 한 사내가 자신은 무조건 무대와 가장 가까운 자리에 앉아야 한다며 난동을 부린 것이었다.

보다 못한 다른 관객이 추첨 통에서 2열을 뽑은 자신의 자리와 사내의 자리를 바꿔 주고, 그를 현장 스태프들이 확인해 처리해 주면서 가까스로 소란이 멎었다.

다른 공연에서도 몇 번 있었던 일이긴 했으나, 공연 스태프들은 이상하게 이번에 소란을 일으킨 사내에게서 찜찜함을 느꼈다. 어쩌면 다른 때보다 이르게 소란이 정리되었는데도 불구하고 말이다.

"행색 때문에 그렇게 느낀 거겠지. 막상 또 자리 바꿔 주니까 금방 얌전해졌잖아. 자기는 무조건 1열 해야 한다고 그 난리더니, 2열이랑 바꿔 줬는데도 조용히 들어간 거 보면 다른 진상보다 얌전한 편이지."

"그렇긴 한데요. 총괄님, 진짜 이상하잖아요. 보시기에 안 그랬어요? 눈은 시뻘겋게 충혈되어서 좀……. 술 냄새도 나는 것 같고."

총괄 스태프가 피식 웃으면서 불안한 얼굴을 한 여성 스태프의 어깨를 툭툭 두드렸다.

"우리 이번 공연 하면서 그런 사람 한두 명 봤어? 만 원짜리 공연이라고 하니까 화제의 피아니스트 한번 봐 보겠다고 어중이떠중이 다 몰려드는 거 어디나 똑같았잖아."

"말투는 화내면서도 고상하던데, 그게 막……. 되게 수염 덥수룩하고 허리 구부정한 행색이랑 이질감 들어서 더 그래요. 찝찝하다고 해야 하나?"

"별걸 다 신경 쓴다."

총괄 스태프가 여전히 불안함을 떨치지 못한 얼굴의 여성 스태프를 보면서 기어이 고개를 내저었다. 곧 객석의 조명이 오프되었다.

무대의 막이 걷혔다. 그랜드 피아노 위로 둥근 보름달 같은 핀 조명이 쏟아졌다. 어두운 무대 가장자리에서 걸음 소리가 들렸다. 모두가 숨죽인 가운데, 핀 조명 안쪽으로 이성이 자리했다.

그가 객석을 보며 무심한 얼굴로 성의 없게 고개를 숙여 인사했다. 고개라도 까딱하는 게, 그나마 자선 공연이라서인 게 퍽 윤이 성다웠다.

곧 피아노 앞에 앉은 이성이 가볍게 숨을 고르고 연주를 시작했다. 객석 가장 뒤, 출입문에 기대고 선 여성 스태프가 한숨을 내쉬었다. 괜히 발꿈치를 들어 보이지도 않을 객석 앞 열을 바라봤다.

"그 사람, 이상하게 얼굴이 낯익었는데……."

여성 스태프의 근심 가득한 얼굴이 갸우뚱 기울었다. 그녀의 옆에 있던 다른 스태프가 여자의 팔뚝을 톡톡 치고는 검지를 세워 입술에 댄 제 얼굴을 들이댔다.

연주 시작됐으니 조용히 하라는 표시였다. 그녀가 여전히 걱정스러운 얼굴로 입을 꾹 다물었다.

그런데 아무리 생각해도, 진상의 얼굴이 너무 낯익었다.

* * *

"……흐악!"

불편한 자세로 창문에 기대고 앉아 잠에 취해 있던 제영이 별안간 신음을 내지르며 잠에서 깨어났다. 오스트리아로 온 날부터 내내 불면증이 그녀를 괴롭혔다. 요 며칠은 너무 심해져 거의 자지 못했었다. 한낮의 햇살을 빌려 겨우 조금 졸던 차였다.

그새 꿈을 꾸었다. 아주 오랜만에 꾸는, 자신의 모든 것을 앗아 간 바로 그날의 꿈이었다. 그런데, 꿈이 조금 이상했다.

"왜……. 왜 그 차에 내가 아니라……."

사고로 처참하게 일그러진 차 안에 타고 있던 건, 자신이 아닌 윤이성이었다. 제영이 저도 모르게 자신의 손을 내려다보았다. 쏟아지는 가을볕에 두 손은 유난히 하얗게 보였다. 테두리를 따라 빛이 번질 정도였다. 왼쪽 약지를 한동안 차지하고 있던 반지. 이제는 하얗게 빈 그 자리를 제영이 한참 멍하니 응시했다.

꿈에서 그것과 같은 걸 낀 이성의 손이 처참하게 망가진 걸 보았다.

등골이 서늘해졌다. 불안감을 몰아내려 제영이 고개를 내저었다. 아니다. 아닐 거다. 이성에게는 아무 일도 없을 거였다.

아직 이성과 자신 사이의 거리는 아주 멀었다. 어쩌면 자신이 사랑하는 그를 향할지도 모를 불행은, 박제영이 홀로 짊어지고 먼 이국으로 도망쳤다.

"아니야……. 아냐. 꿈은 그냥 꿈이야. 괜찮아."

놀란 가슴을 진정시킬 셈으로 제영이 심호흡을 했다. 눈까지 지그시 감고 숨을 삼켰다 뱉은 제영의 시선이 벽에 걸린 낡은 시계를 향했다.

12시 40분이었다.

* * *

이른 저녁인 6시에 시작한 자선 공연은, 어떤 이들의 불안감과는 달리 끝날 무렵인 7시 30분을 넘어서도록 아무 일 없이 평온하게 이어졌다. 심지어 이성의 연주조차 그 어떤 공연 때보다 더 매끄럽고 애련한 감정을 불러일으킬 정도로 감미로웠다.

종종 관객석에서 감탄사가 튀어나왔다. 어떤 이는 탄식하거나 조용히 눈물을 훔치기도 했다. 그러나 모든 이가 이성의 연주에 감명받아 그의 감성에 동조된 건 아니었다.

처음부터, 그럴 마음 따위는 눈곱만치도 가지지 않고 이곳을 찾은 이가 있었다. 사소한 난동을 부려 2열을 차지한 김무진이었다.

젠틀한 신사인 척을 벗어던진 그의 행색은 몹시 추레했다. 사람들의 관심과 압박에 유난히 빠르게 진행된 소송에서, 그는 결국 모든 잘못을 시인하고 패소해야만 했다.

억울했다. 분했다. 자신의 힘으로 쌓아 올렸던 것까지 단번에 와르르 무너졌다. 이게 말이나 되는 일이란 말인가?

사실 학생들이 저들의 것이라고 주장하는 곡조차, 김무진은 그들의 말대로 고스란히 도둑질하지 않았다. 쓰레기 중 그나마 재활용이 가능할 만한 것을 찾아 가공하고 갈고 닦아 보석으로 보이도록 자신이 다듬었다.

그러니까, 결국 쓰레기장에서 찾은 것을 재활용해 보석으로 만든 건 자신이었다 이 말이다. 그건 오로지 자신의 능력이었다. 애초에 그 쓰레기들은, 김무진이 쌓아 올린 이름값이 아니었다면 좋은 주인을 찾아 팔리지도 못했을 거였다.

배은망덕했다. 괘씸했다. 김무진의 이름과 능력이 해낸 것인데. 그걸 죄 도둑맞았다고 하는 것들은 대체 염치라는 게 존재하는 인간들인가? 심지어 자신의 능력으로 쌓아 둔 재산까지 죄 피해 보상금으로 토해 내야 했다.

이럴 수는 없었다. 정말로, 신이 있다면 이럴 수는 없는 거였다. 그 울분에 얼마 남지 않은 돈푼으로 매일같이 술을 마셨다. 나이가 들며 어쩔 수 없이 나오는 배가 아니고서는 말쑥했던 그의 몸뚱이가 삽시간에 퉁퉁 부풀었다. 너저분하게 수염이 자랐다.

거울 속의 김무진이, 교수이고 신사이며 대한민국 최고 작곡가였던 김무진이 폐인이 되어 있었다. 숫제 거지꼴이었다.

"씨바아아알! 이게 다 그 개 같은 피아니스트 것들 때문에!"

치밀어 오르는 화를 도저히 참을 수가 없었다. 자신은 잘못 걸려서 이렇게 인생이 망가졌는데, 저를 망치는 데 가장 큰 공헌을 한 박제영은 정신을 차려 보니 비운의 천재가 되어 만인의 안타까움을 사고 있었다.

"그년이 천재라고? 웃기는 소리 하고 있어! 그 간사한 년! 악독한 년!"

당장에라도 찾아서 사지를 찢어 죽이고 싶었다. 하지만 박제영의 털끝 하나도 찾을 수가 없었다. 어디가 아파서 요양 중이라는 계집이 어딜 싸돌아다니는 건지, 돈만 있으면 뭐라도 알아봐 준다는 위험한 놈들조차 제영을 찾질 못했다.

그러나 김무진의 원수는 한 놈이 더 있었다. 가만히 생각해 보면 박제영보다 이놈이 더 얄미운 놈이었다.

윤이성. 그 씹어 먹어도 시원찮을 피아니스트 새끼.

박제영은 처음 제 곡이 '교수님'의 손에서 재탄생한 걸 알고, 조금 건방지게 대들긴 했으나 여느 학생들처럼 곱게 묻고 떠나려고 했었다.

그랬던 걸, 일을 키운 게 윤이성 그 망할 자식이었다. 어떻게 덮을 수도 없을 생방송에서 자신을 두들겨 패 망신을 주고, 도둑놈이라는 누명을 씌웠다.

유명세를 이용해서 방송까지 해 가며 아예 도둑놈 이미지에 못까지 박아 버렸다. 박제영 그 간사한 것보다, 어쩌면 제 인생에 큰 타격을 몰고 온 한 방은 윤이성이 쳤다.

윤이성만 아니었다면. 저 새끼가 제 유명세를 다 이용해 가면서 일을 키우고 퍼뜨리지만 않았더라면.

"마지막 공연이라고 열과 성을 다하네, 아주."

김무진의 입에서 술에 전 비아냥이 튀어나왔다. 그의 양옆으로 앉은 관객이 감상을 깨는 목소리에 인상을 찡그렸다. 덩달아 퍼지는 술 냄새에 코까지 틀어막았다.

7시 38분. 마지막 곡의 연주가 끝났다. 이성이 건반 위에 여전히 놓인 손을 가만히 바라보다가, 두 시간 가까이 이어진 연주로 지친 숨을 갈무리했다.

조명을 받으며 하얗게 빛나는 그가 자리에서 일어났다. 성의 없는 인사로 시작했던 것과 달리, 연주를 마친 이성은 스태프가 건네주는 마이크를 받아 들었다.

"자선 연주회에 와 주신 관객분들께 감사드립니다."

그다지 진심이 느껴지지 않는 이성의 멘트에 객석에서 웃음이 터졌다.

7시 39분. 2열에 앉아 있던 김무진이 벌떡 일어났다. 그가 무대 위로 뛰쳐 올라갔다.

대기하고 있던 경호 요원과 스태프들이 그를 제지하였으나, 분노와 술에 취한 김무진은 기어이 윤이성의 가까이 다가가는 데 성공했다. 여전히 김무진의 주변을 사람들이 둘러싸고 있었지만.

"남의 인생 망쳐 놓고! 너는 평생 멀쩡하게! 떵떵거리고 살 줄 알았냐!"

어떻게 숨기고 들어온 건지도 모를, 김무진의 손에 들린 과도가 기어이 윤이성의 팔뚝에 닿았다. 그대로 있는 힘껏, 김무진이 과도를 쥔 손에 힘을 주어 그었다.

7시 40분. 객석에서 비명이 터졌다. 이성은 멀뚱한 눈으로 제게 저주의 말을 퍼붓는, 웬 거지 같은 놈을 바라봤다. 왼쪽 팔뚝에 한기가 스몄다. 이상한 일이다. 이 순간에 갑자기 박제영이 별장에서 했던, 춥다는 말이 이해됐다.

왼쪽 팔이 추웠다. 그곳만 얼음 같은 비가 퍼붓는 것 같았다. 사람들이 더 몰려와 미친 관객과 저 사이에 벽을 만들었다. 이번에는 이성의 주변으로 우르르 몰려들었다.

"너도 망할 박제영 년처럼 손 병신 돼서 살아 봐! 히힉, 히히히힉! 죽일 줄 알았냐? 모가지라도 딸 줄 알았어?"

이성이 불쑥 찾아온 현기증에 눈을 질끈 감았다가 떴다. 거지 같은 놈이 하는 말이 슬슬 이해되기 시작했다. 아. 알겠다. 저 거지 같은 새끼가, 김무진이었다.

이성의 시선이 한기가 스민 자신의 왼쪽 팔을 내려다봤다. 얼마나 날을 잘 벼려 놨기에, 아무렴 여름 슈트였다지만 재킷과 셔츠까지 찢고 팔뚝의 살점마저 쩍 벌어지도록 그어 놨다. 피가 철철 나다 못해 수습이며 처치를 해 보겠다고 나선 사람들의 손까지 시뻘겋게 물들였다. 바닥으로 뚝뚝 핏물이 떨어져 웅덩이를 만들었다.

이래서 추웠구나. 이래서.

"……근데 누구한테 함부로 년이야, 씨발."

기어이 현기증을 이기지 못하고 이성이 휘청대다가 바닥에 주저앉았다. 몰려든 사람들이 안타까운 소리를 내며 그를 부축했다. 김무진은 제 할 일을 마치고 미친 사람처럼 히죽대고 웃었다. 시간이 얼마 지나지도 않았는데 경찰들이 들이닥쳤다. 김무진의 손에 수갑이 채워졌다. 현행범으로 붙잡혀 나가면서도 그는 온갖 비난과 악담을 이성에게 쏟아 냈다.

바깥에서 몇 종류의 사이렌 소리가 뒤엉켜 들렸다. 이성의 귀에서 소리가 웅웅거리며 멀어졌다 한없이 가까워지기를 반복했다.

"좆같네……. 이러려고 꿈자리가……."

이 상황에서 기어이 실소하며 웅얼거리던 이성의 말이 끝까지 이어지지 못하고 끊겼다. 그가 정신을 놓은 까닭이었다.

앰뷸런스를 타고 온 구급 대원들이 혼절한 이성을 들것 위로 옮겼다. 처참하게 찢긴 상처를 보는 대원들의 표정이 이성의 팔뚝 꼴만큼이나 사나워졌다.

좋지 않았다.

20. 재회

김무진에게 찔린 이성은 곧바로 가장 가까운 병원으로 옮겨졌다. 곧바로 수술이 진행될 줄 알았으나, 부상자인 이성이 피아니스트인 것을 확인한 의료진이 난색을 표했다. 근육 손상이 심해서 해당 병원에서 운동 기능을 전부 살릴 수 있을지 알 수 없다는 이유였다.

결국 이성은 수도권의 대형 병원으로 다시 이송되었다. 이동하는 동안 관련인들의 피가 말랐음은 물론이었다. 이성에게는 마땅한 가족이 없었다. 수술에 들어가기 직전 수술 동의서에는 형찬이 서명했고, 이성의 매니저인 성길은 경찰서로 향했다.

"하아……."

수술실 앞에 앉은 형찬의 표정은 썩 좋지 못했다. 이성의 상처는 처음 옮겨진 병원에서 이미 난색을 보인 바가 있었다. 거기다 지금 수술에 들어간 집도의의 설명 또한, 그리 긍정적이지는 못했다.

"자상을 입은 부위가 다행히 신경이 지나가는 곳은 아닙니다. 하지만 깊은 곳의 근육까지 손상이 크게 있어요. 아마 첫 병원에서도 그 때문에 수술을 거절하신 게 아닌가 싶네요."

"많이 안 좋습니까?"

"환자분이 유명 피아니스트라는 점에서는 그렇죠. 바깥쪽 세 손가락의 운동 기능을 담당하는 근육이 있는데, 하필 거기까지 손상이 되어서……. 근육 봉합을 하고 결과를 봐야겠지만, 운동 기능을 몇 퍼센트까지 살릴 수 있을지 수술 끝나고 기능 검사까지 해 보기 전에는 정확히 말씀드릴 수가 없습니다."

"최악의 상황을 가정한다면 어떻습니까?"

"중지, 약지, 소지에 지금보다 힘이 들어가는 양이 적어질 수도 있고, 더 나쁘다면 굽히고 펼 때마다 통증이 생길 수도 있고요."

"……우선 수술 잘 부탁드리겠습니다."

"최선을 다하겠습니다."

그렇게 진행된 이성의 수술은 벌써 다섯 시간을 넘기고 있었다. 조용한 새벽 수술실 앞은 한없이 고요하기만 했다. 버거운 적막이었다.

형찬이 의미 없이 수술실 문 위에 달린 조명을 바라봤다. '수술 중'이라는 글씨가 새겨진 조명은 꺼질 줄을 몰랐다.

이성의 손은 괜찮을까. 피아니스트로 계속 활동할 수 있을까. 온갖 걱정이 몰려들었다.

차라리 사고가 막 일어났을 상황에는 처리해야 할 것들이 너무 많아서 무슨 생각을 할 여유도 없었다. 우선 보는 사람이 너무나 많은 연주회에서 일어난 일이므로 온갖 이상한 말이 퍼지는 것부터 막아야 했다. 또 본가인 유성 그룹, 형 의찬의 도움을 얻었다.

김무진과 윤이성 사이에 벌어진 일이었다. 이성이 판을 크게 만들면서 사람들의 이목이 쏠렸기도 했었다. 그때의 복수를 하겠답시고 김무진이 기어이 일을 쳤다. 칼로 피아니스트의 손을 망가뜨리겠다고 덤벼 성공했으니 몹시 자극적인 사건이었다.

단순히 공연 중 피격만으로도 이미 기삿거리였다. 관객들의 입에서 나올 말을 최소화하고, 기자들의 기사 또한 자극적인 말이 없도록 정리하는 데만도 꽤 많은 공을 쏟아야 했다.

그러고 나서는 또 계획해 두었던 이성의 향후 일정을 전면 중지하는 일로 정신이 없었다. 이성의 보호자가 달리 없는 상황이라 형찬이 그 또한 대신했다. 병원에, 이송 차량에, 또 이곳 수술실 앞에 붙어 있으며 몇 번이나 유선상으로 업무를 지시하고 처리했다.

아직 채 정리되지 못한 일도 많았으나, 시간이 야심한 새벽이 되며 잠시 그의 전화도 조용해진 것이었다. 그러고 나니 이 침묵이 피가 말렸다. 사실 가족도 아니며 친구도 아닌 이성의 걱정이 형찬의 몫이 되었다.

그가 실소했다. 지금 상황이 참 아이러니했다. 사람들의 주목을 받으며 무대 위의 조명 아래서 사는 이성이건만. 그런 윤이성이 세상에 다시없이 고독한 사람이라는 것이 뼈에 와 닿아서였다.

아마도 제영이 지금 이성의 상황을 알았더라면, 지금의 자신보다 그를 더 걱정하지 않았을까. 그러나 지금 제영은 이성에게 닥친 비극을 몰랐다. 그녀의 트라우마를 자극할 것이 분명한 상황을, 혜옥이 제영에게 전해지는 것을 막았기 때문에 그러했다.

그러해서, 지금의 이성은 더욱이나 고독해졌다.

"아……."

제영에게까지 닿은 형찬의 생각은 길게 이어지지 못했다. 재킷 안주머니에 넣어 둔 휴대 전화가 진동했다. 그가 화면에 뜬 이름을 확인하고는 얕은 한숨을 뱉으며 통화를 연결했다.

"예."

-촬영 끝나고 봤더니 이게 무슨 난리예요? 뭐야? 뭔데?

"제윤 씨……."

-윤이성 칼에 찔렸다면서요! 그것도 팔이라며! 괜찮…… 은가요?

"생명에 지장은 없겠죠."

-피아니스트로는…….

"그건 수술 끝나고, 이것저것 검사까지 해 봐야 알 수 있다고 하더군요."

-어떡해…….

제윤이 탄식했다. 아마 그녀도 지금 이성의 상황에 과거 제영의 비극을 겹쳐 보고 있을 것이었다. 그럴 수밖에 없는 상황이었다.

이성의 수술 결과와 이후 경과가 어떻든, 지금 이성의 절대적인 이해자는 아마 제영뿐일 것이었다.

-언니는……. 이 상황 다 알아요? 전했어요?

"여사님께서 우선은 제영 씨 귀에 들어가는 걸 막으셨습니다. 만일 제영 씨가 직접 한국 일에 관심을 가지고 찾아보고 있다면 알 수도 있겠죠."

-모르겠네……. 언니, 지금 한국 일은 우리가 말해 주는 거 말고는 전혀 몰라요.

"그렇습니까."

제윤의 입에서 한숨이 푹푹 새어 나왔다. 상황이 몹시 답답하고 어렵기는 했다. 이성의 수술 후 치료 결과가 어떻게 나오느냐는 단순히 이성만의 문제가 아니었다. 제영까지 분명 영향을 받을 것이었다.

더군다나, 제영은 자신의 불안이 가져올 비극적인 일을 피하고자 이성을 떠났다. 그런데 지금 이 상황이란, 아마도 그녀가 가장 피하고 싶었을 일일 터였다.

-이거, 언니한테 정말 안 알려도 괜찮을까요?

"글쎄요. 솔직히 그건 잘 모르겠습니다. 다만 여사님이 제영 씨의 보호자이니 그분의 뜻에 맡겼을 따름이죠. 본인은 일단 한국 일에 아예 관심을 차단하고 있다고 하면, 그것도 존중을……."

형찬이 말을 매끄럽게 잇지 못하고 한숨을 내쉬었다. 정말 어려웠다. 한참 끙끙 앓는 소리를 내며 무언가 말을 하려다 말고 주저하던 제윤이 기어이 입을 열었다.

-언니 있는 곳, 윤이성……. 아니 윤이성 피아니스트님 수술 결과가 어떻든 알려 주세요. 그거 때문에 혼나면 내가 혼나고 말지 뭐.

"상황이 이래서 정말 호되게 혼쭐이 날 텐데, 그건 괜찮겠습니까?"

-몰라요……. 그냥 그게 맞는 것 같아.

"그러지 않아도 제영 씨 있는 곳, 알려도 되느냐고 묻고 싶었습니다. 먼저 허락해 줘서 고마워요. 제윤 씨."

-고마울 것도 많으세요. 어휴, 수술 잘 되고 별일 없으면 좋겠네요. 제발.

형찬이 제윤의 말에 씁쓸한 웃음을 입가에 머금었다. 그의 시선이 다시금, 짧은 사이에 붙은 습관처럼 수술실 문으로 향했다.

그런데, 수술 중 조명에 불이 꺼졌다.

"아……."

-왜요? 무슨 일이 또 있어요?

"수술 끝났습니다. 나중에 통화해요."

-헉! 지금 병원에 계셨구나. 네! 나중에 뵐게요.

제윤이 곧장 전화를 먼저 끊어 주었다. 수술실 문이 열리고 피곤한 얼굴의 집도의가 걸어 나왔다. 형찬이 자리에서 벌떡 일어나 집도의의 앞까지 다가갔다.

형찬의 기세에 밀려 한 걸음 뒤로 물러났던 집도의가 여전히 지친 기색을 지우지 못한 얼굴로 웃었다.

"어떻습니까?"

"수술 잘 끝났습니다."

"감사합니다. 설명을 더……."

"수술 마치면 설명하는 것도 집도의 역할인데요. 전해 드릴 말씀이 긍정적이라 다행이네요."

"……예?"

형찬이 집도의의 말을 한 번에 이해하지 못하고 미간을 찌푸렸다. 일단 좋다는 뜻인 것 같은데, 정확히 무슨 뜻을 품고 있는지 알고 싶었다. 비록 수술 전에 수술 결과만으로 모든 걸 알 수 있지는 않으리라는 말을 듣기는 했어도.

"환자분, 그러니까 윤이성 피아니스트가 근육부터 평생 피아니스트 하라고 타고나신 것 같더라고요."

"그게, 조금 더 쉽게 설명 부탁드려도 되겠습니까."

"피아니스트한테는 아주 중요하게 작용할 근육이 있는데, 환자분의 경우 그 근육이 일반적인 분들에 비해 아주 깊고, 굵고, 탄탄하셨더라고요."

"그렇다면……."

"천운을 타고나셨죠. 다른 검사까지 하지 않아도, 감염 등으로 문제가 생기지 않는다면 이전과 크게 다르지 않은 생활 하실 수 있을 것 같습니다."

* * *

불길한 꿈을 꾼 지 사흘이 지났다. 하필이면 꿈에 등장한 사람이 이성이라서, 제영은 혹여라도 그에게 정말 무슨 일이 생긴 건 아닐지 걱정을 떨칠 수 없었다. 그래서 곧장 여태까지는 의식적으로 알아보려 하지 않았던 이성의 소식을 알아보려 했다.

그러나 공교로울 정도로 요 사흘이 바빴다. 아무것도 하지 않고 도망쳐 쉬려고 오스트리아행을 택한 건데 의아하게 그러했다. 프리드와 그의 아내가 제영을 여기저기 끌고 다니며 정신을 빼 놓은 탓이었다.

잠깐 쉴 틈이 나서 휴대 전화라도 붙잡거든 프리드나, 아니면 그의 아내가 와서 제영에게 말을 붙였다. 늘 하는 상담은 잘 받고 있느냔 얘기부터 시작해, 그래서 좀 좋아진 것 같냐는 물음까지 이어졌다. 심지어 어제부터는 제영에게 한국에서 다녔던 학교 이야기까지 물었다.

친구는 있었느냐, 성적은 당연히 좋았을 것 같은데 어떠했느냐까지. 질문은 계속 이어졌고, 대화를 나누다 지쳐 잠들었다 일어나면 또 부인의 수다를 받아 주느라 정신이 없었다.

그렇게 사흘이 흘렀다. 무신경한 제영이라도 의아함을 느낄 정도의 시간이었다. 부부와 점심을 함께 하다가 전화가 와 프리드가 자리를 비웠다.

「영, 그렇게 손목이 바늘처럼 가느다래서야 내가 조금 잡았다가 부러질까 걱정이 된다니까. 자, 샐러드만 끼적이지 말고 이것도 좀 먹어.」

「먹고 있어요. 원래 고기를 그렇게 좋아하지 않아서 그래요. 챙겨 줘서 고마워요, 부인.」

「그럼 프리드도 귀하게 여기는 손녀를 내가 같이 챙기지, 어떻게 안 그럴 수 있겠어? 음, 이따 카페에 둘 쿠키가 다 구워지면 영 몫을 좀 따로 줘야겠다. 단것도 잘 안 먹는 거 알지만 오늘은 안 돼. 네 개야. 다 먹도록 해요?」

부인의 엄포에 제영이 웃으며 고개를 끄덕였다. 그러다 제영이 문득 항상 이 시간쯤이면 부인이 쿠키를 오븐에서 꺼내는 것을 기억하고 물었다.

「그런데 부인, 지금 쿠키 꺼내지 않으면 오버 쿡 되지 않던가요?」

「한 10분은 더 둬도 되는……. 어머, 내 정신 좀 봐! 벌써 시간이 이렇네!」

「다녀오세요. 식사 마저 하고 있을게요.」

「냉큼 다녀올 테니 마저 잘 먹고 있어!」

부인이 당부만으로는 성에 안 차는지, 제영의 접시 위에 바쁜 와중에도 슈니첼 세 덩이를 금세 썰어 덜었다.

「그거 다 먹었는지 이따 확인할 거야!」

부인이 기어이 엄포를 놓고 카페 오븐을 살피러 나갔다. 사흘 만에야 부부의 완전 수비에서 벗어난 제영이 한숨을 돌렸다. 제영이 부엌 문간 너머의 프리드를 흘긋 바라봤다. 무슨 일인지 이곳까지 들리지도 않을 만큼 낮춘 목소리로, 퍽 심각한 얼굴을 하고는 여전히 통화 중이었다.

연신 심각한 얼굴로 고개를 끄덕이던 프리드가 제영이 시선을 거두기 전에 부엌 쪽으로 고개를 내밀었다. 제영과 시선이 딱 마주쳤다. 제영이 눈을 동그랗게 뜨고 인사라도 하듯 가볍게 고개를 까닥였다. 프리드가 어설프게 웃어 주고는 턱을 쓰다듬으며 고개를 돌렸다.

제영의 손이 절로 주머니에 넣어 둔 자신의 휴대 전화로 향했다. 주머니에서 꺼내 손에 막 쥘 찰나였다. 그새 통화를 마친 건지 프리드가 다시 부엌으로 돌아와 자리에 앉았다.

「무슨 통화를 그리 오래 하셨어요?」

제영이 대수롭지 않게 물었다. 그러면서 손에 쥔 휴대 전화를 다시 테이블 아래로 내렸다. 아직 식사 시간이었다. 아무리 이제 거의 파하는 분위기라지만, 함께 식사하던 프리드도 돌아온 마당에 예의 없게 굴 수는 없었다.

「영, 네가 내 일을 궁금해하기는 또 처음인 것 같은데?」

「어……. 그렇게 보였나요?」

「뭐, 너와도 관련이 있는 이야기를 들었으니 못 해 줄 것도 없지.」

「프리드가 방금까지 한 통화가 저랑도 관련이 있다고요?」

프리드가 한숨과 함께 제영에게 고개를 끄덕여 보였다. 제영이 의아한 얼굴로 그를 바라보았다. 잠시 뜸을 들이던 프리드가 부엌으로 돌아오는 제 아내를 발견하고는 잠시 자리를 비워 달라는 것처럼 고개를 가로저었다.

「프리드?」

분위기가 묘하게 무거웠다. 프리드가 그 무거움을 깨려는 듯 주름진 얼굴 위에 인자한 웃음을 띠었다. 하지만 제영은 따라 웃지 않았다. 프리드가 다시금 할 말을 고르는 것처럼 침묵하다가 드디어 입을 열었다.

「일전에 내가 영에게 티켓을 하나 건넸지? 뮌헨 오케스트라의 공연을 보러 가자고.」

제영의 불안함이 커졌다. 사흘 전에 꾸었던 악몽이 떠올랐다. 그러나, 그럴 리가 없다. 제영은 자신의 불안을 온전히 싸 들고, 그것이 사랑하는 이의 불행이 되지 않기를 바라며 이곳까지 도망쳐 지 않은가.

「……그랬죠. 거기에 제 고국의 피아니스트도 참여한다고.」

「그게, 좀 어렵게 된 모양이야.」

「어렵, 어렵다니요? 왜요? 무슨 일이라도 있대요?」

제영이 앉은 자리에서 일어날 정도로 흥분하며 물었다. 그녀답지 않은 반응이었다. 그러나 이유를 알고 있는 프리드로서는 제영의 반응에 달리 놀라지는 않았다. 다만 자신이 알게 된 소식을 어떻게 전하면 좋을지 난처해졌을 따름이었다.

「정말 무슨 일이 있는 건가요?」

아직 본론을 전하기도 전인데 제영의 눈에는 이미 불안함이 그득하게 고였다. 프리드가 한숨을 내쉬었다. 이성에게 일이 터졌을 때, 혜옥이 곧장 제영에게 전해지지는 않도록 신경 써 달라고 했던 이유를 알 것 같았다.

하지만 이제는 전해도 좋을 만큼 이성의 상황은 안정이 된 상태였다.

「지금은 괜찮다는 걸 알고 들어 줘.」

「지금은 괜찮다는 건 또 무슨……」

「그 피아니스트가 연주회 중에, 괴한의 칼에 찔렸어. 그래서 팔을……」

제영의 얼굴이 순간 이럴 수 있나 싶을 만큼 하얗게 탈색되었다.

핏기가 전부 가신 얼굴로, 초점까지 풀린 눈으로 제영이 프리드를 바라보았다.

“아닌데……. 그럴 리가 없는데.”

제영이 저도 모르게 프리드가 알아들을 수도 없는 한국어로 혼잣말을 했다. 동공이 잘게 떨렸다. 제정신을 차릴 수가 없었다.

「영?」

「칼에, 칼에 찔렸다고요? 팔을? 그 사람 피아니스트인데요.」

「영, 아직 내 말 안 끝났……」

「그러면 안 되는 거잖아요. 어떻게 그러지? 어떻게 그럴 수 있죠? 안 돼……. 나, 나, 내가 직접 볼래요. 내가 직접 가서 볼 거야.」

제영이 횡설수설 앞뒤 없는 말을 늘어놓고는 기어이 부엌을 뛰쳐나갔다. 곧장 제 방으로 올라가 여권과 지갑만 급히 챙긴 제영이 저를 만류하려는 듯 보이는 프리드와 그의 부인을 뿌리쳤다.

「영, 끝까지 듣고 가도 늦지 않아. 지금 당장 공항으로 간다고 해도 바로 한국으로 갈 수 있는 비행기가 없을지도 모르고!」

「프리드! 악기를 연주하는 사람한테 자기 손이, 팔이, 그런 게 얼마나 중요한지 몰라서 그래요?」

「그러니까 끝까지 들으면 이게 그렇게 큰 일은 또 아니라는 걸 알 수 있다니까……」

「별일인지 아닌지, 제가 직접 가서 볼게요.」

「영, 제영……」

프리드가 앓는 소리와 함께 제영의 이름을 부르다가, 기어이 한숨을 내뱉었다. 제영은 지금 제정신이 아니었다. 하긴, 프리드도 이제 제영과 이성의 관계나 있었던 일을 혜옥에게 들어 알았다. 그런 마당에 제영의 반응이 이해가 가지 않는 것도 아니었다.

아무것도 들리지 않을 거다. 아무 말도. 이성을 직접 만나 본인에게 '괜찮다'는 말을 듣기까지는. 정말로 그가 다 나아 괜찮아질 때까지는 계속 같은 상태일 터였다.

프리드는 사실 이성의 사고가 터지고 얼마 지나지 않아 혜옥에게 사고에 관해 전달받았다. 다만 이성의 부상이 어떤 결과를 초래할지 제대로 알게 되기 전까지는 제영이 이성의 일을 알지 못하도록 조심해 달라는 부탁을 함께 받았다.

제영이 이성과 보통 사이가 아님은 그보다 훨씬 전에 혜옥을 채근해 들어서 알고 있었다. 그러니 이 상황이 좋아하는 사람에게, 그녀의 트라우마를 자극할 사건이 일어난 것이므로 제영의 반응이 과격하리라는 건 예상했다.

다만 프리드는 제영이 이성에게 얼마나 마음을 주고 있는지, 거기에 관해서는 전해 들은 이야기만으로 알 따름이었다. 지극히 피상적이었다. 제영이 아무렴 이성을 많이 좋아해서 그를 위한 일을 벌이고 이 먼 곳까지 도망을 왔더라도, 그건 제영이 이성을 좋아하는 마음보다 본인의 트라우마와 같은 일이 다시 일어날까 봐 두려워하는 마음이 더 커서일 것이라고 여겼다.

「저 가야 해요. 제가 없어도, 제가 여기까지 왔는데…….」

여전히 횡설수설하는 제영의 눈가가 붉게 익었다. 축축하게 젖은 눈은 금방이라도 눈물을 툭툭 떨굴 듯했다. 보는 사람까지 안타깝게 했다. 늙은이의 눈은 완전히 무너져 버린 어린 이의 감정을 투명하게 꿰뚫어 보았다.

지금 제영은 분명 자신의 불안이 이성의 비극이 되지 않기 위해 도망쳐 왔음에도 그에게 닥친 비극에 혼란하고 분노했다. 그러나 그 이상으로, 그저 고통스러운 시간을 지나고 있을지도 모르는 이성을 걱정하고 있었다.

「무서, 울, 텐데…….」

기어이 제영의 눈에서 눈물이 후드득 떨어졌다. 프리드로서는 처음 보는 제영의 눈물이었다. 그가 탄식을 내뱉었다.

「공항으로 가려는 거지?」

제영이 고개를 끄덕였다. 눈을 꼭 감자 또 눈물이 후드득 떨어져 내렸다. 프리드가 제영에게 손수건을 내밀었다. 제영이 눈물을 닦는 걸 보며 그가 제 아내에게 물었다.

「안나, 내 차 열쇠가 어디 있지?」

「카페 카운터에……. 오, 이런. 가져다줄게요.」

「아냐. 내가 직접 가지고 나갈게.」

프리드에게 답을 준 부인이 눈물 바람인 제영을 보고 안타까운 표정을 지었다. 가까이 다가가 제영의 어깨라도 도닥여 줄 기세인 그녀를 보고 프리드가 고개를 내저었다.

「영, 데려다줄 테니 내 차로 가자고.」

* * *

수술을 마치고 만으로 이틀이 지났다. 김무진의 습격을 받기 전부터 이미 컨디션이 좋지 않았던 탓인지, 이성은 수술 후 마취가 깬 뒤에 곧장 다시 잠들었다. 수술 부위의 통증에 잠을 설칠 법도 하건만, 되레 지켜보는 사람이 불안해질 정도로 통증조차 호소치 않았다.

그러던 이성이 이제야 잠이 달아난 낯이 되었다. 형찬이 병원식을 성의 없이 먹다 말고 밀어내는 이성을 가만히 보았다. 병실을 지켜 줄 사람이 매니저 성길 말고는 없는 이성의 꼴이 퍽 가엾었다.

"더 먹지 그래요."

"병원 밥 더럽게 맛없어. 대표님도 먹어 볼래?"

"입원 중엔 식사도 치료의 일환입니다."

"하필 왼손을 다쳐서 수저질도 좆같고."

이성이 어깨를 으쓱이고는 기어이 다시금 식판을 슬쩍 밀었다. 병실 한쪽에 떨어져 앉아 있던 간병인이 난처한 얼굴로 이성과 형찬의 눈치를 번갈아 살폈다.

"우선 치워 주시겠습니까? 그리고 한 30분 정도 자리도 좀 비켜 주시고요."

"아이고, 예. 편하게 계세요. 혹시 필요하시면 중간에라도 부르시고요."

"예."

간병인이 이성의 식판을 치우고 침상을 정리한 뒤 자리를 떴다. 이성은 심드렁한 낯으로 오전의 가을볕이 쏟아지는 창밖을 바라봤다.

"피아니스트가 팔을 다쳤는데 상태가 어떤지, 뭐가 어떻게 되는지 묻지도 않습니까?"

"의사가 나 처음에 깼을 때 설명해 주던데."

"김성길 매니저 말이, 그때 윤이성 씨 당신 제정신이 아니라 제대로 듣지도 않는 것 같았다던데요. 나중에 물어봐도 기억 못 하는 기색이고."

"손가락이 잘린 것도 아닌데 괜찮겠지 뭐."

이성이 피식 웃으면서 여전히 심드렁한 어조로 답했다. 정말로 손가락이 잘린 것도 아니니 괜찮다고 여긴다기보다는, 사실 뭐가 어떻든 상관없다는 투였다.

"박제영 씨랑 뭐라도 되려면 피아니스트라도 해야겠다면서."

여전히 창밖이나 바라보고 있던 이성이 형찬의 말에 그제야 고개를 돌렸다. 형찬을 서늘한 눈으로 바라보았다. 그러다간 이내 실소하고는 고개를 숙여 붕대로 둘둘 감긴 제 팔을 내려다봤다.

"맞아. 그랬지……."

다친 팔에 힘을 주는 모양인지, 붕대 밖으로 빼꼼 나온 이성의 손가락이 어설프게 굽었다 펴졌다. 어쩌면 손가락을 꼼지락거려 보는 것도 같았다. 형찬이 말리려는 찰나에 이성이 허튼짓을 멈추었다.

"그래서 어떻대요? 이제 나 피아니스트 못 한대? 뭐 의사가 걱정하지 않으셔도 된다니 어쩐다니 했던 건 대충 기억나는데. 아니랍디까?"

"천운이랍니다."

"뭐가? 내 팔? 이거 다친 거? 그럼 멀쩡하단 소리네."

"수술 들어가기 전에는 다들 비관적인 얘기뿐이었습니다. 가볍게 말할 상황은 절대 아니었죠. 당장 광주에서는 제일 큰 병원에 갔는데도 수술을 거부해서 서울까지 옮겨 왔잖습니까."

"어쨌든 결론은 문제가 없다 그거잖아. 그러니까 대표님도 나한테 그런 얼굴로 핀잔이나 줄 수 있는 거고."

이성의 시니컬한 반응에 이번에는 형찬이 실소했다. 이성이 제 팔뚝에 감긴 붕대 위를 손으로 쓰다듬었다. 감각이 살아 있는지 살피기라도 하는 모양새였다.

"아프긴 하네. 근데 언제 다 낫는대?"

"퇴원까지 8주는 걸리겠죠."

"뒤에 스케줄은 어쩌냐? 우리 대표님 골 좀 아프겠네."

"완벽히 연주가 가능할 정도로 낫는 데까지는 또 5개월은 걸릴 겁니다."

그제야 이성이 인상을 찡그렸다. 5개월이면 거의 반년이었다. 그 정도로 연주를 아예 놓았다간 다시 원래의 기량을 찾기까지도 똥줄이 빠지도록 연습을 하고 감을 살려야 할 거였다.

문득 이성은 제영의 마지막 연주 영상을 떠올렸다. 박제영처럼 그렇게 연습한다면 글쎄, 한 달도 안 걸려서 제 기량을 찾으려나. 그런데 자신은 그만큼 독하게 연습해 낼 수 있을 것 같지는 않았다.

그게 무슨 의미가 있지. 그런 허무한 생각이 들었다. 형찬이 이성의 생각을 꿰뚫어 본 것처럼 말했다.

"다 부질없다 싶습니까?"

"뭐?"

"피아노고, 공연이고, 뭐고. 다 부질없다고 느끼냐고요."

"그렇게까지는 아니고……."

이성은 꼭 더 할 말이 있는 것처럼 말꼬리를 늘여 놓곤 결국 더 말을 잇지 않고 입을 다물었다. 습관적인 반박일 뿐, 사실 형찬이 본 게 다 맞았다.

그래, 꼭 형찬의 말처럼 전부 부질없다 싶었다. 연주를 계속 하며 피아니스트로 산다고 한들 제영이 저를 다시 찾아올까. 아닐 것이다. 왜 떠났는지 여전히 정확한 영문조차 모르는 박제영. 그 독한 사람은 다시 저를 찾아오지 않을 것이었다.

지금만 봐도 그렇다. 제가 미워서 떠난 건 아닐 텐데. 이렇게 큰 일을 겪었는데도 오지 않는 걸 보면, 이보다 더 큰 일이 생겨도 오지 않을 것만 같았다.

피아노를 좋아하는 건 진심이었다. 그러지 않았더라면 막 박제영으로 살기 시작했던 어린 그녀의 제안을 들어 볼 생각조차 하지 않았을 거다. 하지만 어느 순간부터, 그러니까 윤이성이 인식하기도 전부터 피아노를 치는 것보다 박제영이 그의 삶에 더 중요해졌다.

그런 박제영이 곁에 없었다. 다시 올 일도 없을 게 이런 계기로 확실해졌다. 그렇다면 사는 게 다 무슨 소용이지.

무력감이 일었다. 그리고 한편으로는 아이러니하게도 다행이라는 생각이 들었다.

"그냥 다행이라고는 생각해."

"뭐가 말입니까?"

"박제영이 거기 있었으면 나만 다치고 끝나지는 않았을 거 아냐."

"……그게 지금 상황에서 할 소립니까?"

"대표님은 지금 내 상황이면 그런 생각 안 했을 것 같아?"

형찬이 이성의 말에 쉬이 답하지 못하고 입을 닫았다. 이성의 말에 동의해서가 아니었다. 아마 몇 달 전의 자신이었다면 분명 이성의 말에 '했겠죠.' 하고 답했으리라.

지금은 좀 달랐다. 확실하게 깨달았다. 이형찬은 이제 박제영을 전만큼 마음에 깊이 담아 두지 않고 있었다. 이제야 체념한 것이었다. 막연하게 조금은 나아졌다고 생각한 마음의 윤곽이 확실하게 그려졌다.

여전히 어린 피아니스트 박희은의 음악을 사랑하고, 여전히 그녀의 감수성이 형찬의 마음 한구석을 울리기는 했다. 그건 변하지 않았다. 그러나 사람을 사랑하는 마음으로 제영을 사랑하는 마음은 분명 가라앉았다.

형찬은 늘 제영을 자신의 시어터 룸에서 영상 너머로 보았다. 제영이 박희은의 이름으로 콩쿠르에 참여하고 어린이 연주가로 작은 홀에서 특별 공연 따위를 할 때도 객석에 앉아 무대 위의 그녀를 보았었다.

그게 제영과 저의 거리였다. 넘을 수 없는 어떠한 선이 무대의 위와 어두운 아래로 명확하게 그녀와 저를 구분했다. 그 선을, 자신의 마음은 넘지 못했다. 제영의 온전한 이해자가 되어 마음이 통할 수 없는 사이였다. 때늦은 인정이었다.

그러나 이성은 달랐다. 그는 시기의 차이는 있었을지언정 제영이 올라선 무대 위에 올라선 자였다. 같은 피아노 앞에 앉아 같은 곳을 보며, 같은 조명 아래서 같은 것을 나눌 수 있는 이였다.

처음부터 절대적으로 불리했었다. 알면서도 모른 체하던 것을 확실하게 깨달았다. 어쩌면, 지금조차도 인정하고 싶지 않지만, 제영을 향한 마음의 크기 자체마저 이성에게 밀린 걸지도 모르겠다.

"왜 대답이 없냐. 대표님 이제 박제영 안 좋아하기라도 해?"

이성이 의아하다는 얼굴을 하고 형찬을 바라봤다. 형찬이 회한 깊은 한숨을 내쉬었다. 그러고는 이성의 시선을 그제야 마주했다.

이제 말해 줄 때가 된 것 같았다.

"……뭘 그렇게 봐?"

"기억합니까? 광주 공연 시작 전에 내가 당신에게 했던 말."

"아. 뭐 박제영 떠난 이유 알려 주니 마니 했던 거?"

"예."

"그거 나가리 난 거 아냐? 공연 조졌잖아."

이성의 한없이 저렴한 언어 사용에 형찬이 잔뜩 분위기를 잡았던 것도 잊고 순간 피식했다. 곧장 다시 기분을 가라앉힌 형찬이 말했다.

"윤이성의 연주에는 문제가 없었습니다."

"……거, 내가 세 살이나 많은데 대놓고 윤이성 하고 부르면서 맞먹는 거 들으니까 기분이 썩 좋진 않네. 나도 뭐 대표님한테 반말하는 입장에서 할 말은 아니지만?"

다시 무거워진 분위기가 썩 기껍지 않은지 이성이 너스레를 떨었다. 형찬이 맞먹듯 말한 부분이 기분 나쁜 것은 사실인 듯했다. 형찬은 아랑곳하지 않았다.

"제영 씨가 겪었던 사고 말입니다."

형찬의 입에서 제영의 아픈 기억이 꺼내졌다. 이성의 얼굴이 딱딱하게 굳었다.

"그녀의 꿈을 앗아 가고, 가장 사랑하는 부모님을 잃게 한 그 사고 전에 제영 씨는 불안했답니다."

"그게, 뭐가. ……그 얘기를 왜 지금 하는데."

"일은 온통 잘 풀리기만 하는데 이유 모를 불안감이 자꾸 들더랍니다. 그리고 그 불안감이 그대로 그날의 사고가 되어서 가장 사랑하던 두 사람을 세상에서 지워 버렸죠."

이성은 형찬의 입으로 듣는 제영의 비극에 공감하기라도 하는 모양인 것처럼, 인상을 잔뜩 구겼다. 비참한 얼굴을 했다. 그대로 차마 하던 말을 잇지도 못하고 입술을 꽉 깨물었다.

"같은 불안함을 느꼈답니다. 그래서 당신조차 본인의 불안에 삼켜져서 잃을까 봐."

"무슨 그런 말도 안 되는……."

타인의 입으로 듣는 제영의 진심이, 그 아픈 마음이 마치 진득한 핏물을 닮은 사랑 고백인 것만 같았다. 고작 그런 이유였나 싶어 허탈하면서도, 그만한 이유로 저를 떠난 박제영의 마음이 그만큼이나 아득하게 느껴져서.

이성의 눈에서 눈물이 흘러내렸다.

"그래서 도망쳤다고 하더군요."

"씨발, 그런……."

떨리는 손으로 이성이 얼굴을 감싸 쥐었다. 연신 비집고 나오는 실소와 태연하게 흐르는 눈물이 커다란 손에 숨겨졌다.

"그런, 그러는 게 어디 있냐고."

기어이 아이처럼 무너져 우는 이성을 형찬이 복잡한 얼굴로 바라보았다. 그러는 게 어디 있냐고 했다. 말도 안 된다고 하기도 했다. 아마도 말도 안 되는 이유라는 뜻으로 한 말일 거였다.

그러나 이성이 정말로 제영을 이해하지 못해서 뱉은 말은 아닐 터였다. 윤이성 본인부터가 제 피아니스트로서의 인생이 망가질 뻔한 사고를 겪고도 자신의 안위보다, 제영이 그 자리에 없어서 같이 피해를 겪지 않았음을 다행으로 여기지 않았던가.

적어도 형찬에게는 어떤 상황에서도 막연히 서로를 걱정하는 두 사람이 닮아 보였다. 서로를 향하는 마음의 생김이, 같아 보였다.

어떻게 그렇게 본질이 다른 듯 닮은 감성을 연주하였는가. 그 답이 보였다. 상황에 맞지 않게 형찬의 입꼬리에 씁쓸함을 담았음에도 웃음이 분명한 것이 매달렸다.

"그런 생각이 듭니다. 이전에도 어렴풋이 비슷한 생각을 했었죠."

형찬이 혼잣말인 것도 같은 말을 나긋하게 뱉었다. 이성의 울음이 잦아들 즈음이었다.

"나는 항상, 박제영 씨를 스크린 너머가 아니면 무대 아래 객석에서나 볼 수 있었습니다. 제영 씨가 피아노에 앉아 조명을 받으며 바라보는 그 방향을, 나는 함께 볼 수는 없었습니다. 언제나……."

형찬이 제영의 쓸쓸했던 영상 속 모습을 떠올렸다. 지금도 동영상 플랫폼에 올라가 있는 그 영상에서, 그녀는 어쩌면 자신이 먼저 이성에게 반한 건지도 모르겠다고 했다.

당시에 처음 제영의 그 말을 들었을 때도 진심이 아니라고 여기지는 않았다. 다만 이성에게 붙은 웃기지도 않을 악소문을 잠재우기 위해 굳이 꺼낸 말이리라고 생각했다.

그게 아니었다. 아니었으리라.

형찬의 상념은 처음으로 이성을 마주하고 그가 하는 도발에 넘어가 주듯 연주를 들었던 때까지 이어졌다. 그때 이성이 했던 연주는 인정해 마지않을 수 없던 실력과 감성의 깊이로 기어이 패배를 시인하게 했었다. 한편으로는 패배감과 다른 불쾌감을 느끼기도 했었다.

그 불쾌감이 바로, 제영과 같은 곳을 보며 맞닿아 있는 이성의 감성이었다. 정확히는 감성적 근본이리라. 그걸 그 어렸던 박제영이 알아보고, 이성에게 반했다. 사고로 멈춰 있던 제영의 걸음을 기어이 끌어냈다.

"윤이성, 당신은 아니었죠. 두 사람은 같은 피아노에 앉아 같은 곳을 바라봤습니다. 그랬을 거란 생각이 드는군요."

아직 제 감정을 다 추스르지 못해 멍한 이성이 영 딴 말을 했다.

"……나랑 박제영, 제대로 같이 앉아서 연주한 적 없어."

"물리적으로는 그랬을지도 모르겠죠. 그렇지만 박제영 씨가 닿고 싶은 곳에 닿아 준 사람이 윤이성 씨 당신이고, 그녀는 당신의 뮤즈잖습니까."

"그게 다 무슨 소용이야……."

"무슨 소용이긴."

형찬이 바지 주머니에 손을 넣었다. 미리 적어 둔 메모가 손끝에 닿아 종이 바스락거리는 소리를 냈다.

"윤이성 피아니스트. 부상이 좀 나아지면 박제영 씨 직접 찾아와요."

형찬이 이성의 젖은 손 위에 결국 메모를 넘겨주었다. 제영이 있는 곳의 주소를 적어 둔 작은 종이쪽지가, 이성의 손 위에 얹혔다.

"찾으러 가요. 당신 뮤즈."

이성의 손이 조심스레 제 손에 얹어진 메모를 감쌌다. 그의 눈은 의아한 것을 보듯, 혹은 믿을 수 없다는 듯이 형찬을 바라보았다.

"이거, 박제영 있는 곳이야?"

"그렇습니다."

"……내가 간다고 따라올까? 만나는 줄까? 그거 고집이 얼마나 독한데."

"안 온다고 하면, 만나 주지도 않는다고 하면 안 갈 겁니까?"

"나 팔 이따위로 다친 거 보고도 안 왔잖아. 연락조차 안 하잖아 그게."

"그러니까 안 갈 거라고?"

이성이 겨우 용기를 낸 아이 같은 얼굴로 조심스레, 아주 천천히 메모지를 펼쳤다. 행동으로 확실하게 보인 것이나 다름없었다. 박제영을 찾으러 갈 거라고.

"씨발, 멀리도 도망쳤네……."

형찬이 이성의 중얼거림에 피식 웃었다. 그도 제윤에게 제영의 거처를 확인받고는 꼭 같은 생각을 했었다. 참 멀리도 갔다고. 윤이성에게 향할지도 모를 불행을 싸안고.

이성의 손이 연신 작은 종이를 매만졌다. 한글과 영문으로 적힌 주소가 있을 뿐인데 벌써 제영을 마주한 것처럼 가슴이 두근거렸다.

"이거, 지금 준 거 대표님이 후회할 것 같은데……."

이번에도 형찬이 웃음을 터뜨렸다. 그러나 정확히 5분 후, 형찬은 이성의 말대로 너무 이르게 제영의 주소를 넘긴 것을 후회했다.

* * *

프리드가 제영에게 급히 발권한 항공권을 건넸다.

「오늘 바로 출발 가능한 항공편 중에는 직항이 없더구나.」

「바로 갈 수 있는 게 어디예요. 감사해요. 제가 떼쓰는 건데 이렇게 들어주셔서.」

「고집 피우는 걸 알긴 아네.」

제영이 씁쓸함을 머금은 얼굴로 웃었다. 얕은 한숨을 뱉은 그녀가 티켓에 적힌 시간을 확인했다. 16:50, 5시가 조금 못 되어 출발이었다. 지금이 3시 30분 무렵이니 수속을 마치고 얼마 기다리지 않아 바로 출발할 수 있을 듯했다.

「가면 또 언제 볼 수 있을까 하는 생각이 자꾸 드는데, 이 늙은이에게 차에서 한마디도 안 건네고 말이야.」

「죄송해요. 차에서, 저 생각해서 조용히 시간 주신 거 감사하기도 하고요.」

「조용히 시간을 준 게 아니라, 네가 들을 마음이 없는 걸 알아서 그랬지. 영, 직접 가서 확인하려는 거잖아. 네 눈으로 똑똑히.」

「……네.」

「그래야만 할 사이인 거지?」

제영이 고개를 끄덕였다. 그리고 잠시 머뭇거리다가 혹시 하는 생각으로 프리드에게 물었다.

「알고 계셨어요?」

「피아니스트 윤이랑 네 사이라면.」

「……할머니인가요?」

「영 네가 티를 많이 냈다고 해야겠지?」

「어떻게 된 게 저는 비밀을 만들 수가 없는 사람이네요. 원래 안 이랬는데…….」

「그만큼 그를 향하는 영 네 마음이 몹시 큰 거지. 숨기지 못하고 넘쳐흐를 만큼.」

제영이 또 고개를 끄덕였다. 프리드의 말마따나, 언제 이렇게 커졌는지도 모르게 이성을 향한 마음이 자랐다. 자라서 넘쳐흘렀다. 그래서 어쩔 도리가 없었다.

지금도 가까스로 평정을 유지하는 체하며 프리드를 상대하고 있지만, 이성의 상태를 걱정하는 불안과 도저히 상황을 이해할 수 없는 분노로 가득했다. 보이는 것처럼 제정신은 아니었다.

떨리는 손끝, 그리고 자꾸만 공항에 걸린 시계를 확인하는 눈동자. 행여나 당장 이성에게 가지 못할까 걱정하는 기색이 역력한 제영을 보며 프리드가 한숨을 내쉬었다.

「더 붙잡지 않으마. 늦지 않게 가 봐.」

「도착하고 연락드릴게요.」

「네 사랑하는 이의 무사함을 확인하고 연락해 줘도, 뭐 섭섭하게 생각지는 않으마.」

프리드가 장난스럽게 말하며 제영의 어깨를 가볍게 두드려 주었다. 그러고는 멀리 떨어져서 제영이 출국 심사를 하러 가는 것을 마지막까지 확인했다. 꼭 친손녀를 보내는 조부와 같은 모습이었다.

돌아선 프리드가 괜스레 뮌헨 공항을 둘러보았다. 출국장 쪽에서 제영을 맞이해 데리고 있었던 시간이 제법 되었다. 봄에 왔던 제영이 가을에 이곳을 떠났다.

그가 알기로 이성은 천만다행으로 피아니스트 생활에 지장이 없게 수술을 잘 마쳤다고 했다. 제영이 이성의 상태를 확인하고 곧장 돌아올 수도 있으나, 어쩐지 그러지 않으리라는 확신이 들었다.

「그런 것도 청춘의 맛인 게지…….」

그가 나이에 걸맞게 늙은이처럼 중얼거리다간 이내 피식 웃었다. 제영의 마음을 조금은 이해하면서도 재능 있고 가엾은 소녀를 떠나보낸 마음의 헛헛함만은 어찌할 도리가 없었다.

그 때문인지 자꾸만 공항을 둘러보며, 괜스레 동양인들에게 그의 시선이 꽂혔다. 남녀를 가리지 않고 이국적인 이목구비를 발견하거든 꼭 시선이 짧게라도 머물렀다.

그러다 코트를 어깨에 걸치고 공항을 가로지르는 한 사내를 보고는, 유난히 길게 눈길을 주었다. 색소가 옅고 이목구비가 선명하지만, 분명히 동양적인 선을 그리는 훤칠한 사내였다. 팔랑이는 코트 옷깃을 쥐고 택시 승강장으로 향하는 사내의 키는 오스트리아 현지인에게 밀리지 않을 만큼 컸다.

그래서인가, 아니면 다른 이유인가.

「묘하게 낯이 익은 얼굴일세…….」

프리드의 눈에 제영만큼은 아니지만, 정말로 어디서 본 적이 있는 사람이라는 생각이 들 만큼 익숙한 얼굴로 여겨졌다. 프리드가 고개를 내저어 상념을 정리하며 주차장으로 향했다.

* * *

저녁 식사 시간을 조금 넘겼을 무렵 집에 도착한 프리드는 곧장 자신이 느낀 낯익음이 괜한 것이 아니었음을 확인할 수 있었다.

「걔 여기 있잖아!」

「그러니까, 당신 윤 맞죠? 피아니스트!」

「무슨 헛소리야? 박제영 어디 있냐고.」

아내 안나가 1층에서 운영하는 카페 계산대에서 우습잖은 소란이 벌어져 있었다. 누가 봐도 외국인의 어눌한 억양으로 독일어를 뱉고 있는 이성과, 흥분해서 말이 빨라지고 방언이 섞인 자신의 아내 안나가 대치하고 있었다.

「무슨 일이야.」

「프리드! 이 사람 윤 맞죠? 피아니스트! 팔에 붕대 감고 있는 것도 보면 맞는 것 같은데…….」

「박제영 어디 있냐고!」

「맞는 것 같아. 방금 영을 데려다주면서 공항에서도 이 청년을 봤거든.」

"씨발 이 노친네들이 저들끼리 뭐라는 거야."

이성의 마지막 말은 분명 그의 모국어였다. 그런데 어째 프리드는 그 뜻을 알 수 있을 것만 같았다. 그가 이마를 짚었다.

「제영, 찾으러 온 건가?」

「말이 통하네. 박제영 여기 있죠?」

「있었지……?」

「뭐라고?」

「지금은 없다는 말이지.」

프리드의 말에 이성이 믿을 수 없다는 듯이 입을 쩍 벌렸다. 해가 져 어두워진 바깥을 보며 허, 하고 헛숨을 토해 낸 이성이 삐딱하게 서서 프리드를 바라보았다.

「거짓말 말고.」

「거짓말을 해서 뭐 해. 없다니까?」

「그걸 믿으라고?」

「정말인데. 내 처음 보는 자네한테 거짓말을 해서 뭐 해?」

이성이 눈을 내려 감고 한숨을 푹 내쉬었다.

「그럼 박제영 지금 어디에 있어?」

「윤 자네 보러 갔지.」

「박제영이? 나를 보러 갔다고?」

「그렇다니까 그러네. 자네 팔은 괜찮나? 아니, 지금 여기 와도 되는 건가?」

이성이 도저히 믿을 수 없는 상황에 실소하며 자리에 주저앉았다. 아예 엉덩이를 바닥에 붙이고 앉아 멀쩡한 손으로 얼굴을 쓰다듬는 그를 보고, 프리드가 작게 한숨을 내쉬었다. '망헐-놈 소리가 괜히 나온 게 아니군.' 하는 중얼거림은 덤이었다.

저녁 식사를 이르게 마치고 카페에 찾아온 손님들이 계산대 앞에 철퍼덕 주저앉은 이성과 그를 둘러싼 프리드 부부를 보고 굉장히 호기심 넘치는 눈빛을 보냈다. 안나가 잽싸게 손님들의 시선을 돌릴 겸 카페에 흐르는 음악을 바꾸고 그들을 응대했다.

프리드도 가만히 이 꼴을 보고 있을 수는 없는 노릇이라, 손을 뻗어 이성의 팔을 붙들고 일으켜 세우려는 시늉을 했다.

「아픈 사람이 이렇게 찬 바닥에 앉아 있으면 안 되지.」

「……신경 꺼, 할아범.」

「말투가 꼭 '망헐-놈' 소리 들을 법하구먼. 다시 한국에 갈 텐가? 영을 만나러?」

"씨발 귀찮게 존나 주절거리네……."

「내 영의 조부와 절친이었던지라, 한국어를 제법 알아듣는데 말이야.」

이성이 그래서 뭐 어쩌라고, 하는 눈빛으로 프리드를 쏘아보았다. 그러다간 한숨을 내쉬며 그제야 자리에서 일어났다. 완벽히 믿을 수는 없지만, 제영이 한국으로 갔다고 했다. 저를 만나러.

그렇다면 저도 다시 제영의 꼬리를 잡아 돌아가야만 했다.

「자네 말이 험하군그래.」

「원래 그래. 간다.」

「환자를 이 야밤에 그냥 보내면 쓰나. 저녁 들고 좀 쉬었다 가게. 표도 알아봐 주고, 영이 여기서 지낼 때 얘기도 좀 해 주지.」

이성이 다시금 제 손을 붙잡아 오는 프리드의 손을 뿌리쳤다. 그러고 머리를 잔뜩 헝클어뜨리다가, 이내 프리드가 자신을 '영의 조부와 절친'이었다고 소개한 것을 떠올렸다.

제영이 이곳으로 숨어, 오래 머문 데는 이유가 있을 거였다. 제영의 꼬리를 제대로 잡고 보니 그제야 머리라는 게 제대로 돌기 시작했다.

제영의 조부 박신환과 연이 깊은 사람. 그리고 제영을 반년이 가깝도록 돌봐 준 사람. 그런 사람에게 버릇없게 굴었다는 걸 알면 분명 제영이 곱게 보지는 않을 것이었다.

「……내일 일찍 갈 거야.」

「잠도 이곳에서 자도록 해. 영이 머물렀던 방을 하루쯤 내주지.」

독기가 수그러든 이성에게 프리드가 껄껄 웃으며 말했다. 그에게는 제영도, 이성도. 한참이나 어린 손주뻘의 청춘들이었다.

* * *

프랑크푸르트에서의 경유 환승까지 마친 제영의 긴장이 완전히 풀려 버렸다. 더는 비행기를 놓칠까 걱정할 일도, 누군가를 신경써 표정을 가다듬고 말을 골라야 할 일도 없었다.

그러니 남는 것은 오로지 밀려드는 생각뿐이었다. 팔을 다쳤다는 이성을 향한 걱정. 그를 향한 마음을 애써 뒤로하며 먼 타국까지 도망쳤건만 결국엔 실현된 자신의 불안 따위의 것들.

경유 공항에서 지금 탄 비행기를 기다리는 시간에 이성에게 일어난 사고를 검색해 봤다. 사건이 일어난 당일 기사는 의아할 정도로 정보가 적었다. 이성의 라이브 방송 때문에 사건이 사람들에게 알려지고 커졌다는 앙심을 품은 김무진이 이성에게 칼을 휘둘렀다는 정도가 기사에서 알 수 있는 전부였다.

그리고 사건 발생 만 이틀 뒤부터 이성이 김무진의 피격으로 다친 부위가 팔이었으며, 다행히 수술을 잘 마쳐 차후 피아니스트 활동에는 문제가 없으리라는 기사가 올라왔다. 좀 더 자세하게는 어디를 어떻게 찔렸으며, 무엇 때문에 수술이 성공적이었는가까지 적힌 기사도 있었다.

프리드가 '지금은 괜찮다'고 했던 말이 바로 이 의미였던 모양이다. 비록 이미 일은 벌어졌지만, 이성의 피아니스트 생에는 달리 문제가 없을 테니까. 그러니까 크게 걱정할 건 아니라고. 이 사람은 너처럼 사고로 더는 손을 쓸 수 없게 된 게 아니라고.

"그래도……."

그래도 일은 벌어졌다. 기사에서는 전부, 이성이 피아니스트의 운명을 타고나기라도 한 것처럼 남들보다 팔의 근육 구조가 깊어 천만다행이었다고 했다. 그게 아니었더라면, 혹 김무진이 좀 더 깊이 칼을 놀리거나 더 위험한 곳을 찔렀더라면. 이성은 피아니스트로서 살지 못하게 되었을지도 몰랐다.

어떻게 이럴 수가 있을까. 고작 한국을 떠나 먼 나라로 도망친 것만으로는 안 되었던 걸까. 아니, 이성을 사랑하게 된 마음을 애써 묻어 두고 도망쳤기에 그나마 이 정도로 그친 걸지도 몰랐다.

하지만 그렇다고 해도 운명이 너무나 잔인했다. 이성에게도 그러했지만, 박제영 본인에게도 너무하지 않은가.

어째서 내가 사랑하는 것들을 전부 빼앗아 가려 할까. 내가 그렇게나 무엇인지도 모를 존재에게 미움받을 정도로 잘못을 저질렀던가.

제영의 마른 눈이 금세 젖어 들어 눈물을 뚝뚝 떨어뜨렸다. 가슴이 먹먹해졌다. 숨을 쉬기가 버거웠다. 이럴 바에는 차라리 아무도 좋아하지 못하게 뛰는 심장을 쥐어뜯어 내버리면 좋을 텐데.

그러지도 못하면서. 이대로 달고 살아야 하는데. 윤이성을 사랑하는 마음조차 쉽게 내버리지를 못했는데. 그러면 박제영이라는 인간은 대체 뭘 어떻게 해야 하는 걸까.

손끝이 떨려 왔다. 제영이 멀쩡한 왼손으로 오른손을 꽉 쥐었다. 텅 빈 왼손 약지가 여전히 어색하고 허전했다. 이 와중에도 그러했다.

이성이 있을 곳이 점점 가까워지고 있었다. 아닌 척 묻어 두었던 그를 향한 그리움이 점점 크기를 키워 갔다.

제영은 지금조차 불안했다. 정말로 자신이 이성을 두고 멀리 떠나와서 그에게 닥친 비극이 '천운'이라는 이름을 달고 빗겨 간 것일 수도 있었다. 그런데 제가 다시 이성의 곁으로 간다면, 어쩌면 이성에게 제대로 찾아가지 못했던 불행이 다시금 그를 덮쳐 완전히 앗아 갈 수도 있지 않은가.

"그러면, 어떡하지……."

어떡하느냔 물음에 답은 돌아오지 않았다. 많지 않은, 대다수 탑승객이 잠든 깜깜한 비행기 안에서 오로지 제영 홀로만 거대한 불안에 잠식될 따름이었다.

그러나. 그러해도. 이미 이렇게 된 이상 참을 수 없이 이성이 보고 싶었다. 결국에 제영에게 남은 마음은 오로지 그것 하나뿐이었다. 이기적이라고 생각하면서도 별수 없었다.

여전히 허전한 왼손 약지를 제영이 떨리는 손끝으로 매만졌다.

한참의 침묵 뒤, 곧 비행기가 인천 공항으로 착륙할 것이라는 안내 방송이 기내에 흘렀다.

* * *

입국 수속을 받으면서 뒤늦게, 제영은 병원에 있는 유명인을 쉽게 만날 수는 없지 않을까 하고 걱정했다. 이성은 어쨌든 한창 활발하게 활동하다가, 심지어 습격을 당해 입원한 피아니스트였고 저는 아무것도 아니었다.

곧 그 생각은 프리드가 혜옥에게 자신의 한국행을 알렸을 거라는 데에 닿았다. 혜옥과 프리드가 연락을 주고받는 사이임을 알았고, 프리드가 저의 일을 확실하게 알게 된 것도 혜옥을 통해서일게 분명했기에 더욱 생각은 확실해졌다. 그렇다면 혜옥을 통해서 어떻게든 되지 않을까. 속 편한 생각이었다. 제영이 피식 웃으며 입국장으로 향했다.

"어……."

그러나 입국장에는 저를 기다리는 누구도 없었다. 혜옥이 직접 나오지는 않더라도 사람을 보냈을 거로 생각했다. 그도 아니라면 제윤의 어머니라도 나오지 않았을까 했던 제영은 당혹했다. 프리드가 웬일로 혜옥에게 저의 일을 알리지 않은 것인지 한편으로는 의아하기도 했다.

예상과 다른 상황에 잠시 얼어 있던 제영이 고개를 내저었다. 어스름이 내려앉는 저녁 하늘을 보며 얕은 한숨을 내쉰 제영이 곧장 택시 승강장으로 향했다. 기다리고 있는 택시 중 하나를 잡아타고 이성이 입원한 것으로 알려진 병원으로 가 달라고 부탁했다.

박제영답지 않은 막무가내의 행동이었다. 어쩌면 정말로 병원에 도착하더라도 이성을 못 만날 수도 있었다. 그렇다면 그땐 어쩌지. 모르겠다. 거기까지 생각이 닿지도 않았다.

실소하는 제영의 얼굴에 짙은 그림자가 어렸다. 그림자는 그녀가 품은 불안을 닮았다. 한국에 도착한 뒤로 그녀의 불안은 다시금 짙고 무거워졌다. 이성에게 가까워질수록 그러했다.

그러나, 그럼에도 불구하고 이성을 봐야겠다. 불안 위로 그보다 더한 그리움과 애틋한 무언가가 쌓였다. 눈가가 불쑥 뜨거워졌다. 제영이 눈물과 함께 온갖 감정을 목구멍 너머로 애써 삼켰다. 버거웠다.

퇴근 시간이 겹쳐 도심으로 들어서자 차가 많이 막혔다. 꽤 오랜 시간이 걸려서야 병원 앞에 도착했다. 택시에서 내린 제영이 냅다 접수처로 내달렸다.

급히 달려와 숨을 헐떡이는 제영을 접수처의 직원들이 심드렁한 얼굴로 바라봤다. 병원이라는 공간이 그러했다. 이렇게 급하게 찾아오는 사람들이 더러 있게 마련이었다.

"응급 접수는 저쪽이고, 혹시 면회를 오셨으면 지금은 환자 면회가 불가능한 시간입니다."

"아……. 그런가요? 혹시 그럼, 여기 윤이성 피아니스트 입원 중이 맞는지만 확인해 주실 수 있을까요?"

제영의 목소리는 간절했다. 그러나 이렇게 간절하게 묻는 사람도 병원에는 더러 있었고.

"개인 정보와 관련할 수 있는 부분이라서 저희가 알려 드리기가 곤란합니다."

"입원 여부만 여쭤보는 건데요? 기사에도……."

"곤란합니다."

제영의 간절한 표정에 그녀를 대하던 접수처 직원도 난처하게 웃으며 답했다. 제영이 한숨을 내쉬며 주저앉았다. 제영과 직원의 문답을 지켜보던 다른 직원이 고개를 갸우뚱거렸다. 어디서 본 듯한 얼굴이었다. 그러나 제영이 정확히 누구였는지는 쉬이 기억해 내지 못했다.

원래 얼굴이 알려졌던 유명인은 아니었던 제영이었다. 사람들에게 반년 가까이 노출되지 않았으니, 눈썰미나 기억력이 좋은 사람이 아니고서야 바로 알아보기는 힘들었다.

접수처 아래 주저앉은 제영의 뒤에서 직원들이 목소리를 낮추어 수군거리는 소리가 들렸다. 정확히 무슨 말이 오가는지까지는 그들도 조심하는 만큼 들리지 않았다. 제영이 흘러내린 머리를 쓸어 올리며 휴대 전화를 바라봤다.

어떻게 해야 하지. 제윤이나 할머니는 아실까. 아니면 매니지먼트 대표인 형찬에게 연락해 물어보는 게 가장 빠를까. 그런데 번호가 있던가. 제윤이를 통해서 물어봐야 하나.

"……제영 씨?"

제영이 막 제윤에게 전화를 걸 마음을 먹었을 찰나, 익숙한 듯 낯선 목소리가 그녀를 불렀다. 제영이 저의 이름을 부른 남자를 향해 고개를 들어 올렸다.

"대표님?"

"왜 제영 씨가 여기에……."

제영이 자리에서 벌떡 일어났다. 일어나려다 현기증을 느끼며 다시 주저앉으려는 걸, 형찬이 가까스로 부축했다. 그러고 보니 만 하루 넘게 공복에 잠도 자지 못했다. 비행기에서 내내 뜬눈으로 오로지 윤이성 생각만 했으니까.

"괜찮습니까?"

"윤이성은요? 괜찮아요? 여기, 여기 있는 거죠? 그래서 지금 대표님도 여기에……."

"지금 윤이성 피아니스트는."

말을 하려던 형찬이 급히 입을 꾹 다물었다. 그가 괜스레 대기석 주변에 몇 안 되는 사람들을 둘러보았다. 저 중에 기자가 있을 수도 있었다. 아니라도 말을 옮길 사람이 있을지도 몰랐다.

이성이 지금 이곳에 없다는 건 병원 관계자들과 형찬만이 알았다. 김무진이 벌인 미친 짓에 그러잖아도 사람들의 눈길이 이성에게 쏠려 있었다. 수술받고 만 이틀 만에 난동을 부려 가퇴원했다는 말이 퍼져 좋을 게 없었다.

그래서 형찬은 이성이 떠나고 나서도 지금처럼 하루 중 언제든, 얼마의 시간을 할애해 굳이 병원을 찾았다. 제영에게는 다행한 일이었다. 형찬이 오늘 병원을 들른 타이밍이 잘 맞았으니.

"일단 병실로 올라가죠. 면회 시간이 아닌 건 알지만 병원에 양해를 좀 구하겠습니다."

형찬이 접수처 직원들에게 통보하듯 말했다. 접수처 직원들이 가볍게 고개를 끄덕였다. 누군가는 위에 알리기 위함인지 수화기를 들었다. 형찬이 제영을 이끌고 이성의 병실로 향했다.

병실은 텅 비어 있었다.

"……윤이성은요?"

"지금 여기 없습니다."

"네? 병원을 옮겼나요? 혹시 기사에 난 소식이, 괜찮다는 게 다 거짓말이라서……."

말을 잇는 제영의 목소리에 물기가 어렸다. 형찬이 이마를 짚었다. 제영의 걱정이 이해되면서도, 한편으로는 이성이 벌인 일이 새삼 그를 욱하게 했다.

"윤이성 피아니스트 한국에 없습니다."

"……네?"

"두 사람, 엇갈렸습니다. 윤이성 피아니스트 지금 오스트리아에 있어요. 아마……."

형찬이 손목에 찬 시계를 확인했다.

"스무 시간 전쯤 도착했을 텐데."

일순 제영은 형찬의 말을 이해하지 못했다. 납득하지 못했다는 게 더 옳았다. 스무 시간 전이면 상식적으로 이성이 수술을 받고 깨어난 지 얼마 되지 않았을 시간이었다. 그리고 자신이 비행기에 올랐을 시간이기도 했다.

"윤이성 지금 수술받은 지 얼마 되지도 않은 환자 아닌가요? 그런 사람이 어떻게 병원 밖으로 나가서 비행기를 열 몇 시간씩 타요?"

"그러게 말입니다."

"그게 말이 돼요? 아니, 어떻게……. 내가 오스트리아에 있는 건 또 어떻게 알았고, 그게 아니라도……."

제영이 연신 고개를 내저었다. 그새 그녀의 눈가를 적시던 눈물도 말라붙었다. 잔뜩 일그러진 얼굴로 제영이 형찬을 쏘아봤다.

"수술 끝난 지 얼마 되지도 않은 사람이 그런 무리한 짓을 하는데 말리지도 않고 보냈어요?"

제영의 날 선 비난에 형찬은 순간 당혹했다. 제영이 이렇게 날카롭게 구는 것도 처음 봤거니와, 우선 전제부터 틀려 먹었다. 자신이, 그리고 병원 관계자들이 잘도 이성을 말리지 않고 보냈겠는가.

그냥 그만큼 제영이 이성을 향한 마음이 커서 지금 온전한 사고가 불가능한 모양이라고 생각은 하지만, 또 마냥 그렇게 생각하고 받아 주기에는 억울함이 컸다.

"정말로 안 말리고 등 떠밀어 보냈겠습니까?"

"그러지 않고서야 어떻게 윤이성이 지금 오스트리아에 있겠어요?"

"박제영 씨. 정말 윤이성 피아니스트를 몰라서 하는 소립니까?"

일순 제영의 말문이 막혔다. 윤이성이 어떤 사람이었더라. 한동안 저의 앞에서 말 잘 듣는 아이 같은, 혹은 정말 사랑에 빠져서 다정한 남자의 모습만 보여 줘서 잠시 잊고 있었다.

제영의 조부가 그의 후원자로 알려져 있던 시절, 윤이성은 뛰어난 피아니스트기에 앞서 클래식계의 또라이로 불렸다. 사람이 탄 차를 뒤에서 들이받고, 공연 중에 마음에 안 드는 관객이 있으면 하던 연주를 그치고 그를 쫓아내야만 다시 연주를 재개하겠다고 난리를 피운 적도 있었다.

그뿐인가. '윤이성'을 기준으로 하면 너무 사소해서 나열하기도 번거로운 많은 일이 있었다. 멀리 갈 것도 없이, 제영이 좋아 죽을 것 같아서 그녀의 말을 잘 듣던 와중에도, 제영이 원하지 않는 큰 사고를 쳤잖은가.

결국 팔에 입은 부상조차 그 때문이었다. 윤이성이 벌인 사고. 제멋대로 일을 벌이고 키우는 그 습성. 멋대로 굴어야 하는 성질머리.

"제영 씨가 말한 대로 수술 마치고 깨어난 지 얼마 되지도 않은 상황이었던 거 맞습니다. 그 상황에서 윤이성 그 작자가 오스트리아로 떠나겠다는 거 보내 준 거 맞아요."

"저는……."

"걱정되니 그러는 거겠죠. 압니다. 하지만 박제영 씨는 못 봤잖습니까. 그 작자가 애써 수술해 놓은 팔을 제 손으로 다 뜯어서 헤집어 놓기 전에 자기 가는 거 막지 말라고 난동 부리던 모습이요."

제영이 기함하며 입을 벌렸다. 놀랍게도 그 난리를 피우는 이성의 모습이 한눈에 그려졌다. 아연한 표정으로 고개를 가로젓던 제영이 일순 현기증을 느끼며 주저앉았다. 그런 제영을 형찬이 이성의 침대 위에 앉혀 주었다.

"죄송해요……. 윤이성이 그런 사람인 건 알았는데, 그런 난동을 피웠으리라고는……."

형찬이 픽, 가볍게 웃었다.

"의료진이 진정시키겠다고 들어와서 구속복이라도 입혀야 하냐고 하는 걸, 그러면 혀라도 깨물어서 죽어 버리겠다고까지 했습니다."

"세상에……."

"그런 사람을 어쩌겠습니까. 안정제 맞춰서 진정시켜 두고 가퇴원 수속 밟고 항공편 알아봐 주고. 그랬습니다. 목숨에 지장 가는 부상은 또 아니라서 못 해 줄 건 없기도 했고요."

"그 미친놈이……."

탄식처럼 흘러나온 제영의 욕설에 형찬이 내심 놀랐다. 그러나 이내 대상이 이성이라는 걸 떠올리고는 그럴 법도 하다고 생각하며 대수롭잖게 넘겼다. 그래도 제영의 입을 타고 나오는 욕설을 처음 듣는 충격은 제법 강했다. 아마 저는 모르고, 이성은 아는 모습이지 않을까 싶었다.

"그런데 제영 씨, 괜찮습니까? 아까부터 계속 기운 빠져서 휘청거리는데."

"……그냥, 잠을 좀 못 자서 그래요."

"식사는요. 저녁은 먹었습니까?"

"아직……. 생각 없어요."

제영이 고개를 내저었다. 침대에 기대듯 앉은 제영이 눈을 감고 가만히 숨을 들이쉬었다 내뱉었다. 경유하는 비행기로 갈아탄 이후부터 긴장은 완연히 풀렸다고 생각했는데, 또 그게 아니었던 모양이다.

이성을 만나러 오는 길 자체가 제영에게는 몹시 큰 긴장을 안기는 일이었다. 행여나, 자신의 불안이 이성에게 더 큰 비극을 안기지는 않을까. 입에 담기도, 생각하기도 싫은 일이 벌어지는 건 아닐까. 그런 생각이 어렴풋이 그녀를 사로잡고 있었다.

그런데, 막상 한국까지 찾아와 막무가내로 이성이 입원한 병원까지 왔건만 정작 장본인이 없었다. 다시 멀어졌다. 이번에는 서로의 위치가 반대로 바뀌었다. 제영의 입에서 허탈한 실소가 터졌다.

덮이지 않을 커다란 그리움과 걱정 위로 한 줌의 안도감이 쌓였다. 또 다르게는 어쩌면 이성과 자신이 이대로 계속 만나지 않아야 할 사이가 아닌가 하는 생각도 들었다.

어쩌면 엇비슷한 시각에 오스트리아의 공항에서 엇갈렸을 수도 있지 않을까.

"그 전부터는 어떻습니까. 뭘 좀 먹기는 했습니까?"

"생각이 없어서……."

형찬의 물음이 제영의 상념을 깼다. 제영이 다시 고개를 내저었다. 그럴 리가 없는데 시트에 머리가 비벼지며 이성의 냄새가 제게 묻는 것만 같았다. 제영이 몸을 일으켰다. 다시금 현기증이 일었다.

형찬이 답답한 사람을 보는 듯한 얼굴로 제영을 내려다봤다. 이성이 수척해진 만큼 제영도 퍽 수척했다. 단 며칠 만에 이렇게 사람이 마르지는 않았겠다 싶을 정도였다.

이렇게 세기의 로맨스를 찍을 거면 차라리 도망치지나 말든가. 그런 생각이 잠깐 들었지만, 이내 생각을 지워 냈다. 제영은 한 번에 너무 많은 것을 잃은 적이 있었다. 그 트라우마를 감히 타인이 재단해서는 안 되는 것이었다.

"병원에 온 김에 수액이라도 맞고 가요. 박제영 씨 지금, 당장 식사보다는 그게 나을 것 같은 몰골입니다."

"……그 정도인가요?"

"윤이성 피아니스트 만날 거 아닙니까? 아마 오스트리아 도착했으면……. 거기 제영 씨 없는 거 알고 당장에 다시 한국으로 돌아오겠죠. 어쩌면 그게 바로 내일일 수도 있는데 그런 꼴로 볼 겁니까?"

제영이 형찬의 말에 고개를 끄덕였다가, 이내 내저었다. 긍정인지 부정인지, 아니면 호의를 받아들이겠다는 건지 아닌지 모를 답이었다.

"아뇨."

"수액 넣어 달라고 할까요?"

"아니에요. 이미 폐 끼친 입장인데 거기까지 부담을 드리긴 내키지 않네요. 제가 알아서 하고……."

제영이 말을 하다 말고 초점 풀린 눈으로 창밖을 바라봤다. 시선의 끝은 허공을 향했다. 형찬은 문득 지금 제영의 모습이 이성과 아주 많이 닮아 있음을 느꼈다.

이성도 같은 병실에서, 같은 눈으로 허공을 봤다. 저곳에서 그들은 서로를 그리고 있는 게 틀림없었다.

"윤이성 돌아오면, 대표님께 제일 먼저 연락하겠죠?"

"그야 모르죠. 한국에 제영 씨가 있는 걸 알면 나보다 제영 씨와 연락이 닿을 법한 다른 쪽, 아마 박제윤 양에게 먼저 연락할지도. ……그러고 보니, 시간마다 괜찮은지 연락하고 현지 병원도 들르기로 해 놓고 전화 한 번이 없네요."

"그런 사람이잖아요."

"그런 사람이죠."

제영과 형찬이 서로를 보며 작게 웃음을 터뜨렸다. 딱히 의미가 있는 웃음은 아니었다. 먼저 웃음을 사그라뜨린 제영이 형찬을 차분히 바라보며 말했다.

"부탁드릴 게 있어요."

"부탁……. 저에게 말입니까?"

제영이 고개를 끄덕였다. 제영이 차분하게 숨을 골랐다. 어쩌면 서로가 너무나 그립고 안타까워 생긴 이 엇갈림이, 그와 저 사이에 어떠한 확신을 가져다줄 마지막 관문이 될 수도 있겠다는 생각이 들었다.

그런 말도 안 되는 생각에 매달려서라도, 제영은 저를 사로잡은 트라우마에서 벗어나고 싶었다.

그렇게라도, 윤이성을 사랑하고 싶었다. 아주 간절히.

* * *

"아 씨발……."

한국 땅을 밟은 이성이 낮게 욕설을 지껄였다. 바람은 제법 쌀쌀한데 쏟아지는 볕이 눈이 부셨다. 어림잡아 닷새 만에 밟은 한국 땅이었다.

만 이틀을 프리드 부부에게 붙잡혀 있었다. 처음에는 젊은 청년이 이렇게 비실비실해 보여 어쩌냐는 말로 저녁을 함께 하자고 하더니, 그들은 식사를 마치고 숙소를 알아보러 가려 하는 이성을 다시 붙잡았다.

「아픈 사람을 이렇게 떠나보낼 수야 없지. 영이 머물던 방을 내주겠다고 하지 않았나.」

다른 것도 아니고, 제영이 봄에서 여름, 그리고 가을 초입까지 머물렀던 방을 내주겠다고 하는데 거절할 도리가 없었다. 이성이 떨떠름하게 고개를 끄덕였다. 거기에 프리드의 아내 안나가 합세했다.

「내가 잠깐 알아봤는데, 내일은 한국으로 가는 직항이 없는 모양이에요. 밤늦게나 하나 있던가?」

「그래? 그러면 어쩐다지…….」

「내가 알아서…….」

「다른 것도 아니고 무리해서 여기까지 온 환자가 더 무리해선 안 되지. 만일 잘못되면 우리가 미안해서 영 얼굴을 또 어떻게 보겠나? 응?」

「아니…….」

「저기, 팔 소독도 해야 하지 않아요? 근처에 큰 병원이 하나 있어서 다행이지. 거기도 제법 외상을……」

정신을 차리고 보니 제영이 잠들었던 침대에서 잠들고, 일어나 프리드의 차에 태워져 병원까지 들렀다. 그 와중에 아침과 점심 식사도 본의 아니게 부부와 함께 하게 되었다.

홀리는 기분이었다. 프리드가 박신환 전 재단장과 친구 사이라고 했던가. 이성이 기억하기로 박신환 전 재단장은 과묵하고 차분한 사람이었다. 비슷한 연배에 인종은 다르다지만 비슷한 인상을 한 프리드인지라 성격도 비슷하지 않을까 했었는데, 전혀 아니었다.

식사 내내 프리드와 그의 부인은 신나게 떠들어 댔고, 이성은 흥분하면 말이 빨라지는 안나의 말을 태반은 알아듣지 못했다. 사실 그들의 대화 주제가 얼핏 들어도 제영의 이야기인 듯해서 귀가 쫑긋 섰는데도 말이다.

그러면 그걸 눈치채고 프리드가 다시 천천히, 느리게 굳이 이성에게 설명해 주었다. 독일어가 능숙하지는 않은 이성의 표정이 묘해질 때면 영어까지 동원했다.

「어릴 때 영이 편식했던 이야기를 한 거라네. 조금이라도 비린내가 나면 육류는 입에도 안 댔거든. 이번에 자네에게 급히 떠난 날에도, 안나가 슈니첼을 좀 더 먹으라고 줬는데 그걸 다 남기고 갔다고 투덜거린 거야.」

「예……」

「자네는 어떤가? 가리는 음식이 있나?」

「없습……」

「그거 다행이군.」

이성의 답이 끝나기 무섭게 안나가 그의 접시 위로 슈니첼을 세 덩이 얹었다. 그러면 프리드가 턱짓으로 이성에게 먹으라고 권하는 시늉을 했다. 제영을 돌봐 준 사람들. 그리고 박신환 전 재단장의 친구 부부. 이성이 그 사실을 곱씹으며 슈니첼을 입에 넣고 씹자 만족스럽다는 듯 껄껄 웃던 부부의 모습이 눈에 선했다.

그 밖에도 제영의 많은 이야기를 들었다. 이야기는 늘 가볍지만은 않았다. 그녀가 너를 많이 좋아하는 것처럼 보이더란 이야기를 할 때는 프리드의 낯이 썩 진지하고 무거웠다. 제영의 좋아함이란 오로지 선명하게 좋아함만을 담고 있지 않음을 아는 표정이었다.

알겠지. 알 법한 사이이므로 제영을 맡아 줄 수 있었던 것일 테다. 그런 사람들의 만류가 있었기에 기어이 이틀을 꽉 채워 머무르고 사흘째에야 다시 한국행 비행기에 오를 수 있었다. 팔에는 오스트리아제의 붕대를 감고.

기묘한 불안감과 당연한 듯한 설렘이 이성의 심장을 뛰게 했다. 불안함은 아직 제영이 한국에 있을까, 하는 데서 비롯되었다. 어쩐지 아닐 것도 같았다. 아주 나쁜 시간은 아니었지만, 너무 시간을 오래 지체했다. 그사이에 제영이 다시 돌아가서 또 엇갈렸거나, 그도 아니라 아예 다른 곳으로 가 버렸으면 어쩌지.

이성은 나약한 사람이 아님에도 제영을 앞에 두고서는 한없이 작은 존재가 되었다. 그가 손에 쥔 휴대 전화를 연신 매만졌다. 다시 병원으로 돌아가야 하나. 제영은 한국에 와서 곧장 병원을 찾았을까.

거기 뭐가 있나. 날 못 찾아서 정말로 돌아갔으면 어쩌지. 내가 계속 얌전하게 입원 중인 것처럼 성길이 형이랑 대표가 병원을 오가기로 했는데. 둘 중 한 사람은 만났으려나. 그럼 내가 오스트리아로 저 찾으러 간 건 들었겠지.

……난동 피운 것도 들었으려나? 혼내려나? 혼내겠지? 아니면 그냥 질렸으려나.

내가 내 손으로 겨우 괜찮은 손을 망가뜨리려고 했다고 실망하진 않았으려나.

생각이 길어질수록 이성은 조금씩 더 작아졌다. 실제로 그의 어깨도 축 처졌다. 한숨을 내뱉은 이성이 고민하다 말고 형찬에게 전화를 연결했다. 박제영에게 직접 전화를 걸기는, 무서웠다.

-제영 씨가 전화를 안 받던가요?

곧장 연결된 전화에서 들린 형찬의 목소리는 어딘가 빈정대는 투였다. 이유는 알 법했다. 가퇴원을 시켜 주고 항공편까지 알아봐 주는 대신 적어도 꾸준히 연락하기로 했던 기억이 어렴풋이 났다.

물론, 이성은 오스트리아에 있는 동안 한 번도 형찬에게 연락하지 않았다.

"안 해 봤는데."

-하아…….

빈정대는 형찬에게도 이성은 몹시 당당했다. 그런 이성의 태도에 말문이 막힌다는 듯, 일순 형찬은 답이 없다가 탄식을 내뱉을 따름이었다.

"대표님 혹시 박제영 만났어?"

-진짜 나한테 먼저 전화를 했네…….

"뭐?"

두 사람의 대화가 엇갈렸다. 이성이 형찬의 혼잣말에 가까운 중얼거림을 용케 들었다.

"박제영 만났냐고. 말 안 해 줄 거야?"

-사람이 뭐 그렇게 뻔뻔합니까? 팔은…….

"거기서 병원 들러서 드레싱도 하고 붕대도 새로 감았고, 수술 부위 문제없다는 얘기도 듣고 왔어. 그래서 박제영 만났냐고. 못 만났어? 걔 지금 한국 아닌가? 어? 다시 돌아갔을까?"

이성이 형찬의 말은 죄 무시하고 제 할 말만 속사포처럼 뱉었다. 전화 너머로 형찬의 한숨이 깊어졌다.

-만났습니다.

"만났어?"

-목소리 좀 낮춰요. 거기 공항 아닙니까? 당신 지금 병원에서 난동 피우고 뛰쳐나가서 여기저기 쏘다녔다고 동네방네 소문이라도 낼 작정입니까?

"아 좀!"

목소리를 낮추라는 말에도 아랑곳하지 않고 이성은 대뜸 흥분해서 소리쳤다. 형찬의 시름이 깊어졌다. 기어이 앓는 소리까지 낸 그는 차라리 이성이 원하는 답을 빨리 내주는 게 더 낫겠다고 판단했다.

-제영 씨가 전해 달라는 말이 있었습니다. 듣고 싶으면 좀 닥치세요.

"뭐? 닥……! 아니, 조용히 할게. 할 거니까 빨리 얘기해 봐. 대표님아."

그제야 이성이 목소리를 낮췄다. 형찬이 어이가 없다는 듯이 실소하다간 웃음을 멈추고 말했다.

-거기에 있을게. 찾으러 와.

"……그게 무슨 소리야?"

-이렇게만 전해 달라고 했습니다. 그럼 사고 치지 말고 잘 찾아보시고, 나중에 보죠.

더 말하기도 싫은지 형찬이 할 말만 전하고는 전화를 툭 끊어버렸다. 이성이 잔뜩 인상을 쓰며 전화가 끊긴 화면을 내려다보았다. 그가 허, 하고 헛숨을 뱉다간 이내 실소했다.

그러던 이성의 얼굴에서 웃음이 자취를 감추기까지는 얼마 걸리지 않았다.

거기에 있을게. 찾으러 와. 제영이 전했다던 말이 떠올랐다. 생각나는 곳이라곤 오직 한 군데뿐이었다. 제영이 기다리고 있을 곳으로 빨리 가야 했다.

찾으러 오라는 박제영을 만나러.

* * *

평일 낮이라 한산한 도로를 달려왔음에도 이성은 마음이 바빴다. 급했다. 목적지에 도착하자마자 택시 기사에게 손에 집히는 대로 수표를 꺼내 내밀었다.

"이거 한참 넘치는데……."

"잔돈은 됐습니다."

얼떨떨한 얼굴로 저를 보는 기사를 무시하고 이성이 택시에서 내렸다. 시야가 뻥 뚫리도록 펼쳐진 바다가 보였다. 그리고 자갈과 모래가 적당히 섞인 모래사장이 그의 신발 굽에 잘게 부스러지는 소리를 냈다.

쏴아, 파도가 쳤다. 하늘은 유난히 파랗고 구름은 바람에 밀린 건지 자취를 감추었다. 그 파랗고 하얗기만 한 공간에, 시선을 조금 돌리면 별장이 하나 보였다.

"박제영……."

제영의 이름을 부르는 이성의 목소리에 바다를 닮은 짭짤한 습기가 어렸다. 괜스레 버석거리는 눈가를 손등으로 문질러 훔쳤다.

'거기'에 있겠다는 제영의 전언을 듣자마자 생각난 곳이라고는 이곳, 별장뿐이었다. 손이 망가진 제영과 처음으로 함께 피아노를 연주한 곳. 유일하게 같은 모양의 반지를 나눠 끼고 서로의 체온을 나누었던 곳.

그러니까, 이건 아주 쉬운 문제였다. 그래야만 했다. 이성이 걸음을 재촉해 별장으로 달려갔다. 피아노 앞에 앉아 있을까. 아니, 없었다.

그렇다면 몸을 나누었던 2층의 그 방에 있을까.

거기에도 제영은 없었다.

"어디 갔어. 씨발……. 어디 있냐고!"

이성의 목소리에 서린 울음기가 짙어졌다. 금방이라도 울음을 터뜨릴 것만 같았다. 행여나 제가 너무 시간을 지체해 기다리다 지친 제영이 벌써 가 버렸을까 봐. 그래서 없을까 봐.

아니면 이곳이 아니어서, 박제영이 없을까 봐서.

색색거리는 숨을 가라앉히며 이성이 멍하니 그녀와 몸을 섞었던 침대를 내려다봤다. 그날의 흔적이라고는 하나도 남지 않고 깨끗하게 정돈된 침대가 괜스레 원망스러웠다. 그 옆으로 훤하게 뚫린 전면 창으로는 야속할 정도로 파란 바다와 하늘만이…….

그리고 거기에 박제영이 있었다.

박제영이, 윤이성에게 저를 찾으러 오라고 했던 그녀가 해변을 거닐고 있었다. 곧장 내려가 제영을 끌어안을 생각조차 하지 못하고, 이성은 제가 헛것을 보기라도 하는 건 아닌지 연신 눈을 비비며 창밖을 쳐다봤다.

그러잖아도 말라서 품에 안으면 한 줌 모래처럼 사그라들 것만 같던 제영은 그새 더 안쓰러운 모습을 하고 있었다. 이성이 시뻘게진 눈가를 다시금 손등으로 비비고, 누군가를 기다리듯 걷다가 종종 멈춰서 주변을 돌아보는 제영을 향해 걸음을 돌렸다.

별장을 나와 달리는 이성의 걸음은 거칠 것이 없었다. 바스락거리는 모래가 튀어 신발 안으로 들어가도 신경조차 쓰이지 않았다.

뒤돌아볼 생각도 하지 않고 느리게 걸음을 옮기는 제영의 발길이 멈추었다. 모래를 파헤치듯 딛고 달려오는 이성의 발소리를 들은 것처럼.

"내……."

목소리가 떨렸다.

"스폰서를."

떨림은 분명 울먹임이었건만, 마치 3년 만의 재회를 닮은 말을 뱉으려는 이성의 목소리에는 웃음기까지 섞여 들었다.

슬픔도, 기쁨도, 괴로움도, 감격도. 전부 담은 목소리로.

"찾습니다."

이성이 제영을 불렀다. 그때의 그 한마디로. 여전히 등을 보이고 있을 따름인 제영의 어깨가 떨렸다. 웃는 것도, 우는 것도 같았다. 그대로 제영이 느리게 고개를 돌렸다.

이성과 제영의 거리는 고작 열 걸음이었다. 열 시간을 넘도록 하늘을 가르고 날아야 닿을 수 있던 거리가, 이제는 고작 열 걸음이면 닿을 수 있을 만큼 가까웠다.

복잡한 얼굴로 웃는 제영을 향해 이성이 성큼 걸었다. 하나, 둘, 셋. 그리고 전부 세어 커다랗게 성큼 마지막 열 걸음째.

윤이성이 박제영을 멀쩡한 팔로 끌어안았다. 세찬 가을 바닷바람에 식은 몸이 작게 바르작거리며 너른 품에 안겼다.

"찾았다. ……내 스폰서."

제영의 머리통 위로 이성의 뜨거운 숨이 쏟아졌다. 아까부터, 참지 못하고 울고 있던 이성의 눈물 또한 아마도 제영의 머리칼 어딘가를 축축하게 적셨다.

두 팔이 전부 멀쩡한 제영도, 느리게 이성을 마주 안았다. 가까스로 손가락을 깍지 껴 안자, 기어이 이성이 큰 소리로 엉엉 울음을 터뜨렸다. 예쁘고 멋진 재회는 아니었지만, 그런대로 박제영 앞의 윤이성답고, 윤이성 앞의 박제영다운 재회였다.

“너무 늦어서 안 오나, 아니면 못 찾나. 그랬어.”

“씨발…….”

“보자마자 그 욕 좀. 안 하면 안 돼?”

“너 가려 그랬지. 어? 나 안 와서…….”

“오늘만 더 기다려 보고, 그래도 안 오면……. 그러면 아, 박제영이랑 윤이성은 아닌가 보다, 하고 그러려고 했어.”

담담하게 뱉는 제영의 말이 이성을 아프게 찔렀다. 또 엇갈릴 뻔했다. 아마도 이번에 엇갈렸더라면 박제영은 다시는 윤이성을 보지 않으려고 했을지도 모르겠다. 그런 생각이 들었다.

생각이라기보다는 확신이었다. 제영의 머리를 온통 축축하게 적신 이성이 고개를 들었다. 코끝이, 눈가가 온통 새빨갛게 익어 놓고도 그게 또 그런대로 썩 어울리게 잘생긴 얼굴을 제영이 빤히 올려다보았다.

“아. 윤이성 얼굴 지금 되게 바보 같다.”

“누가 할 소리를 해?”

이성이 역정을 냈다. 방금까지 아이처럼 엉엉 울었던 남자가 그럴 거라곤 생각도 못 했던 제영의 눈이 동그랗게 커졌다.

“박제영 너 바보야?”

“너 왜 갑자기 소리를 지르고…….”

“너 때문에 내가 씨발, 죽기라도 할 줄 알았어?”

무어라 대꾸를 하려던 제영이 입을 다물었다. 이내 그녀가 실소했다. 제게는 대체 비밀이라는 게 없는 모양이라는 생각이 들었다. 제윤에게 말한 게 문제였다. 하여간 입 싼 애 같으니.

연신 제윤의 탓을 하면서 밀려오는 속상함이나, 어떤 억울함 같은 것들을 애써 모른 체했다.

"만약에 내가 정말로 죽거나 너처럼 다시는 연주를 못 하는 꼴이 됐더라도."

제영이 떨리는 시선을 결국 바로 하지 못하고 바닥으로 떨궜다. 이성이 그런 제영의 목덜미를 부드럽게 쓸었다. 윽박지르면서 할 말이 아니었다. 아니었는데.

완벽히 박제영을 이해하지는 못하더라도, 그녀가 가진 트라우마가 진짜임은 알아야 했다. 제영에게는 정말로 있었던 일임을, 그래서 저를 사랑하는 것을 '인정'했기에 도망친 것임 또한 알아야 했다.

그래도 화가 났다. 불안해도 말하지. 나한테 말하고 이번에는 괜찮을 거라는 위로도 받고, 서로 조심도 해 가면서 그냥 있지.

"네가 불안해서 내가 불행한 게 아니야."

"……너는 모, 르잖아."

"몰라. 네가 어떤 불안함을 느껴서 나한테 그랬는지. 씨발 내가 그걸 어떻게 다 알아."

"모르면서 왜 그렇게 말을 해?"

이번에는 제영이 울음을 터뜨렸다. 하나가 울다 그치니까 또 하나가 우는 꼴이, 이성은 못내 웃겨 웃음을 터뜨렸다. 제영이 눈을 세모로 뜨고 이성을 노려봤다. 그러면서 눈물은 닭똥처럼 뚝뚝 흘리는데, 그마저 그저 안타깝고 사랑스러웠다.

"근데 그건 알아."

"……뭘. 뭘 아는데."

어쩌면 이건 제영에게 퍽 잔인한 말일 수도 있었다.

"너한테 있었던 나쁜 일들은 그냥……. 그냥 전부 일어날 일들이 일어난 거야."

이성의 말이 끝나기 무섭게 제영의 얼굴이 잔뜩 일그러졌다. 그러잖아도 앞이 보이긴 할까 싶게 뚝뚝 눈물을 흘리던 제영이 무너져 주저앉아 버렸다.

제영을 따라 이성도 다리를 굽혔다. 두 팔로 온전히 그녀를 안아서 달래고, 저의 잔인한 말도 사과하고 싶었지만 그럴 수가 없어서 마음이 조급했다.

"……이렇게 말해서 이제 나 싫어졌어?"

한쪽 팔이라도 내밀어 제영의 등을 부드럽게 쓸면서 이성이 조심스럽게 물었다. 파란 하늘에 희뿌연 달이 이르게 떴다. 파도 소리가 종종 제영의 울음소리를 삼켰다.

"……정말 싫어졌어?"

"아니야, 흐윽. 멍청아……."

"멍청한 거 함부로 풀어 두면 안 되잖아. 그러니까 목줄 꽉 잡고 있으라니까. 도망이나 가고 말이야."

괜한 이성의 타박에 제영이 기어이 그의 가슴을 퍽 쳤다. 마른 주먹이 제법 아팠다. 이성이 인상을 찡그리면서도, 마냥 슬픔에 잠기지는 않은 제영을 애틋하게 바라봤다.

"이제 가지 마. 그냥 내 옆에 있어 주라."

그가 내내 목에 걸고 있던 목걸이를 풀었다. 펜던트 대신에 매달고 다니던 제영의 반지를 끙끙대며 손에 쥐었다.

"불안해도 그냥 내 옆에서 불안하다고 말하고, 그게 아무것도 아닌 일로 지나가는 것도 보고. 그러고 내가 허튼짓하면 또 혼도 내고 그러면서……."

떨리는 손으로, 이성이 제영의 눈앞에 반지를 보였다. 제영이 여전히 허전한 제 왼손 약지와 이성이 손에 쥔 반지를 바라보며 또 눈물을 쏟아 냈다.

장난스럽게, 조심스럽게. 그러나 하나도 거짓됨 없이 진심만 담아 내뱉는 이성의 말이 아팠다. 미안했다. 나약하게 도망가서 그를 수척하게 한 자신이 미워질 정도로.

"그러면서 옆에 있어 주라."

"그러다가……."

제영이 말을 하다 말고 다시 울음을 터뜨렸다. 그러나 끝까지 다 듣지 않아도 이성은 제영이 하고 싶은 말이 무엇이었는지 알 것 같았다.

"그러다가 나한테 아무 일도 없으면 정말 아무것도 아닌 거잖아. 그냥 불안했던 거고, 그냥 정말로. 일어났을 일이 일어난 거고."

"그래도, 그래도. 나는……."

"나는 몰라. 박제영이 뭐가 불안하고 진짜로 그거 때문에 불행해졌는지. 일이 다 너 때문에 일어난 건지 어떤 건지 하나도 모른다고. 진짜 멍청이라니까."

이성이 아예 모래사장에 털퍼덕 주저앉았다. 그리고 제영과 눈높이를 맞추며, 그녀의 뺨을 쓰다듬었다. 물기 어린 말랑한 뺨이 제영이 아직 얼마나 어린 나이인지 알려 주었다.

"근데 이거는 알거든."

그 어리고, 여리고, 설익은 불안이 얼마나 힘들었을까. 그래도 내 옆에 있어 주면 안 되는 걸까.

"박제영이 옆에 없으면, 그럼 나는 불행해. 나 너 없어서 너무 불행했어."

박제영이 사랑하는 사람이, 그녀의 부재로 불행했다. 자신의 불안이 저의 사랑을 불행하게 했다. 마음이 무너지도록 아팠다. 정말로, 불행을 걸어온 사람처럼 보이는 이성의 모습이 더욱 제영을 속상하게 했다.

"그러니까 그냥 옆에 있어 주라."

연신 이성이 같은 말을 반복했다. 그저 옆에만 있어 달라는 말. 사랑해 달라든지, 뭘 해 달라든지. 서운했으니 그만큼 더 잘해 달라든지.

할 수 있는 많은 것들이 있을 텐데도, 윤이성은 그거 하나만을 바랐다. 그러니 제영은 고개를 끄덕일 수밖에 없었다.

허전한 왼손에 다시금 이성의 목줄을 꽉 쥐어 채울 수밖에 없었다.

고작 반지를 다시 끼웠을 뿐인데도 윤이성은 세상을 다 가진 것처럼 웃었다. 그런 이성을 보고 제영도 결국 웃음을 터뜨리고야 말았다.

가을의 바다는 여름보다 이르고 빠르게 하늘에 어스름을 몰고 왔다. 이르게, 흐리도록 떠 있던 달이 점차 하얗게 제 존재감을 더 과시했다.

쪽빛으로 물든 하늘 위에 찬찬히 뜬 달을 보다가, 이성이 조심스레 물었다.

"키스해도 돼?"

마치 어제도 만났던 것처럼. 그렇게 아무렇지 않은 물음이었다. 언제나 박제영에게 던지던 여상스러운 질문. 질문을 가장한 요청.

"해."

그래서 제영도 여상스럽게 답했다. 이성이 키득거리면서 제영에게 가까워졌다. 불편하지 않은 오른팔만으로 그녀의 목덜미를 감싸고, 입술을 포갰다.

작고 여린 제영의 몸뚱이는 그새 또 바닷바람에 식어 싸늘했다. 제영이 코끝으로 얕은 숨을 으응, 하고 뱉으며 두 팔로 이성의 목덜미를 감쌌다.

입꼬리를 끌어 올리는 이성에게, 제영이 처음으로 제가 먼저 더 깊이 입을 맞추었다. 제영의 혀가 달고, 짜게 이성의 혀에 감겼다.

에필로그

이성의 상처를 소독하는 주치의의 손길은 한없이 조심스러웠다. 이미 한 번 터져서 다시 봉합해야 했던 상처 부위는 쳐다보기가 힘들 정도로 몹시 험한 꼴을 하고 있었다.

그렇다. 의료진이 그렇게 뜯어말렸던 장시간 비행을 무리하게 해낸 이성의 수술 부위가 기어이 터졌다. 오스트리아로 가는 길에는 어떻게 잘 버텼지만, 돌아오는 비행기에서 기어이 터졌다.

주치의가 황당함을 금하지 못하겠다는 듯 실소했다. 터지고 한참을 지나도록 아픈지도 모르고 버티다가, 핏물이 압박 붕대 위로까지 스며 옷가지까지 철철 적시고 나서야 알아채곤 병원으로 들어오는 꼴을 보고 얼마나 놀랐던가.

그것도 정문으로.

"아무리 생각해도 참 어이가 없죠? 창상 봉합이나 절개 수술 후에는 평균 4주까지는 비행을 하지 못하게 되어 있고……."

이성의 수술 집도의이기도 했던 주치의의 입은 그녀의 손길처럼 부드럽고 조심스럽지만은 않았다. 오늘은 메스를 손에 들지 못한 대신 입에 문 것처럼 목소리에 날이 서 있었다.

"정말 급한 경우에도 최소 7일에서 10일까지는 절대 비행을 금하고 있거든요. 지금처럼! 이렇게 환부가 터져 나가니까."

"여기서 타고 갈 때는 괜찮던데?"

이성의 침대 옆에 서서 가만히 주치의의 말을 듣고 있던 제영이 이성을 빤히 노려보았다. 이성이 제영의 눈치를 살피다가 조용히 한마디를 덧붙였다.

"……요."

물론 제영이 노려본 이유가 건방진 말투 때문만은 아님을 알고 있었지만, 일단 수습할 수 있는 부분이라도 수습을 해 보자는 취지였다.

"수술하고 봉합한 뒤 만 이틀, 대충 사흘 만에 비행기 안 태워 주면 몇 시간 들여 수술해 놓은 부위를 잡아 뜯……."

"에헤이! 의사 선생님. 우리 거기까지만 합시다. ……악!"

"아뇨. 계속 얘기해 주세요."

제영의 눈마저 서슬 퍼렇게 변하는 걸 보면서 이성이 다급히 주치의의 입을 막아 보려 했으나, 제영에게 저지당했다. 심지어 멀쩡한 오른쪽 팔을 꼬집히기까지 했다.

"잡아 뜯어 버리겠다고, 정확히는 후벼 파서 조져 놓니 어쩌니 하는데 뭐 어쩌겠습니까. 봉합 부위 압박 처치하고 최대한 문제없으라고 난리굿을 쳤죠. 그러고도 불안해서 반드시 의료진 한 명은 따라가야 한다고 했는데 또 뭐라고 하셨더라……."

이번에는 이성이 간절한 눈빛을 주치의에게 쏘았다. 이성이 저에게 이런 약한 모습을 보이는 게 처음이라, 주치의는 순간 피식 웃음을 터뜨렸다. 아무래도 옆에서 눈이 점점 세모꼴이 되어 가는 제영이 퍽 무서운 모양이었다.

"그건 기억이 잘 안 나네."

곱게 팔을 내밀고 소독 처치 내내 아프다는 소리 한 번을 안 하는 이성을 보고 봐주기로 마음을 먹은 건지, 주치의가 그렇게 말하며 씩 웃었다.

"나중에 기억나면 말씀해 주실 수 있을까요?"

제영이 웃는 낯을 가장하며 주치의에게 말했다. 주치의가 이성과 제영을 번갈아 보았다. 이성의 이마에 땀이 송골송골 맺힌 게 통증 때문인지, 제영 때문인지 잘 가늠이 가지 않았다.

"글쎄요……."

사실 주치의에게는, 정확히 말하자면 병원 측 전부의 입장에서는 제영도 썩 달가운 환자의 보호자는 아니었다. 이성이 그렇게 개판을 쳐 가며 비행기를 타게 만든 장본인이기도 했거니와…….

"조용히, 문제없이 다녀오기로 한 환자가 환부에서 피를 뚝뚝 흘려 가며 기자들을 지나쳐 정문으로 딱 들어오는데, 덕분에 책임감 없는 주치의 된 충격이 너무 커서 그런지 생각이 날 것 같지는 않네요?"

피를 철철 흘리는 이성과 함께 눈물 바람으로 병원 정문을 통과하기까지 한 화제의 인물이기도 했기 때문이었다. 그 일 때문에 병원도 한차례 홍역을 치렀다. 기자들은 대체 어디서 정보를 얻는 건지, 이성이 제멋대로 탈출한 게 아니라 병원에서 '가퇴원' 수속을 제대로 밟고 나갔다는 사실까지 밝혀 냈다. 심지어 기사로 대서특필했다.

물론 기사의 주 내용은 그렇게까지 해서 애틋하게 다시 만난 두 음악 천재의 애틋한 러브 스토리였으나. 그렇다고 한들 환자에게 무리가 갈 것을 알면서도 부득이 가퇴원 절차를 밟아 준 병원이 욕먹는 것을 피할 수는 없었다.

그 덕에 이성의 주치의를 맡은 그녀는 원치 않게 이성의 가퇴원은 자신의 판단이었다는 책임을 뒤집어써야 했다. 병원을 향하던 욕을 오롯하게 혼자 들어 먹기 시작했으며, 사소한 금액이나마 감봉까지 당했다.

아마 형찬을 통해 위로금이라는 이름의 짭짤한 사과를 받지 않았더라면 이성의 면전에서 욕을 뱉었을지도 모르겠다.

"……죄송합니다."

"죄송할 것까지야. 세기의 사랑을 하고 있는 상대방이 눈앞에서 피를 철철 흘리면 당황하고 그럴 수도 있죠."

제영이 기가 죽어서 꾸벅 고개를 숙이는 것에 주치의가 웃으면서 답했다. 화가 있는 대로 났던 사안인 만큼 한 번은 화를 풀고 싶긴 했지만, 또 막상 제영을 앞에서 마주하자 너무 어린 애의 기를 죽였다 싶은 생각도 들었다.

물론 이성을 향한 그녀의 앙금은 아직 한참 남은 상태였다. 평생 풀리기는 할까. 이렇게 사람 환장하게 하는 환자가 또 있을까 싶기도 했다. 이렇게나 주변의 관심을 끌어내는 환자도 말이다.

"마음 많이 아프시겠어요."

"네?"

"아무래도 터졌던 부위를 다시 봉합했다 보니 흉이 크게 생길 것 같아서요. 좋아하는 사람 몸에 그런 흉터 생기면 보통은 엄청 나게 속상해하시더라고요."

다시금 제영의 낯빛이 확 어두워졌다. 이건 이성에게 타격을 주겠다고 꺼낸 말이었는데, 되레 제영이 더 속상해하는 걸 보니 이제는 주치의도 정말 미안해졌다. 그녀가 어색하게 웃으며 말을 덧붙였다.

"우리 병원은 아닌데……. 동기 중에 흉터 성형 봉합 잘하는 선생님이 한 분 계시거든요. 소개해 드릴까요?"

"네, 나중에……. 부탁드리겠습니다."

"알겠습니다. 그럼 다음번 소독 시간에 연락처 들고 찾아뵙죠."

주치의가 소독을 끝마치고 병실을 떠났다. 이성은 아까부터 제영의 눈치만 살살 살피고 있었다. 차라리 성질을 부리거나 눈을 홉뜨는 게 낫지, 이렇게 기운이 빠져서 축 처져 있는 제영을 보는 게 더 괴롭고 어려웠다.

"야, 박제영……."

"부르지 마. 속상해서 상대할 기분 아니야."

제영이 가라앉은 목소리로 말했다. 붕대를 다시 감은 이성의 왼팔을 뚫어지게 쳐다보면서였다. 이성이 차마 제영의 말에 반발할 수는 없어 입을 꾹 다물었다. 다시금 그녀의 눈치만 살폈다.

"수술한 곳을 뜯어 버리겠다고?"

"어, 그게 그러니까……."

"왜. 너도 나처럼 손 망가져서 다시는 피아노 못 치는 신세라도 되어 보고 싶었어?"

상대할 기분 아니라고 해 놓고, 차오르는 분을 어쩌지 못했던 모양인지 기어이 제영이 먼저 말을 붙였다. 물론 이성이 곱게 답할 수 있는 안건은 아니었다.

"그게……."

"그게 뭐."

"너 있는 데를 알았는데 씨발, 못 가게 하니까!"

"괜히 못 가게 했어? 가까스로 멀쩡하게 수술해 놨는데 그거 무리해서 이렇게 터뜨릴 거 알고……!"

"반년이나 못 봤는데 보고 싶었단 말이야!"

이성이 투정 부리는 아이처럼 꽥 소리쳤다. 제영이 한숨을 푹 내쉬며 흘러내린 머리칼을 쓸어 올렸다.

"저도 나한테 늦게 왔다고, 어? 조금만 더 늦으면 가려고 그랬다고 그랬으면서……."

"내가 왔잖아. 윤이성이 이렇게 상처 터뜨릴 미친 짓 안 했으면 우리가 더 빨리 만났겠지."

"그건 그런데……. 그래도 덕분에 삭막한 병실 대신에 분위기

죽이는 바다에서 만났잖아."

이성이 일부러 상황 파악이 안 되는 것처럼 헤실헤실 웃으면서 답했다. 더해서 아픈 팔을 제영에게 내밀기까지 했다. '아, 씁.' 하고 아프다는 듯이 앓는 소리까지 냈다.

제영이 또 침울한 표정이 되었다. 이성이 내민 팔에 감긴 붕대를 내려다보면서였다. 속상하기 짝이 없었다. 아무리 생각해도, 김무진이 이성에게 입힌 상처인 걸 머리로는 잘 알면서도 자꾸만 이 상황이 전부 자신의 불안이 빚어낸 불행인 것만 같았다.

별장에서 병원까지 오는 내내, 그리고 다시 봉합을 마쳤을 때, 조금 전 소독할 때까지 한 번도 앓는 소리를 안 내던 이성의 아파하는 소리를 들으니 더 마음이 쓰였다. 분명 이번에는 일부러 앓는 소리를 낸 걸 알면서도 그랬다.

아픔이 느껴지지 않을 리야 없었다. 제영의 손에 이제는 완전히 아문 흉터로 남은 곳들, 그곳을 가르고 수술한 뒤에 제영은 통증 때문에도 펑펑 울었다. 당시의 그녀는 아이였고, 지금의 이성은 한참 어른이라고 하지만 그렇다 한들 느끼는 고통이 다를 리는 없었다.

아프겠지. 그걸 생각하니 또 마냥 이성을 타박하기에는 마음이 약해졌다. 그의 말대로, 정말 자신이 너무 보고 싶어서 그런 미친 짓까지 감수한 거겠지. 나약하게 도망간 자신이 나빴다.

"……박제영?"

"흉터 크게 남는대."

속상함이 뚝뚝 떨어지는 제영의 목소리를 들으며 이성이 씩 웃었다. 그가 멀쩡한 오른손으로 제영의 머리를 쓰다듬고, 귀 뒤로 넘겨 주면서 일부러 더욱 장난기를 심어 말했다.

"응. 그렇대. 존나 사랑의 훈장으로 평생 삼을까 봐."

"헛소리할래?"

"헛소리 아닌데?"

"흉터 그거, 없애는 수술 안 받을 거야?"

"그것도 수술이라고 하면 박제영이 좋아하는 내 연주 더 미뤄야 할 수도 있는데, 아서라. 난 싫다."

이성의 말에 제영도 짐짓 고민하는 표정이 되었다. 이성의 담담한 얼굴과 그의 붕대 감긴 왼쪽 팔을 번갈아 보는 제영의 얼굴이 퍽 심각했다. 그 고민하는 얼굴도 이성에게는 마냥 사랑스러웠다. 어째 꼭 제영의 제 나이대로 보이는 얼굴이기도 해서 한편으로는 자신이 양심 없는 짐승이긴 하다, 싶은 생각도 들었다.

"연주 오래 쉬면 그만큼 재활 기간도 길어지는데……."

"그런가? 근데 뭐 해 봐야 서너 달 아닌가."

"서너 달이면 손 굳고도 남지."

"비밀인데, 너 안 봤던 3년 동안 나 1년은 놀았어."

"자랑이니?"

제영의 눈이 다시 세모꼴이 됐다. 역시 이성이 보기에 풀 죽은 모습보다는 이게 훨씬 보기 좋았다. 이성이 바보처럼 헤죽거리며 웃었다.

결국 제영도 이성의 웃음에 전염되듯 웃음을 터뜨렸다. 둘이 서로를 보며 실실 웃고 무거운 분위기를 털어 내는데, 병실 밖으로 인기척이 느껴졌다. 제영이 먼저 고개를 돌렸다. 인기척의 주인은 제윤이었다.

"와! 진짜, 생각 없이 정문으로 임팩트 넘치게 등장하신 두 분 덕에 병원 밖에 기자들 장난 아니야!"

제윤이 인사보다 먼저 투덜거림을 뱉어 냈다. 기자에게 시달린 게 농담은 아닌지 최근에 드라마를 성공리에 종영하고 잠시 쉬는 중임에도 제윤의 안색이 처참했다.

"저것도 같은 소리네……."

이성이 고개를 내저으면서 말했다. 제영도 한숨을 쉬었다. 사실 주치의 전에도 형찬에게, 심지어 혜옥에게까지 한 소리를 들었다. 그럴 법했다. 그럴 만큼 난리를 피우기는 했었다.

"세기의 사랑을 나누시는 두 분 덕에 우리 대표님만 고생하는 중이시고요?"

제윤이 가까이 다가와 삐딱하게 고개를 기울이며 한마디를 더 보탰다. 어쨌든 잘못은 잘못이었던지라 가만히 듣고만 있던 제영의 고개가 모로 기울어졌다. 어째 제윤의 말이 좀 이상했다.

"우리 대표님?"

"뭐! 언니는 그리고 한국 왔으면 나나 할머니한테 전화를 먼저 했어야지, 양심 있니? 윤이성! ……오빠한테 급발진하고 미친 짓 하는 거 옳았어?"

"말의 뉘앙스가 이형찬 대표님 얘기를 하는 것 같은데……. 박제윤, 네 대표님이 언제부터 그분이었어? 네 소속사 대표님은 따로 계실 텐데?"

제영의 날카로운 추궁에 제윤이 입을 딱 다물었다. 흔치 않게 제윤이 당황한 얼굴을 숨기지 못하며 커다란 눈을 이리저리 굴렸다. 제영이 피식 웃으며 혀를 찼다. 뭐가 있긴 있는 눈치였다.

"……아 뭐! 소속사 갈아타면 우리 대표님이지!"

"아직 아니잖아. 너 거기 계약 아직 몇 년 남지 않았어?"

"내년이면 끝나……."

제영의 말에 제윤이 가까스로 힘없는 반박을 했더니 이제는 이성까지 한마디를 보탰다.

"요즘 잘나가서 회사에서 안 놔주려고 할 텐데."

제윤이 이성을 노려봤다. 박제영도 아니고 박제윤의 노려봄이야 이성에겐 한 톨의 타격도 주지 못했다. 제윤이 제가 노려보든 말든 실실 웃느라 바쁜 이성을 보면서 한숨을 푹 내쉬었다.

이놈의 문병, 멀쩡하다는 거 알아서 가기 싫은 걸 사람들이 생각하는 친목이라는 게 있어서 왔더니. 오는 길부터 마음에 안 들었다. 하필 딱 날짜 잡아 놓고 이틀 전에 제영과 이성이 난리를 쳐놔서 기자들을 헤치고 지나와야 하질 않나.

괜스레 말 잘못 보탰다가 도리어 두 사람한테 이상한 소리 들으면서 몰리지를 않나. 또 아예 제영과 이성이 의심하는 그런 기류가 없는 것도 아니라 나온 말실수라서, 달리 변명할 말도 없었다.

제윤은 말을 돌리는 쪽을 선택했다. 저들은 뭐 얼마나 잘해서 날 털어먹으려고 해?

"병실이 뭐 이렇게 조용하고 삭막해!"

밑밥을 깔기 위해 제윤이 괜히 투덜거렸다. 물론 VIP 병동에서도 가장 안쪽의 외진 방, 조용하게 머물다 가시는 분들을 위해 준비된 곳이니 누구 하나 말 없으면 적막하게 조용하기는 했다.

그렇지만 삭막하다는 말은 어폐가 있었다. 커다란 창문으로 부서지는 가을 햇살이 기분 좋게 쏟아졌다. 그게 아니라도 병의 무게로 가라앉을 수도 있는 환자의 심리를 신경 쓴 모양인지 인테리어조차 신경 써 밝고 적당히 화사했다.

한마디로 제윤의 말은 괜한 트집이라는 소리였다. 제영은 제윤의 말에 어깨를 으쓱였고, 이성은 여전히 '쪼갠다'는 말이 어울릴 정도로 실실 웃어 댔다. 제윤은 애써 그들을 무시하며 병실 한 면을 커다랗게 차지한 TV의 리모컨을 찾았다.

"TV라도 좀 틀어 놓고 그래라."

"그럴 거면 음악을 틀지."

"클래식은 저 미친……. 크흠, 흠. 아무튼 환자분 나오시면 생라이브로 들으시고요."

제윤이 기어이 제 한풀이를 하듯 이성을 디스하고는 TV 전원을 켰다. 제영이 고개를 절레절레 내저었다. 막 화면이 켜진 TV는 으레 정오쯤이면 나오는 뉴스를 비추었다.

TV를 튼 타이밍이 참 공교로웠다. 지금 병실에 모인 셋과 연관성이 몹시 높은 이의 모습이 화면을 가득 채우고 있었다.

-지난 10일 유명 피아니스트 윤이성 씨를 공연 중 피습한 작곡가 김무진 씨가 현재 이 시각, 원고 측 일부 주장을 부인하고 있던 채 진행 중이던 민사 재판에서 원고 측에서 주장하는 모든 도용 사실에 대해 시인하였습니다.

셋 모두의 시선이 단숨에 TV로 쏠렸다. 그들 모두 말없이 아나운서의 말에 집중했다. 화면에는 '이성의 피습 건' 때 현행범으로 붙잡혀 죄수복을 입고 있는 김무진이 수갑 찬 손을 담요로 가린 채 고개를 푹 숙이고 있는 모습이 비쳤다. 그 아래로 깔린 자막에는 '김무진, 진행 중 민사 재판 원고 측 모든 주장 시인', '저지른 과오에 반성하고 있다는 내용의 반성문 또한 제출한 것으로 알려져' 따위가 적혀 있었다.

"지랄……."

이성이 빈정거리듯 욕설을 내뱉었다. 제영은 숨은 쉬기라도 하는 것인지 모를 굳은 얼굴로 화면을 뚫어지게 바라봤다.

화면이 바뀌고 뉴스가 진행되는 스튜디오가 비추어졌다. 아나운서가 던진 질문에 김무진 사건에 손을 대지 않는 한 로펌의 변호사가 나와 답변했다.

-지금껏 이번 민사 건에서 원고 측 주장에 박제영 양과 일부 학생들의 주장만을 시인했던 김무진 씨가 왜 갑자기 의견을 바꾼 것일까요?

-에……. 김무진 씨의 이와 같은 행보는 혐의가 명확해 실형이 확정된 것으로 기울어지는 형사 건의 형량을 줄여 보고자 하는 노력으로 보여집니다.

변호사의 말을 뒷받침하듯, 곧 다시 화면이 바뀌고 고개를 푹 수그린 김무진의 모습이 나왔다.

-전부 제 그릇된 욕심이 불러일으킨 잘못입니다. 죄송합니다. 더 드릴 말씀이 없습니다.

이성이 김무진의 꼬락서니를 보며 인상을 찡그렸다. 마지막에, 그러니까 자신의 팔을 쑤셨을 때의 그는 얼마나 폐인 같은 생활을 했었는지 배가 불룩하고 턱에도 살이 두둑했던 것 같은데.

지금의 김무진은 그 짧은 새 살이 내려 얼굴이 시꺼멓고 수염까지 덥수룩하게 자란 채였다. 고개를 푹 수그린 김무진의 꼴은 한없이 볼품없었다. 어쩌면 누군가는 처량하다고 여길 법도 한 모양새였다. 그런 김무진을 향해 기자들의 카메라 플래시 세례가 미친 듯이 터졌다. 잡아먹을 듯한 기세였다.

적어도 지금 병실에서 TV를 통해 김무진을 보고 있는 이들 중엔 김무진을 동정할 사람은 없었다. 각자 다른 표정으로 TV를 보고 있다가, 못 참은 제윤이 다시 제 손으로 TV를 껐다.

그나마 가장 마음이 가벼울 그녀가 먼저 입을 열었다.

"어휴, 저 쓰레기 새끼. 속이 다 시원하네!"

그러면서 제영과 이성의 눈치를 살폈다. 어찌 보면 좋은 소식을 들은 거였지만, 병실의 분위기가 한없이 무거웠던 까닭이다. 이성은 제윤의 말에 동의한다는 듯이 고개를 가볍게 끄덕이고 제영을 살폈다.

제영은 어느 순간부터 TV가 아니라 이성의 팔을 바라보고 있었다. 새로 감은 하얀 붕대가 감추고 있는 몹쓸 상처를 떠올리며, 눈시울을 붉힌 채였다.

이성이 제영의 등을 멀쩡한 오른팔로 살살 쓸어내렸다.

"나 피아노 치는 데는 아무 문제 없잖아. 알면서 또 울려고 그래? 어?"

"그냥……."

"그냥?"

"그런다고 윤이성이 겪었던 일이 다 없어지는 게 아니, 잖……."

기어이 제영의 목소리 끝에 물기가 잔뜩 서렸다. 말을 다 끝맺지도 못하고 입을 꾹 다문 제영의 턱이 호두처럼 변했다. 힘이 잔뜩 들어간 거다.

이성이 어쩔 줄을 몰라 하면서, 또 한편으로는 어떻게든 제영을 달래 보려 침상에 반쯤 앉은 자세 그대로 제영의 허리를 끌어안았다.

"덕분에 박제영 만나서 나는 좀 좋……."

그러면서 꺼낸 말이 다만 좀 좋지 않았다. 제영이 울컥해서는 이성의 말이 다 끝나기도 전에 그의 가슴을 퍽 쳤다. 악 소리를 내면서 이성이 제영의 반대편으로 몸을 돌렸다.

"너는 그걸 말이라고 해?"

"와, 아오, 진짜! 박제영 주먹 왜 이렇게 맵냐?"

"뭐? 다쳐 놓고 좋아?"

"이거 아니었음 너 나 볼 생각 안 했을 거잖아!"

"어련히 돌아왔으려고!"

"언제! 나 뒈질 때?"

제영이 이성의 말에 입술을 꾹 물었다. 쉽게 답을 주지 않을 걸 알아서, 아니 애초에 답을 기대하지도 않았던 이성인지라 제가 먼저 화를 풀듯 입꼬리를 올려 헤죽 웃었다.

"그러니까 이 정도 발언은 봐줘. 나 아직 아프잖아. 응? 아아,

윤이성 지금 졸라 아파 죽어 간다……."

또 먹힐 걸 알고 아픈 척을 하는 이성을 보며 제영이 한숨과 함께 웃음을 흘렸다. 이제 와 하는 생각인데, 사실 제영은 아마도 이성이 생각하는 것보다는 훨씬 빠르게 제 발로 그를 찾아왔을 것이다.

"너 죽기 전에."

"엉?"

"윤이성 죽기 전에 왔을 거라고. ……내가 보고 싶어 못 견뎌서."

제영의 뒷말은 점점 볼륨이 작아져 가까이 있는 이성이나 겨우 들을까 말까 할 정도였다. 물론 이성은 전부 다 제대로 알아들었다. 그러면서 괜히 제영에게 '뭐라고?' 하고 또 되물었다. 제영은 다시 답하는 대신 이성을 흘겼다. 제영의 뺨이 붉었다.

장소가 병실이고 이성이 환자복을 입고 있어 폼이 덜 나서 그렇지, 로맨스의 한 장면 같은 풋풋한 느낌이었다.

문제는, 여기에 둘만 있던 게 아니라는 점이었다.

"괜히 왔어……."

제윤이 진절머리를 치며 중얼거렸다. 그러거나 말거나 이성과 제영은 여전히 저들끼리 꽃밭이었다.

"괜히 왔다고. 내가 무슨 부귀영화를 누리겠다고……."

여기 더 있다가는 본인이 닭이 되든지, 아니면 날리는 닭 털에 질식해서 사망하든지 둘 중의 하나는 꼭 발생할 것만 같았다. 제윤이 한숨을 크게 쉬었다. 문제는 그것만으로 부족했다. 기어이 크게 헛기침을 해서 시선을 끌었다. 그제야 이성과 제영이 둘만의 세상에서 벗어났다.

"아직 안 갔냐?"

제영은 상식적으로 얼굴을 붉혔지만, 윤이성은 몹시 뻔뻔하기 짝이 없었다. 적당히 분위기 봐서 물러갈 것이지 왜 아직도 거기 그러고 서 있냐는 인상을 팍팍 풍기면서 제윤을 바라봤다.

제윤이 순간 황당한 얼굴로 허, 하고 헛숨을 들이켰다.

"나 방금 왔거든요?"

"환자 멀쩡한 거 봤고, 인사 나눴고, 안부는 너네 대표님이 알아서 잘 전해 주실 거고. 더 남은 용건?"

"와……."

뻔뻔하다 못해 이제는 파렴치하다고까지 느껴지는 이성의 쏘아붙임에 제윤이 혀를 내둘렀다. 지금 이성의 머릿속에 있는 생각이 고스란히 읽혔다. 이 순간 그에게는 박제영과 본인 빼고 주변에 있는 다른 모든 사람이 방해꾼이었다.

아주 너르고 깊은 마음을 가진다면 이해를 할 수는 있었다. 제윤이야 직접 보지는 않았지만, 형찬을 통해서 몇 번이나 박제영이 없는 순간의 이성이 얼마나 망가져 있었는가를 들었기 때문이었다. 하긴, 그렇게나 사랑이 깊다면 못 봤던 시간을 보상받고 싶을 수야 있겠지.

그래도 그렇지 저건 너무했다. 제윤이 이성에게 눈을 흘겼다. 적어도 본인이나 형찬은 제영이 왜 떠났는지, 어디로 숨었는지를 알려 준 사람인데. 고마운 줄은 알아야 할 거 아니냔 말이다. 돈 받고 수발들어 주는 간병인까지 쫓아내고 저들끼리 닭 털 날리는 짓을 하든 뭘 하든 간에.

“치사해서 간다, 가. 내가 다시는 오나 봐라!”

“안 와 주면 고맙지. 너네 대표님한테도 이제 적당히 오셔도 된다고 전하고.”

보다 못한 제영이 이성의 어깨를 손으로 꽉 눌러 짚으면서 말렸다. 이성이 또 아악, 하면서 엄살을 부렸다.

“적당히 좀 해.”

“……하나라도 정상에 가까워서 정말 다행이긴 하다. 박제영 언니 입에서 그런…….”

제윤이 새삼 제영이 했던 말을 떠올리며 진저리 쳤다.

“……말이 나올 줄은 몰랐지만. 암튼 난 간다. 우리 피아니스트 선생님 입 잘 살아 계신 거 보니까 금방 나으시겠네.”

“조심히 가. 할머니한테도 너한테도 연락할게.”

제윤이 성의 없게 고개를 대충 끄덕였다. 가만히 듣자 하니 제영도 간다는 저를 말릴 생각은 없어 보였다. 한창 제대로 연애를, 그것도 세상 떠들썩하게 시작하셨으니 그럴 타이밍이긴 하다지만 영 아니꼬웠다.

연애는 뭐 자기들만 하나. 세상 연애 다 맡아 놨어?

제윤이 꼬인 속을 웃음으로 숨기며 제영에게 문병 선물로 사 온 과일 바구니를 안겼다. 그러고는 저도 아쉬운 것 없다는 듯 돌아보지도 않고 떠나는 제윤의 뒷모습을 보면서 제영이 새삼 얼굴을 붉혔다. 막판에 제윤이 ‘언니도 도긴개긴이다, 정말.’ 하고 새초롬하게 본 눈빛을 알아본 탓이었다.

이성만 제영의 속도 모르고 괜히 이미 떠나서 없는 제윤을 향해 고개를 내저었다.

"우리 대표님 하는 거 보니까 저것도 참 큰일이다……. 수상하다는 말로 짚기도 한참 넘어섰는데?"

"신경 꺼."

"저거 둘이 진짜 뭐 있나 봐? 하긴 박제윤 저거가 원래 대표님 그 양반 좋아하긴 했어?"

이성의 구시렁거림을 듣다 못한 제영이 품에 안은 과일 바구니에서 보기 좋게 매끈한 귤 하나를 꺼냈다. 아직 귤이 나올 철은 아니니 하우스 감귤인 모양이었다. 얇은 껍질이 제영의 손에서 쉽게 까졌다. 손가락 두 마디가 안 되는 크기의 귤 조각을 제영이 이성의 입에 밀어 넣었다.

"남의 일에 신경 끄고, 본인 팔 이제 더 안 망가뜨리고 나을 생각이나 해."

"당연하지. 박제영, 연주 들려줘야 하는데."

입에 넣어 준 귤을 오물거리면서 잘도 답하는 이성이 한참 철없다 싶으면서도 또 한편으로는 귀여웠다. 제영이 피식 웃었다. 그러면서 자연스럽게 귤을 까서 연신 이성의 입에 쏙쏙 넣어 주었다.

지금은 그만둔 학교에 다니던 때였던가. 얼핏 강의를 시작하기 전의 강의실에서 누군가 하던 말을 들었던 기억이 났다. 귀여워 보이면 끝난 거라고.

그때는 저게 무슨 소린가, 하다가 신경도 안 쓰고 지나쳤던 말인데 문득 그 말이 순간 이해가 됐다. 예전 같았으면 이성의 지금 모습을 보고 분명 귀엽다는 생각은 하지 않았을 거였다.

되레 저건 나이를 어디로 먹었을까, 연주할 때는 그래도 멀쩡한 모습이라 다행이다. 외관도 변변하니 정말 다행이다. 뭐 그런 생각이나 했겠지.

박제영은 정말로 윤이성을 좋아하고 있었다. 그러니까 이렇게…….

"손……!"

"일부러는 아니었다?"

일부러인 게 티 나게 귤과 함께 손끝을 덥석 문 이성의 행동에도 웃음과 가렵지도 않을 눈 흘김만으로 끝내는 거겠지. 더해서 이성의 붕대 감긴 왼팔을 보는 것만으로 이렇게 가슴이 아픈 것도, 다 그를 좋아해서다. 아주 많이.

그리고 제영이 이성을 좋아하는 만큼. 사랑해서 가슴이 저리고 불안으로 혼란했던 만큼. 어쩌면 그 이상으로 윤이성이 박제영을 좋아하고, 또한 사랑했다. 이성은 그 짧은 찰나 스치고 지나간 제영의 속상한 눈빛을 놓치지 않았다. 언제나 그녀를 바라보고 있으니 가능한 일이었다.

제영은 아무 일 없었다는 듯이 다시 이성의 입에 귤을 쏙 집어넣었다. 이성도 냉큼 받아먹었다. 하지만 한번 또 속상한 생각에 빠진 제영을 이대로 두기는 싫었다.

"나 진짜 괜찮은데."

"알았어."

"정말 괜찮다고. 박제영만 옆에 있으면."

"그래."

"나 다 나으면 연주하게 지금 먹는 귤 같은 곡으로 달달한 거 하나 써 줘."

"그……."

귤을 까서 먹이는 데 생각보다 재미가 붙어서, 이성의 말에 반쯤 기계적으로 답하고 있던 제영이 멈칫했다. 이성이 저를 보면서 제 입으로 말한 그 '달달'한 것 같은 웃음을 짓고 있었다.

사르르, 가슴 안의 불안이 딱 귤 한 조각만큼은 녹은 것도 같았다. 너만 곁에 있으면 다 괜찮다는 이성의 말이 주문처럼, 제영에게도 적용된 것만 같았다.

"……그래."

제영이 흐리게 웃으면서 답했다. 고개까지 가볍게 끄덕였다. 그냥 그래도 될 것 같았다. 이성의 부탁이라면 들어줄 수 있을 것도 같았다.

혜옥이, 프리드가, 그리고 또 다른 사람들이 제영에게 조심스럽게 다시 작곡을 제대로 공부해 보는 게 어떻겠냐고 할 때는 이렇게 마음이 움직이지 않았는데. 문득 이성에게 선물했던 향수가 떠올랐다.

박제영의 이정표는 윤이성이었다.

"키스해도 돼?"

다만 이 사랑스러운 이정표는 때때로, 아니 퍽 자주 제멋대로였다. 그런대로 제영의 말은 아주 잘 듣는 편이지만. 이렇게 종종 분위기를 깨곤 하는 거다.

그것마저도 좋았다. 나쁘지 않았다.

"그래."

제윤이 제영도 한데 묶어 본 데는 다 이유가 있었다.

"그렇지. 그래야 박제영도 귤 맛을 좀 보지."

이성이 허리를 숙였다. 제영도 침대 옆 의자에 앉은 채, 이성의 입술이 다가오기를 기다리다가 몸을 굽혀 이성에게로 다가갔다. 입술이 맞닿았다.

고작 귤 한 조각만큼의 불안이 녹았을 따름이었다. 제영의 안에는 사실, 지금도 여전히 어떠한 불안이 깃들어 있었다. 늦게 자각한 이성을 향한 사랑만큼 커다란 불안이었다.

그러나 이성의 달콤한 키스는, 한 번에 그 불안을 다 녹이지는 못하더라도. 제영의 불안조차 전부 제가 삼켜 대신하기라도 할 것처럼 진하고, 또 애틋했다. 그래서일지도 모르겠다. 제영은 이 순간만큼은 불안을 잠시 잊고 이성의 입에 짙게 맴도는 달콤함만을 느꼈다.

키스는 달았다. 서로의 혀에 감긴 귤의 맛처럼.

그리고 그들에게 남은 확정된 미지수의 앞날처럼.

-fin.

외전. 단몽(短夢)

-복식은 고려를, 정치 구조는 조선을 차용한 세계관입니다.

제영이 무언가 이상함을 느낀 것은 몹시 당연한 일이었다. 한때 그녀의 깊은 절망일 수밖에 없었던 오른 손가락이 달린 팔이, 전부 움직이지 않았기에.

감각조차 느껴지지 않는 오른쪽 팔을 덮은 옷감조차도 생경하기 짝이 없었다. 아주 모르는 재질은 아니었다. 비단이었다. 그것도 값이 제법 나가겠다 싶을 정도로 광이 좋고 피부에 닿는 느낌이 몹시 고운 비단.

그러나 문제는 제영에게 이러한 비단으로 된 옷이 하나도 없다는 것이었다. 이성과 '연인'이 된 지도 3년이 지난 그녀의 옷장에는 이전에는 찾기 어려웠던, 소위 말해 '여성스러운' 옷도 제법 들어차기는 했었다. 전부 이성이 '잘 어울리잖아.' 하는 말을 하며 하나씩 사다 둔 것이었다. 사고 이후 제영이 피하던 스타일이었지만, 그녀도 이성의 정성이 가상해서 가끔 내키면 입어 주기도 했었다. 다만 그런 사연으로 제영의 옷장을 차지한 옷 중에서도 이런 비단으로 된 옷은 없었다.

더군다나 국적조차 불명한 동양 어딘가의 사극에서나 볼 법한 옷이라면 더욱, 제영의 옷장에 있을 턱이 없었다.

"……낭자?"

이상한 것을 찾자면 그 밖에도 수두룩했다. 우선 지금 제영의 눈앞에 있는, 그녀를 '낭자'라고 칭하는 형찬이 그러했다.

금이 분명할 상투관으로 올린 머리를 감싼 형찬은 그 모양새가 썩 잘 어울리기는 했으나, 역시 제영에게 낯설다 못해 괴이쩍게 보이는 모습이었다. 제영의 인상이 일그러졌다.

"낭자요?"

"하면 내가 그대를 무엇이라 부르리까?"

"말투까지 왜 또……."

제영이 고개를 모로 기울였다. 그녀가 기억하고 있는 본인의 머리보다 한참 긴, 그러니까 평생을 자르는 일 없이 길렀을 법한 길이의 머리칼이 무겁게 기울어졌다.

"이게 무슨 일이죠?"

"그것은 내가 낭자에게 묻고 싶은데."

"예?"

"수 초 전까지, 평소와 다름없게 냉랭하긴 하였어도 멀쩡하게 나와 대화를 나누던 그대가……."

형찬이 턱을 감싸 쥐며 말끝을 흐렸다. 그의 시선이 유심히, 몹시 주의 깊게 제영을 살폈다. 무언가를 의심하는 듯한 눈빛이었다.

"별안간 멍해지고는 이상한 행동을 보이고 있으니 말이오."

"그러니까 그게, 무슨 사극 세트장에 갑자기 옮겨져 온 것 같아서……."

"사극? 세…… 그건 또 무슨 뜻이지? 옮겨져 온 것 같다니?"

"대표님 말투는 또……."

왜 그 모양이냐는 뒷말을 가까스로 삼킨 제영의 인상이 볼썽사나울 정도로 확 일그러졌다. 형찬은 배우가 아니었다. 저도 모르게 '몰래카메라인가?' 하고 중얼거린 제영이 고개를 가로저었다.

그런 제영을 형찬은 여전히 반쯤 침중하고, 반쯤 의심을 거두지 못하는 낯으로 빤히 바라보았다.

"대표라. 나를 그리 칭하는 이유가 무엇이오?"

"예?"

"그대는 나를 대군마마라 불러야 옳소. 그리고 감히 내게 냉대를 할지언정 이전에는 호칭을 실수한 적은 없었지."

"……예?"

대군마마라니. 이건 또 무슨 소릴까. 잠시 펴지나 싶었던 제영의 인상이 다시금 일그러졌다.

"미친 척을 하는 것인가?"

"제가요?"

"그럼, 여기에 나와 그대 말고 다른 이가 있소?"

"제가 왜 미친 척을 해요?"

"나와 낭자가 맺은 혼약이 곧 성사될 판이니, 미친 척을 할 수도 있지."

"혼약이요?"

형찬이 고개를 끄덕였다. 제영이 얼떨떨한 얼굴로 굳었다. 질문과 답이 이어졌으나 대화라 부르기는 어려웠다. 말이 겉돌고 있기 때문이었다. 형찬과 제영이 서로의 표정을 면밀히 살폈다.

제영은 형찬이 자신을 놀려 먹기 위해 뛰어난 연기를 하는 건가 하는 마음으로. 형찬은 제영이 정말로 미친 척을 하는 건지, 아니면 심지 곧은 성정의 그녀가 도저히 저와의 혼약을 인정키 싫어 정말로 미쳐 버린 것이 아닌가 싶어서.

"연기는 아닌 것 같은데……."

"연기라? 그대야말로 거짓으로 미친 시늉을 하는 건 아닌 듯싶은데."

"박제윤한테 연기 강습이라도 받으셨어요?"

"박제윤……?"

형찬이 마치 낯선 이를 대하듯 제윤의 이름을 되물었다. 제영이 황당하다는 얼굴로 그를 바라보았다.

"제 육촌 동생이고 대표님이랑 사……! 아니, 이게 중요한 게 아니라. 둘이 같이 짠 거 아니에요?"

형찬의 입가에 흥미롭다는 기색이 그득한 비틀린 웃음이 어렸다.

"아아, 박제윤……. 그 이름을 가진 박씨 가문의 처녀가 낭자의 육촌 동생이었지. 그래, 그랬어. 그건 기억하는 걸 보니 아주 미치거나 기억이 전부 날아간 건 아닌 모양이오?"

이번에는 제영의 얼굴이 혼란스러워졌다. 형찬의 말과 태도는 한결같았다. 그는 저를 미쳤다고 하고 있었고, 혼인을 올릴 사이라고 철석같이 믿고 있었고, 평생 몸에 익힌 듯이 예스러운 말투를 썼다.

이건 저를 놀리기 위해 잠깐 꾸며 낸 상황이 아니었다. 그런 생각이 들었다. 일단 제영이 여태껏 알아 왔던 형찬의 성격상, 지금 연인 사이인 제윤을 이렇게까지 모른 척하고 연기를 지속할 수가 없었다.

그럼 이건 뭘까. 눈앞에서 벌어지는 이 모든 것들을 대체 어떻게 이해해야 하는 걸까.

왜 이런 상황에 놓인 것인지부터가 의문이었다. 분명히 제영은 지금 정신이 들기 전까지는 '안 놀아 준다'며 나이에 맞지 않게 칭얼거리던 이성의 품에 안겨 잠든 차였다. 잠들기 전까지는 여러모로 이성과 '어른의 놀이'를 즐긴 뒤라 몹시 빠르고 혼곤한 잠에 빠졌고 말이다.

그러고 깨어났더니 난데없이 이런 상황이었다. 이건 꿈인 건가. 바로 전의 기억을 전부 가지고 있으니 자각몽인 걸까.

이성과 '어른의 놀이'를 즐기기 전에는 오랜만에 제윤과 통화도 했었다. 제영이 이성과 연인이 되어 보낸 3년간, 형찬과 그렇게나 밀고 당기기를 하다 결국 연애를 시작한 제윤의 투정을 받아 주다가 전화를 끊었다. 제윤과 통화한 기억도 지금의 박제영에게는 몹시 선명했다.

그러니까, 형찬이 저를 좋아했던 일은 제영에게 3년 전의 기억이었다. 이미 형찬은 제윤과 좋은 관계를 맺었고…….

만약에 이게 꿈이라면, 그러니까 박제영의 무의식이 자아낸 이야기라면 대체 왜 형찬은 아직도 그녀에게 매달리고 있는 것일까. 제영은 도무지 이 상황을, 아까보다 더욱 이해할 수가 없었다.

별안간 괴이한 꼴을 한 채, 역시나 괴이한 꼴을 한 형찬의 앞에 떨어졌다. 심지어 형찬과 제가 혼약을 맺었고 곧 혼인이 성사될 판이라고 한다. 그럼 제윤이는?

대화를 나눌수록 도리어 제영의 머릿속은 더욱 혼란으로 치달았다. 제영이 딱 제 머릿속과 닮은 표정으로 형찬을 멍하니 바라봤다. 형찬의 곧게 다물린 입술이 아주 조금 벌어지며, '정녕 미친 것인가…….' 하는 중얼거림이 새어 나올 즈음.

"현금 뜯을 시각이 되다 못해 넘었는데 왜 안 와? 주인님!"

제영과 형찬이 앉은 고아한 방의 장지문이 벌컥 열리고, 길고 조금 곱슬거리는 금갈색 머리칼을 풀어 헤친 이성이 등장했다.

제영은 더욱 혼란스러워졌다.

* * *

곱슬거리는 머리칼을 손으로 적당히 헝클고 다시 묶으며, 이성이 제영을 흘긋 쳐다봤다. 머리 묶는 손길이 서툴기 짝이 없었다. 멍하니 있던 제영이 돌연 이성의 어깨를 휙 잡아끌었다.

"와악, 주인님아!"

"머리를 왜 이따위로 묶어?"

"곱게 묶기는 글러 먹은 모양새…… 근데 뭐 하게?"

이성이 뒤를 돌아보며 물었다. 멀쩡한 왼손으로 이성의 머리칼을 한데 모아 쥐었던 제영이 흠칫했다. 오른쪽 팔이 아예 올라가지를 않았다. 그녀의 딱딱하게 굳은 표정을 보고 이성이 의아한 얼굴을 했다.

"주인님?"

이성의 머리칼을 타고, 제영의 왼손이 스르륵 미끄러져 내려왔다. 그녀가 대충 놓인 제 오른팔을 보고 헛숨을 내쉬었다. 이내 그 숨에는 허탈한 웃음이 섞였다.

"이상해."

"그럼. 지금 주인님 내가 본 중에 가장 이상하기는 하지."

이성이 아예 풀어 헤친 머리 그대로, 제영의 치마폭에 발라당 드러누워 버렸다. 새빨간 치마폭 위로 금갈색의 고수머리가 이리저리 널브러졌다. 그 모양새가 마치 붉은 꽃이 흐드러지게 피어난 꽃나무 같기도, 붉게 익은 단풍나무 같기도 했다.

"내가 이리 건방진 짓을 해도 한마디 말도 안 하는 걸 보면 정말 이상하지."

제영의 얼굴을 거꾸로 올려다보는 이성의 눈이 갸름하게 반쯤 감겼다. 제영이 그런 이성을 내려다보았다.

"네 눈동자 색."

"응."

"내…… 오른팔."

"응."

"입은 옷이랑 사람들 말투랑……. 그냥 전부 다 이상하잖아."

반쯤 넋이 나간 듯 중얼거리는 제영의 말에 이성은 그런대로 성의껏 전부 맞장구를 쳤다. 추임새와도 닮은 그 답에 제영이 다시 피식 웃음을 터뜨렸다.

습관적으로 오른손을 뻗어 이성의 눈가를 만지려던 제영이 다시금 표정을 굳혔다. 역시 움직이지 않았다. 본래의 박제영이 쓰지 못했던 것은, 망가진 것은 오른손의 약지와 소지뿐이었다. 그런데 지금은 오른팔 전체가 아예 들어 올리기조차 어려울 정도로 힘이 들어가지 않았다.

말투와 주변 풍경, 복색. 그 정도만 이상했더라면 모를까. 그랬더라면 제영은 계속 이 상황을 저를 놀라게 하기 위한 어떠한 장치로 받아들였을 것이다.

그러나 자신이 직접적으로 느낄 수밖에 없는 오른팔 전체의 이상은 지금 이것이 단순히 누군가가 많은 돈과 시간을 들여 꾸며낸 상황이 아님을 알렸다.

그리고 또 하나. 이성의 눈동자 색.

"뭐가 이상하다는……."

"너 눈이 원래 그런 색이었어?"

제영이 기억하는 이성의 눈동자 색은 그의 머리칼만큼이나 밝은 빛깔이었다. 호박색보다는 조금 더 짙은, 그러나 해를 받으면 투명감이 느껴지는.

반면 지금의, 길고 곱슬거리는 머리칼을 한 이성의 눈동자는 그보다 훨씬 짙은 빛을 띠고 있었다. 주변의 사람들보다는 밝은 빛이라지만 제영이 알고 있는 색과는 달랐다. 다갈색의 눈동자는 주변을 이루는 선명한 테두리만큼은 또 누구보다 짙었다. 그게, 열린 창문을 넘은 한낮의 해를 받으니 푸른빛을 띠었다.

다른 모든 것들은 어떻게든 꿰맞출 수 있었다. 하지만 이성의 눈동자 색과, 자신의 오른팔 상태만큼은 제영의 납득 범위 밖이었다.

"꿈인가."

제영이 조용히 읊조리듯 말했다. 그게 제영이 내놓을 수 있는 가장 합리적인 결론이었다. 그러나 제영의 말을 들은 이성은 처음엔 의아한 낯빛으로 그녀를 보다가 이내 뚱한 표정을 지었다.

"내가 꿈이라고?"

기어이 이성의 입에서 볼멘소리가 나왔다. 제영이 헛웃음을 흘리며 고개를 끄덕였다.

"꿈이 아니고서야 이해가 안 되잖아. 내 오른팔도, 윤……."

"응."

"……이성의 눈도, 나를 주인님이라고 부르는 것도."

제영이 이성의 이름을 나직이 중얼거릴 때, 여전히 제영의 치마폭에 누운 꼴인 그의 얼굴에 일순 서늘한 기운이 감돌았다. 그러나 몹시 찰나였기에, 그의 얼굴이 평소의 허허실실로 밝은 빛과는 달랐음을 알아본 이는 없었다.

어차피 지금 이곳, 제영의 방에는 이성과 제영밖에 없기도 하였다.

"멀쩡하게 내 이름을 부르다가 갑자기 이상한 말을 하는 건 또 뭐야? 그리고 꿈? 꾸움?"

언제 싸늘하게 식은 무표정을 지었었냐는 듯, 댓 발 내민 주둥이를 벌리며 이성이 벌떡 일어나 제영을 마주 보고 앉았다.

"주인님아, 이게 다 꿈이면! 주인님이 날 주워서 이렇게 사람 꼴 하고 살게 해 준 것도 전부 꿈으로 치겠다, 뭐 그 소리야?"

이성이 바락 소리를 지르든 말든 제영은 여전히 초연한 꼴이었다. 그럴 수밖에 없는 것이, 그녀는 지금 제게 닥친 상황을 제대로 인지하고 현실로 받아들이지 못하고 있었다.

그래, 이건 꿈이다. 제영의 안에서 그런 확신이 섰다.

"여기서도 내가 그쪽을 주웠어?"

"그쪽이라니, 섭섭하게!"

"말하는 거 보니까 이름이 내가 아는 이름이 아닌 것 같은데. 그러면 내가 널 뭐라고 불러?"

제영이 고개를 살짝 모로 기울이고 물었다. 정말 거짓 하나 없이 순수한 궁금증으로 가득 찬 표정이었다. 물론 누가 보기에는 이러나저러나 아까와 지금이 다르지 않은 무표정으로 보이겠지만. 이성, 제영의 꿈에 존재하는 '그쪽'은 그녀의 표정을 다 구분할 수밖에 없었다.

"정말 대군마마 말마따나 주인님, 미쳤어? 혼인하기 싫어서 미친 시늉을 하는 게 아니라 정말로……."

'그쪽'이 제 머리에 대고 검지를 살살 돌렸다.

"맛이 가 버린 거야?"

"내가 맛이 간 게 아니라, 이건 내 꿈이야."

"그딴 소리나 씨불이는 거 보니까 맛이 갔네. 갔어. 간 게 맞아."

"꿈이 맞긴 한 것 같은 게, 네가 똑같잖아."

"아니 주인님이 직접 지어 준 이름도 기억을 못 하면서 똑같긴 또 뭐가 똑같대?"

툴툴거리는 '그쪽'의 목소리며 말투, 투정 부리는 모양새까지 제영이 아는 이성과 다른 게 하나도 없었다. 특히나 다시 시작한 학업으로 바쁜 와중에 잠자리나 애정, 관심 따위를 조르는 이성과 한 치도 다르지를 않았다.

벌써 같은 방향을 바라보고 같은 마음으로 연애를 시작한 지 3년, 얼결에 타국에서의 동거 2년 차였다. 서른하나였던 윤이성은 서른넷이 되고도 제영의 앞에서는 아이처럼 툴툴거렸다. 그 모습과, 가만 보니 기억하는 이성의 얼굴보다 조금 더 앳된 '그쪽'의 지금 모습은 몹시 비슷했다.

같은 사람처럼.

이러니 제영이 더욱이나 지금 이 순간을 꿈이 아니라고 여길 수가 없었다. 이건 박제영 본인만 아는 이성의 모습이니까.

"그래서, 내가 지어 줬다는 그 이름이 뭔데."

"윤."

"윤?"

"그래 윤이잖아. 예쁠 윤(贇)."

윤은 이성의 성이지 이름이 아니었다. 제영의 표정이 전에 없이 과하게 뒤틀렸다. 해괴한 것을 마주한 자의 낯이었다. 그런 제영을 보고 이성이 키득키득 웃었다.

"……내가 남자한테 그런 이름을 붙였다고?"

"와, 정말 주인님 아무것도 기억 못 하네. 큰일이네. 나한테 현금은 알려 줄 수 있겠어?"

"뭐?"

"예쁘다가 아니라, 빛난다는 뜻으로 붙인 거잖아. 정말 아무것도 기억 안 나?"

"여기도 대충 한자 문화권……."

"아 뭔 소리야? '머리 꼬락서니는 빛바랜 것처럼 누렇게 떴고, 눈동자는 볕을 받으면 푸른 테가 뜨는 것이 볼 만하니 빛날 윤으로 하자.' 그랬잖아."

제영이 대충 고개를 끄덕였다. 심드렁한 제영의 반응에 '그쪽'에서 '윤'으로 이름이 밝혀진 그도 김이 팍 새 버렸다. 겨우 열세 살 나이에도 꼬장꼬장하기 짝이 없던 귀한 집 여식 제영의 말투를 똑같이 따라 했더니. 이 재미 없는 반응은 무어란 말인가.

김이 샌 윤이 괜히 훤히 열린 창문 바깥이나 바라봤다. 그러다가 아예 제영에게서 등을 돌려 창문에 바짝 붙었다. 창밖을 보는 윤의 표정은 평소의 제영보다 무심하기 짝이 없었다. 푸른 테가 뜨는 눈동자는 그의 얼굴을 더욱 무심하고 차갑게, 혹은 무료하게 보이도록 했다.

창밖으로는 아무도 지나다니지 않았다. 제영이 제 부모와 함께 한쪽 팔의 쓰임을 잃었을 때부터 그녀의 처소로는 쉬이 사람이 들지 않았기에 그러했다. 사람을 들이지 않기도 하였고, 사람들의 발길이 끊기기 시작하기도 하였다.

다음으로 좌부승지를 지낸 제영의 조부 박신환이 노환으로 명을 달리하자, 그때부터는 정말로 사람의 발길이 완전히 끊겼다. 어릴 때부터 가족이 모두 의탁하여 제영의 안가에서 같이 자라다시피 한 제윤을 제하고는 말이다.

"얘기해 줘."

조용히, 낮 새 지저귀는 소리나 들리던 차에 생각을 정리한 제영이 별안간 입을 열었다.

"……엉?"

하여 윤이 얼빠진 목소리로 답했다. 제영이 픽 웃음을 터뜨렸다. 평소의 제영과 달리 타인이 보는 앞에서 엄하지도 않고 심지어 표정까지 평소의 그녀에 비하면 풍부하달 수 있는 제영의 모습이 윤에게는 영 생경했다. 이리 얼을 빠뜨릴 만큼 말이다.

"너랑 내 얘기든, 네가 아는 내 이야기든. 뭐라도 더 해 달라고."

"이야기를 해 달라?"

"그래. 기왕이면 윤……. 그쪽이 나를 왜 주인님이라고 하는지까지. 그리고 대표, 아니 대군마마였나? 그 사람이랑 내 관계도 알려 주고."

"이미 다 아는 별로 달갑지도 않은 이야기를 맨입으로?"

이성이 짓궂게 웃으며 제영에게 도로 가까이 와서 앉았다. 마주한 눈빛이 창가를 따라 쏟아지는 해를 등져, 그림자 진 눈가에는 푸른 테를 찾아볼 수 없었다. 짧은 사이 그 푸른 테에 홀리기라도 했는지, 제영은 어째 그것이 아쉬운 기분이었다. 그러면서도 한편으로는 이쪽의 눈동자가 더 제가 아는 이성과 닮아 마음이 편하기도 하였다.

제영이 짓궂음이 그득한 이성의 눈을 빤히 바라봤다. 허름함만을 간신히 면한 무명 백의를 입고도 윤은 훤칠했다. 하기야 제영에게는 윤의 원형이랄 수 있는 이성도 그랬다. 뭘 걸치고 있든 그림이 되는 사람이었다.

제영의 멀쩡한 왼팔이 뻗어 올라가 윤의 어깨를 짚었다. 눈앞의 사내는 '윤'이라는 이름을 가졌고, 조금이지만 크게 다른 점이 있으니 이성이 아니었다. 그러나 이성과 꼭 닮은 점이 아주 많았다.

박제영에게 주워졌다거나, 구불거리는 밝은 머리칼을 지녔다거나, 훤칠하고 어딘가 퇴폐적인 매력이 있다든가. 그런 외적인 것들이 우선 닮았다. 그러나 그보다 닮은 것이 있다면.

그건 바로 제영을 바라보는 눈빛이었다. 제영은 윤에게 아직 아무런 말도 듣지 못하였음에도, 그가 이 꿈 밖에 있는 이성과 똑같은 마음을 '박제영'에게 품고 있음을 확신했다.

제영의 입술이 윤의 입술과 가까워졌다.

"주, 주인님아……."

윤이 눈에 띄게 당황하였다. 그러나 차마 뒤로 물러나지는 못하고, 그렇다고 제영을 뿌리치지도 못하고 눈만 질끈 감았다. 제영의 입꼬리가 둥글게 말려 올라갔다. 윤의 입술을 향하던 제영의 입술이 아주 조금, 방향을 틀었다.

기어이 제영의 입술은 윤의 입꼬리에 닿았다. 쪽, 하고 분명히 입을 맞춰 주는 소리가 났다. 보드랍고 촉촉한 감촉이 윤에게 몹시 선명하게 닿았다.

답지 않게 온통 얼굴을 붉게 물들인 윤이 그제야 기겁하며 제영에게서 떨어져 뒤로 물러났다. 아마 그의 걸음으로 두 걸음쯤이 되도록 엉덩이를 뒤로 죽죽 끌었을 것이다.

"이, 이, 입을!"

"맞췄지. 맨입으로는 얘기 못 하겠다며. 이야기 다 끝나면 그때는."

제영이 검지로 제 입술을 톡톡 두드리고, 무릎걸음으로 윤이 물러난 만큼을 다시 그에게 다가가 그의 입술을 또 톡톡 두드렸다.

"여기야."

"와, 아니……. 아니!"

이제 윤은 얼굴뿐 아니라 목덜미부터 해서 숫제 전신이 다 붉게 달아올랐다. 작금의 상황을 도저히 받아들이지 못하는 꼴이었다. 그러면서도 기회는 놓치기 싫은지, 곧 숨을 크게 들이켜며 저를 진정시켰다.

이 꿈 안의 윤은 아직 제영과 내적으로든 외적으로든 그리 큰 진도를 나가지 않은 것처럼 보였다. 제영이 이성의 연주를 만족스럽게 들었을 때나 보이는 환한 웃음을 만면에 올렸다.

"싫어?"

당연히, 윤은 고개를 거세게 내저었다.

* * *

"세상에 어디 그런 사연 없는 천것이 나뿐이겠냐만, 나는 씨 뿌리고 낳아 준 부모의 얼굴도 모르고 버려졌어."

"……거기서부터 시작이야?"

"주인님이 궁금하다고 했잖아. 내가 주인님을 어찌 주인님이라고 부르는지가."

윤의 심드렁한 답에 제영이 고개를 끄덕였다. 틀린 말은 아니었다. 윤은 아마도 그녀가 장난을 치는 게 아니라, 정말로 아무것도 몰라서 묻는 것임을 알고 있는 듯했다.

하여 그의 이야기는 자신의 태생부터 시작되었다.

"다시 돌아가서, 뭐."

윤이 제 머리칼을 검지로 비비 꼬았다가 슥 풀어냈다. 본격적으로 이야기를 풀어 나가려 창가에 앉은 윤의 머리칼은 역광을 받아 평소보다는 어둡게 보였으나, 가장자리는 평소보다 더욱 밝게 부스러졌다.

"이 꼬락서니 탓이었지. 암만 봐도 이 나라의 토종 종자는 아닌 생김이잖아? 갓 태어났을 때는 머리도 눈도 지금보다 더 희었다고 하니까, 더욱 그리 보였을 테고."

윤이 눈을 반쯤 내리감았다. 그늘진 얼굴, 그의 눈가에 길게 뻗은 속눈썹의 음영이 더해졌다. 우수에 젖은 듯도 하고, 상념에 젖은 듯도 한 모양새였다.

"돗가비의 자식인가, 아니면 색목인의 씨를 받았나. 뭐 그런 생각을 하였겠지. 나를 낳은 사람은 말이야. 그래서 버려졌을 거야. 아마도."

그리 버려진 어린 윤에게는 당시에 이름이 없었다. 그저 무명이 되 귀한 집안에서나 쓸 법한 강보에 몇 번이나 둘둘 말린 채로 홍등가 구석진 곳에 버려졌을 따름이었다.

누군가는 그리 버려진 윤이 색목인에게 몸을 내어 준 기녀가 낳은 자식이 아니겠냐고 하였다. 만일 윤이 멀쩡한 생김을 하고 태어났더라면, 친모일 기녀가 당시에 다리 사이에 꿰차고 있던 양반 놈을 붙잡아 한몫 단단히 뜯어낼 밑천이 되었을 것이었다. 계집이었더라면 제 어미의 길을 따르게 되었을 테고.

하나 윤의 생김은 남달랐다. 하여 내내 울다가 지쳐 죽거나, 아니면 동이 틀 무렵 통금이 풀린 길을 따라 집으로 향할 사내들의 발에 치여 죽으라고 거기에 내버려졌다.

다만 윤은 죽지 아니하였다. 웬 변덕인지 윤이 버려진 곳에 걸음한 예기가 윤을 주웠다. 당대에 도성 안 기방 출입을 즐기는 양반의 7할은 치마폭에 싸고 있다고 유명한 기녀가, 어여쁘지만 기괴한 생김의 아이를 주웠다.

하나 그녀의 변덕은 그뿐이었다. 윤은 살았지만 이름을 받지도 못하였고, 방치되어 자랐다. 그나마 죽지 않을 만큼의 음식과 추위를 면할 옷가지, 좁은 방 하나는 주어졌다. 그리하여 5세가 가깝도록 말조차 익히지 못하고 입을 꾹 다물거나 으앙 하고 우는 법만 알았다.

그리해도 사람은 자라며 기고, 딛고, 걷는다. 살아 숨 쉬는 존재라면은 능히 그쯤은 해낼 수 있어야 하는 법이었다. 그러나 거기까지라면, 늦되게 자라는 짐승인 인간은 그저 백치로 남고 만다.

다행히 윤은 눈치가 있었고, 듣는 귀가 좋았다. 딱 5세가 될 무렵 윤은 '예.' 하고 답할 줄 알게 되었고, 이미 주변의 말을 완벽히 알아듣고 이해할 정도였다. 영민했다. 타고난 것처럼 그러했다.

그러니 그때부터는 기녀며 그녀들이 부리는 하인의 잔심부름 정도는 할 수 있을 정도가 되었다. 울거나 침묵할 줄밖에 모르던 아이는 심부름꾼이 되고 나서부터는 멍청할 정도로 잘 웃는 아이로 바뀌었다.

실없이 웃으며 종종거리고 싸돌아다니는 윤은, 자랄수록 타고난 저의 빛바랜 색감에 조금씩 어두운 물이 들었다. 그리고 이질적인 면모가 있을지언정, 어린 나이에도 수려하다는 말이 어울릴 정도로 용모가 뛰어나기도 했다.

기녀들은 기방 내 눈에 띄지 않는 곳을 돌아다니며 심부름을 하는 윤을 실실 웃으며 다닌다 하여 실실아, 하고 부르고는 제법 예뻐하였다. 윤은 저를 향한 호감에 기꺼이 기녀들이 쥐여 주는 단 음식을 먹고 또 실실 웃었다. 그러곤 그녀들이 연주하는 현금이며 양금 연주를 듣고 즐겼다.

주어진 이름이 없어 실실아, 하고 불리는 아이는 귀가 좋았다. 누가 연주를 더 잘하고, 못하는가를 철석같이 구분할 정도로 그러했다.

물론, 기녀들이 윤에게 보내는 관심이야 손톱만 한 동정과 사랑스러운 외모에서 비롯된 것에 지나지 않았으므로 그네들은 윤이 얼마나 듣는 귀가 좋은지, 혹은 그 눈으로 저들의 손끝을 훔치지는 않는지. 그 무엇도 제대로 알지 못했다.

그러던 어느 날, 처음 윤을 주워 와 방치했던 그 예기가 다시금 윤을 찾아 불렀다. 윤이 열세 살 되던 해의 여름이었다.

불려 간 윤은 처음으로 그 예기의 현금 연주를 들었다. 그리고.

"어때, 듣기 좋은 소리지?"

"예에."

"궁궐에서 가장 귀하고 중한 여인께서 병을 앓고 계시지. 오늘 내일하시는 중이라는데 그분께서는 좋은 소리를 참 즐기신단다."

"예에."

"해서 이 천한 기녀가 궁궐에 가게 되었지. 귀한 분께, 좋은 소리를 들려드리러."

윤은 예기가 제게 왜 이런 말을 하는지 전혀 알 도리가 없었다. 그러나 천것이 부리는 천것은 의중을 알 필요 따위 없었다. 도리어 알지 않으려 함이 저를 살리는 법이었다. 윤은 누구의 태생인가가 궁금해질 정도로 영민한 아이였다. 그 영특함을 숨길 줄 알아, 자세히 보고 살펴야만 알아챌 정도로 심계가 깊은 아이기도 했다.

고작 열세 살 나이에 이미 그리 완성된 아이였다.

"너도 가자꾸나."

"예에. ……예?"

그런 윤도 저를 궁에 데려가겠다는 예기의 말에는 놀라 반문하고야 말았다. 눈을 동그랗게 뜨고 저를 올려다보는 윤을 보는 예기는, 그저 웃고 있었다.

"그렇게 궁에 가게 됐지."

"그래서?"

윤의 이야기는 가엾고, 딱하기 짝이 없었다. 그러면서도 흥미진

진한 데가 있었다. 제영은 이제까지 저의 질문에 답이 될 것이라고는 한 치도 흘러나오지 않은 윤의 이야기에 썩 집중하고 있었다. 눈까지 반짝였다.

"거기서 주인님을 만났어."

이야기가 뚝 끊기듯 곧장 본론이 나왔다. 어쨌든 제영의 물음에 첫 답이 나온 셈이었다. 그러나 제영은 만족하지 못하고 인상을 찡그렸다.

"거기서 내가 널, 주웠다고?"

제영이 흥미진진하게 윤의 이야기를 들은 것은, 단순히 윤의 이야기가 재미있게 흘렀기 때문만은 아니었다. 물론 윤의 이야기 솜씨는 지루하지 않았고, 그의 삶 또한 곡절이 적다 할 수 없었으니 그것만으로도 분명히 흥미는 유발되었다.

다만 제영이 그 이상으로 관심을 품은 것은, 그녀가 이 모든 상황을 꿈으로 여기고 있기 때문이었다. 제영은 자신의 꿈이 상상 이상으로 치밀하게 짜여 있다는 것이 몹시 신기했다.

신기한 것을 넘어서, 마치 그냥 꿈이 아니라 딴 세상에 와 있는 것도 같았다. 그랬는데, 그렇게 치밀하게 이어지던 이야기와 설정이 여기서 뚝 끊겼다. 마냥 달갑지는 않았다.

"거기서 줍지는 않았지."

마치 제영의 달갑잖은 속내를 아는 것처럼, 윤이 인상을 짓궂게 구기며 웃었다. 제영이 윤을 흘겨보았다.

"거기서 처음 만난 거지, 주인님이랑 나랑. 그리고 내가 홀랑 홀려 버렸지."

궁에서 가장 귀하고 중한 여인이란, 당연히 궁에서 가장 귀하고 중한 이의 반려를 말하였다. 궁에서 가장 중한 이라면 만백성의 아비 되는 왕을 이름이니, 그의 반려라면 중전이었다.

왕의 여인. 그의 적통을 낳을, 배에 품어 낳은 자식에게 대군과 공주의 칭호를 줄 수 있는 유일한 사람.

아무렴 그러한 중전을 위해서라고는 하나, 중전에게 현금 소리를 들려주겠다는 이유로 천한 기녀만을 부를 수는 없을 터였다. 그러니 그 자리에는 현금으로는 내로라하는 예기와 함께 불려 온, 궁을 드나들어도 무리가 없을 위치의 사람들도 있었다.

그중 하나가 바로 어린 제영이었다.

당시 다섯 살이었던 제영은 그때까지만 해도 아직 좌부승지 자리에 앉아 있던 박신환의 손에 이끌려 궁에 입궐하였다. 제영 말고도 두엇, 제영보다는 나이가 찬 다른 양반 가문의 여식들도 있었다.

그들은 현금 연주를 연습하고 있었다. 궁에 불려 온 이유가 중전을 위한 연주였으니, 결국 아이들은 중전의 앞에서도 연주할 터였다. 그리고 현금이나 다른 악기를 즐기는 것은 다 죽어 간다는 중전이 궐에 들기도 전부터 가지고 있던 취미라 하였다.

아이들이 현금을 배운 것은 그런 중전의 눈에 들기 위해서였다. 아무렴, 구중궁궐에 사는 여인이 오늘내일한다고 하여 쉬이 죽겠는가. 그것도 내명부의 중심에 서서, 더군다나 왕의 총애까지 세자빈 시절부터 여전한데.

그런 중전의 눈에 제 여식을 들여 보고자, 양반들은 재주를 배우게 했다. 특히 10세에서 16세까지의 아이들이라면 무조건 현금을 한 번은 잡아 보았을 것이다. 당시에는 그러했다.

중전에게는 필시 세자 책봉이 될 것이 확실하다고 여겨지는 아들이 하나 있었다. 지금은 세자가 되었으나 당시에는 형찬과 같은 대군마마라 불렸던 임금의 적자. 당시 15세의 의찬이었다.

본디 15세면 이미 세자 책봉을 받고, 세자빈을 들이고도 남았을 나이였다. 하나 의찬은 모친인 중전의 건강을 핑계로 자신의 혼인을 미루었다. 다른 이유가 있었을는지도 모른다. 그러나 그것은 윤에게도 제영에게도 딱히 궁금한 일이 아니었다.

어찌 되었든 그와 같은 이유로 양반가의 여식들은 팔자에도 없는 현금을 배웠다. 그리고 제영 또한 과히 어린 나이에 현금을 손에 쥐고 금 줄을 뜯었다. 해서 제영 또한 이 궁궐에 금을 연주코자 들게 되었다.

사람들은 좌부승지 박신환, 제영의 조부를 욕심 넘치는 사람이라 하였다. 그는 속 모르고 하는 소리였다. 되레 좌부승지도, 제영의 부모도 제영이 어리디어리고 여리디여린 손으로 현금 줄 뜯는 것을 말리려 하였다.

현금에 관심을 갖고 금 줄을 퉁기고 뜯는 것은 온전히 제영의 의지였다.

"세상에……."

제영은 그 의지를 실력으로 보였다. 중전의 앞에서 연주할 시각을 기다리며 모두가 모여 연습을 하던 자리에, 고작 다섯 살 된 어린 손가락이 연주를 시작하자 침묵이 일었다.

가장 구석진 자리, 그로도 모자라 양반들과 한자리에 둘 수 없어 곁방으로 쫓겨나 있던 예기조차 눈을 동그랗게 뜨고 열린 문으로 보이는 제영의 얼굴을 눈으로 훔쳤다.

아주 완벽한 연주는 아니었다. 어린 손으로 담을 수 있는 힘이 부족하여 완성된 연주 또한 아니었다. 그런데도, 제영의 연주는 듣는 이의 가슴을 움직였다.

예기의 수발과 현금의 관리를 핑계로 그곳에 함께한 윤의 가슴 또한, 제영의 연주에 홀렸다.

그때까지의 윤은 그저 현금을 듣는 것만으로도 만족했다. 그리고 속으로 기녀들의 솜씨에 우열을 매기며 놀기도 하였다. 그러나, 어떠한 경우에도 자신이 직접 현금을 연주해 보고 싶다는 생각을 하지는 않았다.

그런데 제영의 연주를 듣고는 달랐다. 가슴이 뜨끔해졌다. 그와 같은 연주를, 제 손으로 해 보고 싶은 욕망이 생겼다.

그 탐욕을 숨기지 못한 눈으로 윤이 제가 메고 들어와 지금은 제가 닦고 있는 예기의 현금을 내려다보았다. 예기는 그런 윤을 보고 의미 모를 웃음을 지었다.

"욕심이 나니?"

"예?"

처음으로 타인에게 본심을 들켰다. 이는 윤의 실수였다. 그러나 잘못이라 할 수도, 명백한 본의라 할 수도 없었다. 윤이 생존을 위해 태어날 때부터 둘러쓰고 있던 가면에, 제영의 어린 손이 빚어낸 연주가 실금을 만든 까닭이었다.

그 틈바구니를 예기의 눈이 놓치지 않고 붙들었을 따름이다. 윤은 곧 표정을 가다듬었다. 저를 '실실이'라고 불리게 했던 바로 그 표정이었다.

"어디에?"

그러나 예기는 제가 붙잡은 흥밋거리를 쉬이 놓지 않으려는 듯 다시 물었다.

"저쪽에? 아니면 네가 품은 것에?"

정답은 둘 모두였으나, 윤은 어림도 없는 것에 욕심을 내는 아이가 아니었다. 어림도 없는 것이라면 제영도, 지금 닦고 있는 현금도 마찬가지겠지만 저울질을 해 보면 무게의 경중은 명확하였다.

전부를 속이면 예기는 저를 기만하려는 것에 필시 불쾌감을 드러낼 것이었다. 그건 윤의 생존에 옳지 못했다. 윤은 여전히 실실 웃으면서 현금을 내려다보았다. 제영의 연주는 아직 이어지고 있었다.

"제가 계집이었어도 이것을 배우게 될 일은 없었겠지요?"

윤은 자신이 여인이었더라면 기생이 되어 현금을 배울 수 있었겠냐는 말을 하고 있었다. 예기가 처음으로 윤의 앞에서 소리 내 웃었다.

"우리네 손님 되시는 양반 중에는 생각보다 특이한 섭생을 즐기거나 변덕스러운 분들이 많단다."

"예에. 안 달고 태어날 걸 그랬습니다."

"그렇대도 너는 아니야."

재미있다는 듯, 그러나 한편으로는 단호하게 끊어 내는 예기의 말에도 여전히 윤은 실실 웃는 낯을 유지했다. 이유가 무엇이었든 천한 것을 부리는 천한 것의 말이니 응당 다 옳다고 하면 그만이었다. 이유는 윤이 알 필요가 없었다.

"하지만 가르쳐 줄까?"

예기는 처음부터 지금까지 내내 변덕스럽기 짝이 없는 여인이었다. 그리해서 윤을 주워 살렸고, 버려두었고, 홀로 자라난 윤에게 다시 대수롭지 않게 관심을 주었고, 궁궐로 끌고 왔다.

그리고 이제는 관심을 보이는 현금을 가르치겠단다. 윤은 여전히 헤실헤실 웃는 낯으로 고개를 끄덕였다.

"예."

답과 동시에 예기는 현금을 윤에게서 건네받았다. 때마침 옆방의 연주는 제영을 마지막으로 끝났다. 예기의 현금이 그녀의 치마폭 위에서 선율을 뽑아내기 시작하였다.

누구도 예기보다 기술적으로 완벽한 연주를 하지는 못했다. 그러나 또한, 예기의 연주는 윤의 마음을 울리지는 못했다.

감히 천한 기생을 중전의 앞에 들이민 작자가 누구인가 하는 생각을 은연중에 품고 있던 양반들의 마음을 녹이기에는 충분하고, 감탄까지 흘러나올 연주였으나 그러했다.

윤의 생각은 그러했으나, 또 중전의 생각은 어떠했을지 모를 일이다. 사람들은 차례를 지켜 중전의 앞에서 궁궐의 것이 아닌 현금 연주를 들려주었고, 그것이 심중에 병증이 깊어 병색이 완연하다는 중전의 마음을 달래 주었을지는 또 모를 일이었다. 현금을 연주할 것도 아닌 윤이 중전의 앞에 설 수 있었을 리가 없으니, 윤은 영영 알지 못할 터였다.

예기는 연주를 하고 나와 저의 감상을 덤덤하게 윤에게 뱉었다. 그녀는 '가엾을 정도로 마르셨더구나.' 하고 말했고, 윤은 '예에.' 하고 답했다.

"그리고?"

"뭐, 기방으로 돌아갔지."

제영이 또 인상을 찡그렸다.

"그럼 내가 널 언제 줍는데?"

"좀 기다려 봐. 원래 이런 성격이 아니었는데, 주인님 성격이 이렇게 급했나?"

윤의 물음에 제영이 '원래 내 성격이 어땠는데?' 하고 물으려 입을 열었다간 닫았다. 윤이 하는 이야기의 맥을 끊고 싶지 않아서였다. 어차피 질문할 시간이라면 많을 듯했다. 이 꿈이, 쉽게 깨지는 않으리라는 생각이 들었다.

그리고 꿈이 이어지는 동안은, 저를 주인님이라 부르는 윤과 이리 마주할 시간 또한 제법 많을 것으로 여겨졌다. 그렇다면 언제든 필요할 때 물으면 될 일이었다. 그러니 지금은 윤의 이야기를 그저 듣고 싶었다.

이 꿈속의 그와 자신은 어떻게 만났는가를.

이 꿈 밖에서 저를 사랑하는 윤이성과 아주 조금 다를 따름인 같은 얼굴로, 같은 눈빛을 하고 저를 보는 윤과 이곳의 박제영이 어떻게 만났는가를 말이다.

"안 물을 테니까, 계속해."

"주인님이 그러라면 그래야지요."

윤이 처음으로 제영의 앞에서 존대했다. 이것을 존대라고 해도 될 직한가, 의문이 생길 정도로 장난기가 그득했지만 말이다. 제영이 눈을 흘기긴 하였으나, 윤의 말투가 썩 귀엽게 넘어갈 정도였던지라 그저 시늉일 따름이었다.

윤은 예전에도, 지금도 익숙하게 떠오르는 웃음을 입에 올렸다. '실실이' 같은 웃음이었다. 하나, 지금은 진심으로 웃고 있었다. 저를 직시하는 제영의 눈빛이 달가운 까닭이었다.

"그러고 곧장 현금을 배울 수 있을까 했거든?"

"아니었어?"

"아니었지. 정간보도 봐야 하고, 곡에 얽힌 이야기도 읽어서 내 것으로 만들려면 글을 알아야 한다잖아. 해서 글부터 배웠지."

제영이 느리게 고개를 끄덕였다. 속으로는 꿈에서 채택한 악보가 정간보라는 사실에 저도 모르게 웃음이 났다. 한국에서 대학을 다닐 때 교양으로 들었던 '한국 전통 음악의 역사와 이해'에서 과목 담당 교수님께 들은 정간보 찬양이 영향을 미친 건가 싶어서였다.

윤은 제영의 웃음을 제 이야기가 우스운 까닭으로 생각하고 넘겼다. 이리저리 다른 속내가 얽히는 가운데 이야기는 계속 이어졌다.

윤은 그의 말대로 예기의 명에 따라 글자를 익히고, 현금 연주와 관련한 것들을 배웠다. 때로는 이것이 도대체 어찌 연주와 연관이 있다는 것인가, 하는 의문이 드는 서책도 읽었다. 예기는 제목조차 적히지 않은, 어렵기 짝이 없는 서책들을 윤에게 들이밀며 많이 알수록 연주 또한 그를 따라 고아해지는 것이라 할 따름이었다.

그리 꼬박 1년, 어느 정도 익힐 바를 익힌 뒤부터야 윤은 현금을 잡아 볼 수 있었다. 숱하게 읽고 외 정간보에 적힌 음과 율을 따라서 더디게 줄을 딛고 뜯었다.

윤의 기술은 어설프게 예기의 것을 따라갔으나, 그 본질만은 예기의 것을 닮지 못했다. 윤이 마음에 품은 것이 어린 제영의 연주였으니 그리될 수밖에 없었다.

예기의 귀에 그것이 거슬렸는지, 아니면 열넷의 나이가 되자 슬슬 사내로 태가 나는 윤 그 자체가 거슬렸는지는 모르겠다. 1년을 다 채우지 못하고 다시 예기의 변덕이 일었다.

윤의 나이는 열다섯, 아직 앳된 티는 남았으나 번듯한 사내라 하여도 모자람이 없을 윤에게서 예기의 관심이 다시 거두어졌다. 무릇 열다섯이면 양반 상놈을 가리지 않고 혼례를 치러 일가를 이루기도 할 나이기는 하였다. 윤의 얼굴에는 아직 앳된 태가 남았으나, 윤은 그보다 더 나이를 먹은 장정의 키를 훌쩍 넘어 탄탄하게 자랐다.

기방 기녀들 사이에서 '실실이'의 씨와 밭이 퍽 궁금하지 않으냐는 말이 오갔다. 저 큰 키와 탄탄한 몸은 역시 색목인 사내의 씨를 닮아 그러할까, 수려한 외모는 색목인 사내를 다리에 감싼 여인을 닮아 저리 고운 걸까.

윤의 푸른빛이 강하던 눈동자는 어둡게 잦아들어 테두리에만 그 선명함을 남겼고, 곱실거리는 머리칼은 여전하였으나 순금 같던 색은 차분하게 찻물을 머금은 듯 짙어졌다. 그리해 이질감이 줄어든 탓일까.

윤의 씨와 밭을 향하던 관심이 이제는 숫제 윤 그 본인에게 뻗쳤다. 기방의 기녀 중 몇몇은 대놓고 윤을 홀려 보겠다고 나섰다. 윤은 여전히 실실이처럼 웃고 다닐 따름이었다. 그 꼴을 못 보고 서릿발 같은 눈으로 나선 것은 예기였다.

“저 뿌리도 모르고 이름도 없는 것한테 다리를 벌리는 계집이 있다면 이곳의 기적에서 이름을 파내고 창관에 넘겨 버릴 테니 그리 알아.”

여전히 양반들을 치마폭에 감싸고 제멋대로 부리며 사는 예기의 이름값은 대단했다. 윤을 막 주워 왔을 때로부터 10년이 훌쩍 넘었거늘, 그녀의 도도한 듯 가냘픈 외모 또한 그대로였다. 하여 이제는 기방의 주인 자리까지 올랐으니, 예기의 말을 거스를 이가 없었다. 하물며 예기는 아직도 종종, 그녀의 현금 연주를 중전이 마음에 들어 한 까닭인지 드문드문 궁궐에 드나들기도 하였다.

윤은 다시 말 걸어 주는 이도, 관심 주는 이도 없이 홀로 되었다. 현금을 가르쳐 주던 예기의 변덕까지 거두어졌으니 그저 홀로 현금을 연주하거나 예기가 건네었던 제목조차 없는 책을 훑거나 하였다. 더러는 기방에 손님이 많아 일손이 바쁠 때, 그럴 때는 예전처럼 심부름하며 일을 돕기도 하였다.

제영은 이쯤 윤의 이야기를 들었을 때, 대체 예기라는 작자의 심산을 알 수 없어 도로 인상을 찌푸리고야 말았다. 그러나 윤의 이야기를 끊기는 싫어 입을 꾹 다물었다. 그런 제영의 얼굴을 알아본 윤이 흐리게 실실 입꼬리를 올려 웃으며 그녀의 옷고름 끝에 괜스레 검지를 걸어 돌돌 말고는 장난을 쳤다.

"거의 끝나 가."

"누가 뭐래? 이야기나 계속해. 해 진다."

"옳지. 저녁상 들기 전까지는 다 마쳐야지."

윤이 다짐하듯 고개를 끄덕이며 말을 이었다.

"그렇게 열다섯 겨울, 이었던가……."

누렇게 익어 내리쬐는 볕을 따라 윤의 얼굴도 노랗게 물들었다. 볕이 기운 만큼 약간이나 어둠의 밀도를 품은 빛은 이제 윤의 눈동자에 깃든 푸른 테를 비춰 내지 못했다. 윤이 따스한 볕의 색감을 닮지 못한 서늘한 저녁 바람이 들이치려는 창문을 닫았다.

"기방에서 쫓겨났어. 가진 것, 제대로 배운 것 하나도 없이 맨몸으로."

결 고운 종이가 든든하게 발린 창문이 닫힌 까닭에 방 안을 채운 공기는 더욱 어두워졌다. 그것을 따르듯 윤의 목소리 또한 어둠을 품었다.

쫓겨났다 하였다. 그래, 밝은 목소리로 할 이야기는 아니었다.

몸뚱이 하나 기댈 곳 없이 쫓겨난 윤이 자리할 곳은 어디에도 없었다. 매서운 바람을 당시에 입고 있던 누빔 옷 한 벌로 견뎠다. 윤은 그나마 도톰한 옷이나 입혀 쫓아낸 것을 다행으로 여겨야 하나 했다.

영문도 모르고 쫓겨났으나 궁금증을 가지지는 않았다. 그의 삶은 시작부터 그러하지 않았던가. 무엇 때문에 태어났는지도, 버려졌는지도, 주워졌는지도. 누구도 윤에게 설명해 주는 이가 없었기에 그는 먼저 나서서 묻고 의심하는 것을 배우지 못했다.

눈에 띄는 외모를 가리려 낡아 버려진 삿갓을 주워 쓰고 떠돌았다. 산기슭으로 올라가 살기에는 산을 알지 못하였고, 날이 너무 추웠다.

인적 드문 골목만을 따라 걷다가도 종종 사람을 마주했다. 넓으면서도 온 세상이라 부르기에는 부족함 직한 기방에만 갇혀 자라다가, 고작 한 번의 외유라고는 또 궁궐밖에 가 보지 못한 윤이었는지라. 그나마 나기를 영특하게 난 머리로 저는 사람의 눈길을 피해 지내야 하지 않겠는가 하였다.

그리 사람 드문 곳으로 다녀도 아예 사람을 마주치지 않을 수는 없었다. 의아한 것은, 이 추운 겨울에 사람들이 전부 하얀 옷을 입고 다녔다는 것이다. 양반, 양인, 상놈 할 것 없이 온통 흰색 일색이었다. 눈이 와 쌓여도 알지 못할 정도로 세상이 희었다.

그것이 국상이 있어 그렇다는 것을, 윤은 아주 나중에야 알았다. 윤은 얼굴조차 보지 못하였으나, 덕에 궁궐 구경은 한 번 하게 해주었던 중전이 질기게 이어 가던 숨을 거두었다 하였다. 병색이 완연하여 아주 말라비틀어진 모습으로 눈조차 감지 못하고 숨이 멎었다는 말이 조용히 떠돌았다.

그 소문이 윤에게까지 닿은 것은, 홀로 떠돌며 비렁뱅이처럼 붙은 숨을 유지하던 그가 패거리를 이루면서부터였다. 처음, 인적 드문 길만 다니던 윤이 거슬렸던 낭인들이 그를 건드렸다. 싸움을 배운 적은 없으나 생존에 관한 욕구만은 누구 못지않았던 윤은 목숨을 부지했다. 그러고 보니 이겼다.

어쩌면 윤의 재주가 싸움박질에 있었을지도 모른다. 아니면 생을 향한 끈질긴 욕망 덕일지도 모르고. 하여 이겨 살아남고 보니 낭인 중에는 그를 이길 사람이 없었다. 윤은 홀로 다니는, 그러나 도성 낭인 무리가 우두머리처럼 여기는 이가 되었다. 그때의 나이 열여섯이었다.

싸움으로 그날 하루를 버틸 돈 버는 법을 배웠다. 사람들의 미움과 원한을 돈으로 샀다. 그들이 요구하는 이에게 주먹을 내지르고 더러는 목숨 거두는 것까지 개의치 않았다. 하니 사는 것이 제법 편해졌다.

곱고 가련한 이야기, 그를 따르는 낮거나 높은 음색은 한 해를 버티지 못하고 윤에게서 사라졌다. 그러나 윤은 종종 궁궐에서 들었던 다섯 살 양반 계집아이의 현금 소리를 떠올렸다.

"주인님 이름은 홀랑 까먹었는데, 그 연주 소리는 도무지 잊히질 않더라고."

"깡패 짓까지 했었다니 놀랍네……."

사람을 죽인 것과 같은 험한 내용은 걸러 낸 윤의 이야기를 듣고도 제영은 혀를 내둘렀다. 윤은 제영이 정말 하나도 기억하지 못함을 깨달았다. 어쩌면 지금 눈앞에 있는 제영이 자신이 알던 그녀와는 정녕 다른 사람일지도 모른다는 생각이 들었다.

하긴 오늘의 제영은 숫제 이상하긴 하였다. 형찬의 앞에서 보인 모습이 온전히 거짓은 아니겠지. 그렇다면은.

그렇다면은 전해도 될까. 그녀의 아픈 이야기를. 아니, 그것은 아니지. 어쨌든 자신이 아는 제영의 모습을 그대로 뒤집어쓰고 있지 않은가. 가엾게도 날개 하나가 부러져선 낫지 못한 꼴이 된 주인님의 이야기를 전하기에는, 그와 같은 얼굴을 하고 비슷하게 닮았되 더욱 짙은 밀도를 품은 눈으로 저를 보고 있지 않은가.

제영의 부모를 빼앗고 그녀의 날개를 꺾은 사고가, 그나마 지금도 그녀를 따르고 사이좋게 지내는 제윤의 부모가 사주한 것이라는 이야기를 어찌 전할까.

그 일이 멋대로나마 저를 우두머리로 세우던 자들에게 들어와, 결국 제 손길이 조금이라도 닿았던 놈들이 벌인 것임은 또 어떻게 전할까.

뒤늦게야 그것이 저의 가슴을 뛰게 하였던 연주를 한 바로 그 어린 여식, 좌부승지의 손녀 '박제영'에게 닥친 일임을 알게 된 것은. 좌부승지의 손녀 박제영의 이름에 또다시 가슴이 뛰어, 그를 넘어서 철렁 내려앉기까지 하여 그곳으로 달려가 기어이 제영의 목숨만은 구하였음을.

그러나 제영과 제영의 가족을 해한 것이 바로 자신의 아랫놈들이기에, 그것이 마음에 걸려 앞에 나설 수 없었음은 또.

하여 저를 멋대로 우두머리로 세우던 자들에게 축출되어 쫓기다 다 죽어 가던 것은 또 어찌.

어찌 전할까.

"뭐……. 왈패 짓을 좀 험하게 하긴 했지."

"자랑이다."

"그러다 또……. 여차저차 왈패 짓에도 흥미가 떨어졌거든. 변덕이 죽을 끓은 거지. 나를 주운 예기의 변덕이 옮아 온 것처럼 그렇더라고."

"응?"

"여기야. 주인님이 나를 주운 시점이."

제영이 눈을 동그랗게 떴다. 그새 하늘이 또 어두워졌다. 봄을 한창 지나는 밤은 느린 듯 성큼한 걸음으로 찾아와 어둑함을 전하였다. 샛노란 빛이 이제는 푸름을 머금었다.

그 푸름이 윤의 얼굴에 맺혔으니, 사연 많은 표정을 짓고 있는 사내와 멋들어지게 어울렸다. 사무치게, 보는 이마저 가슴에 무언가를 맺히게 하는 얼굴로.

"변덕이 죽 끓듯 하는, 그래서 못 미더운 우두머리를 믿을 놈들이 어디 있겠어."

그저 변덕이 심한 우두머리라면 실제로는 모실 만하다. 그가 아랫것들을 부리고 괴롭히는 것도 아니고, 과거의 윤처럼 그저 내버려 둔 채 각자 취할 것만 취하는 관계라면 더욱이 그렇다.

하나 그 영문 모를 변덕으로 아랫것들을 죽여 버리고, 일을 망치고, 그것으로 또 실패의 대가를 치르게 한 우두머리라면 이야기가 달라지게 마련이었다.

"그래서 쫓겨났어. 쫓겨 다녔지. 밑바닥의 밑바닥에서까지 쫓겨나니 더는 갈 곳이 없더라고. 낭인 놈들이 얼마나 독한지, 내 비슷한 덩치의 사내놈들만 봐도 눈이 희번덕희번덕 뒤집혀서 쫓아와 얼굴을 확인하고 온갖 염병을 떠는데 몇 번을 맞아 죽을 뻔했거든?"

아, 제영이 낮게 탄식하였다. 어린 주인의 탄식에 윤은 웃음으로 화답하고는 말을 이었다.

"그러다 정말로 이번엔 죽겠다, ……싶을 때였나."

대낮이었다. 윤에게 더는 갈 곳이 없었다. 그리 아쉬울 때 생각나는 곳이란, 뭇사람들에게는 제가 나고 자란 곳이었다. 고향이라고도 불리는 곳.

윤에게는 제가 난 곳을 알 도리가 없었다. 정말로 없었던가는 차치하고, 그는 제가 난 곳을 알고 싶은 생각이 없었다. 하나 목숨 부지하고 자랄 수 있게나마 해 준 곳은 있었다.

기방. 이전에는 일부러라도 발길 한 번을 주지 않았던 홍등가가 줄지은 골목으로 윤의 걸음이 흘렀다. 하나 그곳에서 열다섯까지 제가 자란 기방 대신에 윤이 마주한 것은 텅 비어 폐허가 된 건물일 따름이었다.

아무것도 남아 있질 않았다. 곱디고운 얼굴에 평생 나이를 먹을까 싶던 예기도, 그녀를 따르던 다른 노류장화들도. 그네들의 아래서 일하던 천것들도, 간드러진 웃음소리도. 그 무엇도 거기에는 없었다.

꽉 닫힌 문에는 쪽빛으로 물들인 종이가 붙어 있었다. 종이엔 붉고 커다란 글씨로 '폐문'이라 적혀 있고, 하단에는 작은 글씨로 죄목이 적혀 있었다.

관기도 아닌 주제에 예를 따르는 기녀의 으뜸을 자칭하며 왕실 일가의 눈을 흐리게 만든 죄를 묻는다.

그 두루뭉술한 문장에서 윤은 금세 상황을 읽었다. 족히 1년의 시간이 쌓은 흔적. 빗물에 씻기고 눈에 젖었다 마르고, 그 위로 먼지가 쌓이고. 그것들에도 가려지지 않은 시간을 읽어 내었다.

바짝 말라 죽었다는 중전의 죽음에 대한 죄를 애먼 기녀에게 물은 것이었다. 그 밖의 다른 이유가 있더라도 이곳에는 적을 수 없기에. 그것을 꼬투리로 잡아 많은 이의 생을 바꾸고 사를 꾀한 것이었다.

멍청하게 굳어 서 있는 윤의 뒤로 낭인 왈패들의 거친 걸음 소리가 가까워졌다. 죽음으로의 길이 다가오는 소리였다. 윤이 타고난 생존 본능이라면 능히 그것을 피해 걸음을 옮겨야 하였으나.

'먹이고, 입히고, 쓸모도 없는 것을 주운 변덕으로 그만큼 책임을 져 주었으면 나는 할 만큼 하지 않았겠니.'

윤을 쫓아내며 예기는, 늘 그러하였듯 무심한 얼굴로 윤에게 그리 말했다. 그것이 마지막이었다. 주웠던 조약돌이, 생각만큼 곱고 쓸모 있지 않자 다시 내버리는 딱 그 정도의 마지막이었다.

그 버림이 윤을 살렸다. 하여 저를 살리고 사그라진 것들의 앞에 서서, 윤은 저의 생의 욕구를 버렸다. 빌어먹을 생이어라. 그리 중얼거렸던 것도 같다.

죽음을 목전까지 두도록 흠씬 두들겨 맞고, 당장 죽을 정도는 아니었으나 목숨이 위험할 만큼은 낡고 녹슨 칼에 엮구리며 팔다리를 찔리기도 하였다. 그러느라 몇 번이고 까무룩 정신을 잃었다 깨니 주변은 바뀌어 있었다.

낭인들은 윤을 저들 패거리의 경고로 삼고자 하였는지, 장터 한

복판에 버려두었다. 그날 오후 사당패가 나와 한바탕 놀이를 벌이겠다 점찍어 둔 목 좋은 자리였다.

그곳에서, 부모를 잃고 한쪽 날개를 꺾여 기어이 말까지 잃었던 제영을 다시 만났다.

"주인님이 나를 가리키면서 그랬어. 이렇게 가리키면서……."

윤이 제영의 손을 붙잡아 검지를 펼치게 하곤, 저의 가슴께를 쿡 찔렀다. 그러곤 장난스럽게 웃었다. 물론 당시의 제영은 웃을 줄을 몰랐다. 예기의 무심한 표정과도 닮은 얼굴이었다.

"눈이 예뻐. 구슬 같아요, 할아버지."

제영이 눈을 깜박였다.

"내가……. 그렇게 말했어?"

"그렇게 말했어. 주인님 양친이 전부 돌아가시고 처음으로 꺼낸 말이었대. 그러니 주인님 할아버지가 나를 안 줍고 배기겠어?"

"그럼 할아버지가 주운 거잖아."

"주인님 아니었으면 절대 나 같은 다 죽어 가는 개새끼 주울 양반이 아니시잖아. 주인님. 설마, 그것도 까먹었어?"

개새끼. 그리고 정확히는 제영이 아니라 박신환이 주운 것과 다름없을 그와 그녀의 시작. 그게 또 윤과 이성의 닮은 점인지라, 제영은 설핏 웃고야 말았다. 이 꿈에서 그는 조금 더 아프게 저를 만난 모양이었다.

"우리 할아버지면……. 그래, 그랬을 것 같아."

"그래서 나는 그 양반이 아니라, 주인님한테 나를 맡긴 거야. 몸 멀쩡해지자마자 쫓아가서 그랬지."

"그때부터 나를 주인님이라고 불렀어?"

"아니?"

윤이 단호하게 고개를 저었다.

"인간적으로 개새끼도 주워 오면 이름부터 붙이는데, 나한테 이름을 달라고 했지."

"그래서 내가 머리가 어떻고 눈이 어쩌고 한 뒤에 윤이라고 불렀어?"

"응. 숫제 진짜 개새끼 이름 붙이는 것처럼 그렇게 툭 던지더라니까?"

"참, 나……."

제영이 혀를 차며 고개를 절레절레 저었다. 그런 제영을 보며 윤이 실실 웃었다. 어찌 되었든 좋았다. 그리 이름을 받고, 새로이 생을 살아갈 욕망을 얻었다. 그 이후로의 윤은 제영을 위해서만 살기로 하였다. 무릇, 열셋 나이에 영문도 모르고 궐에 들었을 때부터 이미 빼앗겼던 마음 아니었던가.

"해서 개처럼 부르니 나도 개처럼 충성하겠다 하였지. 그러다가 주인님 할아버지 되시는 그 양반께 또 엄청 두들겨 맞고……."

"윤……."

제영이 혀끝에 맴도는 다음의 두 글자를 억지로 삼켰다.

"너답다."

"그래. 나답지? 그래서 이리 버릇없이 천방지축으로 싸돌아다니는 개새끼처럼, 주인님을 주인님이라 부르겠다 했지."

다시금 제영의 입에서 참 나, 하는 소리가 터졌다. 윤이 실실 웃으며 자리를 털고 일어났다. 제영이 어어 하면서 따라 일어나려다가, 오른쪽 팔 전부를 쓰지 못하니 쉬이 중심을 잡지 못하고 비틀거렸다. 그러다간 다시 앉고야 만 제영을 윤이 복잡한 눈으로 바라보았다.

사람은 몸에 남은 오랜 습관은 버리지 못하는 법이다. 윤이 기억하는 제영은 한쪽 팔을 전부 쓰지 못하는 상태에 익숙했다. 그리 익숙해지는 과정을 전부 저의 눈에 담아 왔지 않던가.

한데 지금의 제영은 제 팔 한쪽을 전부 쓰지 못하는 상황을 몹시 낯설게 여기고 있었다. 역시 저이는 '윤'이 아는 제영은 아니다. 하나, 제영과 닮은 행동과 눈빛은 또 무엇일까.

"어디 가?"

"영특한 개새끼라 주인님 진짓상 챙기러."

"아직 이야기 다 안 끝났잖아."

"잡수시면서 들으셔요. 밤 더 깊어지면 찬이며 밥이며 다 식은 채로 먹어야 하잖아! 또 귀찮으니 거르겠다는 말은 안 받을 거야."

제영이 떨떠름한 얼굴로 고개를 끄덕였다. 때를 맞추듯 제영의 배에서 꼬르륵, 아주 작게 배고픔을 알리는 소리가 들려왔다. 제영이 어두운 방에서 낯을 붉혔다.

윤은 웃으며 날래게 화촉에 불까지 밝혀 두고는, 제영의 주린 배를 채울 상을 챙기기 위해 방을 나섰다.

* * *

제영의 방과 부엌이 먼 것인지 윤이 다시 돌아오는 데까지는 시간이 제법 걸렸다. 이제 깊어진 밤은 먹빛에 가까운 푸른 어둠을 뿌렸고, 종종 달빛에 비친 구름이 뿌연 회청색을 만들었다.

굳게 닫힌 문, 그리 작지 않은 밥상을 제영의 앞에 놓아 준 윤은 처음엔 행여 반갑지 않은 걸음이 찾아올까 싶은 것처럼 방문 앞을 단단히 지켰다. 하나 제영이 왼손만으로 식사하는 것이 영 어설퍼 보이자 얕은 한숨과 함께 곧장 다가와 제영의 옆에 앉았다.

윤은 처음엔 제영의 손을 대신해 숟가락과 젓가락을 쥐고 곧장 밥을 먹여 주었다. 그러나 제영이 그마저 불편해하는 것을 느끼곤 제영에게 도로 숟가락을 돌려주곤, 그 위에 반찬을 올려 주기 시작했다. 어설프고 더디게 제영의 식사가 진행되었다.

"윤, 너는? 식사 안 해?"

"주인님은 개새끼랑 겸상도 해?"

"안 돼?"

윤이 반찬을 올려 준 숟가락을 입에 넣어 오물거리다 꿀꺽 삼킨 제영이 반문했다. 눈을 동그랗게 뜨고 저를 바라보는 제영의 눈동자가 화촉 불빛의 이지러짐에 따라서 반짝거렸다.

윤은 순간 긴장하면서 침을 꿀꺽 삼켰다. 한 번도, 제영의 겉껍데기를 보고 그녀를 마음에 품은 적이 없건만 이제는 그 얼굴만 보고도 긴장이 어렸다. 저 속에 든 게 제가 아는, 5세부터 현금 뜯는 솜씨로 사람을 홀려 놓은 도도한 좌부승지의 손녀가 아님을 알면서도 그랬다.

지금도 순간순간 눈앞의 그녀가 본디의 박제영과 다른 모습을 보이고 있는데도 말이다.

"……머, 먹고 왔어. 나는. 원래, 원래 그랬잖아."

"그랬어?"

"늘 그랬지."

"미안한데 내 기억엔 그런 일 없어."

제영의 기억에 윤과 같은 얼굴을 한 이는 이성이었고, 그 또한 저를 '개새끼', '미친 개새끼' 따위로 칭하긴 했지만 그는 엄연한 사람이었다. 신분의 차이도 없었다. 식사를 같이 하는 경우는 꽤 있었다. 그가 제게 밥을 차려 주고 국수를 삶아 준 적도 있었고…….

연애를 시작하기 전의 일까지 떠올리고 나니 문득 윤이 아닌 이성이 그리워졌다. 제영의 얼굴에 서글픔이 묻었다. 윤의 표정이 제영의 표정을 따랐다.

단호하게 자신이 윤이 아는 그 제영이 아님을 밝힌 것이나 다름없는 그녀의 답은 분명 순간 윤의 심사를 뒤틀리게 하였다. 그래도 저의 제영, 주인님과 같은 이라고 애써 생각하려던 윤의 마음을 몽땅 짓밟았단 말이다. 한데 제영의 얼굴에 깃든 슬픔이 그 뒤틀림을 금세 또 녹여 버렸다.

"그럼 주인님 기억엔 뭐가 있는데?"

"뭐?"

"뭐가 있냐고. 내가 원래 그랬던 건 다 잊어버렸으면서, 꼭 뭐가 있는 것처럼 얘기하니까. 그게 뭐냐고."

제영이 답하지 않고 입을 꾹 다물었다. 숫제 아이가 투정이라도 하듯 툴툴거린 윤의 얼굴을 빤히 바라보았다. 입맛이 떨어졌으니 자연히 제영이 들고 있던 숟가락을 상에 놓았다. 애초에 밥이 너무 많기도 하였다. 다행히 밥이며 찬이 꿈 바깥의 생김과 맛을 닮아 먹기에 어려움은 없었더라도.

"듣고 싶어?"

"응."

"근데 아직, 윤 그쪽이 나한테 해 주기로 한 이야기 다 안 끝냈잖아."

"이런 씨, 그쪽이 뭐냐! 그쪽이!"

제영이 픽 웃음을 터뜨렸다. 이성과도 이런 일이 있었다. 그때는 '해 주고'였던가. 마치 아량이라도 베풀 듯한 저의 말에 이성이 잔뜩 흥분했었다. 그랬던 이성의 얼굴과 지금 윤의 얼굴이 퍽 닮았다. 아니, 같았다.

"아까……. 했던 약속 있잖아."

"약속?"

"어어. 그, 흠! 내가 이야기 다 해 주면, 해 주기로 했던 거……."

"키, 아니 입맞춤?"

"그, 그, 그래! 그거!"

제영의 고개가 갸웃, 한쪽으로 기울었다. 윤이 그런 제영을 흘겨보면서 상을 옆으로 치웠다. 이와 비슷한 일도 이성과 제영 사이에 있었다. 제영은 그때를 떠올리고 있었다. 꿈으로 여기는 이곳에서 아직 만 하루도 지나지 않았다. 한데 제영은 벌써 아주 오랜 시간이 지난 것처럼 지쳤다. 자신이 아는 온전한 윤이성이 그리웠다.

그 그리움이, 눈앞의 윤이 아닌 다른 이를 그리고 있음이 윤의 눈에 고스란히 잡혔다. 초점은 여기에 있되 진실로 향하는 눈빛은 저 먼 곳에 있음이.

하여 윤이 입술을 깨물었다. 껍데기는 분명 그가 아는 제영이 아닌가. 저의 주인님이 아닌가. 한데 무엇을 보고 그리는 것인데.

윤이 기울어지는 고개를 따라 중심을 잡지 못하고 흐트러지려는 제영을 품으로 끌어당겼다. 제영이 윤의 탄탄한 품 안으로 무너졌다.

"약속."

"……바꿔?"

약속이든 계약이든 분명 윤은 바꾸려 할 것이다. 이성이 그러했듯 지금 눈앞의 윤이 그러리라는 것이 제영에게 한 번에 읽혔다. 윤이 곧장 고개를 끄덕였다.

"뭐로?"

"주인님의……."

"몸?"

제영을 품에 안은 윤의 몸이 딱딱하게 굳었다. 제영이 마시지도 않은 술에 취한 듯 나른하게 웃음을 터뜨렸다. 몇 겹의 옷감을 사이에 두고도 윤의 체온이 익어 가는 것이 느껴졌다. 어둠 속에서도 터질 듯 붉게 달아오른 윤의 얼굴이 선명히 보였다.

"과년해선 아직 혼례도 안 치른 여자가! 모, 모, 못 하는 말이 없어!"

"곧 하게 생겼잖아."

"어어, 그건 그런데……."

"그러니까 그 이야기나 마저 해 줘."

윤의 흥분이 다소나마 식었다. 대신에 불퉁하게 튀어나온 입술은 영 토라진 아이의 꼴인지라. 제영은 윤이나 이성이나 말로는 저를 개라 칭하면서 하는 양은 꼭 아이 같다고 생각했다. 그마저 닮을 건 또 뭘까.

"……약속 바꾸면."

"뭐로? 내가 내 이야기를 해 주는 걸로?"

윤이 고개를 끄덕였다. 이어서 제영도 고개를 끄덕였다. 윤이 품에 안은 제영을 도로 제자리에 돌려놓으려는 듯이 몸을 숙였다. 제영이 멀쩡하게 힘이 들어가는 왼팔로 윤의 목을 감았다.

일순 뻣뻣하게 굳는 윤을 보자니, 윤은 이 꿈속의 제영과 이런 접촉에 익숙하지 않은 듯했다. 하긴 두 사람 사이에는 신분의 차이가 있었다.

아예 제영을 옆으로 뉘어 준 윤이 상을 깨끗하게 정리해 바깥으로 물렸다. 먹고 바로 누워도 괜찮은가. 딴생각이나 하며 눈을 깜박이고 있던 제영의 곁으로 윤이 다시 다가와 앉았다.

"이건 나도 내가 겪은 것이 아니라 여기저기서 전해 들은 이야기인지라 정확하지 않을 수도 있어."

"응."

"만일에 듣다가 내가 틀린 이야기를 하거든 그건 알아서 걸러 듣든지, 아니면 주인님이 지적을 해 줘야 해."

"그런 식으로 떠보지 마. 나 정말 기억나는 거 없으니까."

"……티 났어?"

제영이 답 없이 윤을 빤히 보았다. 그가 멋쩍다는 듯 머리를 긁적이곤 실실 웃었다. 아직 해가 떠 있던 때에 들었던 이야기가 제영의 속을 복잡하게 만들었다. 윤이라는 이름을 받기 전까지 실실이 따위로 불리며 이름도 없었다는 그의 이야기가.

"낮에 찾아온 유성대군, 그자의 나이가 스물여섯이야."

"그래? 그럼 윤은 몇 살인데?"

"그 작자보다 두 살이 더 많지."

"나는 몇 살이야?"

제영의 물음에 윤이 떨떠름한 얼굴을 했다. 알려 주기 어려운 것도 아니건만 저러는 데는 이유가 있는 법이다. 제영은 현실의 이성과 저의 나이 차를 떠올렸다. 대중에게 이성이 어린 여자 뒤꽁무니만 졸졸 쫓아다닌다는 흉한 소문을 만들었던 나이 차였다.

"……나보다 여덟 살이 적지."

"스물?"

"응. 스물."

"한 살 줄었네……."

제영이 홀로 고개를 끄덕이고 하는 말을 윤은 이해할 수 없었다. 뭐가 있겠거니. 어차피 저의 이야기를 다 끝내면 제영의 이야기를 들을 차례이니 그때 물으면 되려니, 하고 넘겼다.

"그러니까, 아까 내가 이야기했던 날 기억나?"

"언제?"

"내가 처음 주인님을 만났을 때."

"궁궐에 갔다고 했던 때? 다섯 살 때 말이지?"

"응."

윤이 잘했다는 듯이 웃으며 고개를 끄덕였다.

"그때 유성대군도 주인님을 처음 만났다더라. 아마 돌아가신 중전마마의 옆에 앉아 있었던 모양이지."

당시 제영의 나이가 다섯이었으니 여섯 살 차이라는 형찬의 나이는 열한 살이었다. 윤은 중전의 앞까지 나설 수 없었으니, 제영과 형찬이 목도하는 순간을 직접 볼 수는 없었다.

하나 윤은 자신이 제영에게 미리 읊러 준 말과 달리 당시부터 지금까지의 상황을 제법 상세히 알고 있었다. 제영의 조부 박신환에게 주의를 부탁하며 직접 들었으며, 그나마 저의 앞에서만은 사소한 투정이나마 부리는 제영의 입을 통해 들은 것들이었다.

또, 윤에게는 달리 이야기를 전해 들을 통로가 있었다. 그가 원하여 만든 창구는 아니었으나 말이다.

"주인님의 연주에 마음을 빼앗긴 사람이 그날, 나 혼자가 아니었어."

"이형찬 대표도……."

"대표가 뭐야? 아무튼 대군의 이름을 그렇게 함부로 부르면 안 되지."

"나라님 없는 데선 원래 욕도 하고 그러는 거잖아."

제영의 뻔뻔한 말에 윤이 픽 웃었다. 하기야 맞는 말이었다. 윤이 고개를 끄덕이고 이야기를 이어 나갔다.

형찬은 제영의 연주, 그리고 어린 나이에도 긴장 하나 하지 않는 태도에 마음을 빼앗겼다. 왕실의 적통으로 지금 당장은 아니라 하나 세자 책봉이 머지않은 것이 자명한 의찬에게 관심 한 톨 주지 않는 것도 기꺼웠다. 당시 좌부승지였던 박신환도 중전의 눈길을 끌어 세자빈에 저의 손녀를 올리기 위해 이 자리를 찾은 것이 아님이 빤히 보였다.

그러니 형찬은, 감히 열한 살의 어린 나이에도 불구 발칙하게 제영이 오로지 저를 위해 이 자리에 나타난 것이라고 여겼다. 그러니까 실로 제영이나 박신환의 의지가 아니라도, 하늘이 저와 제영을 이어 주기 위해 이런 기회를 만들었다고 여긴 것이다.

다만, 중전의 병환이 깊다는 이유로 형인 예인대군 의찬도 혼례를 올리지 않고 있으며 아비인 왕 또한 세자 책봉을 미루고 있었다. 그러니 당장 형찬이 제영을 손에 쥐기 위해 행동할 수는 없었다.

해서 당시의 형찬은 그저, 제영에게 저의 낯을 자주 익혀 주기 위해 효를 취하는 척을 하는 것에 그쳤다.

"중전마마께옵서 어린 양반가 여식들과 보내셨던 시간이 병색 완화에 좋았던 듯합니다. 또한 형님과 제게도 듣기에 참으로 좋지 않으셨습니까들, 하고 물으셨습니다."

형찬의 말은 먹혀들었다. 정확히는 형찬의 말을 들은 왕이 저의 반려인 중전의 병색이 실로 완화된 이유를 확인하고, 형찬의 돌리고 돌린 제안을 수락한 것이었다. 사실상 중전의 병색은 단순히 어린 치들의 현금 연주를 들은 것으로 완화된 것이 아니었으나, 각자의 사정이 엮이어 일은 진행되었다.

아이들이, 그리고 드문드문 기방의 예기가 궐을 찾았다. 중전을 독대하고 이야기를 나누었다. 형찬은 제영이 처음으로 궐을 찾았을 때를 제하고는 중전의 옆에서 제영을 마주할 수는 없었으나, 궐에 방문한 제영과 '우연히' 마주치는 것쯤은 쉬이 할 수 있었다. 하나 그것도 오래가지 못했다. 결국 중전이 병색을 이기지 못하고 국상이 시작된 까닭이었다.

"그래서 유성대군이 한동안은 주인님을 볼 일이 없었지. 국상을 마치고 나서는 다시 부르려고 시도를 한 모양인데, 아니면 제가 다 자랐다고 사가로 향하거나……."

"잠깐만."

"응?"

"궁금한 게 있는데, 왜 꼭 형찬……. 아니 유성대군의 형이 반드시 세자가 될 거라고 확정하고 말하는 거야? 둘 다 대군이면, 보통 더 나은 쪽을 세우지 않아?"

제영의 의문은 타당했다. 지금 이곳의 왕권 승계가 장자 승계 방식이 아니라면 말이다. 다만 문제가 있다면 윤이 제영의 합당한 의문에 답을 줄 수 있느냔 것이었다. 제 뿌리도 몰라 천민으로 사는 윤이 그런 것에까지 관심을 두었겠냐는 것.

"그런 걸 내가 어떻게 알아?"

역시 윤이 김새는 말을 했다. 하긴, 하고 중얼거리며 제영이 고개를 끄덕였다. 조선이 장자 승계의 원칙으로 돌아간 것 같지는 않았는데. 제영이 저도 모르게 중얼거린 말을 윤도 들었다.

"근데."

"응?"

"조선이 뭔지는 모르겠는데, 주인님이 그 비슷한 질문을 할아버지 살아 계실 때 한 적이 있대. 그 얘기를 그 양반이 나한테 해 주셨거든."

"그래서? 그래서 뭐라셨는데?"

"그때의 유성대군은 '대군'이 아니었어. 예인대군과 유성대군은 배가 다른 형제거든."

제영의 눈에 흥미가 그득했다. 다시 생각해도 설정부터 빚어지는 이야기까지, 꿈 한번 흥미롭기 짝이 없었다.

다시 이야기로 돌아가 윤이 형제의 관계를 설명했다. 형찬은 형인 의찬과 어미가 다른 형제였다. 형찬의 친모는 왕이 세자이던 당시 세자빈 간택에서 중전과 함께 최종까지 남아 숙의로 봉해진 정씨였다. 하여 중전이 살아 있던 당시는 '유성대군'이 아닌 유성군으로 불렸다.

장자를 떠나 중전 소생의 적자가 의찬뿐이었으며, 의찬의 성정이나 영민함에 모자람이 없었다. 심지어 병약한 어미인 중전을 향해 왕의 총애 또한 끊이지 않고 이어졌으니, 사실상 형찬이 세자에 봉해질 일은 꿈에도 없을 것이 자명하게 보였다.

그러던 것이 중전의 국장이 끝남과 함께 형국이 바뀌었다. 비어 있는 국모의 자리를 채우는 것은 중한 일이나, 왕이 그 자리에 형찬의 모친인 숙의 정씨를 세울 줄은 누구도 예상치 못하였다. 법으로 정해진 것은 아니나, 빈 중전의 자리를 후궁 중에 택해 채우는 것은 나라에 유례없는 일이었다.

하나 숙의 정씨가 중전의 자리에 오른 것과, 형찬을 대군이라

칭하는 것은 다른 일이었다. 이 나라의 법도가 그리 정하고 있었다. 그러니 형찬은 여전히 '유성군'이었다. 그래야 옳았다.

그러나 어쩐 일인지 왕은 유성군의 어미가 중전이 되었으며, 숙의 정씨가 본래 세자빈 간택부터 참여했던 입장이니 그녀와 저의 아들인 유성군 또한 대군으로 그 신분을 올리지 못할 이유가 없다, 하였다. 그리 유성군은 갑자기 대군의 칭호를 받았다.

형찬은 그때부터 눈에 띄는 행보를 보였다. 무엇이든 무난하게 해내되 항상 의찬보다 한 끗 모자란 모습을 보였던 이가, 어느 면에서는 의찬보다 더 나은 모습을 보이기 시작했다.

그러하니 더디 미뤄 놓은 세자 책봉을 두고 신료들 사이에서 여러 말이 오갔다. 다만 의찬과 형찬의 사이가 또 묘했다. 이리 상황이 불거지면, 피차 얼굴을 붉히게 마련이건만 의찬과 형찬은 중전이 바뀌기 전과 다름없이 사이좋은 모습을 보였다.

"복잡하네……."

제영이 이마를 짚으면서 중얼거렸다. 아름아름 설명을 이어 가던 윤도 제영의 말에 동의한다는 듯 고개를 끄덕였다.

"근데 이 상황들이 나랑 대군이 혼인하는 데 무슨 상관이야?"

"처음부터 대군마마께서 판을 짰다 이거지."

"짰다고?"

"뭐 돌아가신 좌부승지 양반께서는 그렇게 생각하신 모양이던데."

당시 좌부승지직을 내려놓고 부모와 오른쪽 팔, 거기에 더해 충격으로 말까지 잃은 제영을 온전히 책임지고자 했던 박신환은 기실 '생각'한 것이 아니라 일의 흐름을 온전히 알고 있었다.

처음부터 형찬은 왕위를 물려받는 일에는 하등의 관심도 없었다. 하나 그는 의찬을 넘어서 영민하기 짝이 없는 종자였다. 그리고 그런 아들의 어미인 숙의 정씨는 아들의 영특함을 몹시 잘 알고 있었다. 그러니 저의 배로 낳은 아들에게 왕위를 물려주고자 하는 욕심이 있었다. 자신이 죽은 중전과 의가 좋은 사이였고, 형찬의 배다른 형이자 적자인 의찬에게도 나름의 정을 주고 아끼던 것과는 상관없이 말이다.

단연 형찬은 그 영특함으로 제 어미의 생각도, 왕의 생각도, 하물며 저의 어미가 의찬을 아끼듯 또한 저를 아껴 주었던 중전의 생각마저 꿰뚫어 보고 있었다. 심지어 제영의 조부인 박신환이 왕친과 엮일 생각이 추호도 없는 것까지.

왕은 죽은 중전과 닮은 의찬을 아꼈다. 또 다른 저의 씨인 유성대군 또한 나름의 정은 주었으나 그 깊이가 달랐다. 누가 보아도 알 정도로 차이를 두었다. 실로 형찬은 자신의 뛰어남을 세워 보이기 전까지만 하여도 의찬처럼 쉬이 왕을 대면할 수 없었다.

형찬의 입장에서 문제는 두 가지였다. 자신은 지금 이대로 제영을 갖고자 하는데 숙의 정씨에게는 아들을 왕으로 세우고자 하는 욕심이 있었다. 왕은 숙의의 욕심을 채워 줄 생각이 추호도 없었고, 그러하니만큼 큰 관심을 두지도 않는 아들의 혼인에까지 신경을 써 줄 리는 만무했다. 이미 왕에게는 신경 써야 할 것들이 너무나 많았다.

박신환의 집안은 개국 공신 가문이었다. 또한 박신환 본인이 좌부승지에 오를 정도로 능력 좋은 인사였으며, 제영의 부친이자 그의 아들 또한 나라의 녹을 먹지는 않았으되 뭇 선비들의 존경을 받는 학자였다. 영향력이 큰 집안이었다.

그리 영향력 큰 집안의 어르신인 박신환은 왕실과 저의 가문이 엮이는 것을 원치 않았다. 가문이 세워 온 뜻이 그러하였고, 박신환 또한 가여운 제 손녀의 조용하고 평온한 삶을 바라였다.

왕이 제 아들과 혼인하라 강제한다면 거절이야 못 하겠지만, 왕에게는 그리할 생각이 없었고 제영은 연애를 할 상황이 아니었다. 심지어 제영에게는 장애까지 생겼다. 왕실의 혼처로 마땅한가 하면, 보편적으로는 절대 아니라 할 수 있었다.

형찬은 의좋은 형제인 의찬을 먼저 끌어들이고, 일부러 저의 능력을 펼쳐 보였다. 왕이 자신에게 관심을 두지 않을 수 없게 만들었다. 그리하여 대군의 자리를 차지해 냈다. 그리하고는 불편한 얼굴로 저를 마주한 왕에게 제안하였다.

"소자가 원하는 것은 그저 좌부승지의 손녀와 혼인하는 것뿐입니다. 아바마마께서 원하시는 것은 그것대로 전부 이루소서. 사랑하는 이의 피를 담은 자식을 마땅히, 지금 아바마마께서 계신 자리에 올려 두어 그 피를 이 궐에 평생 묶어 두는 것이 소원이지 않으십니까."

왕에게는 이미 다른 이와의 약조가 있었다. 형찬의 제안을 받아들이려거든 선약을 어기게 될 상황이었다. 하나 형찬의 제안을 거절하면 의찬을 차기 보위에 올리는 일이 불투명하였다. 형찬이 그리 상황을 이끌었다. 그러고 나서야 왕에게 제안한 것이었다.

조정 대신의 3할은 중전에 오른 숙의 정씨의 사람이었고, 나머지 7할은 파벌로 나뉘어 각자의 의견을 주장하기에 바빴다. 7할 중 절반은 반드시 적장자인 의찬을 세자에 책봉해야 할 이유는 없지 않겠느냐 하였다. 형찬이 제 손위 형 의찬보다 나은 자질을 보이고 있으니 의견이 갈린 것이었다.

중전의 사람들과 의찬의 세자 책봉에 회의적인 대신들을 합하면, 결국 형찬을 세자에 올리자는 의견이 반수를 넘게 되는 형국이었다. 만일 형찬의 위를 대군으로 올리지 않았더라면 상황이 이리 흐르지는 않았을 터였다.

하나 왕이 그리 큰 관심을 두지는 않았던 형찬을 대군으로 승직한 데에는 또 그럴 수밖에 없는 이유가 있었다. 상황이 이렇게까지 꼬이리라 내심 짐작하였으면서도, 숙의 정씨를 중전으로 삼고 그의 아들 유성군을 대군으로 삼을 수밖에 없는 이유가.

차라리 왕에게, 형찬의 제안은 기꺼울 정도였다. 하여 왕은 '그 빌어먹을 사랑이라는 게 참 우습지 않더냐?' 하는 말로 형찬의 제안을 수락하였다.

그즈음 박신환은 연이어 청했던 사직을 드디어 윤허받았다. 그 후 가엾은 손녀의 손을 붙잡고 남사당패의 놀음 구경을 나섰다가 만신창이의 돗가비 새끼 같은 낭인을 주웠다.

가엾은 손녀가 어디에도 매이지 않게 해 주기 위한 눈속임이라는 말로, 왕은 박신환이 제영과 형찬의 '약혼'을 받아들이도록 하였다. 약조가 지켜지지 않을 것을 알면서도 박신환은 왕의 부탁을 받아들일 수밖에 없었다. 제 아들이 죽은 사고의 원인이 무엇이었는지 알게 된 까닭이었다.

당시 이미 죽을 날이 살날보다 가까웠던 좌부승지에게, 제가 죽고도 제영을 지킬 방법은 제영을 왕실의 혼인 상대로 세우는 것뿐이었다. 아무렴 일가를 이룬 저의 모든 것을 빼앗기 위해 사촌에게까지 날을 세운 박태욱이라도, 왕실의 사람으로 내정된 제영에게 손속을 험하게 할 수는 없을 것이므로.

일이 이리 흐르는 가운데 제영과 박신환에게 구명받은, 죽어 가던 낭인은 '윤'이라는 이름을 받았다.

박신환은 아들 내외를 잃은 시름에 잠겨 앓던 아내가 명을 달리하자, 본래도 겨울마다 말썽이던 고질병이 심해졌다. 어쩌면 가문 안에서 일어난 욕심에 눈이 먼 참극에 달리 심화가 일어난 것일 수도 있었다.

어쨌든, 예상했던 것보다도 남은 명이 길지 않음을 자각한 박신환은 제영을 대군의 가약 상대로 삼는 것 말고도 가엾은 손녀를 위한 보증이 필요하였다. 혹시 하여 멀게 잡은 혼례일까지 직접적으로 제영을 가까이서 지켜 줄 사람이 말이다. 어쩌면, 만에 하나라도 그 예비책이 제영을 단순히 살게 하는 것뿐 아니라 '자유롭게' 살게 할 수도 있으리라는 생각 또한 하였는지도 모르겠다.

그리하여 제 손녀를 주인님이라 부르며 기이하게 따르는, 마음에 차지 않는 개새끼에게마저 결국 그 아이의 안전이나마 지켜 달라 '청'하였다.

이는 진짜 좌부승지의 손녀이자 친척의 욕망에 부모를 잃게 된 가엾은 여인 '박제영'도 모르는 일이었다. 윤 또한 이 뒤의 숨겨진 비사에 대해서는 지금의 이상하기 짝이 없는 제영에게 함구하였다.

알아 좋은 것이 없었다. 어차피, 안다고 한들 제영이 대군마마의 반려가 되느냐 마느냐에 대한 선택권이 넘어오는 것도 아니었다.

“나도 정확히는 몰라. 알면 이상하지.”

윤이 실실 웃으며 의뭉을 떨었다. 제영이 생각하기에도 저를 주인님이라 부르며 따르는 것밖에는 없는 윤이 무언가를 알리라는 생각은 들지 않았다.

어딘가, 묘하게 놓치고 있는 것이 있는 것만 같다는 생각은 들었으나 그뿐이었다.

“결국 약혼 상태였으니까 그걸 완전한 혼인으로 만들자 이거야?”

“그렇겠지? 그리고…….”

“그리고?”

윤이 잠시 뜸을 들였다. 슷제 제영의 눈치를 보듯 하였다.

“그쪽……. 그러니까 주인님을 따르는 그 아가씨 있잖아.”

“제윤이?”

“어어, 응! 그 아가씨네 집안이 이제 집안 힘을 싹 쥐었거든…….”

윤의 목소리가 슬그머니 기어들어 갔다. 제영이 고개를 내저었다. 듣지 않아도 알 것 같았다. 이 꿈속에서도 제윤의 부모나 그쪽 집구석은 제대로 밉상인 것 같았다.

“집안에서 좋은 혈통이랑 엮이는 애 하나 나오면 좋은 거 아니겠냐고, 결혼……. 그러니까 혼인을 빨리 진행하자고 했겠네."
"뭐……. 그렇게 됐지."
그저 이야기를 들은 것뿐인데 피곤해졌다. 어찌 된 게 꿈에서의 저의 처지가 더 험악했다. 제영이 한숨을 내쉬며 허탈하게 웃었다. 그런 제영을 윤이 흘긋흘긋 바라보았다. 그러고는 또 문밖을 보는 꼴이, 곧 돌아가 봐야 할 시각임에 무언가를 조르는 형색이었다.
"아."
"이제 주인님 차례야."
"맞아. 그랬지."
제영이 고개를 끄덕이고는 왼손으로 별안간 윤의 옷깃을 잡아끌었다. 어어, 하는 사이에 힘 하나 주고 있지 않던 윤이 제영의 코앞까지 끌려왔다.
"아니, 자, 자, 잠깐만! 주인님아!"
차마 큰 소리조차 제대로 내지 못하고 윤이 속삭이듯 하면서도 또 한편으로는 다급하게 외쳤다. 제영이 윤의 다급한 외침을 무시하고는 입술을 그에게로 가까이 붙였다.
입술과 입술이 맞붙었다. 윤의 눈이 동그랗게 떠졌다. 제영 또한 아직 눈을 훤히 뜨고 있었다. 어두운 밤, 몇 개의 화촉에서 일렁이는 불만으로는 윤의 눈에 뜬 푸른 테를 볼 수 없었다. 제영은 그것이 묘하게 불만이면서도, 또 그렇기에 쉬이 윤에게 입술을 붙일 수 있었다.
눈동자의 다름을 제하고는 자신이 아는 윤이성과 다를 것이 없었기에. 이 입맞춤을 외도라고 해야 할지 아닐지 잠시 구분을 잊을 수 있었기에.

"주, 주인……."

"조용히 좀 해……."

입술이 맞붙은 채, 살그머니 열린 입술이 서로를 간질이며 짧은 대화가 오갔다. 윤은 제영의 박력 넘치는 다그침에 좌우로 눈알을 굴리다가 결국 슬그머니 눈을 감았다. 제영이 키득대며 웃었다.

제영의 열린 입술 사이로 불그스름한 혀가 빼꼼하게 나왔다. 한참 입을 열고 말을 뱉느라 마른 입술을 가르고 들어간 혀는, 그 입술 속에 숨은 주인의 혀와 만나 얽혔다.

윤은 어색한 듯 제게 침입한 제영에게 어쩔 줄 몰라 했다. 그러나 그런 태도는 얼마 가지 않아 사그라들었다. 기어코 제영의 단맛을 알아 버린 윤이 차츰 주도권을 빼앗아 달큼한 감각을 돌려주었다.

"으응……."

야릇한 비음이 제영의 코끝을 비집고 흘렀다. 윤의 숨이 금세 거칠어졌다. 하나 제영의 입 속 깊은 곳까지 전부 맛본 윤은, 또 언제 제가 거친 사내처럼 굴었냐는 듯 돌연 제영에게서 훌쩍 멀어졌다.

"와, 아니, 와, 주인, 주인님아!"

"……뭐야? 할 거 다 해 놓고 갑자기 왜 아닌 척해?"

"어떻게 과년해서 시집도 안 간 규수가 어? 막? 아무 남자랑 시, 심알을 막 잇고……!"

심알을 잇는다는 말에 제영이 잠시 고개를 갸웃거렸다. 그게 깊은 입맞춤을 뜻하는 말임을 바로 알아듣지 못한 까닭이었다.

"키스를 그렇게 부르나?"

"키……. 뭐, 뭐?"

"입 맞추고 혀……."

"아, 아, 진짜!"

당황하는 윤의 모습이 퍽 귀여웠다. 제영이 웃음을 터뜨렸다. 같은 얼굴을 한 이성에게서는 최근에 저렇게 당황하는 모습을 보기가 어려웠다. 윤을 대하고 있노라면, 이제 고작 반나절이 되었을 따름이건만 연애를 시작하기 전의 이성의 모습이 많이도 떠올랐다.

3년 만에 재회해 그의 앞에서 훌러덩 상의를 벗었을 때 아마, 이성이 지금의 윤처럼 굴었을 것이다. 저렇게 당황하고, 무슨 여자가 겁도 없이 옷을 벗어 던지냐고 되레 제가 따지기도 했었다.

제영이 고개를 내저어 이성을 향한 그리움을 흩어 냈다. 이 꿈에서 깨면 어차피 볼 수 있는 얼굴이었다. 꿈에서는 어쩌다 형찬과 혼인을 하게 생긴 모양이었지만, 실제로는…….

"……많이 해 본 솜씨던데."

"뭐, 뭐가!"

제영의 말에 윤이 제 발 저리는 반응을 보였다. 하긴, 방치되었다 한들 기녀가 그를 주웠다고 했다. 그러곤 기방에서 자랐다고 했다. 윤이 제 입으로 15세부터는 저를 홀려 보려는 기녀도 있었다고 하지 않았던가.

"어때. 숫기 없는 것보다는 낫지."

"그게 문제가 아니라……!"

"그럼?"

"주인님아, 이거 말고 다른 거로 바꾼다고 야, 약속했잖아!"

"아아……."

그랬었다. 제영은 형찬과 꿈속 자신의 혼례가 어떻게 된 일인가 듣기 전 분명 윤에게 입맞춤 대신 이야기를 들려주기로 조건을 바꿨었다. 잠시 잊었다.

그러나 못 할 이야기도 아니었다. 꿈속 인물에게 꿈이라는 이야기를 하는 것이 위험할 수도 있다는 생각이 잠시 들기는 하였다. 하나 그것이 이성의 얼굴을 고스란히 닮은, 또 같은 눈빛으로 저를 보는 윤이라면 괜찮을 것도 같았다.

제영이 보료 위로 드러누웠다. 그대로 허공을 보며 하하 웃다가, 고개를 돌려 윤을 바라보았다.

"자고 일어나면 내 이야기를 해 줄게. 그럼."

"약속 지켜."

"못 지킬 건 또 뭐야……."

제영의 말꼬리가 길게 늘어졌다. 뭐야아, 하고 늘어지는 말끝에 쌓인 피로가 느껴지는지라, 윤이 걱정 가득한 한숨을 내쉬고야 말았다.

갈게, 짧게 말하고 윤이 자리에서 일어섰다. 방문을 닫고 나서는 윤의 뒷모습을 제영이 가물가물한 눈으로 바라보았다. 씻지도 않고, 옷도 안 갈아입었는데. 그저 꿈이니 괜찮으려나. 생각조차 뭉개지기 시작했다.

꿈에서 또 잠이 들어 꿈을 꾸면 어떻게 되려나. 그런 생각을 하다간 설핏 웃었다.

"어려울 건 또 뭐야……."

제영이 중얼거렸다. 꿈에서 또 잠들어, 이 꿈이 끝나지만 않는다면. 사랑하는 이를 그대로 닮은 꿈속의 그에게 저의 이야기를 하는 게 어려울 건 또 뭐겠는가.

그리 생각하며 제영이 혼곤한 잠에 빠져들었다.

* * *

제영의 처소를 나온 윤의 걸음은, 곧장 제 쉴 곳을 향하지는 못하였다.

* * *

새 지저귀는 소리가 들렸다. 쏟아지는 볕이 눈꺼풀을 넘어 시야를 붉은빛으로 물들였다. 잠에 취해 시간이 흘러 해가 밝았다. 그리 하루가 지났다.

눈을 뜨면 어디일까. 제영이 가물가물 짧게 깜박이던 눈을 크게 떴다. 곧장 맑아지지 않는 시야로 익숙하지는 않은 색들이 섞이어 들어왔다.

"아……."

아직 꿈속이구나.

기묘한 탈력감이 제영을 덮쳤다. 기어이 맑게 갠 시야가 이곳이 저에게 익숙한 곳이 아님을 알렸다. 제영이 한숨과 함께 눈을 감았다. 찌르르, 새소리가 다시금 귓전을 두드렸다.

그 새소리 사이로 어딘가 경박한 사람의 뜀박질 소리가 섞였다. 그것이 점점 제게로 가까워지는 것을 느끼면서도, 제영은 쉬이 다시 눈을 뜨지 못했다.

단 하루뿐이었으나 자신의 공간이 된 이곳, 꿈속 제영의 처소를 찾는 이가 많지 않음을 그녀는 알아 버렸다. 하여 오는 걸음이 어째 가볍게 들리기는 해도 윤이려니 싶었다.

활짝, 문이 열리는 소리가 들렸다. 그 전에 신발을 벗는 소리가 우선이었던가. 성큼성큼 방 안으로까지 진입한 걸음이 바로 귀 앞에서 멈추었다. 그리고 털썩, 주저앉는 소리에 폭이 넓고 풍성한 비단의 바스락거리는 소리가 더해졌다.

윤이 아니다.

"언니!"

"……박제윤?"

"세상에, 이럴 줄 알았어! 이리 성장하고 이불도 제대로 안 덮고 자면 어떡하니? 목간은 바라지도 않는다, 소세는 하고 잔 거야?"

"뭐?"

제영이 뭐라 답을 뱉기도 전에 제윤의 손이 먼저 덥석 제영을 붙잡아 일으켰다. 얼결에 앉은 제영이 오른팔에 힘을 주었다가, 거기에 힘이 들어가지 않는 것을 깨닫고는 왼손을 들었다. 손등으로 눈을 비비며 시야를 확보하자 잔뜩 성이 난 제윤의 얼굴이 보였다.

기억하는 것보다 조금 앳된 것도 같고, 반대로 더욱 성숙한 것도 같은 얼굴이었다. 젖살이 남아 뽀얀 빛의 뺨을 한 것이 아마도 스무 살 언저리 무렵 제윤의 얼굴이 이러했을까. 기억보다 성숙하게 여기는 것은 얼굴이 아니라 담긴 표정 때문인 듯했다.

잔뜩 엄한 척을 하는 얼굴은 분명 어리게 보이기 짝이 없는데 또 한편으로는 알고 있는 제윤의 표정보다 성숙했다. 자신이 기억하는 박제윤은 스물세 살인데.

멍한 제영의 표정을 이 꿈의 제윤은 아직 잠이 덜 깬 것으로 해석한 모양이었다. 대상을 모를 누군가에게 잔뜩 성을 내며 욕을 주워 삼키던 제윤의 입이 똑 다물렸다. 그러고는 씩 웃으면서 제영의 앞에 제 손을 흔들어 보였다.

"아직 덜 깼어?"

"아냐, 깼어. 손 치워."

"흐응……. 뭐야. 똑같은데."

"똑같다니, 뭐가?"

"어제 대군마마께서도 돌아가시는 길에 언니가 좀 이상하단 말을 전하셨다고 들었고, 뭣보다 윤이 새벽 나절부터 나한테 와서 언니가 저엉말로 이상하다고 하소연을 늘어놨거든."

제윤이 짧게 전한 주변의 반응에 제영이 저도 모르게 고개를 끄덕였다. 하긴, 이상하게 보이지 않을 도리가 없었을 것이다. 그들이 익히 알고 대하던 제영과 지금의 제영은 아예 다른 사람이니 말이다.

사는 시대상이라도 비슷한 꿈속이면 나았을까, 지금은 숫제 웬

사극 안에 들어온 형국이었다. 거기다 제영은 제 꿈 안에서 본인의 행동을 조심할 생각조차 없었다. 그렇다면 티가 나는 것이 당연한 일이었다.

"어어, 이상하지."

"뭐가 이상한데? 난 잘 모르겠는데? 그보다 언니, 내가 아예 씻길 준비를 하고 왔으니까 우선 씻……."

"윤, 그 사람이 너한테 뭐라고 하소연을 했는지는 모르겠는데."

"응?"

부산하게 제영을 일으켜 끌고 나가려던 제윤이 우뚝 멈추었다. 그런 제윤을 똑바로 올려다보며 제영이 차분한 얼굴로 마저 말했다.

"내가 아무것도 기억 못 하더란 얘기는 했어?"

제윤은 순간 자신이 무얼 잘못 들었나 했다. 상당히 충격적인 이야기를 들은 것 같은데, 그러한 말을 뱉는 제영의 얼굴이 워낙에 차분했던 탓이었다. 일부는 현실을 부정하고자 하는 마음 또한 있었다.

멈춘 그대로 멍한 표정을 유지하고 있던 제윤이 뒤늦게 정신을 차렸다.

"언니 진짜 혼인하기 싫구나? 그러니까 그러는 거지? 그렇다고 에이, 윤이랑 나까지 속이는 건 좀 그렇지 않아?"

그러곤 제영의 말을 대수롭지 않게 여겨 넘기려 하였다. 그 뒤엔 다시금 제영을 끌고 나가 준비한 욕조에 집어넣었다. 오른쪽 팔을 전부 쓰지 못하는 데에 아직 익숙하지 않은 제영은 별다른 반항도 해 보지 못하고 제윤이 하고자 하는 대로 꽃잎과 향유가 뜬 욕조에 처박혔다.

제윤은 제영이 다시 말을 붙일 새도 없이 이리저리 쪼르르 다니면서 사람을 부렸다. 제영의 처소가 있는 별당 건물에는 있는 줄도 몰랐던 시종들을 불러 갈아입을 옷을 챙기고 주인을 모셔 씻기도록 하였다.

얼결에 다른 이의 손에 몸을 온전히 내맡기게 된 제영도 혼이 쏙 빠졌다. 종종 제윤은 저도 나서서 제영의 어깨며 흉터가 크게 남은 등에 물을 끼얹고, 머리를 감으며 흐트러진 풀어진 머릿결을 정리해 주었다.

말 한마디도 없이 제윤의 명에 따라 그녀를 씻기던 두 명의 시종은 일을 마치자 또 금세 자리를 비웠다. 종종 제영의 시선이 미치지 않는 그녀의 뒤에서 심각한 얼굴을 하고 있던 제윤이, 언제 그런 표정을 지었냐는 듯 해사하게 웃으면서 제영을 욕조에서 꺼냈다.

"저것들이 뒷정리까지 하고 가려면 자리를 지켜야지! 하여간 마음에 드는 게 없어요."

"됐어. 다른 사람 손 타는 거 불편하기나 해."

"아니, 정말 이전이랑 다를 게 하나도 없는데……."

제윤이 제영에게 옷을 입혀 주면서 중얼거렸다. 제영이 픽 웃음을 터뜨렸다. 제윤이 제영의 성장한 모습을 보고는 허리춤에 묶은 끈을 다시 정리해 주었다.

그러곤 도로 방으로 돌아와 이제는 제영의 머리까지 살살 말려

주는 게 이런 상황이 퍽 익숙한 듯 보였다. 제영은 너무나 자연스럽고 당연하게 저의 수발을 돕는 제윤의 손에 저를 맡겨 두고는 그저 가만히 입을 다물었다.

윤이, 혹은 윤이성이 보고 싶었다.

"……진짜야?"

머리를 다 말려 주고, 또 적당히 보기 좋게 묶어 주기까지 하고 나서야 제윤이 조용히 물어 왔다. 멍하니 다른 생각을 하고 있던 제영이 제윤을 돌아보았다.

"아무것도 기억 못 한다는 거?"

제영이 그녀의 질문에 어색한 웃음으로 답을 전했다. 긍정이었다. 제윤이 우중충한 얼굴로 고개를 끄덕여 수긍하더니, 이내 부루퉁하게 입술을 내밀었다. 으음, 제영이 낮게 침음을 내며 얕은 한숨을 뱉었다.

정확히는 기억을 못 하는 건 아니었다. 지금의 제영에게는 처음부터 없던 기억일 따름이었다. 그녀는 지금의 이 상황을 전부 꿈으로 여기고 있으니, 자신의 무의식에서 빚어낸 것들이라 생각하여도 말이다.

직접 살아와 쌓아 둔 시간이라곤 하나도 없으니 또 아예 거짓말은 아니었다. 다만, 지금의 제영에게는 거짓말과 다를 것도 없기는 하였다.

그러나 제영은, 윤에게 제윤이 저를 퍽 따르는 인사라는 말을 들었음에도 자신이 생각하는 '진실'을 제윤에게 고스란히 전할 생각은 없었다. 본래 꿈속의 인물에게 이것이 꿈이란 얘기를 해서는 안 된다고 하지 않던가.

물론, 윤에게는 그마저 전부 털어놓을 생각을 퍽 쉬이도 했지만.

"맞아. 지금 나는 아무것도 기억을 못 해. 내가 오른쪽 팔을 전부 못 쓰게 된 것도 잊었고, 대군인가 뭔가 하는 작자와 결…… 혼인하게 되었다는 것도 다 잊었어."

"거짓말이지? 다 잊었는데 어떻게 이렇게 나를 똑같이 대하는데? 말은 왜 이렇게 잘하고? 다 잊었으면 백치가 되어야 하는 거 아니야?"

제윤이 따져 들듯 물었다. 아무래도 제영의 말을 도저히 믿을 수 없어서였다. 혹은 믿고 싶지 않아서인 듯도 했다. 믿고 따르던 이가 저를 전부 잊었다는 것은 무릇 상처가 되는 법이니까.

제영도 이러한 상황에서 가장 먹힐 만한 핑계가 '전부 잊었다'는 말이긴 하나, 또 그것이 쉬이 믿음을 주기 어려운 말인 것은 짐작했다. 하나 모두에게 어차피 제가 본래의 제영과 다름을 들키지 않고 이 꿈을 돌파할 수는 없는 노릇이었다. 그 첫 설득 대상이 제윤이 된 건, 어쩌면 다행이었다.

"기억 상실이라는 게, 그렇게 모 아니면 도로 이루어지는……."

"언니!"

제윤이 빽 소리를 내질렀다. 제영이 그에 답하듯 한숨을 푹 내쉬었다.

"네가 나에게는 종숙인 박태욱, 그 사람의 딸이라 내게 육촌 여동생이 되는 건 기억해."

"그게 뭐야……."

"그리고 내가 윤이랑 같은 얼굴을 한 사람을 주웠다는 건 기억해. 어떻게, 어디서 주웠는지는 기억하지 못했지만."

"……그리고 또 뭐가 기억나는데?"

"말하는 법. 할아버지, 할머니. 부모님이 돌아가신 사실 자체. 그리고 제윤이 네 가족들."

제윤의 얼굴이 불퉁해졌다. 아직 의심을 다 지우지는 못했지만, 또 한편으로는 분명 제영의 말에 설득당한 눈치였다. 이번에는 제윤의 입에서 깊은 한숨이 흘렀다.

"왜 다 잊어버렸는데?"

그러곤 숫제 투정이라도 부리듯 물었다. 제영이 멀쩡한 왼손을 들어 제윤의 뺨 언저리에 붙은 머리칼을 떼어 귀 뒤로 넘겨 줬다. 어리고 성숙한 얼굴. 꿈 바깥의 제윤에게는 앙칼지게 굴고 제 잇속만 차려야 할 수밖에 없는 가족이 있었는데 이 꿈속의 제윤도 그럴까.

아마 그럴 것 같았다. 윤이나 자신의 얼굴과 이름을 한 이 몸뚱이의 주인이 현실보다 더 기구한 생을 살았던 것을 생각해 보면, 제윤 또한 자신이 아는 제윤보다 처지가 더할 수도 있었다. 그런 것치고는 이 꿈속의 제윤은 썩 잘 자랐다.

"대군마마인가 하는 그 사람하고 평생 살기가 그만큼 끔찍하게 싫었나 보지."

"그렇게까지?"

"그렇게까지."

"아니, 대체 왜?"

제윤은 도무지 이해하기 힘들다는 듯이 반문했다.

"솔직히, 혼처로 나쁜 자리는 아니잖아. 혼처가 왕실이니 가문은 좋다 못해 넘치지, 그렇다고 왕이 되실 것도 아니니 또 그리 피곤한 자리로 가는 것도 아니고……. 언니가 팔이 그러지만 않았으면 평생 현금 연주도 지원해 주셨을 거라 하셨고, 또 대군마마께서는 언니를 좋아하는 마음도 진심이시잖아."

제윤의 말마따나, 객관적인 정보로 접하니 형찬은 혼처로 손색이 없었다. 그야 꿈 밖에서도 그랬다. 다만 묻는 제윤도, 거기에 답해야 할 제영도 '정말로 왜 박가의 규수 박제영은 이 좋은 자리를 그리도 싫어하는가?'에 대해서는 이미 답을 알고 있었다.

"내가 싫으면 그만이지."

"그야…… 그렇지만."

"윤이 그러던데. 할아버지께서도 집안이 저기 궁궐 사람들하고 엮이는 거 싫어하셨다고."

"그것도 그렇지……."

제영이 몸을 옆으로 뉘었다. 고운 옷 골라 입히고 머리까지 곱게 묶어 주었더니 금세 성장한 꼴을 흐트러뜨리는 제영이 얄미웠던 모양인지, 제윤이 눈을 흘겼다.

"왜, 너도 내가 그 사람이랑 혼인했으면 하는 쪽이었어?"

"내가? 내가아아? 와, 언니 아무리 기억을 못 한다고 해도 나를 그렇게 모르냐? 이리 섭섭하게?"

"아니, 네가 나한테 하는 말이 그렇잖아. 꼭 아쉬워하는 것처럼."

"아니거든?"

"아니면, 네가 그 자리가 탐나기라도 해?"

제영의 말이 떨어지기 무섭게 제윤이 뭐라 한마디로 표현하기 어려운 표정을 하곤 제영을 쏘아보았다. 제영이 웃음을 터뜨렸다.

제윤의 표정을 굳이 말로 표현하자면, '무슨 그런 듣기 가당찮은 헛소리를 지껄여?'라는 말을 표정으로 옮긴 것과 가까웠다.

"아니야?"

"아니야!"

제영이 누운 채 어깨를 으쓱였다. 한쪽 어깨만 삐딱하게 올라가는 걸 보고 제윤이 고개를 돌렸다. 볼이 우물거리는 걸 보면 욕을 주워섬기는 모양이었다.

제영은 어쩐지 제가 아는 것과 또 다른 관계가 등장한 것에 괜한 아쉬움이 들었다. 꿈 바깥의, 진짜 자신이 속한 세상과 다른 것이 괜스레 이상하고 혀끝이 떫은 기분이었다.

"근데 언니 다 까먹었으면, 그것도 기억 못 하겠네……."

제윤이 고개를 갸우뚱 기울이며 혼잣말했다. 내용은 마치 제영에게 묻는 듯하였으나 목소리의 크기나 시선의 방향을 보건대 혼잣말이 맞았다.

"내가 뭘?"

"……어?"

제윤이 화들짝 놀라며 제영을 바라보았다. 그런데 눈빛이 어째 수상했다. 혼잣말을 들켜서라기보다는 거짓말이 들통날까 조마조마한 아이의 눈빛을 더 닮은 얼굴을 하고 있었다.

제영이 제윤을 빤히 쳐다봤다. 들으라고 한 혼잣말이라 이거지. 그것도 제 궁금한 것이 있어서, 그냥 묻기는 힘들어서. 꿈속은 제영이 아는 것과 다른 점보다는 역시 닮은 점이 더 많았다. 적어도 사람들에 관하여서는 그러했다.

아, 형찬만 빼고.

"내가 기억 못 하는 그게 뭔데?"

"말해도 되나? 근데 내가 말해도 언니는 어차피 나한테 부탁한 것도 까먹었으니까 기억 못 할 것 같은데?"

"말하면 기억날 수도 있잖아. 어차피 얘기하려고 나 떠본 거 다 아니까 그냥 해."

제영의 덤덤한 표정을 제윤이 얄밉다는 듯이 바라보았다. 도저히 제영이 기억을 다 잊은 사람이라고는 도무지 믿지 못하겠다는 듯이 보기도 했다.

고개를 빳빳이 세우고 표정을 다듬은 제윤이 결국 제영의 말대로 어차피 하려고 했던 이야기를 시작했다.

"언니가 나한테 알아봐 달라고 했던 게 있거든?"

"말 돌리지 말고."

"아 진짜! 언니 정말로 기억 다 잃은 거 맞아? 도대체가 변한 게 하나도 없는데?"

"박제윤."

"아, 얘기해. 한다고. 그게 뭐였냐면, 윤이가 자꾸 일이 없는데 바깥출입을 하는 것 같다는 거야. 그런데 막상 나가는 걸 본 사람도 없고, 언니도 느낌뿐이고."

예상치 못했던 이야기가 튀어나왔다. 제영의 눈이 가늘어졌다. 그녀가 끙끙대며 몸을 일으켜 앉았다. 이 시점에서, 꿈속의 박제영에게 가장 커다란 사건이란 다름 아닌 본인과 유성대군인 형찬의 혼인 문제일 것이었다.

그래서 제영은 그녀가 제윤에게 무언가를 알아봐 달라고 부탁했다면 그건 형찬에 관한 일이리라 생각했다. 그런데 뜬금없게도 윤에 관한 의구심에 제윤에게 청을 넣었다니.

"근데 언니 느낌에 윤이 나가는 것 같은 횟수가 대군마마께서 우리 집을 본격적으로 찾고 혼인 이야기가 진행되고 나서부터 더 잦아졌다는 생각이 들더란 거야."

"그래서?"

"아무렴 언니보다는 여기저기 싸돌아다니고 부모님 몰래 가용하는 용돈이 많은 내가 알아보기에 수월치 않겠냐면서 언니가 나한테 부탁했지."

"윤이 정말로 나가는지 알아봐 달라고?"

제윤이 고개를 저었다. 퍽 단호하였다.

"아니. 그건 확신하니까 만나는 자들이 있다면 위험한 것들은 아닌지 알아봐 달라고."

제영의 인상이 왈칵 구겨졌다. 제윤은 앞뒤를 모르겠다 싶은 얼굴을 한 제영을 보고 흥미가 반쯤 식은 듯했다. 흥미로 반짝이던 제윤의 눈이 딱 반 정도 빛을 잃었다.

제영의 입에서는 얕은 한숨이 흘렀다. 꿈 한번 설정 치밀하고, 박진감 넘치는 서사까지 갖추기도 하였다는 생각을 도통 하지 않을 수가 없었다. 이제 고작 이 꿈에 빠져든 지 만 하루는 되었을까.

그사이에 대체 왜 이따위로 흘러가는가 하고 알 수 없는 일이 벌써 두 가지나 되었다. 왜 하필 자신이 대군마마씩이나 되는 형찬과 혼인을 목전에 앞둔 상황이며, 그 와중에 이성을 닮은 윤은 도통 속 모르게 움직이는 건지. 그건 또 왜 이 시점에 알게 된 건지.

그래서 윤은 정말로 위험한 사람들을 만나고 있긴 한 건지.

적어도 후자의 해답은 제윤에게 있는 듯했다. 아무런 결과 없이, 손에 쥔 것 없는 채로 움직이지 않는 제영이 아는 제윤과 지금 눈앞에 있는 꿈속의 제윤이 같은 성격이라면 말이다.

"그래서, 알아봤어?"

"당연하지! 안 알아봐 주면 언니가 나 기방 출입한 거 엄마한테 일러바친다고……."

"기방? 너 기생집도 출입해? 왜?"

"……아차."

제 약점을 기억하지 못하는 이에게 도로 갖다 바친 꼴이 된 제윤이 때늦은 탄식을 터뜨렸다. 하나 말 그대로 때늦은 후회였고 이미 실수는 해 버린 뒤였다. 다만 제윤에게 위로될 것이 있다면, 지금의 제영은 저의 말로는 기억을 전부 잃었다 하니 이를 통해서 무언가를 부탁하거나 약점을 쥐고 흔들 일은 거의 없다고 추측할 수 있다는 점일까.

"그건 나중에 얘기하고. 그래서 윤이 만나는 사람들이 누군데? 제대로 알아봤어?"

"그 기방 덕에 알았지……."

제윤이 역시나 답을 알고 있음을 허심탄회하게 털어놓았다. 고개를 끄덕이는 제윤을 앞에 두고 제영이 어서 답을 제대로 내놓으라는 듯 엄한 표정을 지었다.

기방 덕에 알았다고 하였다. 본디 소설 따위에서 알기 어려운 정보는 이런 낮은 곳에서 흐르는 일이 많다는 식으로 표현되는 경우가 꽤 있었다. 지금 제영이 들어온 저의 꿈도 그리 다르지 않은 듯했다.

"결론부터 얘기하자면, 내가 알아낸 바로는 윤이 만나는 건 기녀야."

"……기녀?"

이건 또 예상치 못했던 답이었다. 제영의 표정이 일순 멍해졌다. 기녀를 만나고 있다는 말의 일반적인 뜻이라면 그 기녀와 농밀한 정이라도 쌓고 있다는 말일진대.

윤이 저를 보는 시선은 분명 이성이 저를 바라보는 눈빛과 다름이 없었다. 그러니까 윤이 마음에 품은 것은 이 몸뚱이의 원주인일 꿈속의 박제영을 향하고 있는 감정이어야 옳았다.

그런데 기녀라니?

"언니도 몰랐어? 윤이 작은조부님 덕에 이 집으로 흘러들어 오기 전에 기방에서 자란 거."

"……응?"

"그때부터 알았던 기녀들을 만났대. 대부분은 퇴기라지만, 두엇은……."

제윤이 본격적으로 정보가 될 만한 답을 풀 무렵이었다. 때를 맞추기라도 한 듯 닫힌 방문 앞에 인기척이 생겼다. 그러잖아도 목소리를 죽여 속삭이던 제윤이 기척을 살피며 하던 말을 뚝 그쳤다.

제영과 제윤의 눈이 똑같이 방문을 향했다. 큼, 하는 소리가 들리더니 금시에 방문이 벌컥 열렸다.

"아가씨 진짜 너무하시네! 주인님 소세 끝나면 불러 주신다 하셨잖아요! 아무리 기다려도 통 소식이 없어서 와 봤더니, 나만 빼고 놀고 있기입니까?"

문을 열어젖힌 사람은 물론 윤이었다. 하긴 제영이 머무는 이곳 별당을 제 발로 직접 찾을 사람이라고는, 제윤이나 형찬 아니면 윤이 전부이긴 했다. 바로 어제 걸음한 형찬이 미혼인 아녀자가 둘이나 있는 곳을 다음 날 바로 찾기는 뭣했을 테니, 인기척의 주인이 윤인 것은 퍽 당연키는 했다.

"고작 소세로 될 일이 아니었거든? 욕탕에 물 채우고 씻고 옷 갈아입고, 머리 말려서 곱게 묶고! 여인네들 아침 채비라는 게 어디 보통 일인 줄 알아?"

"아니 그렇게 말씀하시면 내가 또 할 말이 없기는 한데! 근데 부탁드리러 갔을 때는 그런 얘기 없었잖아!"

"내가 너한테 미주알고주알 이렇게 하겠다 저렇게 하겠다, 어? 이렇게 다 보고할 처지야?"

"와……."

"근데 너, 말이 짧다?"

"요."

가만히 둘의 말다툼을 지켜보고 있던 제영이 문득 피곤함을 느끼며 이마를 짚었다. 무언가 갑을이 바뀌기는 했으나, 늘 제영이 봐 왔던 이성과 제윤 사이의 티격태격이 지금 눈앞에 펼쳐진 광경과 그리 다르지 않았다.

제영이 이마를 짚은 와중에도 둘의 말싸움은 계속되고 있었다. 제윤은 내내 윤의 말이 짧음을 지적하고, 그럴 때마다 윤은 얄밉게 툭툭 '요'나 '습니까?' 따위를 나중에 붙이며 제윤의 약을 올렸다.

제윤도 지지 않고 그런 윤에게 연신 대거리했다. 그 모습이 서로 몹시 익숙하게 보였다.

"그러니까 네가 언니의 뭐라도 되냐고!"

"아니 돌아가신 주인님의 조부 양반께서 나한테 주인님을 맡기고 가셨는데! 그럼 내가 뭐라도 되지 안 되나?"

"야!"

"요!"

가만두면 날이 샐 때까지 저러고 싸울 판이었다.

"둘 다 그만해."

"언니!"

"주인님아!"

제영의 말에 일단 다툼이 멎긴 했으나, 그건 움직이던 주둥아리를 닫은 것에 불과했다. 윤과 제윤이 서로를 죽일 듯한 눈으로 쏘아보았다.

"언니, 설마 혈육 놔두고 저거 편들려고 그만하라고 한 거 아니지?"

"주인님아, 설마 기르는 개새끼보다 미워도 혈육이다, 뭐 그런 거 아니지?"

"둘 다 내가 편들어 줄 생각 없으니까 좀 닥쳐."

제영이 기어이 이를 씹어 가며 하는 말에 두 사람이 그제야 다툼을 완전히 멈추었다. 제영이 한숨을 내쉬며 우선 제윤을 바라보았다.

"하던 얘기는 편……. 아니, 다음에 와서 마저 하자."

본래 편지로 적어서라도 보내라고 하려던 제영이 급히 말을 돌렸다. 이 꿈속의 글을 자신이 알아보지 못할 가능성도 있었다. 어쩌면 제윤에게 다음 이야기를 듣고 심경이 더 복잡해지기 전에, 꿈에서 깰 수도 있고.

"나, 가라고?"

"아침엔 고마웠어."

"나 정말 가? 진짜?"

"너도 네 할 일이 있을 거 아냐. 이렇게 사람 없는 곳에서 나랑만 있을 게 아니라."

"정말……. 내가 알던 언니랑 하나도 다를 게 없는데."

제윤이 눈을 가름하게 뜨고 제영을 바라보았다. 제영은 그녀가 기억하는 그대로의 모습이었다. 덤덤하고, 속 모르겠고, 단호하고, 할 말만 하는 지점이 특히 그러했다. 제영의 축객령에 따를 생각인지 자리에서 굼뜨게 일어난 제윤이 기어이 한 번 더 윤을 쏘아봤다.

“아무튼 언니가 가라면 가야지, 뭐.”
“조심히 돌아가.”
제윤이 돌아갔다. 제영의 방 문을 닫고 나가는 뒤통수에 대고 윤이 손을 팔랑팔랑 흔들었다. 그 꼴이 건방지기 짝이 없다는 듯 제윤 또한 마지막까지 그를 노려보는 것으로 응수했다.
“적당히 해.”
“넵. 주인님.”
기어이 윤이 제영에게 한 소리 들었다. 고분고분한 척 답하면서 하는 행동에는 장난기가 그득한 게, 제대로 듣지 않는 표가 절로 났다.
“그런데.”
“응?”
“너 제윤이한테는 왜, 존대해?”
제영의 물음에 윤이 저도 모르게 황당하다는 표정을 지었다. 사실 질문을 던진 제영이 더 황당한 심경이었다. 정작 주인님이라 부르는 제게는 평대를 하면서 저보다 어린 제윤에게는 어설프게나마 존대를 하니 말이다.
심지어 제영의 입장에서는 이러했다. 신분을 떠나 윤이 저의 친척 동생인 제윤보다 한참이나 나이가 많았다. 윤과 똑같이 닮은 이성을 제윤이 막 부르는 것을 뭐라고 한 적도 있었다. 그런데 윤이 제윤에게 제대로는 아니라 할지라도 존대하는 모습을 보니 퍽 당혹스러웠다. 이곳에서는 그게 맞을 거라는 걸 알면서도.
제영이 살아왔던 현실은 이곳과 달랐다. 하여 윤이 자신에게도 신분상 존대를 해야 함을 알면서도 그의 평대가 편하게 느껴졌었다. 한데 조금 전 제윤에게는 이곳의 방식에 맞게 존대하고, 저에게는 평대하는 것을 보니 기분이 이상했다.

형찬과 윤이 마주쳤을 때도 윤이 존대하긴 했으나, 그 둘이야 신분의 격차가 워낙에 어마어마하니 그럴 수 있다고 쉬이 넘겼는데…….

"아니……. 아니 주인님아."

"왜 나한테는 말 놓고 제윤이한테는 말을 올리냐니까?"

"주인님이 그러라고 했잖아!"

"……내가?"

제영이 손으로 본인을 가리켰다. 윤의 말을 믿을 수 없었다. 자신이 그런 말을, 아니 정확히는 꿈속의 박제영이 했을 말이니 자신이 한 말은 아닌 게 맞지만, 그녀라도 그런 말을 했을 것 같지는 않은데.

했으려나? 아니다. 제윤의 말대로라면 이곳에 원래 있어야 할 '박제영'도 저와 비슷한 성격일 확률이 몹시 높았다. 그렇다면 분명 해야 할 바를 지키지 않는 꼴을 가만두고 보지 않았을 터였다.

"내가 그런 말을 했다고?"

"아 그렇다니까! 내가 말 길게 하는 거 질색이라 여기저기 반말하면서 설치고 다니는 꼴을 보고 똑바로 하라고 그랬잖아!"

"그럼 왜 나한테는 똑바로 안 해?"

"내가 그 왈패 짓 하던 습관을 쉽게 못 고치니까……."

윤이 슬그머니 눈알을 굴리면서 제영의 눈치를 봤다. 제영의 얼굴이 서슬 퍼렜던 까닭이다.

“차라리 개 같은 짓이나 반말은, 나한테 하는 것까지만 허락할 테니 어떻게든 고치라고……. 주인님이 나한테 그랬잖아.”

“허…….”

“……요.”

짧게 터져 나왔던 제영의 실소가 길어졌다. 허허허, 어허허허 하면서 이마를 짚고 웃는 제영을 보며 윤이 실실 웃었다.

“이제부터라도, 주인님한테도 존대할까? ……요?”

“됐어. 집어치워. 징그러우니까.”

이유를 알고 싶은 거지, 윤에게 존대를 듣고자 함은 아니었던 까닭에 제영이 진저리 치며 말했다. 그런 제영을 보며 윤이 또 실실 웃었다.

제영은 문득 어제 형찬이 윤을 마주했을 때의 반응을 떠올렸다. 그는 떨떠름함과 불편함, 또 한편으로는 굉장히 성에 차지 않는 것을 보듯 분함을 담은 복잡한 표정으로 윤을 바라보았었다.

제영에게야 윤이 이성과 똑같이 닮은 사람이었고, 이곳의 ‘박제영’에게도 윤은 제가 주워 와 주인으로 책임지는 사내이니 신분을 막론하고 관심을 두는 것이 당연했다.

하나 형찬은 아니었다. 그에게야 윤은 신경 쓸 이유가 하등에도 없을 천것이었다. 그런데, 형찬은 윤이 등장하자마자 몹시 불편한 기색을 숨기지 못하다가 ‘다음에 또 연통하고 소저를 뵈러 오겠습니다.’ 하고는 곧장 떠났다. 불편한 상대를 마주한 사람처럼 말이다.

그때는 왜 저러나, 하고 대수롭잖게 넘겼는데 이제 보니 형찬이 그런 데는 이유가 있었던 모양이다. 제가 혼인하고자 하는 여인에게만 유일하게 평대를 허락받은 천것이라.

그것도 그녀의 조부에게 직접 '손녀를 지켜 달라'는 명을 받은 사내라면 아무렴 천것이라도 신경이 쓰이지 않고서는 못 배길 것이었을 터다. 비록 형찬이 거기까지 깊이 알지는 모르겠으나 말이다.

다만 제가 마음에 품은 여인에게만 편하게 말을 놓는 신경 거슬리는 천것임은 확실할 터였다. 어쩐지 그것만이라고 여기기에는 무언가 찝찝함이 남기는 하지만.

"이제 주인님 이야기, 나한테 해 주는 거야? 그러려고 제윤 아가씨 보낸 거 맞지?"

무릎걸음으로 제영에게 바싹 다가온 윤이 아양이라도 떨듯 간드러진 목소리로 물었다.

"맞기는 한데……."

"맞으면 맞는 거지 맞기는 한 게 뭐야?"

그러곤 제영에게서 튀어나온 뜨뜻미지근한 답변에 언제 아양 부리듯 했냐는 것처럼 인상을 팍 구겼다. 윤의 구겨진 인상을 보고도 제영은 도통 속 모를 얼굴을 했다.

"뭐야! 해 주겠다는 거야, 말겠다는 거야?"

"내가 약속을 어기는 사람이었어?"

"엉?"

제영의 물음에 윤이 얼빠진 표정을 했다. 물음에는 또 곧장 답을 내 주는 것이 도리였다. 특히나 마음에 품은 여인에 제 주인이기까지 한 상대에게는. 본래 도리를 지키고 사는 놈도 아니고, 제멋대로에 천방지축으로 사는 것이 제 도리인 양 구는 윤이라도 말이다.

"약속을…… 주인님이 약속을 어긴 적은 없지. 약속 자체를 잘 안 해 주는 사람이기는 했어도."

윤이 느리게 고개를 끄덕이며 답했다.

"다만 뱉은 말은 반드시 지키는 사람이기도 했고."

끝내는 단호한 목소리로 답을 맺었다. 제영이 그것 보라는 듯이 턱을 쳐들고 고개를 끄덕였다. 저는 그러한 사람이라는 것을 윤에게 답하는 것이자, 또한 본래 이 몸의 주인인 제영과 자신이 역시 같은 점이 많음에 수긍하는 것이기도 하였다.

"내 이야기도 해 줄 거야."

"그럼 해. 무얼 시간을 끌어?"

"근데."

"근데?"

"그럼 윤 너는 보답을 두 번 받는 거잖아."

"……엥?"

윤이 머리를 긁적이며 바보 같은 소리를 냈다. 그러다간 곧 지난밤의 입맞춤을 떠올려 낸 것인지 얼굴을 단숨에 빨갛게 붉혔다. 제영이 웃으며 흐트러진 윤의 머리칼을 정리해 주었다.

그 덕에 중심을 잃고 휘청거리는 제영의 허리를 윤이 자연스럽게 감쌌다. 여전히 새빨갛게 익은 얼굴을 하고 말이다.

"아니, 야, 주인님아! 넘어지잖아!"

"머리는 왜 헝클고 그래? 어제 그 심알 어쩌고가 생각나서 부끄럽기라도 해?"

"그, 그, 그러니까! 그 얘기는 또 왜 꺼내?"

"어쩌다 보니 나만 두 번 보답하는 기분이라서. 제값을 좀 따져 보려고."

붉은빛이 좀 가시긴 했지만 여전히 상기된 얼굴로 윤이 볼을 부풀렸다. 제영의 말에는 일리가 있었다. 따지고 들자면 못 할 것도 없이, 파고들 부분이 있다고 하여도 말이다. 해서 윤은 어쩌면 좋을까 고민하며 쉬이 입을 열지 못했다.

제영의 입 속을 헤집던 그때의 감각이 머릿속을 꽉 채운 까닭도 있었다.

"……입술은."

"입술은 뭐."

"그건 주인님이 맘대로, 어? 약속 다 바꾼 다음에 깜빡하고 마음대로 하, 한 거잖아!"

"어쨌든 받았잖아. 하다가 도중에는 네 쪽에서 신이 나 가지고 한참 쪽쪽거리……."

"그만! 그만! 알았어! 알았다고!"

제영이 승자의 미소를 입가에 띤 걸 보고, 윤이 입술을 삐죽거렸다.

"그래서, 원하는 게 뭔데?"

"네 연주."

제영이 고민할 여지도 없다는 듯 곧장 답을 내놓았다. 윤은 눈을 깜박깜박하면서 제영을 빤히 보다가, 허탈한 숨을 터뜨리며 방에 놓인 현금을 가져와 다리 위에 얹었다.

“그렇게 조건 안 달아도 내가 하는 현금 연주는 다 주인님 거잖아. 씨발, 괜히 놀랐네.”

“너도 욕 잘하는구나.”

“뭐? 아니, 내가 욕했어?”

제영이 답은 하지 않고 창밖을 바라봤다. 어제 윤과 이야기를 나누기 시작할 때처럼 해가 창연하였다. 연주는 손이 하는 것이건만 괜스레 목을 큼, 하고 가다듬은 윤이 줄을 뜯기 시작했다.

울림이 깊은, 현이 떨리는 소리가 들려왔다. 제영이 아는 건반 악기의 소리와도, 윤이성의 연주와도 다른 소리가 들렸다. 그러나 분명한 것은 듣기에 좋은 소리라는 것이었다.

한데, 그것이 들리다 말고 뚝 그쳤다.

제영이 한창 곡에 빠져들 무렵이었다. 이게 ‘윤’의 연주구나 하고 곱씹을 거리가 생길 즈음이기도 하였다. 그러니 돌연 끊긴 연주는 제영을 안달이 나도록 하기에 부족함이 없었다.

“……뭐야? 왜 멈춰?”

“선불로 받은 입, 아무튼 그거에 대한 몫은 여기까지라 이거지.”

“내 입맞춤이 그렇게 싸? 혀까지……!”

“아니 좀 그 혀 그것 좀 그만 좀!”

윤이 왈칵 소리를 질렀다. 제영이 재밌다는 듯이 기어이 참지 못하고 웃음을 터뜨렸다. 사실 윤의 반응이 워낙에 보는 사람을 즐겁게 하는지라, 부러 더욱 '혀'니 '입맞춤'이니 하는 말을 꺼내는 것도 분명 있었다.

제영이 기억하는 최근의 윤이성은 지금의 윤처럼 풋풋하고 어쩌면 어리게까지 보이는 모습이 많이도 줄었다. 괜스레, 연애를 시작하기 한참 전, 저의 마음을 자각하기도 전에 이성이 보이던 모습을 다시 보는 듯하여 도통 놀리는 것을 그칠 수가 없기는 했다.

"어쨌든!"

"어쨌든?"

"그, 선불만큼은 끝났으니까……. 그리고 주인님 그게 싼 게 아니라, 내 연주가 그만치 비싼 거야!"

"그래서?"

"그래서! 이제 더 듣고 싶으면 제대로 값을 치른 다음에 들어라, 이 말이지."

제영의 고개가 갸우뚱 기울었다. 멀쩡한 왼손으로 윤의 다리 사이에 놓인 현금을 슬그머니 밀쳐 내곤 그에게 다가갔다. 얼굴과 얼굴이 가까워지자, 윤이 내심 긴장하며 침을 꿀꺽 삼켰다. 보기 좋은 모양의 목울대가 크게 울렸다.

"왜, 왜 그러는데?"

"아까랑 말이 다른데."

"……뭘, 뭐가?"

"조건 안 달아도 네 연주는 다 내 거라며."

윤이 눈알을 도르륵 굴려 제영의 시선을 회피했다. 그러면서 머리를 긁적이는 모양새가 저도 본인의 발언을 선명히 기억하는 꼴이었다. 제영이 푸시시 웃음을 터뜨렸다. 왼쪽으로 굴러간 윤의 눈동자 테두리에 푸른빛이 어렸다.

만져 보고 싶은, 그러나 만지면 독하게 동상이 걸릴 듯 시린 빛이었다.

"그게 그, 렇기는 한데……."

"근데 왜 다시 조건을 달아? 비겁하고 치사하게."

"……까 봐."

"응?"

조용히, 본인에게도 들리긴 할까 싶게 윤이 혼자 꿍얼거리는 소리에 제영이 되물었다. 그 되묻는 목소리에 윤이 제 입술을 잇새로 꽉 깨물었다. 그가 기어이 제영이 다가온 만큼 뒤로 몸을 물리곤 버럭 외쳤다.

"얘기 안 해 줄까 봐 그랬지! 약속 안 지킬까 봐! 주인님이 그래 버리면 나만 손해잖아!"

"내가 그렇게 신뢰가 없는 사람이었어?"

"그렇! 지는 또 않은데, 아무튼! 그냥 그만큼 간절하게 듣고 싶다는……."

그러다가 또 언제 그렇게 버럭거렸냐는 듯이 윤의 목소리가 기어들었다.

"……그런 거지, 내 말은."

제영의 입가에 어딘가 복잡한 웃음이 고였다. 윤은 그녀가 아는 이성이 아니었다. 그러나 같은 얼굴을, 조금 앳된 때의 모습을 하고 있었다. 기실 제영이 아무렴 분리를 하여 생각한다 해도 윤과 이성이 동일시되지 않을 수가 없었다.

그러니 더욱, 이리 제게 쩔쩔매는 모습까지 보여 주는 윤에게 제영은 어떤 의미로든 웃음을 비칠 수밖에 없었다.

제영이 저의 웃음을 한숨으로 갈무리하였다. 윤과 제영의 거리가 몹시 가까웠던지라, 그 한숨은 기어코 윤의 뺨에 가 닿았다. 윤의 뺨에서 솜털이 바싹 일어섰다. 창을 넘은 햇살에 그것이 하얗게 반짝였다.

"지금부터 해 줄게. 잘 듣기나 해."

제영의 이야기는 불현듯, 그러나 퍽 담담하게 시작되었다. 그녀의 입술을 타고 윤에게는 낯설 세상의, 낯선 듯 어딘가 저의 삶과 미약하게나마 궤가 비슷한 이야기가 흘렀다.

윤은 '이성'의 이야기에 묘한 반응을 보였다. 질투 같기도 하고 불편함 같기도 한. 뭐라 한마디로 설명하기 어려운 표정을 하고는 제영의 이야기를 들었다.

그러나 제영과 '이성'이 저와 '주인님'처럼 그녀의 비극, 그리고 어떠한 악기와 엮여 있다는 이야기를 듣고는 금세 제영의 이야기에 집중했다.

이야기하다가 말고, 어제처럼 배곯을 순 없으니 도중에 윤의 발빠른 재간으로 낮것도 챙겼다. 그리하며 제영은 끝끝내 이성과 자신의 마음이 이어진 순간까지 윤에게 모두 털어놓았다.

어느새 오후였다. 하는 것도 없이, 그저 주인과 종이 이야기를 나누는, 타인이 보기에 몹시도 무료하고 무의한 일만으로.

"……그러니까 꿈 바깥의 너일지도 모르는 윤이성이랑 나는 같이 살았고, 같은 침, 아니 같은 이불 덮고 잠드는 사이였다는 얘기야."

"끝이야?"

"아마도? 아무튼 어제도 그렇게 윤이성이랑 같이 잠들어 있다가 눈을 떴는데……."

"갑자기 이곳이었고?"

제영이 고개를 끄덕여 답을 대신했다. 윤이 뚱한 표정으로 콧김을 확 불었다. 어째 불만이 좀 들어찬 얼굴이었다. 제영은 윤이 왜 저러나 싶을 따름이었다.

"이름이 왜 하필 윤이성이야, 좆도 마음에 안 들게."

윤의 중얼거림조차 제영의 이해 범위 밖이었다. 그리 혼자서 못 알아들을 말을 꿍얼거리던 윤이 생각의 정리를 마친 듯 눈을 들어 제영을 똑바로 마주하였다.

"피안호라는 악기로 주인님이랑 이어진 사이였다고?"

"피안호는 또 뭐야. 피, 아, 노."

"그거나 이거나. 어차피 현실에 있지도 않은 악기인 것을 갖다가."

"나한테는 진짜 있던 악기야. 내 전부였고."

"주인님의 전부는 피안의 호수인지 피안노인지 뭔지가 아니라 현금이었고, 지금도 현금이야."

제영이 숫제 떼라도 부리듯 구는 윤을 보면서 실소했다. 순전히 제가 이야기해 달라 해서 기껏 목이 쉬도록 말해 주었건만 돌아오는 반응이 어찌 이렇단 말인가.

"주인님이라고 부르는 사람에 대한 예의가 너무 없는 거 아니야?"

"아닌 건 아니라고 하는 것도 아랫것의 도리라던데."

"그런 말은 또 어디서 배웠는데?"

"어디서 배웠으면? 글월이든 오가며 듣는 쉰 소리든 어디서든 내게 흘러들었겠지."

윤의 목소리는, 분명 제영에게 그럴 리가 없건만은 어딘가 감추지 못한 싸늘한 기색이 어려 있었다. 그의 목소리 또한 제영이 아는 '이성'의 목소리와 같았다. 그러니 그 기색을 제영이 못 알아챌 수는 없었다.

하나 제영은 그를 굳이 끄집어내 어찌 제게 그리 대하느냐 캐묻지 않았다. 뭐가 있겠거니, 넘겼다. 본디 제영이 그런 성격이 아니었던가.

"글월이면, 글을 읽을 줄 알아?"

"왜, 나는 알면 안 돼?"

"네 주인님이 가르쳐 주기라도 했어?"

아까와는 또 다른 기색으로 윤이 차가워졌다. 이번에는 발톱을 세운 삵과 같았다.

"그렇게 구분 짓지 마. 주인님은 주인님이야."

"여태 내가 한 말을 대체 뭐로 들은 걸까……. 우리 윤 씨는."

그러면서도 또 제영의 '우리'라는 말에 금세 얼굴이 반쯤 풀어졌다. 그러다간 또 흠칫, 하고는 인상을 굳히곤 무섭지도 않은데 목소리를 깔며 말했다.

"왜 꼭, 내가 있고 주인님이 있는 이곳이 꿈이라고 생각해?"

심지어 퍽 심각하게도 새로운 가설을 내놓았다. 제영이 눈을 동그랗게 떴다. 그녀의 입장에서야 당연하게도 이곳의 기억은 생경할 따름이고 꿈 밖의 기억은 몹시도 선명하니까. 이곳이 꿈이라고 여길 수밖에 없었다.

"여기가 진짜고, 그 피안호인지 나발인지가 꿈일 수도 있지."

"그럼 내 기억은 어떻게 설명할 건데?"

"대군마마가 좆같이 끔찍해서 다 잊은 모양이지요."

제영이 고개를 내저으며 혀를 찼다. 윤은 제영의 태도가 퍽 마음에 안 드는 모양으로, 주종 간에 몹시 건방지게도 팔짱을 낀 채 제영을 흘겨보았다.

"내가? 너까지?"

하나, 곧 이어진 제영의 말에 윤이 슬그머니 꼬리를 내렸다. 단호히 아니라고 하기에는, 제영의 말이 품은 뜻이 몹시나 달았던 까닭이었다.

* * *

결국 윤은 그날의 제영을 완전히 이겨 먹지 못했다. 아무렴 끔찍한 상황이라 한들 자신의 주인님 제영 아가씨가 저까지 완벽히 잊었다고는 제 입으로 인정하고 싶지 않았던 까닭이다.

물론 그러하다고 하여 윤이 그대로 저의 주장을 포기한 것은 아니었다.

"생각해 보니까, 잊은 것도 아니지."

"뭐?"

"주인님 말이야. 날 잊은 건 아니라고. 결국 그 꿈에서 나랑 닮은 그 놈팡이랑 알콩달콩 같이 살았다면서."

제영이 왼손에 들고 있던 붓을 내려놓았다. 그녀의 앞에는 어린 아이가 장난질이라도 쳐 놓은 듯 얼기설기 선이 그어진 화선지가 여럿 놓여 있었다. 윤에게 이곳의 글자를 배우는 중이었기에.

"그게 따지고 보면 주인님 안에 남은 내 모습 아니겠어? 결국 주인님은 날 잊은 게 아니라, 내가 대단한 사람으로 금의환향해서 주인님을 구해 주길 바란 게 아니겠냐는……."

"개소리도 그 정도면 대하소설이라고 박수를 쳐 줘야지 싶네."

"꼭 말을 해도……."

윤이 입술을 비죽이며 눈을 흘겼다. 그러거나 말거나, 제영은 윤에게서 시선을 떼고 종이 위를 보았다. 그녀의 입에서 얕은 한숨이 흘렀다.

이 세상의 문자는 표의 문자였다. 상형 문자이기도 했다. 이렇게만 들으면 한자와 비슷하겠거니 싶었으나 또한 제영이 아는 한자와는 전혀 달랐다. 모양은 한자보다 간단하되 어떠한 법칙이 있다는데, 그걸 아직 제영은 이해치 못했다.

제영은 슬슬 이게 정말 꿈이 아닐지도 모르겠다는 생각이 들기 시작했다. 단순히, 때때로 튀어나오는 윤의 저 고집스러운 주장과 떼 부림 때문이 아니었다.

꿈이라기엔 하루하루를 너무나 선명하게 느끼며 보낸 날이 벌써 열흘을 채워 가서였고, 또한 이 문자를 접하면서부터가 두 번째 이유를 차지했다. 꿈이라면 윤의 말마따나 자신이 기억하고 있는 것들을 기반으로 하여 세계가 이루어져야 하는 것이 아니겠는가.

그런데 제영이 언어학자도 아니건만 듣도 보도 못한 체계의 낯선 문자까지 등장하지 않았는가. 이게 과연 꿈일까.

"주인님, 여기 틀렸다. 이러면 뜻 없는 낙서가 된다니까?"

"그거 글자 아니야."

"뭔데?"

윤이 지적하며 가리킨 것은 글자가 아니라 음표였다. 하필이면 오른팔을 아예 쓰지 못하는지라 머리와 줄기, 꼬리가 애매하게 겹치고 분리되어 모양이 해괴해진 꼴의.

그것을 낙서 삼아 서넛 그린 것을 보고 윤은 배우는 중인 글자라 착각한 것이었다. 제영의 고개가 갸우뚱 기울었다. 그러고 보니 이곳의 글자가 오선지에 늘어놓은 음표를 조각낸 것과도 어째 비슷하게 보였다. 이걸 왜 몰랐을까.

다시 이곳이 꿈이 맞으리라는 확신이 들었다. 너무나 선명하게, 전부를 느끼며 흐르는 시간은 여전히 제영에게 의문이긴 하지만 말이다. 이 꿈에서 깨면 이 시간이 다 잊히려나. 원래 꿈이란 게 꾸는 동안에는 이렇게 현실 같기도 한가.

차라리 꿈이라면 꿈답게 뭐 하늘이라도 날게 해 주고, 고장 난 몸이라도 제대로 움직이게 해 주지. 그러면 예전처럼 연주라도 신나게 했을 텐데. 저의 꿈이건만 그 주인 된 자로서 제영은 전능하지를 못했다. 어쩐지 그것이, 제영답지 않게 퍽 부조리하게 느껴졌다.

"음표."

"그게 뭐야?"

"정간보는 문자로 음을, 상하 위치로 박자를 표시하잖아. 이건 이렇게 다섯 줄 위에 점을 찍어서 음을 나타내고 박자는 이렇게 꼬리를 달거나 점의 중간을 비우거나."

"이건 하늘, 이건 바람, 얘는 별. 글자들이랑 모양이 닮았네."

"그러네."

"주인님이 원래 음을 그리 느끼기는 했지. 주인님 연주는 꼭 풍경을 담고 있어서 시를 음으로 풀어내는 듯했어. 그 영향인가 봐. 이거, 꿈에서 쓰는 악보였을 거 아니야."

물론 윤은 제영과 정반대의 논리를 펼쳤다. 제영이 이곳의 문자를 기억하고 있어 그녀의 꿈에서 이것을 악보로 썼을 것이라고. 하긴, 연관이 있기로는 매한가지니 그렇게 우긴다면 또 제영으로서도 할 말이 없었다.

"각자 편한 쪽으로 생각하자고. 어디 가서 내가 한 말 줄줄 늘어놓지만 말고."

"주인님이 나한테만 해 준 얘기를 내가 왜 딴 곳에 발설하는데? 나 그런 입 싼 놈 아니야."

"알았어. 오늘 글공부는 그만할래."

제영이 굽히고 있던 허리를 일으켜 앉았다. 등이 뻐근했다. 고개와 등을 움찔거리며 돌리는 제영을 흘긋거리면서 윤이 늘어진 종이와 먹, 붓을 잽싸게 치웠다.

"등 뻐근해?"

"조금 그러네."

"어깨뼈 안쪽 살살 눌러 주면 풀리는데, 도와…… 줄까?"

"그걸 뭘 머뭇대면서 말해? 흑심 있어 보이게."

"없어!"

"없어도 돼어. 좀 두면 나아지겠지. 아니면 이따 제윤이한테 부탁해서 욕조에 들어가도 되고."

흑심이 없었다던 윤이 입술을 비죽였다. 제영이 그런 윤의 어깨를 툭툭 쳤다.

"뭐 해? 이번엔 현금 차례잖아."

"바로? 아직 오전 나절인데요, 주인님아."

"글공부를 일찍 치워서? 근데 달리 할 것도 없잖아?"

"그야 그렇지."

윤이 언제 딴죽을 걸었냐는 듯 자리에서 일어나 현금을 가져왔다. 그러곤 며칠 새 익숙해진 자세를 잡았다. 윤의 앞에 제영이 앉아 그에게 등을 기대었다. 제영의 굽혀 앉은 오른쪽 다리 위로 윤이 현금을 얹었다.

"흑심 어쩌고 하면서 이렇게는 잘도 붙어 앉고."

"오른팔을 못 쓰는 내가 연주하는 시늉이라도 해 보려면 이 방법밖에 없잖아. 그냥 연주하자는 건데 뭐 어때."

"아니 물론!"

"넌 좋다고?"

윤이 씩 웃으며 답을 뭉갰다. 제영이 더 들을 것도 없다는 듯 현금에 시선을 고정했다. 여섯 개의 탄탄한 줄을 왼손으로 쓸어 보고 우선은 윤의 손을 가져와 얹었다.

현금을 배워 보고 싶다고 했던 첫날 윤이 보였던 반응이 떠올랐다. 일주일 전이었더랬다. '글자 가르치듯 날 가르쳐 봐.' 하고 떨어진 제영의 말에 윤은 몹시 당황한 얼굴이 되었다. 당황보다는 난처한 것도 같았다.

하기야 음 하나를 내려 해도 양손을 다 써야 하는 악기가 다름 아닌 현금이었다. 하나 제영은 오른팔을 통으로 쓰지 못하는 장애를 지녔다. 현금을 윤이 알려 준다 한들 제영이 연주할 방도가 그 어디에도 없었다. 하여 나온 표정이었다.

물론 제영도 그를 익히 알고 있었다. 윤의 연주를 매일 들으며 현금이 어떻게 소리를 내는지는 파악을 하였으니 말이다. 해서 제영이 먼저 제안한 방식이 바로 이것이었다.

윤에게 가까이 기대어 앉아 금을 자신의 다리에 올리고, 왼손으로 현을 짚으면, 윤이 술대 쥔 오른손으로 때맞춰 줄을 뜯고 내리쳐 가락을 자아내는 방법.

하여 이리 남 보기에는 다소 부끄러울 수도 있는 자세로 앉아 연주를 배우기 시작한 것이 오늘로 일주일째였다.

"첫 음부터 잡아 올라올 거야?"

"아니, 일주일 해서 농현은 익혔으니까, 오늘부터는 쉬운 곡을 연주해 보면 좋겠는데."

"어……. 그건 또 어떻게 가르쳐야 하나."

"네가 먼저 연주해야지."

제영이 그리 말하며 현금 위에 올렸던 제 손을 쏙 치웠다. 에휴,

일부러 뱉는 것이 분명한 윤의 가벼운 한숨이 제영의 정수리로 쏟아졌다. 그의 왼손도 현금 위로 올랐다.

“주인님아, 근데 내가 연주할 때는 꼭 이리 앉지 않아도 되잖아?”

하라는 연주는 안 하고 윤이 또 딴죽이다. 이번에는 제영이 한숨을 푹 쉬었다.

“여기서 봐야 내가 정방향으로 편하게 보잖아.”

“아.”

또 제영이 맞는 말로 대차게 쏘아붙여 주시는지라, 윤이 더는 답하지 않고 곧장 곡을 하나 골라 연주하였다. 아이들이 놀이할 때 쓰는 곡인 듯 듣기 좋은 발랄한 가락이 반복되었다. 술대를 쥔 오른손의 움직임이 제법 빨랐다. 아마 양손을 다 배우려면 썩 쉽지 않은 곡일 듯하였다.

한 번, 제 속도로 연주를 마친 윤이 숨을 고르고는 다시 연주를 시작하였다. 이번에는 조금 느리게, 부러 왼손의 손놀림을 과장하여 보이기도 했다. 제영이 그 손의 놀림을 매서운 눈으로 살폈다.

세 번째는 다시 원래대로 돌아와서 제 속도로 연주하였다. 통통 튀는 손의 놀림만큼이나 흥겨운 음이 이어졌다. 악보가 있다면 세 마디쯤 연주되었을까, 윤이 노랫말까지 흥얼거렸다.

덩이 덩이 눈덩이
아얌 아얌 뛰논다
아야 아야 다시 봐라

송이 송이 눈뱁새다
뾰족 솟은 부리에
뽈간 손이 다칠라

가락보다 노랫말이 더 귀여웠다. 제영도 저도 모르게 콧노래를 흥얼거렸다. 윤이 연주를 마치고 키득거리며 웃음을 터뜨렸다. 제영이 고개를 들어 그런 윤을 올려다보는데 저도 모르는 새 왼손이 현금 위에 얹혔다.

"주인님아, 농현 위치 다 외웠지? 어렵진 않은데 좀 빨라서. 근데 또 주인님 눈썰미가 좋은 편이더라고? 역시 원래 알다가 잊은 것을 다시 배우는 거라 그런가?"

"원래 음악 하던 사람이라 그렇고, 짚는 위치 다 외웠고. 손 잘 올려 뒀으면 이제 이건 좀 놓고."

"앗, 내가 계속 잡고 있었나?"

씩 웃으며 윤이 손을 놓아주었다. 제영이 고개를 절레절레 저었다. 어째 '이성'보다 윤이 능글맞아지는 속도가 훨씬 빠른가 싶었다. 사실 깊고 농밀한 접촉이라면 윤보다 이성과 더 자주 나누었을 터인데. 이리된 기간이 짧아 이러나.

"주인님이 먼저 첫 음 현 짚으면 내가 따라 시작할 거야. 빠르기는 어찌할까?"

"우선 두 번째 연주했던 대로, 조금 천천히……."

제영이 윤의 말에 답하려던 참이었다. 그럴 일이 없을 제영의 처소건만 근처로 작은 소란이 들려왔다. 제영의 고개가 바람을 쏟아 내는 열린 창밖을 향했다.

“평소엔 기별부터 주시던 분께서 어찌 이러세요!”

“정혼자에게 차릴 만큼의 예는 충분히 차렸다는 생각이 들어 그렇지 않겠소. 소저께서는 언제까지 내 앞을 막아설 생각인지?”

“제가 어찌 대군마마의 앞을 막겠어요? 그냥 간청을 드리……마, 마마!”

소란은 반응할 새도 없이 가까워지더니 이윽고 제영의 방 창밖에서도 훤히 보이는 곳까지 왔다. 여인의 목소리는 제윤의 것이었고, 사내의 것은 대군마마.

그러니까, 형찬의 것이었다.

“제윤 소저의 방해가 여간하지 않다 싶기는 하였으나……. 그게 이것 때문이었소?”

형찬이 코웃음 치며 말했다. 그가 말한 ‘이것’이란 역시 제영과 이성의 자세를 두고 이름이었다.

“친척 자매 간의 우애와 의리가 참으로 남다르기 짝이 없소. 하긴 박씨 가문이 명문이기는 하였지.”

마지막 말은 명백한 비아냥이었다. 굳이 뒷말을 더 붙이지 않아도 그의 시선이 노골적으로 제영과 윤을 쏘아보는 것만으로도 많은 것이 설명되었다.

묘한 대치가 지속되었다. 형찬의 말이 끝나고부터 침묵이 길어졌다. 제영은 여전히 윤의 품 안이고, 평소라면 형찬의 속을 조용히 뒤집었을 윤 또한 조용했다. 이곳까지 형찬의 행차를 만류하고 막아섰던 제윤은 난처하기 짝이 없는 얼굴로 그들을 바라보다가,

튀어나오는 한숨을 가까스로 참아 삼켰다.
침묵을 깬 것은 제영이었다.
"명문……."
의아하다는 듯이 미간에 주름을 잡은 제영의 한마디에 모두의 시선이 그녀를 향했다. 제영을 품어 기댈 곳을 제공하던 윤의 몸이 바짝 굳었다.
"집안이나 핏줄을 따지면, 여기서 제일 대단한 사람은 대군마마 아니신가요?"
"달리 틀리지 않은 말이오."
담담하게 들려온 형찬의 답변에 이번에는 제영이 코웃음 치며 그와 저의 동생인 제윤을 바라보았다. 가내의 사람이 그리 말려도 예의를 차리지 않고 들이닥치기로는 형찬도 잘한 것이 없다는 뜻을 담아서.
"명문답다는 말……. 그대로 돌려드릴게요."
"왕족으로서 능멸당한 기분이군."
"그걸 계기로 이런 여자랑은 같이 못 살겠다 하시면 좋겠네요."
왕족으로서 능멸당한 기분이라는 말은, 제영을 왕족 능멸죄로 벌할 수도 있다는 말과 같았다. 하나 제영은 덤덤했다.
그리 시종일관 덤덤한 제영의 말에, 형찬은 그저 웃었다. 도리어 처음 윤과 제영의 꼴을 목도했을 때보다 기분이 풀린 것처럼도 보였다.
"지난번에는 미친 척, 그리고 이번에는 이런 식으로 나를 떼어내려 함이로군. 노력은 가상하게 봐 주겠소."

"제가 그, 아니 대군마마께 그렇게까지 노력과 생각을 기울이고 있지는 않았는데요. 송구하게도."

"그렇겠지. 천한 종놈의 다리 사이에 자리 잡고 앉는 것 정도야. 낭자에게 큰 노력은 아닐 것이오."

"오해가 깊으시네요."

"오해라?"

제영이 팔꿈치로 제 뒤에 앉은 윤의 옆구리를 팍 쳤다. 윤이 눈을 동그랗게 뜨고 제영을 내려다보며 속삭였다.

"주인님은 겁도 없냐. 아무튼, 왜."

"아까 하려던 거나 그대로 하자고."

"뭐?"

"오해하잖아. 저 양반이."

"양반이 아니라 왕족……. 아니, 그래. 일단. 어, 뭐. 해."

제영이 한숨을 훅 내쉬곤 윤에게 방금 배운 대로 현금의 현을 눌렀다. 거기에 맞춰 윤 또한 술대를 쥐고 제영이 짚은 현을 뜯고 눌러 소리를 냈다.

상황과 어울리잖은 통통 튀는 가락이 울렸다. 짧은 가락이 끝을 맺고, 제영이 고개를 들어 형찬을 바라보았다.

"대체 내가 무엇을 오해했다는 거요?"

형찬이 살기 띤 웃음을 머금은 채 물었다.

"방금 알려 드렸는데, 모르시겠어요?"

"내 정혼녀가 천한 사내 종놈과 시시덕거리는 모습을 보인 것밖에는."

"연주했잖아요. 좋아하니까."

제영은 마치 일부러인 양, 자신이 무엇을 좋아해 연주했는지 대상을 밝히지 않았다. 형찬의 입가에서 미소마저 사라졌다. 제영이 그제야 윤의 품에서 벗어났다.

오래 그러고 앉아 있었음을 시사하듯 비틀거리는 제영의 허리를 윤의 팔이 감쌌다. 형찬의 미간에 거친 주름이 잡혔다. 그러나 이내 그는 실소와 함께 저의 감정을 털어 내며 겉으로나마 평온을 되찾았다.

"낭자가 현금을 좋아하긴 하였지. 나 또한 낭자의 연주 솜씨에 반해 처음 눈길을 주었으니, 그 실력 또한 대단하였음이 자명하고 말이오."

형찬이 천천히 걸어 제영의 방 열린 문 앞까지 다가갔다. 그러고는 창틀에 팔을 올려 턱을 괴었다. 보기 좋은 꼴을 구경하는 사람의 표정이었다.

"실력이 예전만 못한 것은 안타깝기 그지없소."

"어쩔 도리가 있나요."

제영이 형찬의 시선을 빤히 맞받아치며 답했다. 건반을 내리누를 때와 달리 현을 짚어 연습한 손은 조금 낯선 날카로운 감각을 남겼다. 그도 나쁘지 않았다. 차츰 이 꿈에, 혹은 이 세상에 익숙해지고 있었다. 아마도, 이리 '대군'씩이나 된 형찬만 아니었더라면 좀 더 기꺼이 즐겼을 법한 꿈이었으리라.

비록 오른손의 불편은 전보다 더해졌더라도.

"낭자의 현금이 시작이었으나, 그것만으로 그대를 마음에 품은 것이 아니니 내게는 아쉬울지언정 낭자를 포기할 일은 못 되는 셈이지."

"예, 뭐……."

"하나, 낭자가 '이런 식으로라도' 현금을 계속하고 싶은 거라면 말이오. 그대가 나의 내자가 된 후에도 그러고 싶다면 내 능히 실력이 훌륭한 기녀를 불러 주겠소."

형찬은 이제 완전히 여유를 되찾았다. 입가에 매끈한 웃음까지 머금었다. 갸름하게 휘어지는 눈은 여전히 서늘하게 빛나고 있었으나 그러했다. 제영은 어째 불안해졌다. 형찬의 뒤편에서 제윤이 참았던 한숨을 내쉬며 발로 땅바닥을 짓이기고 있었다.

"그러니 서른 날 동안 잘 고민해 보시오."

"……서른 날이요?"

"낭자와 나의 혼례일까지 딱 그만큼이 남았거든. 뒤로 나라의 큰일이 많이 늘어선지라 날을 조금 바삐 잡았다오."

제영의 안색이 하얗게 질렸다. 윤이 못 들을 것을 들은 얼굴로 초점을 흐리고 있다가, 참으로 불경하게도 형찬을 대놓고 노려보기 시작했다. 하나 형찬은 신분의 차가 어마어마하여 고개조차 들고 있지 않아야 할 윤의 불경한 눈초리를 그저 보아 넘겼다.

이상한 일이었으나, 한편으로는 '제영'의 주변에서 늘 있던 일이기도 하였다.

"저는, 그럴 생각이 없는데요."

"주상 전하께옵서 허하시고, 명문가 박가의 최고 어르신들이 이미 허락한 일이오."

"대체 언제……!"

제영이 입술을 꽉 깨물었다. 형찬은 제영이 아닌 그녀의 뒤에 선 윤을 노려보며 웃고 있었다. 그가 시선을 거두어 제영을 보았다. 정말 모르겠냐는 듯이 고개를 살짝 기울이다가 답을 내주었다.

"낭자가 미친 시늉을 하였을 때. 그때 곧장 돌아가지 않고 잠시 본채의 어른들과 이야기를 나누었소. 그것으로 족했지. 주상 전하께서야 항시 낭자와 나의 혼례를 기꺼워하셨으니 더 말할 것도 없고."

"그들은 제 보호자가 아니에요."

"글쎄."

형찬이 뒤로 물러섰다. 이번엔 되레 그만큼, 비틀거리며 자리에서 일어난 제영이 다가섰다. 그와 제영의 거리는 어느 이상 좁혀지지 않았다. 이 또한 지금의 제영은 모르는 일이나 늘 그러하였다.

"저는……!"

"이미 낭자가 어찌할 수 없게 결정된 일이오. 뒤집을 수는 없을 테니, 그저 가만히 기다리시오."

형찬이 팔을 뻗었다. 가까스로 그의 손끝이 하얗게 질린 제영의 뺨에 닿았다. 아슬아슬하게 닿았다 떨어진 손은 분명, 제영을 몹시 귀한 것을 대하듯 부드럽게 쓰다듬는 투였다.

하나 제영이 느낀 것은 창백할 정도의 서늘함뿐이었다.

"금일과 같은 책잡힐 짓도, 더는 하지 마시오. 그런다 한들 정녕 바뀔 것은 없을 터이니."

"차라리 죽……!"

그럴 바엔 차라리 죽겠다, 작금의 심정을 토로하려던 제영의 말은 끝까지 이어지지 못하였다. 형찬이 제영의 목덜미를 확 잡아 끌어당겼다. 이리 과격하고 짙은 접촉은, 그와 그녀 사이에서는 처음이었다.

형찬의 입술이 제영의 귓가로 다가갔다. 코끝이 귓바퀴에 살짝 닿았다 떨어지기를 반복할 만큼 가까웠다.

"죽음으로든, 어디로든. 도망치는 일은 없어야 할 것이오. 그러기도 힘들 테고."

"……왜 그렇게까지 하세요?"

"그대를 연모하니까. 하여 낭자를 온전히 갖고자 내 친히 사병까지 풀어 보호할 참이오."

보호라는 이름의 감시를 붙일 것임을, 형찬이 나긋하게 알렸다.

"죽음, 자결이라……. 그리하면 이 나라에서 박씨 가문이 풍비박산되어 사라지는 것을 볼 수 있을 테고, 그대가 아껴 마지않는 저 천것의 목숨 또한 보장할 수 없게 되겠지."

제영이 거칠게 몸을 뒤로 뺐다. 가까스로 형찬의 손에서 빠져나오며 휘청거리는 그녀를 윤이 급히 일어나 부축했다. 형찬의 미간에 잔잔한 주름이 생겼다가 사라졌다.

"낭자의 할아버님 좌부승지가 떠나고 나서부터 가문이 많이 기울었더군. 하여 그대가 들고 올 것이 그리 많지 않음을 내 알고 있소."

형찬의 말이 끝나기 무섭게 윤의 입에서 작게 '지랄…….' 하는 비아냥이 튀어나왔다. 형찬은 실소하면서도 너그러운 지아비가 되어 보이리란 태도를 고수하였다.

"낭자의 조부께서 신경 써 남겨 주신 것이니, 저것까지 호위 비슷한 것으로 데려오는 것은 허하겠소. 다만 지금처럼 격 없이 지낼 일은 없을 것이오."

형찬이 가리킨 손가락 끝에는 당연하게도 윤이 서 있었다. 지금 윤의 얼굴에서는, 처음 형찬이 이곳을 찾았을 때의 당황한 기색은 찾아볼 수가 없었다. 어떠한 감정도 담지 않은 듯 고요한, 혹은 심연을 품은 듯한 깊은 물과 같은 표정으로 형찬을 바라볼 따름이었다. 푸른 띠가 뜬 눈동자를 형찬 또한 뚫어지게 마주하였다.

먼저 시선을 물린 것은 형찬이었다. 하나 이전에 윤과 마주치기라도 하면 불쾌한 듯, 그도 아니면 불편한 것을 마주한 듯 굴던 자세가 오늘의 형찬에게는 없었다. 오늘의 형찬에게서 느껴지는 것은 승리한 자의 우월감이었다.

"긴히 전할 말이 있어 찾았고, 전할 것을 전부 전했으니 나는 이만 물러가겠소."

형찬이 돌아갈 것임을 알렸으나, 제영은 충격적인 소식에서 여전히 정신을 차리지 못한 채였다. 형찬은 하얗게 질린 채 얼어붙어, 혼자서 겨울의 기색을 품은 제영의 뺨을 손등으로 부드럽게 쓸었다. 제가 가진 것 중 가장 소중한 것을 쓰다듬듯 조심스럽기 짝이 없으면서도 당당한 손길이었다.

그러한 형찬의 손을 감히, 무례하고 방종하게도 윤이 거칠게 치워 냈다. 하나 형찬은 윤의 무례를 꼬집어 꾸짖지 아니하였다. 아량 깊다 하여야 할까. 이 또한 승자의 모습이었다.

"서른 날 뒤에 내 것이 된 그대를 볼 수 있겠군. 모쪼록 그때까지 아름답길 바라오."

그리 돌아선 형찬이 시야에서 사라지고 나서야, 가까스로 얼어붙었던 제영이 다리에 힘을 풀고 자리에 주저앉았다.

* * *

창으로 드는 것은 이제 볕이 아니라 어둠이었다. 그 어둠을 쫓기 위해 윤이 제영의 방에 놓인 화촉을 오가며 불을 밝혔다. 아스라이 흔들리는 불빛이 여전히 넋 나간 채로 주저앉은 모양인 제영의 그림자 또한 흔들리게 하였다. 지금, 복잡하기 짝이 없는 그녀의 마음을 그대로 보여 주기라도 하듯 그림자는 바람도 없이 흔들리는 불빛을 따랐다.

가까스로 꿈으로 여기는 이곳의 생활에 적응하기 시작하였는데. 그것이 형찬의 방문 한 번으로 단번에 엉망이 되었다. 제영은 형찬이 떠나간 뒤 주저앉은 그대로, 미동만을 보이며 아무것도 못했다. 그리 침묵하며 눈이나 겨우 깜박이던 제영이, 처음으로 입을 열었다.

"……나 정말 이형찬 대표랑 결혼하는 거야?"

멍한 얼굴로 중얼거리는 제영을 윤이 갑갑한 표정으로 바라보았다. 그의 얼굴에는 얼어 죽을 개소리를 들었다, 는 느낌이 자명한 표정이 떠올라 있었다. 하나 현실적으로 제영의 말이 틀린 것 없이 진행될 상황인지라, 윤은 선불리 입 열어 험한 말을 뱉지 않았다.

"대표인지 나발인지는 모르겠지만 그게 개뼈다귀 같은 유성대군의 이름은 맞으니까……."

"한다고? 해야 해? 정말?"

"아 주인님은 왜 그딴 걸 나한테 물어?"

여전히 정신을 차리지 못하는 제영의 되물음에 기어이 윤이 버럭 화를 내고야 말았다. 멍하니 초점이 풀려 있던 제영의 눈이 순간 원래의 총기를 되찾았다. 영민한 빛이 돌아온 제영의 눈동자를 윤이 빤히 쳐다봤다. 등불의 온기 그득한, 촉촉하게 젖은 눈동자가 저를 향하는 것에 윤은 불쑥 화를 낸 것이 순식간에 미안해졌다.

때로는 푸른 띠를 두르고 한때는 살기를 품기도 했던, 무엇도 담고자 하지 않는 저의 눈보다 더욱 차갑고 무감정한 것이 제영의 눈이건만. 이럴 때는 하염없이 따뜻하고 다감하여 죄책감과 애틋함을 불러일으키는 것이다.

그저 저의 마음이 제영을 향해서일 수도 있고.

"감히 개새끼 주제에 길러 주는 주인님한테 지랄이나 부리고 잘못했수다."

"내가 그걸로 뭐라고 해? 넌 원래 그랬어."

"원래 나는 기억도 못 하면서."

제영이 설핏 웃었다. 정신없는 와중에도 윤의 투정은 반갑고 사랑스러움이 느껴졌던 까닭이다. 처음에는 윤이성의 얼굴을 똑같이 닮아서, 그런 주제에 또 그보다 어린 면이 보여서. 지금은 거기에 더해, 윤이 윤으로서 애틋한 데가 있어서.

"한 주가 거의 두 번 돌았잖아."

"그래서?"

"그동안의 윤은 기억하잖아, 이제."

제영이 이리 나오니 되레 윤은 더 멋쩍어졌다. 그가 고개를 돌리고 목덜미를 벅벅 긁었다. 따뜻한 색감의 등불에 비쳐서가 아니라, 정말로 윤의 목덜미가 새빨갛게 붉었다. 제영이 설핏 웃음을 터뜨렸다. 수줍어하는구나, 하는 생각이 들어 윤이 귀여웠다.

"내가 너랑…… 정확히는 너랑 같은 얼굴이랑 결혼하겠다는 상상은 해 봤거든?"

해서 제영은 차마 진짜 윤이성 앞에선 꺼낸 적 없는 말까지, 윤의 앞에서 척 꺼내 놓았다. 이번에는 윤이 멍한 눈으로 제영을 바라보았다. 목덜미의 붉음은 가셨으나 아까와 다른 의미로, 이번에는 그의 뺨이 상기되었다.

"같이 살고 있었고, 서로 사랑도 하고."

"……그거 다, 주인님이 날 좋아해서 꾼 아주 긴 꿈이라니까. 그러, 그러니까 진짜 주인님은, 이곳의 박씨 가문의 제영 아가씨는 나를 좋아하는 거지."

제영은 딴죽 한 번을 걸지 않고 윤의 말을 수긍하였다.

"분명 네 말이 맞을 거야."

하여 윤이 기어이 다시 목덜미까지 새빨갛게 익혔다. 제영의 입가에도 아까처럼 웃음이 고였으나, 이번에는 숨길 수 없는 씁쓸함이 윤에게까지 느껴질 정도로 마냥 좋아 지은 표정은 아니었다.

제영은 여전히 이곳을 꿈으로 여겼다. 윤의 말마따나, 어쩌면 이곳의 자신이 진짜이고 자신이 기억하는 것이 전부 꿈일지도 몰랐다. 하나 그것이 중요하랴. 사람은 기억으로 살아가며 자아를 유지하여 존재하는 생명체이니, 지금의 제영에게는 무엇이 어찌 되었든 간에 기억하는 윤이성이, 그와 저의 세상이 진짜인 것을.

해서 만일 이 꿈에서 형찬이 아닌 이성을 꼭 닮은 윤과 혼례를 올려야 하는 상황이었다고 한들, 마냥 기껍지는 않았을 터였다. 그러나 지금처럼 당혹스럽고 괴롭지는 아니하였겠지.

여전히 제영에게는 이곳이 꿈이었다. 다만, 언제 깨어날지 모를 너무나도 깊은 꿈. 어쩌면 꿈은 영속될지도 모를 일이었다. 이곳에서의 삶이 끝날 때까지. 하여 현실로 받아들여야만 할 각오가 필요할 정도로.

하면 이성의 외양을 닮고, 아픈 부분을 닮고, 저와 그의 관계를 닮은 윤이 제영의 사람이 되어야 했다. 그것만이 그나마 이 꿈에서 제영이 허할 수 있는 부분이었다.

그러나 상황은 그녀의 마음대로 돌아가지 않았다. 현실에서도 재벌이었던 형찬은 그 처지가 더욱 좋아져 왕실의 사람이 되었고, 저는 반대로 힘 있는 집안의 사람이었건만 이곳에서는 조부 박신환의 사망 이후 끈 떨어진 박 신세를 면치 못하는 가문의 여식이 되었다. 그나마도 집안에서 목소리 하나 제대로 낼 수 없는.

"주인님아."

하여 시름에 잠긴 제영을 윤이 불렀다. 흔치 않게 진중한 목소리였기에, 제영은 금세 상념에서 빠져나와 윤을 바라보았다.

"음?"

"만약에 말이야."

무릎에 턱을 괴고 앉은 제영의 시선은 낮았다. 그런 제영에게 맞추듯 잔뜩 웅크린 윤이 제영을 빤히 보았다. 분명 뒤에 더 이어질 말이 있으련만 쉬이 꺼내지 못하고 하염없이, 눈조차 깜박이지 않고 그녀를 보았다.

"만약에, 뭐."

"만약에. 대군마마랑 말고, 나랑 가약을 맺을 수 있다고 하면……. 그렇게 할래?"

몹시 뜬금없는 소리였다. 진지하게 말한 것이 무색할 정도로 말이다. 제영이 먼저 눈을 느리게 껌벅였다. 아예 윤의 말을 내용 그대로 이해조차 못 한 기색이었다.

"내가 지금 뭘 들은 거야?"

"말 그대로야. 아니, 주인님은 평소에 그리 영민한 사람이 이게 이해가 안 되냐?"

"너랑 나랑 그러니까 가약이면, 결혼하자고? 할 수 있으면 그렇게 하자는 거야?"

"제대로 이해해 놓고 되물었어?"

윤이 먼저 인상을 쓰고 불쑥 소리를 질렀다. 제영이 맞받아치듯 저 또한 더럭 인상을 썼다.

"내가 잘못 들은 건가 했잖아. 뭐, 혼인을 어떻게 하자는 건데? 한 달 지나기 전에 선수라도 치자는 말이야?"

"그것도 방법이 될 수는 있겠는데, 그건 아니고."

"방법이 되긴 돼? 그렇게 너랑 나랑 혼인했습니다, 하고 신고하면 나라에서 '그래요, 잘하셨습니다.' 하고 인정해 줘?"

차분히 말을 꺼내려는 윤을 몇 번이나 막아서며 제영이 또박또박 쏘아붙였다. 윤의 입에서 한숨이 흘렀다. 지금 제영은 무슨 말이든 제대로 들을 상황이 아니었다. 속에서 천불이 끓어도 참는 게 옳았다. 윤이 고개를 돌렸다.

방을 밝히는 등불이 흔들렸다. 윤의 옆얼굴을 따라 너울지는 불빛을 보며 제영도 한숨을 흘렸다. 막막하고, 답답하고. 거기에 더해 화까지 솟구쳐 그걸 윤에게 쏘아붙이며 짜증으로 풀었다. 제영도 제 태도가 잘못되었음은 알고 있었다.

"……미안해. 심란해서 자꾸 말이 그랬어. 괜히 헛된 희망 품었다가 더 속상하기 싫어서."

잘못을 인정한 제영의 사과는 빨랐다. 그러니 되레 사과를 받는 윤이 멋쩍어졌다. 기실, 신분의 차를 생각하자면 제영의 태도는 다른 윗사람이나 양반들과 비교했을 때 도 닦는 선인에 가까웠다. 되레 윤이 천것이라기에는 버르장머리가 없다 못해 정신이 나간 수준이었고 말이다.

윤이 보기에 제영은 기억을 잃어 지금을 꿈으로 여기기 전이나, 현재나 달라진 것이 없었다. 언제나 제영은 신분을 앞세우지 않고 저를 대하였다.

처음에는 그저 제영의 현금이 좋아서. 그리고 죽음을 목전에 둔 상황에서 그녀의 선택으로 구명되었을 때부터 지금까지는 이런 제영의 태도가 또 좋아서. 새삼 그녀에게 반하고 또 반하여 오지 않았던가.

윤이 희미한 웃음을 머금었다. 이제 그에게 꺼내기 어려운 말을 뱉는 자의 머뭇거림은 없었다.

"아주 헛된 희망이 아니면?"

"지금보다 훨씬 낫겠지. 어떤 의미로든."

"나나 주인님의 상황이 바뀌어도?"

"뭐, 바뀐다고 해도……. 난 잘 모르겠다. 나한테는 꼭 대군이라는 사람과의 억지 혼인이 아니라도 천지가 개벽한 상황이라서."

"어쩌면 행복하지만은 않더라도?"

"행복하기만 한 삶은 원래 없어."

제영의 마지막 답에 윤이 고개를 끄덕였다. 흘리듯 튀어나온 '그야 그렇지.' 하는 말은 윤이 살아온 세월에서 얻은 정답일 터였다.

"그래서, 네가 나한테 보여 줄 희망이 뭔데?"

"만약에 말이야."

제영이 고개를 끄덕였다. 윤이 제영과 눈높이를 맞추려 굽히고 있던 허리를 폈다. 그만큼 윤의 시선이 훅 높아졌다. 제영의 눈이 자연스레 윤을 향하며 위를 올려다보았다.

"만약에, 내가 핏줄 모르는 천것이 아니라면 말이야. 그래서 주인님을 둘러메고 아주 멀리 갈 수 있으면 어떨 것 같아?"

제영이 말없이, 웅크리고 앉아 무릎에 괴었던 턱을 올렸다. 이어 윤처럼 허리를 바짝 폈다. 그리해도 둘의 신장 차이가 꽤 나는지라, 시선은 여전히 윤이 더 높았다.

"무슨……."

이번에는 제영이 어렵게 입을 뗐다. 아까와는 또 다른 감정으로, 그러나 같은 맥락으로 윤의 말이 쉬이 이해되지 않은 까닭이었다.

윤은 제영의 답이 궁금한 것인지, 그도 아니면 다른 연유인지 그녀가 흘려 버린 말을 다시 선명한 단어로 이어 뱉어 줄 것을 가만히 기다렸다.

침묵이 맴돌았다. 조용한 가운데 들리는 것은 멀리서 들려오는 접동새 우는 소리와 가까운 곳의 화촉 심지 타는 소리뿐이었다.

제영은 제가 이곳에 머물기 시작한 첫날, 윤에게 들은 이야기들을 떠올렸다. 좋은 강보에 싸여 버려진 아이. 터럭이 밝아 돗가비의 아이인가, 아니면 기녀와 색목인 사이에서 난 아이인가 모를 일이라 여겨졌다던 윤의 태생.

소설에나 나올 법한 출생의 비밀이 있을지도 모를 것처럼 여겨지는 생의 시작이 아닌가. 윤의 얼굴은 골격이 선명하다 한들 제영이 알고 있는 동양인의 수려함을 담고 있었다. 하나 터럭이나 눈동자만큼은, 단순히 이곳의 사람이라기에는 그 색이 몹시 달랐다.

제영이 아는 '윤이성'이야 체모가 조금 밝다 해도 분명히 한국 사람이었다. 위로 타고 오르면야 조상 중에 누가 있을지 모를 일이겠지만, 조모의 손에 컸다는 이성은 일찍 여읜 아버지도 어머니도 분명 한국인이었다.

하나 윤은 어떠한가. 이성보다도 조금 더 밝은 체모, 그리고 윤과 몹시 다르다 할 수 있는 이색적인 눈동자. 어쩌면 정말로 윤은 이곳과는 먼 다른 나라의 피가 섞였을지도 몰랐다.

그렇다면 도리어, 그러해서 버려졌다면 이 나라에 있을 윤의 뿌리도 분명 기녀나 중인 이하의 신분은 아닐지도 몰랐다. 다만 그렇다 해도 윤이 찾고자 하는 뿌리는 '이곳'에는 없을 것이라는 확신이 들었다.

"아주 멀리, 라는 게 여기가 아니라 저기 멀리 있는 다른 나라야?"

윤의 입꼬리가 슬그머니 올라갔다.

"눈치 빨라."

그리고 튀어나온 답은 긍정을 품고 있었다. 다른 나라. 윤은 그곳에서도 완벽히 그 나라 사람으로 인정받기는 어렵겠으나, 제영에게 이리 말을 꺼낼 수 있을 정도라면은 처지는 지금보다 훨씬 나아질 것이리라. 다만 제영은 반대로 이곳의 뿌리를 전부 내려놓고 가야만 할 터였다.

그러나 지금 이곳에서라고 제영의 처지가 좋으랴. 그저 반가의 여식이니 장애를 입었어도 먹고사는 데에는 부족함이 없지만 그뿐이었다. 어느 것 하나 마음대로 할 수 있는 것이 없었다.

더군다나 지금의 제영은 본디 이곳에 살던 그녀가 아니었다. 적어도 제영에게 이곳은 꿈이 아닌가. 이것을 꿈이라 여길 수 있으니 분명 자각몽일 것임에도 그녀의 마음대로 할 수 있는 것은 없다시피 하였다. 되레 내키지 않는 이와 억지로 백년가약을 맺게 생겼으니, 따져 보자면 자각몽이기에 앞서 악몽이었다.

그러니 무엇이든 버리고 떠나는 게 어려우랴마는. 어딘가 자꾸만 실재하는 세상으로 느껴질 만큼 치밀한 꿈인 것이 문제였다.

"확실해?"

"성공 가능성?"

"응. 100퍼…… 아니 10할이야?"

"행복하기만 한 삶이 어디에 있고, 성공하기만 하는 일이 어디에 있겠습니까? 나의 주인 되시는 아가씨?"

"장난 말고, 제대로 된 대답을 줘."

윤이 웃음기를 지우고 말했다.

"내게 매일 찾아와 나를 매일 돕겠다는 사람들이 있어. 적어도 나 혼자 막연히 벌이는 일은 아니야. 내가 지금 해 줄 수 있는 말은 이것뿐이야, 주인님."

제영이 느리게 고개를 끄덕였다. 일전에 제윤에게 들었던 말이 떠올랐다. 그녀는 자신이 들렀던 기방에서 윤을 보았다고 했었다. 어쩐지 그것이 작금에 어렴풋이 알게 된, 윤의 뿌리에 대한 실마리가 아니었나 싶다.

단호히 고개를 끄덕여 실낱같을 가능성을 잡아 보려던 제영이 문득 멈칫하였다. 목전에 떠올린 것이 제윤이었던 까닭이다.

분명, 이 치밀한 꿈은 자신이 이곳을 떠난다 한들 멈추지 아니하고 시간이 흐를 터였다. 조부인 박신환도, 조모인 혜옥도 이미 작고한 뒤이니, 사실 제영에게 가문에 남은 다른 이들은 달리 걸릴 것이 없었다.

만일 자신이 떠나고 가문이 지금보다 더 풍비박산이 난다 한들, 그녀가 현실로 여기는 '피아노'와 '윤이성'이 있는 세계의 그들에게조차 제영은 달리 정을 두지 않았다. 그렇다면 꿈으로 여기는 이곳의 그들이야 더욱 제영이 알 바 아니었다.

그러나 제윤은 달랐다. 이곳 아닌 제게 익숙한 세상에서도 제영은 그녀와 회포를 풀고 썩 돈독한 사이가 되었다. 그러고 나니 제윤도 나름의 아픔이 있는 동생인지라 어렴풋한 애틋함을 느꼈다. 한데 이곳의 제윤은 또 어떠한가.

비록 꿈으로 여길지언정, 이곳의 제윤은 자신이 알고 있는 박제윤보다도 더욱 가여운 처지였다. 제영이 원래 알던 그녀에게는 없던 남동생이, 이곳의 제윤에게는 있었다. 하여 어릴 땐 좋지 못한 형편에 없는 자식 취급도 받았다고 들었다.

당시에는 조부인 박신환과 조모인 혜옥에다 제영의 양친까지 살아 계셨을 때였던지라 제윤을 맡아 길러 주다시피 하였다 했다. 제윤은 어린 시절을 이곳의 제영과 함께한 것이었다.

자신이 아는 박제윤보다 이곳의 제윤이 좀 더 살뜰한 것이 이해되었다. 가장 상처받기 쉬운 시절을 이곳 처마 아래에서 버틸 수 있었으니 차라리 제윤에게는 기꺼운 일이었으려나. 그렇다 한들 없는 사람 취급 받아 생긴, 마음에 품은 상처가 적으랴.

바로 그 살뜰한 제윤이 제영의 가슴에 덜컥, 하고 걸렸다. 하여 제영이 곧장 윤의 제안을 승낙지 못하고 물었다.

"나한테, 물론 지금 되게 촉박한 건 알지만 말이야. 고민할 시간이 있어?"

윤이 잠시 눈을 굴리며 침묵하다간 고개를 끄덕였다. 그가 손가락 세 개를 펼쳐 제영에게 내밀었다.

형찬과의 혼례까지 남은 서른 날 중, 그 혼례를 피할 방도를 택할지 말지 결정할 사흘의 말미를 얻었다.

* * *

제영에게 사흘의 말미를 주기는 하였으나 윤은 다음 날부터 움직이기 시작하였다. 하여 늘 윤과만 붙어 있다시피 하였던 제영의 시간이 온통 비었다. 잠들기 전 잠깐이야 윤이 찾아오기는 했지만, 윤은 대답을 재촉하지 않았다. 눈치를 주지도 않았다. 그저 원래 제영의 몫이라며 이틀간 현금으로 매일 다른 연주를 들려주었을 따름이었다.

본디도 윤이 아니라면 가끔 제윤, 그리고 그보다 더 가끔 형찬이 찾아오는 정도였던 제영은 그리 혼자 된 시간이 많아졌다. 그 이틀을 제영은 온전히 생각하는 데에 허비하였다. 챙겨 주는 이 없으니 식사도 자연히 거르게 되었다. 이틀째 밤에 윤이 한숨을 내쉬며 '주인님, 말라 죽으려는 속셈은 아니지?' 하고 물었다.

그래서인가, 사흘째 정오 되는 날은 언질을 받기라도 한 것인지 제윤이 삐쭉삐쭉거리며 제영을 찾아왔다. 뒤에는 작은 밥상을 들고 선 여종도 함께였다. 평소라면 밥상을 놓고 도망이라도 치듯 내뺐을 여종이 오늘은 가만히 손을 모아 쥐고 방 앞에 대기했다.

제윤의 등쌀에 밀린 제영이 숟가락을 들며 여종을 의아한 눈으로 쳐다보았다. 제윤이 제영의 옆에 바짝 붙어 앉아서 귓가에 대고 속삭였다.

"같은 종이라도 대군마마 처마 아래가 낫다 이거지."

"아아……."

제영이 느리게 고개를 끄덕이며 수긍했다. 제윤은 밉살맞아 죽겠다는 눈으로 종을 흘겨보았다. 제영이 한숨을 내쉬며 몇 숟갈 뜨지 않았던 숟가락을 도로 놓았다.

"그러고 보니까 나, 너하고 할 말 있어."

"나한테?"

"응. 너한테만."

제영이 눈짓으로 여종을 가리켰다. 제윤이 이내 제영의 뜻을 알아채고는 여종을 물렸다.

"이를 어쩌나. 모시고 싶은 주인께서는 그간에 시중도 없이 적적하게 지내는 것이 퍽 익숙해진 모양이구나."

"예?"

"제영 언니의 표정이 보이지 않으니? 불편해서 밥숟갈 한 번을 넘기기 어려워하는 기색이잖아?"

"아……. 쇤네가, 송구합니다. 물러가겠습니다……."

가히 반가의 아가씨다운 우아한 말투로 신랄하게 비아냥거리는 것이 수준급이었다. 제영이 저도 모르게 혀를 내둘렀다. 며칠 보진 않았다지만, 저의 앞에서는 왈가닥인 꼴이 자신이 아는 박제윤을 똑 닮았다고 생각하였는데 완전히 다른 모습이었다.

하긴, 그녀가 아는 박제윤이 사극 연기를 한다면은 꼭 이렇게 할 것도 같았다. 어울리는 모습이긴 하였다.

"네가 양반 딸이긴 하네……."

"그건 언니도 마찬가지고. 한데, 나한테 할 이야기가 뭐야?"

제윤의 물음에 제영이 잠시 입을 다물었다. 때마침 제윤이 저를 찾아 주었으니, 윤에게 답을 주기 위해서라도 내친김에 제윤의 뜻도 묻는 것이 옳겠으나…….

윤도 오래 숨겨 오다가 겨우 돌려 털어놓은 것을 멋대로 제윤에게 발설해도 되는가, 하는 생각이 든 것이었다. 제영이 제윤을 빤히 쳐다보았다. 동그랗고 새까만 눈동자가 초롱초롱하게 제영을 향해 반짝였다.

"왜? 말하기 어려운 일이야? 하긴, 언니 지금 처지에 뭔들 쉽게 입 떨어질 일이 있겠어."

"넌 어떻게 생각해?"

"뭘?"

"내가 대군이라는 사람이랑 혼인하는 거."

"언니가 싫어하는 일인데 당연히 나도 좋진 않지? 뭐, 나라면 그런 자리 마다하지 않고 냅다 들어앉겠지만 언닌 아니잖아."

제윤의 즉답에 제영이 웃음을 터뜨렸다. 문득 형찬과 맞선 비슷한 것을 보게 될 뻔하였을 때, 제윤이 그 자리를 탐냈던 것이 떠오른 까닭이었다.

결국 현실의 형찬과 제윤은 서로 마음이 맞아 잘되었더랬다. 분명 그때는 이유가 무엇이었든 제윤이 먼저 형찬에게 반한 형국이었는데. 지금에야 형찬이 제윤에게 휘말려 끌려다니는 기색이 완연하다지만 말이다. 그것도 좋아서.

이곳의 제윤은 형찬에게 달리 어떤 감정을 지닌 건 아닌 듯 보였다. 다만 좋은 자리는 마다치 않겠다는 기세만큼은 제영이 아는 현실의 제윤을 똑 닮았지만.

"나한테 혼인을 피할 방법이 있으면 그럼, 넌 내가 그렇게 했으면 하니?"

"있으면 응당 그래야지!"

"근데 그러면, 너나 가문 사람들이 크게 다칠 수도 있는데. 그럼 어때?"

제영이 에둘러 털어놓은 말에 이번에는 제윤이 즉답하지 못하고 머뭇거렸다. 본인의 안위가 걸렸는데 쉬이 답하기는 어려울 터였다.

"……얼마나 다쳐? 뭐 죽기라도 해?"

"글쎄, 어쩌면."

제윤이 입술을 깨물고 잠시 제영의 시선을 피했다. 그대로 무언가를 고민하는 게 역력한 기색으로 연신 한숨을 내쉬더니 이내 단호해진 얼굴로 다시금 제영을 바라보았다.

"그 방법이, 언니가 도망칠 수가 자결이면 절대 하지 마. 사는 것이 지옥과 같다 한들 진짜 죽어 지옥도를 헤매는 것보다 낫다고 한 거, 나한테 그리 말한 게 언니야."

"나 안 죽어."

사실, 형찬이 찾아왔던 사흘 전만 해도 제영에게 죽어 볼 생각이 없었던 건 아니었다. 이곳을 꿈이라 여기기 때문이었다. 물론 최근에 와서는 정말로 이곳이 꿈인가, 하는 의구심이 생기기 시작하였다. 하나 정녕 꿈이라면 목숨이 스러짐과 동시에 깨어났다는 말도 많았으니까. 그러면 이 곤혹스럽다 못해 복잡하고 서글프기도 한 세상은 어떠한 것도 더 진행되지 않고 끝이 날 테니까 말이다.

그러나 어쩐지 그리 쉽게 끝을 맺을 수 있을 것 같지가 않았다. 하여 죽음은 포기했다. 윤이 다른 쪽으로 생각할 법한 화두를 던져 주기도 하였고.

"그럼 뭔데? 죽음이 아니라……."

제윤이 목소리를 낮춰 소곤거렸다.

"다른 도망칠 방법이 있는 거야?"

"있으면 너도 같이 갈래?"

제윤의 물음에 제영이 반사적으로 말을 뱉었다. 말이란 뱉으면 무를 수는 없는 놈이었다. 제윤이 눈을 휘둥그레 떴다.

"어디를?"

"나도 몰라."

"모르면서 같이 가자 그래?"

"응. 되면 너도 같이. 근데, 너만."

무를 수 없이 말을 뱉고 나니 제영의 마음이 한쪽으로 온전히 기울었다. 그러니까, 저와 윤의 도망에 제윤을 끼우는 쪽으로. 그리하면 마음에 걸릴 것도 덜할 듯하였다. 어차피 남은 친족들이야 제영이 알 바가 아니었다. 이 꿈에 들고 얼굴이나 한 번 보았던가. 듣기 기껍지 아니한 이야기들이나 전해 들었지.

윤이 제윤까지 함께하는 건 안 된다고 할지도 모른다는 생각이 뒤늦게 들긴 하였다. 그러나, 제윤까지 책임지지 않으면 안 가고

만다고 해 버리면 그만이다. 제영의 마음이 굳어졌다.

"나만?"

"너만. 아니면 그냥, 네 말대로 죽는 것보다는 사는 게 나으니까 하기 싫은 혼인 하겠지."

"……나 이거 지금 답해야 하는 거야?"

제윤이 난처한 얼굴로 물었다. 여기저기 오지랖을 부리고 다니는 게 닮아 그런지, 잔정이 많은 것도 제영이 아는 제윤과 썩 닮았다. 애석하게도 윤이 준 사흘의 말미는 제영이 홀로 고민하며 거의 다 쓴 참이었다. 분명 오늘 밤에 윤이 찾아오거든 답을 주어야 할 터였다. 제영이 고개를 끄덕였다.

"나는 언니랑 종숙부 종숙모, 그리고 작은조부모님들 아니었으면 이렇게 못 자랐어. 지금도 모난 곳이 없는 건 아니지만 그래도 언니 보기에 나, 썩 나쁘진 않지?"

제윤이 답은 않고 딴말을 했다. 그러나 제영은 가만히 그녀의 말을 들어 주며 고개를 끄덕였다.

"나쁘지 않아. 좋아 보여, 너."

"언니랑 진짜 이 고택의 주인들이 내 은인이라는 소리야."

"……그래?"

"그럼! 매양 하는 소린데 뭐 새로 듣는 것처럼 그렇게 봐? 아무튼. 난 그러니까, 언니 말이라면 뭐."

제윤이 무언가를 결심하듯 입술을 꽉 깨물었다가 놓았다.

"지옥 불에 섶 지고라도 따라갈 거야. 그게 진짜 가족들을 배신하는 꼴이라고 해도."

* * *

밤이 깊었다. 사흘간 '대군마마'의 눈치를 보듯 낮에는 제영을 찾는 시간을 줄인 윤이, 그래도 제영을 찾아 현금을 연주하는 시간이기도 하였다. 담장 밖에서 인경을 알리는 종소리가 아련하게 울렸다. 종소리를 신호로, 윤이 제영의 방 창문을 톡톡 두드렸다. 작은 돌 조각인지, 아니면 손톱 끝인지. 작고 경쾌한 소리에 제영이 쪽창 문을 열었다.

"또 창문으로 들어올 거야?"

"쉿!"

제영의 목소리는 나긋하건만, 윤은 장난스레 저의 입술 위에 검지를 올려선 제영이 입을 닫게 하였다. 그러곤 날쌘 몸짓으로 창문을 딛고 뛰어 가볍게 방 안으로 착지했다. 언제 벗은 것인지 신은 쪽창 바깥에 고이 놓인 채였다. 도로 창문이 닫혔다.

"눈치 보는 시늉은 해야지. 이틀간은 한마디 없이 그런가 보다, 하더니 왜 꼭 오늘 딴죽을 걸어, 주인님은?"

"누구 눈치를 봐?"

"담장 밖을 지키고 선 대군마마의 사람들."

제영이 눈을 휘둥그레 떴다가, 이내 감아 내리며 한숨을 내쉬었다. 모르던 사실이었다. 윤에게 답을 주기 위해 고민하느라, 평소에도 달리 바깥출입이 잦지 않아서 더해진 사람들의 인기척을 느끼지 못한 까닭이었다.

"별……. 그럼 이틀간 했던 연주는 뭐야?"

"그래서 그것도 오늘부터는 안 하려고."

윤이 바닥에 철퍼덕 주저앉으며 그리 말했다. 제영의 눈길이 아쉬움을 담고 저의 방 한편을 차지한 현금을 바라보았다.

"오늘까지만 할까?"

"……눈치를 안 보면 되는 거 아니야?"

윤이 그새 일어나 현금을 가져왔다. 그러곤 다리에 얹고 울림이 적도록 현을 긁어 소리를 확인했다.

"그건 주인님 대답 여하에 따라 갈릴 수밖에 없는 부분인데."

본의 아니게 처음으로 윤이 제영에게 제 제안에 대한 답을 채근하게 되었다. 제영도 바보는 아닌지라 윤의 말에 담긴 뜻이 무엇인가는 금세 알아챘다.

분명 윤의 제안을 수락하고, 그의 말을 따라 이곳에서 도망치려거든, 도망칠 날 전까지는 몸을 사리는 것이 옳았다.

"나 혼자는 안 가."

"누가 혼자 보낸대? 가면, 나랑 주인님이랑 같이 가는 거야."

난데없이 튀어나온 제영의 답변에 윤이 왜 당연한 말을 하냐는 표정으로 심드렁하게 말했다. 그러나 윤의 심드렁함은 오래가지 못했다. 곧장 튀어나온 제영의 화답 탓이었다.

"제윤이 여기 두고 못 가."

"뭐?"

"걔 두고는 못 간다고. 나랑 너만 쏙 빠져나가면 분명히 집안은 풍비박산이 날 텐데, 다른 사람들이야 휘말리든 말든 내 알 바 아니어도 제윤이는 달라. 그래서 놓고는 못 가겠어."

"아니, 주인님이라면 그럴 수도 있다고 생각을 안 한 건 아니긴 한데……."

윤이 한숨을 푹 내쉬었다. 이어 머리까지 헝클듯이 긁적였다. 나름대로 할 말이 정리된 모양인지 윤이 약간의 장난기를 섞어 말했다.

"주인님아, 날 돕겠다는 사람들한테 내가 딱 그리 말했거든. 가게 되더라도 나 혼자는 절대 못 간다고."

"……그래서?"

"그러니까 그것들이 그러는 거야. 혼자 못 가면 뭐 누굴 데리고라도 가냐고."

제영이 더 말해 보라는 듯이 턱을 들어 올렸다.

"해서 내가 말했지. 내가 사랑해서 내 옆에 둘 여인이랑 반드시 같이 갈 거라고. 지금 같이 가자고 설득에 힘을 주고 있으니, 하나가 아니라 둘은 빠져나가게 할 준비를 하라고."

"뭐……."

장난스럽긴 하였으나 윤이 그들에게 했다는 말은 진심일 터였다. 만일 제영이 그를 따라가게 된다면, 윤이 사랑하여 곁에 두고 싶은 여인으로서 가게 되는 것이 맞았다. 윤의 여인으로, 윤을 돕는 이들에게는 그의 부속으로 여겨지듯 함께하게 되는 것이었다.

"그런데 사정이 이리되었으니, 그들은 내가 난봉꾼인 줄 알겠어."

윤의 말에 제영이 실소하였다. 제윤과 자신을 모두 사랑하는 여인으로 받아들일 거란 윤의 말은 농일 것이었다. 제영은 윤의 가벼운 반응이 나쁘게 읽히지 않았다. 농이 섞인 기색으로 보건대, 아주 불가능한 일은 아닌 모양인 듯하여.

"안 될 일은 아니라는 거지?"

"둘이나 셋이나, 어차피 갈 길은 험할 거고 가는 이들이 도착하기 전까지 버티기만 하면 돼."

"난 문제 될 거 없어."

"제윤 아가씨도 그렇대?"

"개똥밭에 굴러도 이승이 낫다 할 애야."

제영의 말을 들은 윤이 파하하, 웃음을 터뜨렸다간 이내 급히 사위를 살피며 제 목소리를 줄였다. 애써 끅끅대고 웃음을 참느라 잠긴 목을 헛기침으로 풀어 낸 윤이 표정 또한 갈무리했다.

"그럼 함께 가. 어쩌면 내게도 나쁘지 않을 일이야. 주인님이 먼 타국에서 홀로 외로워하는 걸 보게 되는 것보다야."

제영이 흐릿한 미소를 입가에 머금은 채 고개를 끄덕였다. 다만 이리 앞으로의 계획이 결정되고 나니 궁금증이 일었다.

"이제 나랑 너랑, 제윤이까지 같이 떠나는 걸로 결정 난 거지?"

"그렇지?"

"그럼 좀 자세히 알려 줘."

"자세히?"

"내가 갈 곳이 어딘지, 우리가 이곳을 빠져나가게 돕는 사람들과 너의 관계는 어떻게 되는지. 그곳에서 너는 어떤 위치에 서게 되는지."

제영이 묻는 것에 답하자면, 윤은 결국 이곳에서 저 홀로 품고 있던 비밀의 거의 전부를 제영에게 밝혀야 했다. 하여 자못 난감한 얼굴로 윤이 제영을 보았다. 그러나, 결국 그들이 함께 이 나라를 떠나 윤의 뿌리가 있는 곳으로 간다면 또한 다 알게 될 사실이기도 하였다.

"또, 우리가 어떻게 이곳을 탈출해서 윤 네가 말하는 곳에 가게 될 건지. 그 계획도 알아야지."

꼼꼼하기 짝이 없는 제영의 질문은 답을 받아 내기에 합당하지 아니한 점이 없었다. 그러므로, 윤은 제영에게 그 모든 것을 답할 생각이 있었다. 다만 어디서부터 이야기를 시작해야 할지, 그것을 고민하는 윤의 모습은 제영에게 머뭇거리는 것으로 비치었다.

"말 못 해 줘?"

"그건 아니고, 이야기가 길어질 것 같아서."

제영이 편하게 양반다리를 하고 앉은 제 무릎을 치마 위로 톡톡 두드렸다. 윤의 눈동자가 제영의 무릎께와 그녀의 얼굴을 번갈아 바라보았다.

"편하게 누워서 이야기하든지."

덤덤한 얼굴로 파급력 큰 말을 던지는 제영의 모습에 윤은 얼이 빠졌다. 눈을 느리게 껌벅이는 윤을 보며 제영이 픽 웃었다.

"싫어?"

"아니, 좋아."

윤이 곧장 헤벌쭉한 웃음을 만면에 걸고 무릎걸음으로 제영에게 가까이 다가왔다. 잠깐 머뭇거리나 싶던 그가 눈을 질끈 감고는 제영의 허벅지에 머리통을 얹었다. 윤의 머리통은 생각보다 가벼웠고, 제영의 허벅지에 꼭 들어맞았다. 윤과 제영의 체격 차가 꽤 나는 편이나, 윤이 어깨가 넓고 골격이 좋을 뿐 머리통은 동글동글 적당한 크기에 모양 좋고 잘생긴 까닭이었다.

"이거, 꿈은 아니지?"

윤이 싱글벙글한 기색을 지우지 못하며 물었다. 그것이 제영에게는 퍽 남다른 의미로 닿는지라, 제영은 차마 꿈이 아니라 말하지 못하고 그저 웃었다. 윤도 곧장 제영의 생각을 읽은 터라, 잠시 입술을 비죽였으나 그래도 지금이 좋은 듯 다시금 웃음 지었다.

"어디부터 이야기를 시작해야 하나."

윤이 제영을 올려다보다간, 푸른 띠를 어둠에 숨긴 눈을 지그시 내리감았다. 과거를 반추하는 얼굴이었다.

"주인님이 꿈이니 어쩌니 하면서 날 당황하게 했던 날, 나한테 물어 들었던 이야기는 다 기억하지?"

"해."

"그럼 내 태생부터 시작하자. 내 아비라고 부를 만한 놈의 이야기부터."

윤에게 그의 절반을 물려준 사내는 색목의 이국인이 맞았다. 그것도 왕족 출신이라 하였다. 제영과 윤이 속한 이 나라의 도읍은 중앙에서 동쪽으로 조금 치우친 곳에 자리하는데, 하여 서쪽 국경은 도성과는 거리가 몹시 멀었다.

바로 그 서쪽에 국경을 맞댄 나라가 윤의 아비가 나고 자란 나라였다. 서쪽 국경은 그쪽에서 보나 이쪽에서 보나 사람이 살기 어려운 황무지와 험준한 산맥을 끼고 있는지라, 기실 국경을 맞댄 나라라고는 하여도 몹시 멀리 느껴지는 곳이기도 하였다.

"국경을 통해서 오가긴 어렵지만 교류할 방법이 아예 없지는 않았어. 내 아비의 나라에서 성채만 한 배를 만들어 기어이 바다를 빙 둘러 이 땅에 도착했지. 그게 서른 해 전이야."

"30년 전?"

"응. 처음에는 대체 저 험준한 산맥 너머에 어떤 야만인이 살고 있는가, 적어도 그들은 그런 생각이었을 거야."

"하지만 지금도 이만큼 갖출 걸 갖춘 나라라면 30년 전이라도 크게 다를 게 없었을 거 아냐."

윤이 고개를 끄덕였다.

"그렇지. 별안간 항구에 나타나서 포부터 쏘고 봤던 나라가 생각을 바꿔서 교류 비슷한 걸 해 보자고 제안할 정도로 발전한 곳이었지."

해서 이듬해, 일반 백성들은 몰라도 양반과 귀족, 왕족들 간에는 서로의 존재를 확인하고 교류가 시작되었다. 물건이 오갔고, 양쪽 나라의 말을 전부 아는 변방의 인재를 발굴하여 특별 통역관으로 삼아 서로의 문화를 나누었다.

"그 과정에서, 먼저 선방을 가한 나라가 사과의 의미로 범선에 제 나라 왕족을 실어 보냈어. 실질적으로 왕위 계승에서는 아주 먼 위치이지만 계승권으로 따지고 보면 순위가 낮지는 않은 사람. 그게 나의 친부 되는 양반이었고."

"왕족의 아들이라고? 윤, 네가?"

제영의 물음에 윤이 그녀를 올려다보며 씩 웃었다. 어깨까지 으

쓰였다. 못 미더워하는 제영의 속내를 빤히 알겠다는 듯 개구쟁이 같은 웃음이었다.

"종자는 그렇지만 기생집에서 자라 왈패로 살았잖아. 왕족으로 보이면 더 이상한 거 아닌가."

"이상하기 전에 목숨 부지가 어려웠겠지."

"우리 주인님, 참 현명해."

윤의 입가에 걸린 웃음기에 묘한 씁쓸함이 번졌다. 제영은 새삼 자신이 길다고 하기엔 뭐한, 그러나 꿈이라 여기기에는 또 긴 기간 동안 봐 왔던 윤의 모습을 떠올렸다.

행동은 분명 고약한 데가 있었다. 건방지고, 거칠었다. 말투 또한 그가 행하는 바와 다르지 않았다. 그러나 짚어 보면 말투만 그러할 뿐 말이 담고 있는 어휘는 분명 뿌리도 모를 천것의 것이라기에는 제법 본새가 있었다.

어릴 적 귀족 나리들을 상대하는 기녀들과 붙어 자라서 그러한가 했더니, 다만 그것뿐만은 아니었던 모양이다. 왕족의 씨였다니. 비록 다른 나라의, 왕위 계승과는 먼 왕족이었다 하더라도.

"그 왕족이 말이지. 여기서 조용히 살다 갔으면 참 좋았을 텐데, 본토에서는 치여 사느라 그랬던 건지 여인의 손 한 번을 잡아 본 적도 없다는 양반이 별안간 이국의 땅에서 사랑에 빠졌어."

윤이 느리게 눈을 감았다.

"저의 신분에 모자라지 않을 귀한 여인이었지."

"보통 그런 상황이면, 양국의 교류 때문에 혼인을 하지 않나? 나쁘지 않았을 것 같은데, 너는 왜……."

"불륜이었거든. 내 어미 되는 사람에게는 이미 백년가약을 맺은 반려가 있었어."

제영의 입이 뚝 다물렸다. 무어라 말해야 할지 몰라서였다. 다만 모든 것이 납득이 되었다. 아비도 어미도 귀한 몸이라면서, 그 둘 사이에서 태어난 윤이 버려진 이유.

만일 적대하는 나라 간의 연정이었더라면 능히 이해할 수도 있을 일이긴 하였다. 하나 양 나라의 속마음이 어떠했던들 겉으로는 사이가 좋은 시늉을 하고 있었다고 하지 않는가.

"내 친모는 아비를 좋아하는 마음을 제대로 숨기지 못했어. 본래도 마음에 병이 있는 사람이었다고 하더라고. 해서 아비는 친모를 향한 마음을 접고는 그녀의 행복을 빌며 떠났다고 해. 교류는 흐지부지되고, 어미는 배 속에 나를 품은 채 그것도 모르고 아비를 그리며 하염없이 울고."

"안타깝네……."

"돌아가는 길 아비는 이곳에서 얻은 풍토병을 이기지 못하고 죽었다고 하는데, 그게 정말로 병일지, 아니면 친모의 반려가 행한 복수일지는 아무도 모르지."

굳이 윤이 복수일지도 모른다는 말을 입에 담았음은, 그것이 복수가 확실해서일 것이다. 적어도 윤은 그렇게 생각할 테고, 제영 또한 윤의 생각이 합당하다고 여겼다.

윤은 잠시 말없이, 눈을 감은 채로 침묵을 즐기듯 웃음을 머금었다. 하나 그것이 정말로 밤의 고즈넉한 침묵을 즐기기 때문은 아닐 거다. 제영의 손이 자연스럽게 움직여 윤의 머리칼을 쓰다듬었다.

처음에는 잔머리를 정리하는 것에 가깝던 손길은, 어느새 윤의 머리를 아이의 것을 쓰다듬듯 쓰다듬었다. 이제 윤은 정말로 기꺼운 웃음을 입가에 머금었다. 제영의 손길을 즐기는 것이었다.

"그런데 말이야."

"음?"

제영의 손이 멈추었다. 그것이 아쉬운 듯, 윤이 저도 모르게 재촉하듯 제영의 손을 붙잡아 제 뺨에 붙이며 눈을 떠 제영을 올려다보았다.

"네 친부 되는 사람은 죽었다고 했잖아."

"응."

"근데 그쪽에서 갑자기 널 왜 찾고, 아니 이건 갑자기가 아닐 수도 있겠지만……. 아무튼 이 나라를 떠나 그곳으로 가는 걸 왜 도와줘?"

"그것도 이야기해 주기로 했었지."

윤이 얕은 한숨을 내쉬며 일어났다. 제 머리가 놓였던 대로 눌린 그녀의 치마를 보며 그가 아쉬운 듯한 시선을 보냈다.

"승계 다툼 때문에."

"뭐?"

윤의 답에 제영이 저도 모르게 큰 소리를 냈다. 승계 다툼이라는 짧은 답에 담긴 위험성을 아는 까닭이었다.

"그런 이유로 널 찾는다면, 너도 거기 뛰어든다는 거 아냐? 괜찮은 거야?"

"주인님, 목소리가 너무 커."

"아니, 아니……. 지금 그게 중요한 게 아니잖아."

"바깥에 들려 좋을 이야기도 아니잖아."

제영이 내키지 않는 기색으로 고개를 끄덕였다. 이번에는 윤이 제영을 어르고 달래듯이, 손을 뻗어 그녀의 머리를 쓰다듬었다. 잠시 멈칫하긴 하였으나, 제영의 마음이 저를 향하고 있고, 또한 제영에게 저의 신분을 밝혔으니 이것이 무례하며 몹쓸 짓은 아니리라.

"현왕은 살아 있다고 하더라고. 목숨이 간당간당하기는 하는데……. 그 간당간당한 상태로 아주 오래 살아 있었던 모양이야. 그래서 자식이며 친족들이 다음을 차지하겠다고 피를 좀 많이 봤다나 봐."

"그러니까 위험한 거 아니냐고."

제영이 윤의 손을 치워 냈다. 윤은 그저 제영의 머리칼을 쓰다듬던 감각이 좋았기에, 쳐 내진 손이 아쉬워 한숨을 내쉬었다.

"설마 내가 위험한 자리에 주인님을 데려갈까."

"이미 사람이 죄 죽어 나가서 너까지 찾아온 마당에 거기가 어떻게 위험한 자리가 아니야?"

"왕권은 이미 무너졌거든. 계승권이 있는 사람이 나 말고 없지는 않아. 그런데 그 무너진 왕권을 갈라 먹어 욕심을 부리고 싶은 사람들이 또 있단 말이야."

윤이 제 가슴팍을 가리켰다.

"그것들이 허수아비로 세울 차기 왕을 찾고 있어. 그게 나야."

승계권을 가진 자의 아들이니 윤에게 승계권이 있는 것이야 이상할 일은 아니다. 다만 윤은 아비의 나라 시점에서 보았을 때 친모의 신분이 모호하고, 더군다나 홍등가에서 자라 낭인으로 컸다. 이후의 여생 또한 그들을 따라가지 않으면 평생 뿌리 모를 천인으로 살 명이었다.

도리어 그런 이이니 쉽게 휘둘러 멍청한 왕으로 앉혀 두기에 다시없을 좋은 재목으로 꼽혔을 터였다.

"이미 왕권은 무너졌으니까, 그 아래 권력자들 말만 잘 듣고 순응하면 위험은 없다?"

"바로 그렇지."

"계승 서열을 가진 사람이 아직 남아 있다면서."

"그들은 나보다 순위가 한참 낮아. 나보다 높거나 비슷한 놈들은 이미 다 뒈져 없어졌고. 그러니까…… 내가 가기만 하면 완벽한 상황인 거지. 날 돕겠다는 놈들한테는."

제영이 고개를 끄덕였다. 마지못한 기색이 강했으나 수긍한다는 뜻이었다. 이제 막 윤에게 이야기를 들은 자신보다야, 당사자인 윤이 더 이것저것 잘 알아보았을 것이다. 분명히 그러할 테지만.

제영은 어쩐지 불안한 마음을 감출 길이 없었다. 이곳의 박제영에게 펼쳐진 지옥도를 벗어나, 윤의 수라도로 걸어가는 듯하였다.

이곳에서 천것으로 사는 것보다야 그곳에서 허수아비 왕으로 사는 것이 그에게는 행복할까. 아무런 어려움도 없이 그 자리에 오를 수는 있을까.

"나는 말이지, 주인님아."

윤이 제영의 불안을 모두 읽어 그녀에게 말했다.

"꿈꿔 본 적도 없던 주인님의 마음을 내 것으로 하여 내 곁에 둘 수 있으면, 어디서든 행복할 거야."

"윤……."

"현금을 앞에 두고 주인님을, 박제영 아가씨를 품에 안은 채 혼자가 아닌 둘의 손으로 연주하던 그 시간이 모두 내게는 행복이었어."

윤의 손이 제영의 손을 꽉 붙잡았다. 움직일 수 없을 뿐만 아니라 감각조차 없는 오른손이건만 윤의 체온이 느껴지는 것만 같았다.

"어디서든, 어떻게든. 주인님을 빼앗기지 않고 그 시간을 이어갈 수만 있으면 나는 행복해."

그리 말하는 윤의 눈빛은 결코 뿌리 모를 천것의 것도, 허수아비 왕이 될 자의 것도 아니었다.

그것에 제영은 윤을 한층 더 마음에 품을 수밖에 없었고, 그리해서 한층 더 불안해졌다.

그러나 오른손을 멀쩡히 움직일 수 있었더라도, 윤의 손을 뿌리치지는 못하였으리라.

* * *

윤과 제영의 도주 계획은 달리 특별하지 않았다. 그저 혼인을 올리기로 한 날, 그 새벽에 제영을 다른 이와 바꿔치기하여 윤을 도울 일행과 조용히 합류하기로 했을 따름이었다. 제영과 바꿔치기할 여인은 윤을 돕는 이들이 준비하기로 하였다.

서른 날에서 사흘이 빠진 스물일곱의 밤과 낮, 윤과 제영은 밤의 짧은 만남마저도 줄이며 운신을 조심했다. 제영은 손을 놓다시피 한 혼례를 홀로 준비하느라 바빠서인지, 형찬은 그간에 제영을 찾아오지 않았다. 다만 이틀에서 사흘에 한 번, 제영에게 서찰을 보냈다.

서찰에는 주로 혼례가 얼마만큼 준비되었는가 하는 내용이 담겨 있었다. 종종 제영에게 쓸데없는 짓을 벌이지는 않기를 청하는 온건한 협박이 담기기도 했다. 더해, 그러한 내용이 담긴 서찰이 온 날은 제영이 머무는 별당 주변을 지키는 사병들이 늘었다. 지키는 자들이기도 하고, 감시하는 자들이기도 했다.

그리고 혼례 전날이 되어서야 제영이 받은 혼례복은 형찬이 서찰에 담은 묘사와 한 치도 다르지 않았다. 제영에게 꼭 맞기도 하였다.

"어여쁘네. 내 주인님."

윤이 씁쓸한 얼굴로 웃으며 그리 말했다. 정작 이 혼례복을 지은 형찬은 보지 못할 모습을 윤이 가장 먼저 보고 있었다. 그 모습을 지켜보는 것은 제윤도 함께였다. 이제는 자주 만남을 청해 마주하지 못할 피붙이와 마지막으로 시간을 보내고 싶다며 아예 제영의 방으로 잘 채비를 마치고 온 채였다.

"언니 진짜 예쁘다. 대군마마 정말 싫은데, 안목은 인정해야겠네."

"주인님은 제비꽃빛이 잘 받는구나."

"윤, 미리 말하는데 나는 초록이 잘 받는다?"

"이 시점에서 그건 또 무슨 헛소리람."

"먼 나라로 가면 언니 옷 지어 주려고 중얼거린 거 아냐? 그러니까 내 옷은 초록색으로 지으라 이 말이지."

이르게 김칫국을 마시는 제윤을 보며 제영이 픽 웃음을 터뜨렸다. 몸에 사르르 감기는 혼례복은 몇 겹을 겹쳐 입었음에도 무게조차 거의 느껴지지 않을 정도로 가벼웠다.

"그런데 윤 너 표정이 왜 그래?"

티격태격하며 실랑이를 반복하다간 돌연 제윤이 물었다. 어여쁘다, 그 말에는 진심이 가득했으나 표정에는 씁쓸함이 스며 있었기 때문이었다.

제윤의 말에 제영 또한 윤의 얼굴을 주의 깊게 살폈다. 마음에 없는 사내와의 혼례 전일이라 그런지, 아니면 그 사내를 두고 도망가는 길이 걱정되어서인지. 제영은 평소와 다르게 윤의 기분이며 표정을 쉽게 알아채지 못했다. 제윤의 말에 그제야 세세히 살펴보니, 실로 윤의 표정은 어두운 기색이 확연했다.

"무슨 일이야? 단순히 이걸 걸친 나를 보는 게 불편해서는 아닌 것 같은데."

"아냐. 예쁘기만 한데. 물론 내가 더 예쁜 옷을 지어 줄 테지만. 분명 내 나라 복식이 주인님한테 더 잘 어울릴 거거든."

제영은 윤의 '내 나라'라는 말에 저 또한 입가에 씁쓸한 웃음을 물었다. 처음부터 윤에게 이곳은 나고 자랐어도 낯선 곳일 따름이었으리라는 것이 확연히 느껴져서였다.

"그건 그럴 거야."

윤이 설명해 준 그곳의 복식이 제영이 기억하는 서양식 의복과 닮았으니 윤의 말이 틀리진 않을 것이었다. 제영은 연주를 위해 챙겨 입었던 연주복이 정말로 잘 어울리는 사람이었으므로. 그래서 제영이 기억하는 '이성'이 '웨딩드레스'는 또한 얼마나 잘 어울릴 것이냐며 수선을 떨기도 했었다.

"근데 여전히 표정은 어둡고, 표정이 어두운 이유를 내가 모르네."

제영이 고개를 모로 기울이면서 말했다. 그녀의 눈빛이 쉽게 넘어갈 기색이 아닌지라, 더욱이 여기 있는 모두가 알아야 하는 일이 윤의 이유인지라.

윤이 얕은 한숨을 내쉬며 입을 열었다.

"일이 좀 틀어졌어. 그것 때문에 문제까지야 되지는 않을 거야. 근데 다만……. 좀 더 조심해야겠지."

윤이 말하는 일이란 이제 몇 시진 남지도 않은 혼례를 앞두고 도망치는 것을 이름이었다. 삽시간에 윤보다 제윤의 표정이 더 어두워졌다. 제영의 표정은 조금 놀란 듯은 보였으나 달리 크게 변하지는 않았다.

어쩐지 '그럴 것 같았다'는 생각이 들어서였다. 이곳을 꿈으로 여겨 왔던들, 이만큼이나 긴 시간의 흐름을 느낀 이상 이제 제영에게는 현실이나 다름없었다. 하여 제영에게 이곳이 현실이라면 일이 뜻대로 흐르지 않는 것은 응당한 일이었다.

이곳에 들기 전까지의 최근에야 제영에게 달리 고난이 없었다지만, 거기에 닿기까지 그녀의 삶이 어디 평탄했던가. 한번 꼬이기 시작한 일은 꼬리를 물고 악화일로를 걷곤 했었다. 어쩌면 부침 없이 순순히 흐르는 물줄기처럼 일이 진행되는 것이 제영에게는 더 낯선 흐름일 터였다.

“뭐가 어떻게 틀어진 건데?”

제영의 물음에 그러잖아도 제대로 털어놓으려던 윤이, 어딘가 진 빠진 웃음을 지으며 답했다.

“주인님을 대신해서 가마에 탈 여인이 자결했어.”

“자결을, 했다고? 언제?”

“내가 여기 오기 바로 전에 전해 들었어.”

최근에는 담장 밖을 지키고 있는 형찬의 사람들이 보내는 감시의 눈을 조심하기 위해 윤조차도 바깥출입을 자제하고 있었다. 더군다나 당장 몇 시진 뒤에 도망을 갈 예정이니 오늘은 나가지 않는 것이 맞았다.

다만 이리 묘하게 발이 묶인 상황에도 윤에게는 바깥과 연락할 수단이 있기는 했다. 제영과 제윤에게도 그 방법까지는 함구했지만 말이다.

“자결이 맞기는 해?”

“저항한 흔적 하나 없이 목매달아 죽었다던데. 필체가 그녀의 것이 확실한 유서도 남아 있고.”

“내용은?”

“그걸 다 전달받을 정도로 바깥과 연락이 편치는 않아. 다만 내용이야 뻔하지. 약속받은 보상은 안 주셔도 된다. 그렇지만 약속을 이리 짧은 사이에 뒤엎었으니 그 값으로 내 목숨이나마 던지겠다.

남은 가족들이 정말 당신네들 말대로 도망쳐서 잘 살 수 있을지 모르겠다. 정을 봐서 가족들은 건들지 말아 달라."

제영을 대신해서 가마에 타기로 한 여인은 윤을 돕는 자들에게 보상을 약속받았었다. 보상은 제법 큰 재물로, 여인의 가족에게 돌아갈 몫이었다. 대신 여인의 정체가 탄로 남과 동시에 나라님의 핏줄을 기만한 화가 가족들에게까지 미칠까, 가족들의 후일까지 책임져 주기로 하였다.

여인에게는 충분히 그 약속이 이행될 수 있음을 확인시켜 주었었다. 바로 어제까지만 하더라도 여인에게서 불안한 기색이라곤 찾아볼 수가 없었다. 적어도 윤이 전해 들은 바대로라면 그러했다.

"가족들은 그래서 어떻게 됐대? 그들도 윤, 네 사람들이 이미 지키고 있었다고 했잖아."

윤이 고개를 저었다. 말보다 확실한 답이었다.

"들킨 거네."

"그럴 수도 있다고 생각은 했어. 계속 기방의 분위기가 흉흉하다는 말도 돌았었으니까."

제윤이 다급한 목소리로 물었다.

"그럼 어떻게 해. 우선 도망가는 건 없던 일로 하는 거야?"

"아까 말했잖아. 문제까지 될 건 없다고. 그러니까 조금만 더 조심하면 된다고. 예비할 사람은 더 있어."

곧바로 튀어나온 윤의 반박에도 제윤은 쉬이 안심하지 못했다. 제영은 제윤처럼 그를 채근하지는 않았으나, 다만 생각이 깊어진 얼굴로 침묵할 따름이었다.

윤이 제영과 제윤을 번갈아 살피며 부러 더욱 활짝 입꼬리를 올렸다.

"지금 사람이 변심하거나 겁박에 당할 일은 없어. 애초에 그 사람들은 나를 돕는 사람들이 아니라……."

"네가 자랐던 기방에서부터 인연이 있어서, 알던 사이야?"

"그땐 그 아이도 기녀는 아니었지."

"근데 왜 그 사람이 아니라 이번에 죽은 사람을 택했어?"

윤이 한숨을 내쉬었다.

"주인님이랑 체형이나 언뜻 봤을 때의 외양이 비슷한 쪽이 아무래도 더 안전하니까."

"그 사람은 좀 다른가 보네."

"체격이 더 커. 주인님은 좋은 데서 좋은 거 먹고 자랐을 거면서, 남들 자랄 때 덜 자라고 뭐 했어?"

가라앉은 분위기를 가볍게 만들기 위해 윤이 부러 농을 던지듯 산뜻한 말투로 말했다. 제영은 고개를 내저었다.

"가마꾼들도 수배했다고 하지 않았어?"

"그것도 불안해서 그러는 건데, 조금 이따 내가 직접 대타 될 사람을 이곳으로 데려올 거야."

최대한 차분한 기색을 유지하고 있던 제영의 얼굴이 처음으로 무너졌다. 그녀의 얼굴이 잔뜩 찌푸려져 들었다.

"이렇게 철통같이, 바깥에 사람들이 저렇게 깔려 있는데 나가겠다고? 거기다 사람을 하나 더 데려와? 그게 가능하겠어?"

"해야지. 못 할 실력도 아니고."

윤이 자신 있게 답했다. 그가 걱정하는 것은 이미 눈치를 채고 손을 쓰기 시작한 형찬으로부터 얼마나 시간을 벌 수 있느냐지, 바깥을 지키는 군사들에게 자신의 암행이 들키느냐는 아니었다. 낭인 시절 반쯤 자포자기하여 여럿의 아랫놈들에게 죽을 때까지 맞아 준 적이 있기는 하였다. 그때 분명 제영과 박신환의 손에 구명받지 않았더라면 죽었을 것이다.

그러나 윤의 무위는 사실 평범한 군사에게 빗대자면 압도적이었다. 특히나 무리가 아닌 개인의 몸으로 사람을 상하게 하는 것, 은밀하게 움직여 행하는 모든 것에 관해서는 유독 그러했다. 그가 겪었던 낭인 시절에 절로 갈고닦게 됐기 때문일 것이다.

다만 윤의 실력은 진짜 이곳의 '박씨 가문 여식 제영'이었더라도 제대로 알지 못하는 것이었다. 하물며 지금의 제영이라고 다를까. 제윤조차도 걱정스러운 낯으로 윤을 볼 따름이었다.

"너무 위험해. 그러다 들키면 너만 죽어."

"죽을 일 안 만들어."

"그리고 그게 성공하더라도 나랑 대신해 주실 분 골격이 다르다면, 그건 그것대로 분명 바로 들킬 거야. 자결했다는 내 대타, 자결 아니잖아. 솔직히 윤 너도 그렇게 생각하잖아."

"주인님아."

"이미 이형찬 대표가, 유성대군이 우리 곱게 안 보고 있을 거라고. 다 알 거라고! 너무 위험해. 그냥……."

제영이 말끝을 흐렸다. 그러나 그 뒤에 올 말은 모두가 알 만한 것이었다.

"주인님. 박제영, 내가 연모하는 여인이 죽어도 하기 싫은 혼례를 억지로 치르는 꼴을 보라고?"

"그 뒤에 다시 도망칠 궁리를 해도 되잖아. 그쪽에서 너도 같이 데려와도 된다고 했고……."

제영의 말이 채 끝나기도 전에 윤이 이를 악물고 짓씹듯 말했다.

"그 꼴을, 내가 못 보겠다고."

제영이 흠칫 놀랐다. 제윤도 별반 다르지 않은 듯 눈을 휘둥그레 떴다. 둘 다, 윤이 이렇게 살기까지 느껴질 정도로 서늘하게 화를 내는 모습은 처음 본 까닭이었다.

"싫어. 나는. 예쁘고 잘 어울려도 당장에 주인님이, 박제영 네가 이 혼례복을 입고 있는 지금조차 끔찍할 지경이라고."

윤의 마음을 이해하지 못하는 게 아니었다. 그러나 제영이 생각하기에 뾰족한 수가 없었다. 그럼 어쩔 텐가. 실은 자신을 대신할 사람이 준비되었다는 것을 알았을 때부터 제영은 마음이 불편했던 것을. 본인의 안위를 위해 타인을 희생시키는 것을 기꺼워할 성격은 아니었으니 말이다. 아무렴 그에게 마땅한 보상을 쥐여 준다고 해도.

한데 이미 그 사람은 마땅한 보상을 받지도 못하고, 그저 이 일에 휩쓸려서 죽었다. 제영은 분명 자신을 대신하기로 했던 여인이 제 의지로 죽지는 않았으리라 확신했다. 하여 다른 희생자가 추가되었다. 더군다나 상황이 이리된 것은 형찬이 그들의 계획을 다 파악해서라고 봐도 과언이 아닐 터였다.

그런 상황에서 윤이 아무리 제영 본인보다 이 혼사를 더 끔찍하게 여긴다 한들, 제영은 윤까지 더욱 위험하게 하고 싶지 않았다. 제영이 고개를 내저었다. 제 것이 아닌 희망에 잠시 말랐던 목을 축였다면 그뿐이다. 이제는 헛된 꿈에서 깨어야 할 때라는 생각이 강하게 들었다.

"화낼 이유가 없어."

하여 제영은 윤에게 마음에 없는 냉정한 목소리를 내었다.

"뭐?"

"내가 정말로 마음이 흔들려서 이 결혼을 하겠다는 것도 아닌데, 네가 화낼 이유가 없다고. 그저 잠시 쉬어 가다 더 좋은 때를 잡자는 거잖아."

"같은 상황이면 주인님은 이성적으로 행동할 수 있어? 그러니까 내가 이렇게 어디 팔려 가듯이 억지로 혼인해야 한다면! 내가……."

커지려는 목소리를 가까스로 다잡으며 윤이 숨을 골랐다. 커다란 두 손으로 제 얼굴을 감싸 마른세수를 하다간 제영을 똑바로 보며 말을 이었다.

"우리가 마음이 통했는데도 그래야 하면. 그런데 어렵더라도 방법이 있으면. 완전히 어긋난 것도 아니면. 주인님 당신은 나를 그냥 보낼 거야?"

"조금만 미루자는 거야."

윤이 날 선 눈으로 제영을 노려보았다. 도저히 말이 통하지 않을 것 같다는 얼굴로 깊이 숨을 들이켰다가 내쉬고는, 기어코 자리를 박차고 일어났다. 제영이 다급히 윤을 붙잡으려다 균형을 잃고 자리에 주저앉았다.

그런 제영을 대신해서 윤을 붙잡은 건 참으로 의외롭게도, 분위기 탓이었는지 평소와 달리 조용히 듣고만 있던 제윤이었다. 일찍이 끼어들어 퉁을 놓고도 남았을 성격의 그 박제윤 말이다.

"뭔데."

"잠깐만! 지금 이렇게 나가서 어쩔 건데."

"여기 있으면은 또 어쩌라고."

"가만히 앉아 봐. 둘이 왜 싸우는 건지 내가 정리해 줄 테니까."

평소라면 제윤이 젠체라도 하는 건가 싶어 뿌리치고 나섰을 윤이 이번만큼은 가만히 섰다. 그러나 이 불편한 자리에 오래 머물고 싶지는 않은 건지, 다시 앉지는 않았다.

하는 말은 평소의 제윤이건만, 그녀의 표정은 평소와 달랐다. 전에 없을 정도의 진지함이 깃들어 있었다. 제윤의 뒤통수만 보고 있을 따름임에도 제영에게까지 그것이 느껴질 정도였으니 말이다.

"툭 터놓고, 윤은 언니가 한시라도 마음에 한 톨도 안 드는 그 대군마마의 여인으로 불리는 게 싫은 거잖아."

"그걸 지금 여기 모르는 사람이……."

"어허. 아직은 윤이 아니라 내가 더 높은 사람이니까 내 말 들어라."

퉁명스럽게 핀잔을 놓으려던 윤을 막아선 제윤이, 이번에는 제영을 바라봤다.

"언니는 윤이 위험한 게 싫은 거지? 이미 위험을 무릅써야 하는 상황인데 거기에 더한 위험을 보태야 하는 게."

제영 또한 피차 아는 이야기를 다시 꺼내는 거냐며 제윤에게 무어라 한마디를 하려다가, 입을 닫았다. 지금 어떤 말을 꺼내든 무슨 의미가 있으랴.

다만, 제윤의 말은 거기서 끝이 아니었다.

"그리고 그뿐만이 아니지?"

"……응?"

제윤이 한숨을 내쉬었다. 연지 바른 입술을 괜히 혀로 축이기까지 하는 것이, 퍽 어려운 말을 꺼낼 심산인 듯했다.

"아무 상관도 없는 사람들이…… 언니의 일에 휘말려서 희생되는 것도, 언니는 내내 걸렸던 거잖아."

자리한 모두가 알고 있던, 그러나 차마 입 밖으로 내어 꺼내지는 못했던 제영의 불편한 속마음이 제윤의 입을 타고 흘렀다. 제영은 입술을 달싹이며 무어라 답을 하려다 말고 입을 닫았다. 윤도 모르지는 않았다. 다만 제영이 먼저 말 꺼내어 굳이 초 치지 않았기에 덮어 두고 있었을 따름이었다. 윤의 얼굴이 딱딱하게 굳었다.

"제윤아……."

하고 싶은 많은 말을 주저하고, 결국 제영이 한 거라곤 동생의 이름을 부르는 것뿐이었다. 다만 그 한 번의 부름에 많은 감정과 하지 못한 말들이 뒤엉켜 있었다. 어쩐지 이 다음에 나올 제윤의 말이 예상되었으므로. 더.

"그러니까 더 위험하지도 않게, 상관없는 사람들한테 돈 몇 푼 쥐여 주고 희생시키지 않게."

"박제윤!"

"내가 할게. 언니를 대신하는 거."

끝내 제 할 말을 다 꺼내 놓은 제윤은 앞에서 고민 많은 모습을 보였던 것과 달리 몹시 담담하고, 초연하게 보였다.

"안 돼."

제영은 응당, 그러한 제윤의 제안을 받아들일 수 없었다. 하여 단호하게 고개를 내저었다.

"나는 언니랑 체격도 비슷하고, 우리 어릴 때 같이 다니면 꼭 같은 배에서 같은 날 난 자매 같다는 소리도 들었잖아. 나만큼 언니를 대신하는 일에 더할 나위 없이 어울릴 사람이 있어?"

"너는! 너는 뭐 달라? 네가 그렇게 해서 희생하면 뭐가 달라지냐고."

"나는 다르지. 나는 상관없는 사람이 아니잖아."

"그건 네가 날 따라 이국으로 떠날 때의 이야기야. 네가 여기 남아서, 그냥 남는 것도 아니고 심지어 내 행세를 하면서 혼인을 치른다면 너는 무조건 죽어. 죽이고도 남을 사람이야, 그 인간!"

제윤이 가볍게 피식 웃음을 터뜨렸다.

"그래도 대군마마씩이나 되는 분께 그 인간이라니 너무한 거 아냐?"

"박제윤."

"나도 알아. 죽겠지. 내가 떠나도 가족들이야 풍비박산이 날 거 이미 알고 있었으니 거기서 더 바뀔 건 없을 거고."

"바뀌는 게 왜 없어? 네가 죽을 거라고!"

제윤이 제영의 움직이지 않는 오른손을 꽉 붙들었다. 그래도 제영에게는 제 손이 붙들린 감각조차 없을 터였다. 이리 만든 것이 누구인지, 제윤은 알고 있었다.

윤조차 제윤을 말려 보고자 입을 떼려 하였다. 제윤은 제 손을 치워 내려는 제영의 왼손마저 붙들고는 시선으론 윤을 바라보며 단호히 고개를 저었다. 이건 그녀와 저 사이의 일이니 끼어들지 말라는 뜻이었다.

"예전에 그런 생각을 한 적이 있어. 기왕에 이렇게 닮을 거면, 그리해서 비교당하고 박대가 심해질 거였으면, 이리 닮아 아플 거였으면 차라리 하늘에서 나도 언니의 동생으로 점지해 주었으면 얼마나 좋았겠냐고."

"박제윤, 제발 좀……!"

"내 아버지 어머니의 딸이 아니고, 내 망할 동생의 버러지 같은 누이가 아니고 언니의 동생이었음 싶다고 생각했어."

"너 내 동생이야. 나보고 동생을 사지에 몰아넣고 희희낙락 사는 사람이라도 되라는 거야?"

제윤은 연신 쏟아지는 제영의 말을 듣지 않았다. 고개를 내저으며, 웃기도 하며 그저 제가 지금 해야 할 말을 하는 데에만 오롯이 집중했다. 제영은 무어라 제대로 말해 보기도 전에 제윤의 기세에 지쳐 버렸다. 제윤의 결심은 단단해 보였고, 지금 제윤이 이러한 말을 늘어놓는 이유조차 짐작되지 않았다.

"언니가 열 살이니 내가 여덟 살 때였을 거야. 아버지가 사람을 불러 나누는 이야기를 들었어."

끼어들지 말라 단호히 고개를 내젓던 제윤의 기세에 잠시 물러섰던 윤이었다. 그가 고개를 돌려 여인들을 외면한 채 이야기를 듣다가 무언가를 눈치채고는 다급히 제윤에게로 시선을 돌렸다.

"제윤 아씨야!"

"무섭게 생긴 사람이었던 기억이 나. 오가는 이야기는 그보다 더 무서웠어. 아버지는 문밖에 행여 음식이 부족할까, 술이 모자라진 않을까, 해서 또 재게 움직이지 못했다고 혼날까 봐 내가 서 있는 걸 알고 계셨을 거야."

"너 대체 무슨 얘기를 지금……."

제영이 윤과 제윤을 번갈아 보며 인상을 구겼다. 무언가 이상함을, 그녀도 느껴서였다.

"알면서 내가 다 듣게 두었어. 나 따위는 아무것도 하지 못할 걸 안다는 듯이. 그러고는 내가 뛰쳐나가서 이 무서운 사실을 알리려고 하니까……."

"무슨, 얘기를……."

제영의 눈동자가 혼란스레 떨렸다. 이곳의 제영이 열 살 때라면, 윤에게 들은 이야기대로라면 부모를 잃고 오른쪽 팔을 못 쓰게 되었던 바로 그해였다.

"그제야 날 붙잡았어. 혼날 줄 알고도 나는 나를 붙잡는 아버지 손을 깨물고 온갖 난리를 피우면서 언니의 집으로, 이곳으로 달려가려고 했었어."

"너……."

"그런데 아버지는 그날, 날 혼내지 않았어. 웃으면서 이렇게 말했지."

제윤이 눈꺼풀을 파르르 떨며, 기어이 그것을 내리깔아 제 죄책감 어린 눈동자를 숨겼다.

"이리하면 제영이가 네 친언니나 다름없게 될 것이다. 싫으냐?"

윤의 입에서 한숨이 터졌다. 제영은 그 어떠한 반응도 보이지 못하고, 그저 딱딱하게 얼어붙었다.

"언니의 행복을, 가족을 앗아 간 건 내 아버지고 어머니야. 그리고 나는 그걸 막을 수 있으면서 그러지 않았어."

제윤은 내내 담담하게 말했으나, 끝에 와서는 기어이 그녀의 목소리도 떨리고야 말았다. 눈물 어린 떨림이었다.

"언니가 생각하는 것보다 우리가 언니에게 끼친 폐가 커. 철천지원수보다도 더한 집구석이라고. 나 또한 언니의 원수야. 알면서도 모든 것을 침묵한."

"너는……. 넌 아냐. 제윤아. 너 그때 여덟 살이었어!"

아마 이곳의 진짜 박제영이라도 지금 그녀가 한 말과 같은 말을 했을 터였다. 집에서 천덕꾸러기로 여겨지는 어린 여아가 무엇을 할 수 있었을까. 이미, 제 부모가 저지를 짓을 알고 그것을 전하려는 마음을 먹었던 것만으로도 어렸던 제윤은 제 몫을 다했다.

제윤에게 원망의 마음은 들지 않았다. 그저 정말 제게 일어난 일이 아니라서는 아닐 터였다. 확신했다.

"그만한 어린애가 할 수 있을 만큼 넌 했다고. 근데 왜……."

"그런다고 한들 언니, 내 몸에 흐르는 핏줄에 담긴 업보를 나는 져야 해."

제영이 인상을 일그러뜨렸다. 움직이지 않는 오른손을 두고, 왼손만으로 겨우 얼굴을 가린 제영의 입에서 뜨거운 숨이 터졌다. 어찌 이리 서글프게만 흐르는지, 일어난 모든 것들이 야속했다. 야속할 따름이었다.

"그러니, 내 그 업보를 다 질 수 있도록 해 줘. 그리고 언니는 행복하기만 해 줘."

* * *

해도 뜨지 않은 새벽, 장옷에 얼굴을 숨긴 여인을 앞에 태우고 사내의 말은 빠르게 달렸다. 인가가 드문 곳까지 달려서도 말이 달리는 속도는 줄어들 줄을 몰랐다.

검푸르던 하늘이 차츰 쪽빛으로 어스름히 밝아졌다. 윤은 종종 제 품에 안아 단단히 끌어안은, 제윤의 옷을 입은 제영에게 속삭였다. 괜찮다고. 별일 없을 거라고.

하나 제영은 기어이 등진 산 위로 해가 떠오르도록 한마디도 돌려주지 않았다. 그러하던 제영이 입을 연 것은, 둥근 해가 산 끄트머리에 걸린 것 하나 없이 오연히 떠올랐을 즈음이었다. 제 입은 옷이며 검은 장옷, 윤이 걸친 흑의의 모습이 어렴풋이 구분될 즈음.

"제윤이, 가마에 탔겠네."

조용히 흘러나온 제영의 말에, 이번에는 윤이 어떠한 답도 주지 않았다. 그저 탄식 섞인 혼잣말에 가까웠기 때문일 터였다.

이즈음, 신부는 제영의 말마따나 가마에 오른다. 저를 정인으로 맞이한 사내의 집에 오르기 전날 밤부터, 이미 신부의 주인이 바꿰었다는 의미로 친정의 사내 식구들은 신부의 맨얼굴을 마주하지 못한다. 대신에 친정의 여자 식구며 식솔들이 신부의 꾸밈을 돕고 마지막 밤을 같이 보내는 것이 혼례 풍습이었다.

다만 제영에게는 그리 밤을 보내 줄 어머니가 없었다. 조모께서도 일찍 돌아가셨으니 그 역할을 간밤의 제윤이 대신한 것이었다.

결국 제윤의 뜻대로 되었다. 제윤은 방에 돌아가지 않고 제영의 방에 남았고, 제영의 목소리를 흉내 내어 꾸밈조차 혼자 하겠다고 말했을 터였다. 그리 혼자서 제 몫이 아니었던 혼례복을 입고, 얼굴을 가리는 면포를 뒤집어쓰고, 그제야 저를 모시러 온 유성대군의 여종들에게 도움을 받아 가마에 올랐겠지.

제윤의 방은 밤새 비어 있었다. 그리도 사이좋던 언니인 제영이 원하지 않는 혼사를 치르는 것이 마음에 차지 않아, 그 꼴을 지켜보느니 자리를 피했다고 사람들은 알고 있었다. 물론 그때 실제로 몸을 빼낸 것은 제영이었다.

싫다는 제영을 제윤과 윤이 설득하고 강제하여 기방으로 옮겼다. 그리고 그곳에서 변복한 뒤 준비한 말을 타고 달려 지금에 이르렀다. 이제 저 멀리에 국경이 보였다. 관문을 오연히 둘러싼 옆의 산 중턱에서 윤을 돕는 사람들과 접선하기로 했다.

"……이게 잘하는 짓일까?"

"박제윤이 바란 일이야."

"나한테 제윤이의 목숨을 빚지게 할 자격이 있어?"

"박제윤 아가씨가 원했잖아."

"걔가 원하면 내가 걔 목숨을 빼앗아도 되는 거야?"

윤의 입술을 비집고 한숨이 흘렀다. 길을 틀어 산으로 들어서면서도 속도를 늦추지 않고 달리던 말이 차츰 달리는 속도를 줄였다. 완전히 멈춘 말 위에서, 윤이 잠시 고삐를 놓고 두 손으로 제영을 품에 꽉 안았다.

"내가……."

뭐가 됐든, 슬픔에 잠긴 제영에게 한마디라도 위로를 던지고 싶었다. 그러나 윤은 무슨 말을 해야 할지 몰라 기어이 하던 말을 멈추고 입술을 깨물었다.

제윤이 죽지 않을 수도 있다는 말은 소용없었다. 둘 다, 그것이 새빨간 거짓임을 아주 잘 알고 있기에.

"박제윤이 원하던 예쁜 녹빛의 옷을 지어 보낼게."

"흐, 으……."

"아가씨가 원하던 대로 흐드러지게 핀 꽃을 매해 이 땅으로 보낼게. 이곳에는 없는 푸른색의 꽃도 꺾어 보낼까. 아니면 이 땅에서도 자랄 수 있게 해서 매달 올릴까. 응?"

"죽은 사람한테 그게, 다, 무슨 소용이야."

"그게 다 주인님, 박제영 너 살리려고 그러는 거잖아. 죽은 것보다 못하게 살지 말라고."

제영의 울음은 그칠 줄을 몰랐다. 윤이 제영의 눈물을 품에 깊이 묻어 숨겨 가면서 다시금 말의 옆구리를 차서 길을 재촉했다. 그의 시선은 연신 저의 품에 파묻은 제영을 확인하면서도, 또 한편으로는 주변을 살폈다.

불안과 걱정 때문일지도 모르겠으나, 본디 산속에 사는 것들이

내는 것과는 조금 다른 소리가 멀리서부터 들려오는 것만 같았다.

산의 초입은 그리 가파르지 않았다. 다만 사람의 손을 타지 않은 곳이니만큼 수풀이 우거지고 낮게 자란 나무도 무성했다.

온갖 것들의 뿌리로 다져진 땅을 말의 발굽이 디디는 소리가 선명했다. 울새 우는 소리가 구슬프게 들려왔다. 윤의 품에 얼굴을 묻은 제영의 울음소리 또한 못지않게 서글펐다. 그래서였을 것이다.

"어차피 다 꿈이라 여긴다 했잖아."

윤은 제게 가장 상처가 될 말로, 제영을 달래려 하였다. 숨죽여 울고 있던 제영이 윤의 품 안에서 고개를 들었다. 장옷을 거두고 붉어진 눈가와 코끝을 드러내며 고개를 꺾어 윤을 보았다.

"윤……?"

"그럼 꿈이라서 다 괜찮다고 여겨. 그렇게라도 그만 울면 안 돼?"

윤의 표정이 몹시 아파 보였다. 사랑하는 여인의 눈물로 가슴을 적시는 것이 기꺼울 리야 없겠지마는, 그뿐이 아닌 것으로 보였다.

하기야. 제영이 처연한 빛을 한 얼굴로 고개를 끄덕였다. 그 집 안에서 저를 제하면 윤과 제대로 말을 섞던 것이 고작해야 제윤뿐이었다. 윤에게도 제윤의 희생이 아무렇지 않을 리가 없을 터였다.

"이제 꿈 안 같아."

"그래도……."

"꿈 안 같은데, 너는 내가 사랑하는 남자고 제윤이는 이곳에서만큼은 내게 남은 유일한 애틋한 핏줄이었는데."

제영이 애써 입꼬리를 올려 웃었다.

"그래도 괜찮아 볼게. 너 그런 표정 하는 거 싫으니까."

다시금 둘 사이에는 말이 없어졌다. 이제 산에는 온통 울새 소리와 이름 모를 벌레의 울음, 수풀이 바람에 스치는 소리 따위뿐이었다. 거기에 더해지는 것이라곤 말이 걷는 소리.

윤이 제영의 머리통 위로 입을 맞추었다. 이른 바람에 서늘함이 느껴지는 머리칼 사이로 얕게 제영의 체온이 느껴졌다.

바람.

가까스로 안도한 윤의 얼굴에 돌연 서늘한 긴장이 깃들었다. 나서는 안 될 냄새가 바람을 타고 전해진 까닭이었다.

피 냄새. 그리고 그것이 어디에서부터 흘러온 냄새인가 알려 주는, 아주 천천히 가까워지고 있는 소리. 이곳에서는 결코 들려서는 안 될, 날붙이가 부딪치고 사람과 사람이 격렬하게 지르는 소리.

"주인님아, 박제영. 장옷으로 얼굴 덮어. 빨리."

"……어?"

급작스레 바뀐 윤의 기색에 긴장이 완연했다. 그것이 제영에게도 전해졌다. 얼빠진 얼굴이 되어 윤을 올려다보았던 제영이 급히 그의 말을 따라 장옷으로 얼굴을 덮었다. 허리를 받친 윤의 손에 꽉 힘이 들어갔다.

윤의 발에 다시 옆구리를 차인 말이 꺾인 고삐의 방향을 따라 발길을 돌렸다. 한층 더 거칠어진 길 없는 숲을 따라, 말이 달리기 시작했다.

"제길……."

"들킨, 거야?"

길도 없는 거친 곳을 전속력으로 달리려니 말은 제 위에 태운 이들을 배려하여 곱게 뛰지 못했다. 들썩이는 안장 위에서 제영이 가까스로 물었다.

윤은 답을 주지 않았으나 그 침묵이 바로 긍정이었다. 제영이 입술을 깨물었다. 곧 저와 윤을 덮칠 불행에 전신에 소름이 돋았다. 죽을지도 모른다. 그리고 제윤은 아마도 이미 명을 달리했을 것이다. 이제는 눈물도 말라붙어 다시 눈을 적시지도 못하는 채로, 제영은 여전히 젖은 눈꺼풀만을 파르르 떨며 감았다.

몸을 단련하여 기감과 청력이 발달한 윤에게만 들리던 소리가 이제는 제영에게도 들려왔다. 윤과 제가 탄 말이 아닌 다른 말들의 거친 발굽 소리와 투레질 소리가 들렸다.

이 산의 중턱에서 만나기로 한 이들 또한 이미 죽었을까. 윤을 도와 제 나라의 왕으로 세우고자 한다는 이들도. 그렇다면 나와 윤은 또 어찌 되는 거지.

제영의 머릿속에 온통 생각들이 가득하여 혼돈을 이루었다. 이제는 무엇을 생각하고 있는지조차 갈피를 잡을 수 없을 즈음, 윤이 혀를 차며 한숨 같은 숨을 뱉어 냈다. 윤의 말이 걸음을 멈추었다.

분명 말이 멈추었건만, 저쪽에서 이쪽으로 발굽 소리가 가까워졌다.

"참으로 빌어먹을 사랑이 아니겠습니까, 부인."

절대로 듣고 싶지 않은 목소리가 들렸다. 제영이 장옷 안에서 몸을 떨었다. 윤의 팔이 더욱 바투 제영을 끌어안았다.

"누가 네 부인이야?"

제영을 대신해 윤이 반박했다. 윤과 제영이 탄 말과는 달리 순백의 말을 타고 있던 형찬이, 피식 웃으며 말에서 내렸다. 그러고는 한 걸음, 한 걸음 윤과 제영에게로 다가왔다. 그의 뒤는 피를 뒤집어쓴 십여 인의 무사가 지키고 있었다.

"빌어먹을 운명이라고 해야 옳을까. 아바마마의 핏줄로 받아먹은 게 다른 사내를 연모하는 여인을 사랑하는 재주뿐이라니."

"누가 네깟 놈의 부인이냐고 했어. 유성대군."

"이곳을 버리고 부정한 아비의 신분을 따르고자 하니 내가 만만한가 보지?"

"당신!"

"하긴, 네놈은 이리 도망칠 마음을 먹기 전에도 내게 맞먹기를 주저하지 않았었지. 윤."

형찬이 허리춤에 차고 있던 검을 발검하였다. 서슬 퍼런 소리에 윤이 타고 있던 말이 놀라며 뒷걸음질 쳤다. 고삐를 쥔 손으로 말을 달래던 윤이 형찬의 검이 향하는 곳을 살피며 입술을 짓씹었다. 이러다 그의 검이 말을 해코지하거든 틀림없이 제영이 낙마하며 다칠 터였다.

윤이 제영을 꽉 끌어안은 채 말에서 뛰어내렸다. 크릉, 감정 담긴 투레질을 하던 흑마가 금세 뒤돌아 뛰쳐 도망쳤다.

"아니면 역시 부정하기 짝이 없었던 네 어미가 지은 이름으로 불러 주랴? 네 털빛이 저 도망치는 말을 닮아 조금만 더 시커멨더래도 불렸을 이름 말이다. 이성…… 이었던가."

"그 거지 같은 이름을 입에 담지 마."

윤이 짓씹듯 말했다. 형찬의 말에 그 누구보다 충격을 받아 얼이 빠진 건 다름 아닌 제영이었다. 형찬의 말대로라면 윤의 부정한 어미가 그에게 지어 준 이름이 '이성'이라고 했다. 제영이 알고 있는 바로 그 이름. 윤이성과 같은 이름.

"어찌 그러나? 아, 이 이름이 아명이 아니었던가. 군호로 붙여 달라 아바마마께 조르려 지어 두셨던가. 내 형님의 어미이자 네놈의 친모이기도 한 고혜왕후께서 말이야."

"닥치라고 했어!"

윤이 목에 핏대를 세우며 소리를 질렀다. 그로도 참지 못하고 형찬에게 다가가 그의 멱살을 쥐었다. 구슬피 울어 대던 울새가 그 기세에 놀란 것인가, 윤의 외침이 메아리쳐 돌아오는 사이로 새가 날갯짓하는 소리가 뒤엉켰다.

저를 가려 주던 품을 잃은 제영이 멍청한 얼굴을 하고 형찬과 윤을 바라보았다. 대관절 이게 무슨 상황인지, 멀쩡히 인지했음에도 도통 받아들여지지 않았다.

"윤의 이름이, 이성이고……."

제영이 저도 모르게 중얼거렸다. 흠칫한 윤이 뒤를 돌아 홀로 둔 제영을 보았다. 형찬이 제영의 혼잣말에 장단을 맞추듯 뒤를 이었다.

"내 이복형님 되시는 세자 저하의 동복동생이 되지. 이부형제이기도 하고."

"그러니, 까……."

"그의 운이 조금만 좋았더라면 나와 형제로 자랄 수 있었다는 뜻이라네. 물론 나와 그는 어느 쪽으로도 피가 통하지 아니하지만 말이야."

형찬은 멱살을 잡힌 채로도 여상한 표정과 목소리로 말했다. 안색이 파리하게 질린 윤은 여전히 제영을 바라보는 채 한마디도 하지 못했다. 제영이 실소했다.

"이게 무슨 개족보야……?"

윤은 그녀에게 친부의 신분은 밝혔을지언정 친모의 신분은 끝까지 밝히지 않았었다. 제영은 그를 윤이 친모의 신분은 정확히 몰라서이리라 생각했는데, 윤의 행동을 보아 하니 그게 아닌 듯했다.

하긴, 실마리가 될 법한 것들은 이전부터 제영에게도 보였었다. 길다면 길고 짧다면 짧을 기간에도 말이다.

윤은 기방에서 자랐다 하였다. 여인이 현금을 배울 때, 집안에 금을 타는 이가 없다면 주로 기방의 예기를 불러 스승으로 삼았다. 윤의 친모인 고혜왕후는 마음의 병을 앓았으며, 그 병을 다스리고자 임금은 현금 타는 재주를 가진 이들을 불러들였다. 그리고 그 중에는 윤을 주워 키워 낸 예기 또한 포함되었다. 그 수발은 윤이 들었다. 예기의 명이라고 했었다.

당시에 중전이 보고 듣고자 했던 것은 현금 타는 소리일 것인가, 아니면 제 배로 낳아 평생 떼어 놓아야 하게 되었을 친자였을 것인가.

대군인 형찬의 앞에서 윤은 노상 건방졌다. 그리고 형찬은 신분의 고저를 몹시 따지는데도 불구하고 윤의 건방만큼은 달리 짚지 않고 참아 내거나 자리를 떠서 피해 버리곤 했다.

윤은 기방에서 자라고 왈패 낭인으로 살았으나, 경박스러운 점이 보이더라도 종종 이해할 수 없도록 고급스러운 어휘를 사용했다. 정치적 이치에 밝아 그것을 토대로 형찬의 이야기를 제영에게 전하기도 하였다.

이 모든 것이 전부 윤의 친모를 가리키는 실마리였다. 그것을 제영은 이제야 알았다. 아니, 저는 이제야 알았지만 어쩌면 이곳의 '박씨 가문 제영 아씨'는 일찍이 눈치챘을는지도 모르겠다.

"윤, 너 아버지도 어머니도 결국은 왕족이었던 거네."

제영이 끊길 듯한 목소리로 뱉은 말에 형찬의 멱살을 쥐고 있던 윤의 손에서 힘이 풀렸다. 형찬이 자연스럽게 윤의 두 손을 제게서 털어 냈다.

이곳에 선 두 사내가 전부 존귀한 씨를 받아 태어났다. 한 이는 그에 걸맞게 고귀하게 자라났으나 다른 한 이는 부정하게 태어났음에 그것이 저의 죄가 아님에도 저 밑바닥에서 자랐다.

그 밑바닥 인생이 뒤늦게나마 저의 반쪽 신분을 찾고자 하는 길은 또한 매섭기 짝이 없었다. 형찬에게 붙잡혔으니 윤이 저의 혈통을 찾아갈 길은 요원할 것이었다. 만일, 어찌 잘 해결되어 자리를 찾아가더라도 윤은 꼭두각시에 반편이 왕이 될 터였다.

어찌 이럴까. 제영에게는 그저 윤이 가여울 따름이었다. 제 어미와 아비의 부정이 본인의 잘못은 아닐진대, 친모의 정체가 탄로 난 것에 윤은 수치를 느끼듯 제영의 앞에서 고개를 들지 못하고 있었다.

제영은 그저 그를 가엾게 여길 따름인데.

제영이 천천히 걸음하였다. 그녀는 형찬과 윤이 선 곳까지 다가가, 윤의 손을 붙잡았다. 붙든 손목을 타고 올라간 제영의 왼손이 더듬더듬 윤의 뺨을 감쌌다. 제영의 애틋하고 서글픈 눈빛을 본 윤은 얼어붙었고, 형찬은 불쾌함을 숨기지 못했다.

한편으로 그는 의아히 여겼다. 자신이 밝힌 진실의 어디쯤에서 제영이 윤에게 또 새삼 안타까움을 느낀 것인지 도통 이해할 수가 없었다. 이곳에서 가여운 존재가 있다면 그것은 다름 아닌 자신이어야 했다.

아비도, 저도. 기어이 같은 종자에게 연모하는 여인을 도둑맞은 꼴이 아닌가. 빌어먹게 꼬이고 꼬인 사랑 때문에 말이다.

"그런데 너는……."

어느새 중천에 떠오른 해가 우거진 수풀을 헤집고 빛을 내리고 있었다. 그것이 윤의 얼굴로도 떨어졌다. 윤의 눈동자에 푸른 띠가 떴다. 머리칼 또한 햇살을 닮아 밝은 빛으로 빛났다.

"사람답게도 살지 못했네."

"주인님……."

서로 간에 말은 더 오가지 않았으나 윤은 제영이 저를 가엾이 여긴다는 것을 깨달았다. 제영은 또한 윤이 그 동정에 한없이 안도하고 있음을 느꼈다. 제 생의 흐름이 미약하다고 하기에는 한없이 거대하게 제영의 삶에 악영향을 끼쳤다고 여겨 왔기 때문이리라. 그 악영향의 큰 지분을 또한 왕실이 차지하고 있기에 친모의 정체만큼은 밝히지 아니하고 싶었던 것이겠지.

말로 나누지 않아도 가슴 깊이 서로의 감정이 전해졌다. 그들은 서로 깊이 이해하고 있었다. 하나 때와 장소가 그리 좋지 못했다.

"부인은 부자가 쌍으로 연모하는 이를 빼앗긴 나보다 부정한 사이에서 난 시종이 더 가엾은 모양이야?"

이죽거리는 형찬의 목소리가 들렸다. 윤과 제영이 그제야 이곳에 그가 있었음을 상기하며 형찬을 바라보았다. 비틀린 웃음을 머금은 형찬이 검을 쥐지 않은 쪽 손을 들어 올렸다.

발검하는 소리가 서슬 퍼렇게 들려왔다. 그의 뒤에 숨죽이고 서서 배경처럼 지키고 있던 10인의 무사가 움직였다. 윤과 제영을 둥글게 둘러쌌다. 심상찮은 형국에 윤의 한쪽 손이 저의 옆구리에 찬 검의 자루에 가 닿았다.

"그럼 내가 당신의 이야기를 듣고 당신을 동정이라도 하리라 생각했어요?"

"어찌 아니 그렇겠어. 누구 덕에 개족보가 되어 살얼음판인 궁궐에서 살았던 나를, 동정해야 마땅하다고 여기는 것이 응당하거늘."

이번에 비틀린 웃음을 지은 건 제영 쪽이었다. 그녀는 죽음을 예견했다. 형찬의 번들거리는 눈빛이 멀쩡한 사람의 것은 아닌 탓이었다.

어차피, 윤을 따라 도망을 선택한 지금 형찬을 마주했다는 건 그 끝에 죽음 또는 죽음에 준하는 여생밖에 없음을 뜻했다. 두려울 게 없었다. 하여 제영은 형찬이 이곳에 있음이 무엇을 뜻하는가를 꼬집었다.

"당신이 여기에 있다는 건, 내 동생의 죽음을 뜻하는데. 내 사람을 죽인 당신을 동정하라고?"

"그게 어찌 내가 죽인 게 되나? 죽을 것을 알고도 사지로 쑤셔 넣은 부인이나 저치의 죗값이 더 클 터인데."

제영은 형찬의 말에 답하지 않고 그의 손에 들린 검을 흘긋 보았다. 검 면에는 듬성듬성 피가 묻어 있었다. 저기에는 제윤의 피도 섞여 있으리라.

제영의 뺨을 타고 서늘한 눈물이 흘렀다. 형찬은 그녀의 눈물에 웃었다. 그 서늘한 눈물이 그나마 제영을 향한 비틀린 연정으로 뛰던 가슴을 얼렸을지도 모르겠다.

"내 그대에게 약조한 바가 있지. 그 약조 자체가 깨진 것이나 다름없으나, 마지막 정으로 내 쪽에서는 반쪽짜리 약조나마 지키겠어."

형찬의 알 수 없는 말에 제영이 인상을 찡그렸다. 기어이 윤 또한 발검했다. 그리고 형찬에게 겨누었다.

"그대가 아끼는 부정한 것은 털끝 하나 다치지 않을 거야. 이것은 그대뿐 아니라 첫정을 잊지 못해 그 티끌이나마 살려 두려는 내 아비와의 약조 또한 걸려 있는 것이니……!"

형찬의 검은 윤의 것에 가로막힌 채 움직이지 않았다. 그러나 형찬에게는 그것 말고도 열 개의 검이 더 있었다.

제영에게 그중 하나의 검이 날아들었다. 일순 뜨거운 감각이 옆구리에서부터 확 퍼져 나갔다. 제영이 목구멍을 타고 울컥 올라오는 무언가를 느끼며 왈칵 기침을 쏟았다.

"주인님!"

윤이 찢어질 듯이 제영을 불렀다. 다급히 튀어나온 호칭이란 가장 익숙하게 불러 왔던 것으로, 가장 무결한 윤의 진심이기도 하였다.

제영은 윤이 지닌 조각난 마음의 온전한 주인이었으므로.

"생애 처음이자 마지막으로 온 마음을 다해 가지고자 하였던 것이니, 내가 가지지 못할 것이라면 남에게 줄 수도 없지 않겠어. 그러니 내 손으로 망가뜨려 없애는 것이 나의 마지막 연심이며……."

무너져 내린 제영을 따라 손에 쥔 검을 버리고 주저앉은 윤을 내려다보며, 형찬이 무감한 듯 씁쓸한 얼굴로 말했다. 상대를 잃은 그의 검은 우아하게 다시 제 집을 찾아 돌아갔다.

"온갖 부정한 것일 따름인 내 원수에 대한 가장 완벽한 복수일 테지."

돌아가자, 하는 말을 던지며 형찬은 미련조차 함께 조각냈다는 듯이 차갑게 돌아섰다. 그러나 윤의 시야에, 형찬의 눈가가 물기로 빛났던 것만은 선명히 보였다. 유성대군은 미련을 다 잘라 내지 못했다.

제영은 눈앞이 흐려지고 숨이 가빠졌다. 그러나 청각만큼은 생생히 살아서, 형찬의 말이며 흐느끼면서 애타게 저를 부르는 윤의 목소리만큼은 선명하게 들려왔다.

아아, 형찬의 말대로였다. 이는 형찬이 윤에게 가장 처절하고 완벽한 복수를 한 것일 터였다. 박제영이, 주인님이 없는 세상에서 윤이 제대로 살아갈 수 있을까.

이전에도 제대로 삶을 살았던 적이라고는 손에 꼽을 정도로 적을 윤이건만.

"제영, 영아, 주인, 주인님아……. 안 돼, 죽으면, 아, 안……."

흐느낌 사이로 온갖 이름으로 저를 불러 대는 윤의 목소리조차 차츰 흐려졌다. 이곳에 이르며 윤이 했던 말이 떠올랐다. 어차피 전부 꿈이라 여기지 않느냐며 저를 달래던 그 말이.

너도 꿈처럼 여겨. 너에게도 꿈일 거야. 일어나면 깨서 우리는.

그 말을 전하고 싶었으나 제영에게 더는 남은 힘이 없었다. 실은, 이것이 꿈이 아니라는 것을 지금 가장 생생하게 느끼고 있는 것은 제영이었다. 지독히 생생한 아픔이, 작열하듯 느껴지는 뜨거움이, 폐를 타고 흘러 목구멍을 적시고 울컥대는 핏물이…….

"괜찮…… 다…… 꿈이……."

제영은 끝내 제가 하고픈 말을 다 하지 못했다. 시야가 온전히 까맣게 흐려졌다. 멀어지는 형찬의 무리가 탄 말굽 소리 말고, 또 다른 소리가 어디선가 들려오는 것만 같았다.

전부 잘못 듣는 것일 터였다. 윤의 목소리마저 점점 흐려지고 있으므로.

* * *

꿈자리가 이상했던 까닭일 것이다. 꿈의 끝과 함께 잠에서 깬 이성이 다시 잠에 취하지 못한 것은 말이다. 꿈자리가 이상했던 것은 큰일을 앞둔 탓이겠지.

살을 맞대고 누운 제영까지 깨울까, 차마 몸 편히 뒤척이지도 못하는 채로 이성이 긴 새벽을 곱씹으며 견뎠다. 그렇게 깨어 있었기에, 그는 제영의 작은 흐느낌을 놓치지 않고 들었다.

"으, 흐……. 흐윽, 아……."

"……박제영?"

잠잠하던 이불이 풍랑이라도 맞은 것처럼 크게 뒤척였다. 이성이 일어나서 끙끙 앓듯 울음을 터뜨린 제영을 흔들었다. 손끝에 힘을 빼고 조심스럽게 흔들다가, 도통 제영이 깰 것 같지 않자 아예 그녀를 끌어안았다.

흐느낌은 아주 미약하고 짧게, 작게 시작됐는데 이미 제영의 얼굴은 눈물범벅이었다. 이성의 손이 조심스레 제영의 뺨이며 눈가를 쓸었다. 행여 그 조심스러움에도 제 연인의 얼굴이 상할까 연신 흐르는 눈물을 입김으로 호 불기도 했다.

"다, 흐윽, 꿈…… 이야, 괜찮아, 그러니까……."

울음 새에 흘러나오는 제영의 말이 이성의 귀를 붙잡았다. 그의 입에서 얕은 한숨이 새었다. 제영도 긴 꿈을 꾼 걸까. 그렇다면 이 꿈에서 너를 꺼낼 수 있는 건 뭘까. 내 목소리일까.

"제영, 박제영 씨."

제영의 흐느낌이 잦아들 즈음, 이성이 나긋한 목소리로 그녀의 이름을 불렀다. 부름에 화답하듯 제영의 눈꺼풀이 파르르 떨렸다. 그러다간 젖은 눈동자가 조심스레 드러났다.

"윤……."

"그래, 네 애인 윤이성이다."

제영의 끊길 듯 아슬아슬하기 짝이 없는 부름에, 이성이 부러 장난스러움을 섞어 답했다. 사이에 약간의 텀은 있었지만 부자연스러울 정도는 아니었다.

다만 제영에게는 그게 어떻게 들린 건지, 제영은 얼굴을 일그러뜨리며 다시금 눈물을 쏟아 내기 시작했다.

"윤이성……."

울음을 삼키느라 끅끅대면서 제영이 이성을 불렀다. 이성은 '그래, 그래. 내가 네 애인 윤이성이라니까 그러네.' 하면서 제영을 달랬다. 제영의 눈물이 이성의 품을 적셨다. 긴 꿈을 꾸고 난 뒤인데도, 어째 바로 전까지 있었던 일인 양 이 느낌이 몹시 익숙했다. 이성의 입가엔 그러해서 씁쓸한 웃음이 걸렸다.

"다 꿈이었어. 다……."

한참 눈물을 쏟아 내 놓고도 제영은 감정을 추스르지 못했다. 이성은 그런 제영을 이상하게 여기지도, 무슨 꿈을 꾼 거냐며 채근하지도 않았다. 그저 제영의 등을 토닥여 주었다.

"근데 왜 꿈 같지가 않지? 응?"

"꿈 같지가 않았어?"

"응. 나 분명……. 꿈속에서는 이거 다 꿈이라고, 그래서 괜찮다고…… 그렇게 생각했는데."

"음?"

제영이 눈을 꼭 감았다. 그녀의 팔이 하느작거리며 다가와 이성을 마주 끌어안은 건 그 순간이었다. 이상하게도 제영은 제 오른팔이 멀쩡히 움직이는 걸 낯설어하는 것만 같았다.

이성이 얕게 한숨을 내쉬었다. 그는, 박제영이 먼저 입을 열어 제게 무엇이든 꺼내 놓을 때까지 기다렸다. 가슴 안에 다 담을 수 없는 감정을, 기억을. 제영이 결국은 제게 다 털어놓을 때를 기다렸다.

이성이 옮았다. 제영이 천천히 입을 열었다.

"되게…… 굉장히 긴 꿈을 꿨거든."

긴 꿈을 꾸었다는 고백으로 시작된 제영의 이야기에 이성은 가만히 귀를 기울였다. 저와 거의 똑같다 싶게 닮았다는 윤이라는 남자의 이야기가 나왔을 때는 어색하게 웃었고, 제윤이나 형찬의 이야기가 흘러나올 때는 미간을 찡그렸다.

제영의 이야기는, 그녀가 꾸고 기억한 꿈만큼이나 길었다. 해가 어디에서부터 오는지도 모를 만큼 캄캄한 어둠으로 덮여 있던 새벽에 여명이 찾아올 때까지 이어졌다.

제영은 평소 무덤덤한 그녀답지 않게 이성에게 제 꿈 이야기를 풀어 놓으며 웃고, 종종 울컥한 듯 말을 멈추기도 했다. 그럴 때마다 이성은 맞장구를 치고 함께 침묵하며 제영의 이야기를 온전히 다 들었다. 한 번이라도, 너무 허무맹랑하다든가 꿈이 장황하지 않으냐 이야기하지 않았다. 그럴 법했는데도.

"유성대군이, ……그러니까 이형찬 대표가 우리를 쫓아왔잖아."

"응."

"제윤이가 죽었으니까, 이제 제윤이를 죽였으니까 올 수 있었겠지?"

"그랬으려나."

"그리고 꿈속의 내가 죽었어. 죽었을 거야."

이번에는 흐느낌조차 없이 제영의 눈에서 눈물이 터졌다. 이러다가 눈가가 다 짓물러 버리면 어쩌나 싶을 정도로 제영은 연신 눈물을 쏟아 냈다.

이성이 그녀의 눈가를 손등으로 쓸어 주다가, 안 되겠다 싶었는지 아예 자리에서 일어나 수건을 적셔 가져왔다. 보드라운 수건으로 제영의 눈가며 빨개진 콧잔등을 닦아 주었다.

"그럼 남은 윤이는 어떡하지? 그 애도 죽었을까?"

"꿈속 애인이 그렇게 걱정되세요?"

제영의 걱정에 이성이 처음으로 딴죽을 걸었다. 딴죽이라기보다는 투정이었다. 피식 웃으면서 질투를 보인 이성을 제영이 흘겨보았다. 그러다간 이내, 저도 본인이 이해가 안 된다는 듯이 고개를 내저었다.

"너무, 너무 꿈 같지가 않아서. 그냥 꿈이라기에는 내가…… 너무 거기의 하루하루를 다 기억하고 있어서 모르겠어. 진짜 꿈이 아닌 것 같아. 그래서 다 걱정이 돼."

"그럴 만해. 진짜 엄청 디테일하게 기억하고 있잖아. 피아노랑, 작곡이랑, 윤이성 말고는 하등 관심도 안 두는 박제영이 말이야. 그럴 정도로 강렬한 꿈이었잖아."

"그래서 자꾸 눈물이 안 멈춰. 아니, 나도 알아. 현실에서는 대표님이랑 제윤이랑 잘되어서 다음 달에 내 부케도 받겠다고 하고, 너랑 나랑 결혼하고. 할머니도 살아 계시고, 제윤이한테는 동생도 없고 다 아는데……."

"그렇지. 다음 달에 우리 결혼식이지."

그 와중에 결혼이라는 말에 뿌듯해하며 고개를 끄덕이는 이성을 제영이 다시금 노려보았다. 앞에서 저는 울적함에 젖어 있는데 그럴 기분이 나냐는 뜻이 고스란히 담긴 눈빛에, 이성이 눈꼬리를 휘어 웃었다.

"근데, 아무도 안 죽었어. 박제영."

"……뭐?"

"아무도 안 죽었다고. 박제윤 살았어. 너도."

제영의 얼굴에 황당하기 짝이 없다는 감정이 떠올랐다. 이성이 또 짓궂게, 혹은 장난스럽게 웃었다. 그러곤 제영을 안아 그녀를 달래듯 등을 토닥였다.

"뒷이야기를 만들어서 들려주는 거야. 그러니까 잘 들어 봐."

"……뭐라는 거야."

"하지 마?"

"계속해 봐."

퉁명스럽긴 했지만, 제영은 분명 이성의 밑도 끝도 없는 '아무도 안 죽었다'는 말에 안도하고 있었다. 그렇기에 그저 꿈이었을 뿐인 저의 이야기에, 허무맹랑할 따름일 테지만 이성이 붙일 이야기를 재촉했다.

"우리 주인님이……."

"너 그거 하지 마!"

"아 왜? 이건 꿈속 윤이만 부를 수 있는 호칭이야?"

"응."

"와, 박제영 단호한 것 좀 봐. 야, 나도 네 개새끼니까 주인님 할 수 있는 거……."

"닥쳐. 안 들을래. 잘래. 피곤해."

토라져 품에서 벗어나 돌아눕는 제영을 이성이 웃음기 어린 목소리로 한참을 달랬다. 그는 무언가 할 말이 있는 것 같은 얼굴로 웃으면서도 결국은 그 말을 참아 내고, 결국 '안 할게.' 하는 말로 제영을 달래는 데에 성공했다.

"생각보다 꿈속 대군인지 나발인지가 널 좀, 진심으로 사랑했거든. 짜증 나게."

"……뭐가 또 짜증이 나. 네가. 내 꿈인데."

"아 아무튼! 그래서 정작 박제영이 진짜 칼에 맞으니까 저도 놀란 거지. 박제윤을 진짜 죽였으면 널 데리고 돌아갔을 때, 정말 사랑받지 못할까 봐, 아니면 일단 너를 데리러 가는 게 급해서. 뭐 둘 중 하나의 이유로 안 죽였을 거고."

"그래서?"

"그 타이밍에 딱, 소식을 듣고 후발대로 오던 윤네 나라 사람들이 너를 고쳤어. 윤이네는 오는 길에 마주친 대군 그거 그냥 보내 줬고. 걔네 입장에서야 유감이고 자시고 피해야 할 인사들이었으니까."

"또……?"

블라인드를 내린 창가로 희미하게 드는 빛이 붉었다. 습기가 높은 날이었다. 해가 떠오르는 모양이었다. 제영의 목소리는 흐릿해졌고, 이성은 계속해서 제영이 듣기 기꺼울 '뒷이야기'를 들려주었다.

윤과 제영은 다행히 멀쩡하게 윤의 친부의 나라에 도착했다. 그리고 윤은 '제영이 타국의 여인에다 장애가 있는 몸이라 무시받는 게 싫어서' 허수아비 왕이 아닌 진짜 권력을 쥔 왕이 되었다. 그사이에 많은 굴곡이 있었을 테지만 그걸 제영에게 미주알고주알 얘기하지는 않았다.

뒷이야기의 윤은 전신에 커다란 검상을 몇 개나 새겼지만, 저의 얼굴과 목숨만큼은 철저히 사수했다. 그리고 제대로 된 왕위에 올라, 제영을 황후로 삼았다.

"……왕의 비인데 어떻게 황후가 돼?"

"박제영이 앉을 자리인데 그 정도 급은 되어야지. 나라 몇 개 정벌하고 귀족들 닥치게 했지."

"정벌……?"

"응. 뭐 죽어도 아쉽지는 않겠다 싶어서 보낸 전쟁을 나, 아니 윤이 그 새끼가 다 이겨 버렸거든."

제영이 피식 웃었다.

"그래서 제국이라도 됐어?"

"바로 그거지."

"그리고, 또?"

"그 대군 새끼가 그 나라 왕이 됐어, 결국. 형이 아들자식을 못 낳고 일찍 죽었거든."

"……어?"

갑작스러운 전개에 반쯤 눈을 감고 있던 제영이 벌떡 일어나 앉았다. 이성은 별것 아니라는 듯 어깨를 으쓱이며 제영을 다시 침대에 눕혔다.

"윤이가 그 소식을 듣고 거기 쓸어버릴까, 너한테 물어봤거든."

"내가 뭐라고 대답했는데."

"제윤이가 왕비가 됐다는 말을 듣고 네가 참으라고 해서 그냥 부하 나라 같은 거로 삼았지."

"제윤이가 왕비……?"

"그 나라에서는 박제윤이 나랑 도망가고, 박제영이 걔랑 결혼해서 살고 있는 거로 되어 있었어. 안 죽고."

제영이 고개를 갸우뚱했다. 이성의 이야기가 도통 이해가 안 된다는 기색이었다.

"왜?"

"내가 그 속까지 어떻게 아냐?"

"어차피 꾸며 낸 이야기잖아. 그러니까 더 꾸며서 얘기 좀 해 봐."

"아, 몰라. 살았다는 게 중요한 거지."

그건 또 맞는 말이라, 이성의 이야기를 들으면서 한껏 마음이 진정된 제영이 생각보다 쉬이 수긍하며 고개를 끄덕였다. 그 눈가에, 결국 쫓아내지 못한 잠이 가득했다.

이성의 이야기는 그들의 자식 대까지 이어졌다. 윤과 제영 사이의 딸과, 형찬과 제윤 사이의 아들 사이에 썸씽이 있었다는 이야기까지 나왔다. 허무맹랑의 끝이네, 하면서 답하는 제영의 목소리가 잦아들었다.

"그래도 네가 걱정한 사람 아무도 안 죽었어."

"으응."

"다행이지?"

"……응."

"야, 해 떴다. 그래도 더 잘래? 피곤하지?"

이성의 마지막 물음에 제영의 답은 들려오지 않았다. 이미 잠든 탓이었다. 이성이 나이에 맞게 어른스러운 낯으로 웃으며 제영의 흐트러진 머리칼을 쓸어 정리해 주었다.

"으응……. 허리 아파……."

"아."

잠결의 칭얼거림에 이성의 손이 딱 멈추었다. 그러고 보니 길고 긴 꿈의 이전에 뜨거운 역사가 있었다. 이성이 몸을 뒤척여 엎드려 누운 제영의 허리를 부드럽게 주물렀다. 끙 앓는 소리를 내면서도 제영은 잠에서 깨지 않고, 도리어 더 깊이 빠져들었다.

제영의 숨소리가 더없이 고르고 느리게 변하고 나서야 이성의 손길이 거두어졌다. 그가 완전히 떠오른 해를 보며 얕은 한숨을 내쉬었다. 이르다고 하기도 모호한 오전이었다.

블라인드를 더 어둡게 치려고 그가 침대에서 일어났다. 창가로 가서 하얀 이불에 덮인 제영의 마르고 작은 몸을 하염없이 바라보았다. 눈이 부신지 제영이 뒤척였다. 흘러내린 이불 사이로 보이는 제영의 옆구리는 깨끗했다.

'이곳의' 제영이 겪은 교통사고에서 얻은 흉터들이 흐리게 남아 있긴 했을지언정 검에 깊이 찔린, 흉하게 파인 자국은 없었다. 이성이 가슴을 쓸어내렸다. 제영이 블라인드 틈을 넘은 볕에 인상을 찡그리는 걸 알면서도, 하염없이 그 매끈한 옆구리를 보았다. 그러곤 한참 뒤에야 블라인드를 다시 조절했다.

"거기서도 우리 행복했어, 제영아."

네가 많이 울기는 했지만. 그래도 박제윤 살아 있는 거 알게 되고 나서는 많이 웃었어.

전하지 못할 말을 이성이 목구멍 안으로 삼켰다. 허무맹랑하게 짜낸 뒷이야기가 아니라, 정말 자신이 꾼 꿈을 그대로 읊어 주었음은 제영에게 영원한 비밀이 될 거였다.

이성조차 긴 꿈에서 깨 한참을 잠들지 못했을 정도였다. 그보다 더 긴박한 때를, 저보다 짧은 기간일지언정 강렬하게 겪은 제영이었다. 또, 제영이 그 꿈에 한참 매몰되어 울거나 웃을까, 걱정할까. 그게 마음이 쓰여 전하지 못했다.

윤이성도, 꿈속의 '윤'이었고 황제가 되어 보았었노라고. 그러니 어쩌면 그 꿈이 아주 없는 이야기는 아닐지도 모른다고.

그 이야기는, 전하지 못했다.

그러나 평온한 오전이었다. 정말로 꿈 같은 결혼식을 딱 한 달 앞둔, 그런 어느 날이었다.